U0810840

中原工学院学术专著出版基金资助

宋濂与明初文坛

任永安　著

凤凰出版社

图书在版编目（CIP）数据

宋濂与明初文坛 / 任永安著. -- 南京 : 凤凰出版社, 2019.11(2024.10重印)
ISBN 978-7-5506-3056-7

Ⅰ. ①宋… Ⅱ. ①任… Ⅲ. ①宋濂(1310-1381)－人物研究②中国文学－古典文学研究－明代 Ⅳ. ①K825.6 ②I206.48

中国版本图书馆CIP数据核字(2019)第275914号

书　　名	宋濂与明初文坛
著　　者	任永安
责任编辑	吴　琼　孙　州
装帧设计	徐　慧
责任监制	程明娇
出版发行	凤凰出版社(原江苏古籍出版社) 发行部电话025-83223462
出版社地址	江苏省南京市中央路165号,邮编:210009
照　　排	南京凯建文化发展有限公司
印　　刷	唐山楠萍印务有限公司 河北省唐山市芦台经济开发区场部
开　　本	960毫米×1304毫米　1/32
印　　张	10.75
字　　数	289千字
版　　次	2019年11月第1版
印　　次	2024年10月第2次印刷
标准书号	ISBN 978-7-5506-3056-7
定　　价	80.00元

(本书凡印装错误可向承印厂调换,电话:022-69381996)

目 录

前 言

历史上朝代的更迭往往伴随着政治、经济、思想、文化的大变动，进而对文学产生重要影响。元明易代的发生，从统治阶层文化策略的转变，到文人身份地位的升降，再到文坛格局的演变，无不对置身于其中的每一位作家的思想心态、审美趣味及文学创作产生或显或隐的影响。而对于易代之际代表性作家的个案研究，也有助于加深对宏观层面文学走向的认识。就此而言，在元末明初文学转变的背景之下，以明代"开国文臣之首"宋濂为出发点，在分析其交游活动、哲学思想、文学观念及创作的基础上，考察其与明初各文学流派的互动关系，对于理解明初文坛的格局变动及明前期文学发展的走向便具有重要的意义。

宋濂（1310—1381），字景濂，号潜溪，浦江人，元末明初重要的文学家、理学家、史学家。他因自幼体弱多病而志于学文，曾先后师从吴莱、柳贯、黄溍等名师。元末天下板荡、剑矛交横，宋濂隐于浙东，著书凝道，以待时变。明初他以一介布衣获知于朱元璋，先后任国子司业、皇太子师、翰林学士承旨等职，道德文章，师表当世，屡被推为"开国文臣之首"。作为朱元璋依恃的重要文臣，宋濂在哲学思想、文学理论及创作、明初思想文化建设等方面，均有卓越建树。作为浙东派的领袖作家，他的荣辱沉浮对浙东派的兴衰具有重要影响。同时，他与浙东派其他文人一起对元末明初文风的转变发挥了重要作用。本书主要对宋濂及其与明初文坛的关系进行研究。

本书在前人研究基础上，对宋濂著述重新辑考，纠正了以往研究中的舛误，发现了日本国立公文书馆藏《萝山集》抄本，对其版本、成书、东传及文献价值进行考述，并从中辑录三百余首佚诗，现已收入黄灵庚先生新编《宋濂全集》之中；对《评浦阳人物》及宋濂《浦阳人物记》的关系进行考辨，认为《评浦阳人物》为后人从（嘉靖）《浦江志略》等中杂揉抄撮而成，并非宋濂直接所作。

关于宋濂的理学、宗教思想及文学观念，本书认为宋濂以"玄玄之道"为万物生成化育的来源，这与程朱以理为本体的思想是一致的。但同时他又特别重视心的作用，认为心是"万理之原"，理与物皆为心中本来具有，这又与陆学"心即理"近似。总的看来，宋濂的理学思想是和会朱陆，兼及吕学。在儒释、儒道关系上，宋濂肯定佛、老在辅助治化方面的重要作用，并援佛入儒，以儒释佛，强调儒道互用，对儒、释、道三家思想进行会通。受其理学思想影响，宋濂论文强调文道合一、文以致用，诗文本出于一原。他认为六经是圣人之道最集中最典型的代表，所以为文必须以六经为楷式，以道为中介。他进一步把气与文沟通起来，提出"为文必在养气"的作家修养论。他的文学观合义理、文章、事功三者而为一，体现出对理学家、古文家文学观兼容并蓄的特点。

关于宋濂的文学创作，本书认为宋濂以文知名于世，评者以"文章之首""一代之宗"目之。他的散文创作成就较高者主要有传记文、寓言及游记文等。其传记文题材广泛、内容充实，善于运用多种手法刻画人物，叙事灵活多变，论赞充满感情，笔法富于变化，艺术上取得了很高的成就。他的寓言创作在广采博纳，继承先秦、两汉、唐宋寓言优良传统的基础上，形成了自己的艺术风格。这些寓言作品语言气势充沛、讽刺性强，深刻揭露了元末动乱的社会现实，与刘基《郁离子》、苏伯衡《空同子瞽说》等代表着元明之际寓言创作的最高水平；他的山水游记则深受柳宗元、欧阳修等唐宋名家的影响，但又能自出机杼，独具自己的风格与特色。虽然篇章不多，却不乏优秀之作。宋濂的诗歌题材广泛，众体兼备，风格自由多变，艺术上也取得了很高的成就。

本书对宋濂在明初思想文化建设中的作用及其与浙东派的关系进行了深入考察。明初宋濂曾先后任《元史》总裁官、翰林学士承旨等职，他利用侍奉朱元璋的机会，屡向其讲论帝王之学、为君之道，极力用儒家思想影响明太祖的思想和施政，为明初思想文化建设作出了重要贡献。作为浙东派的核心成员，他与文派中的其他作家之间有着密切联系。再加上他在明初文臣中所处的重要位置，及其文学创作上所取得的重要成就，使得他成为浙东派的领袖作家，他的荣辱沉浮对浙东派的兴衰具有重要影响。明洪武十三年(1380)，因孙宋慎坐胡惟庸党案，宋濂被徙于茂州，次年卒于夔州。随着宋濂等人的辞世，浙东派在文坛的衰落之势已不可避免。

元末明初的文坛，多个文学流派并存并相继兴起，他们之间存在着复杂的联系。本书对宋濂等浙东派文人与吴中派、江西派文人的互动及其文学意义进行了考述。认为浙东派与吴中派虽有一定的交往，但二者之间在文学观念及创作上却呈现出较大的差异。明初，在朱元璋的残酷屠戮下，吴中派文人相继罹祸，再加上浙东派文人对其文风的批评，吴中派文人在文坛上的影响骤然消歇。而江西派文人在行事上多自甘淡泊、隐忍以行，同时他们的文风与浙东派颇为接近，其成员大多与浙东派文人保持着良好的关系。明初，江西派文人雅正平和的文风，适应了朱元璋倡导简易朴实文风的要求，并受到浙东派文人的积极评价，从而使之成为影响文坛的一支重要力量。

作为元明之际浙东史学的代表人物，宋濂、王袆等继承并发扬宋元以来浙东史学的优良传统，经史兼治，博学多识，强调学以致用，主张兼容并包，不立门户，注重乡邦文献的保存和地方史修撰，形成自己鲜明的治学特色，为明代前期颇显荒芜的史学园地带来一抹亮色。本书对史学视阈下的浙东派文学进行了深入考察，认为受其理学化史学观影响，宋濂等浙东派作家的传记文具有浓厚的道德训诫色彩。其关于文章载道、纪事之别的论述，强调了文学复古、师法史传的重要性，对于明中后期学习史家之文热潮的兴起具有重要启示意义。

明代洪武、建文之后，随着宋濂、方孝孺、楼琏等的罹难，曾经盛极一时的浙东派完全衰落。此后长期占据文坛主导地位的便是台阁体文学。本书认为台阁体文学的产生，除与明初江西派及闽诗派有关之外，尚且可以追溯至明初的浙东派。浙东派文人的文学理论与创作对台阁体作家有着重大启发，台阁体作家正是继承了他们在文道关系、文学社会作用、师法对象以及台阁之文方面的主张与实践，并在明初政治、经济、文化环境、乡邦文学传统等多种因素的制约、影响下，创作了大量的台阁体诗文。就此而言，宋濂等浙东派文人对台阁体诗文的产生有着不可忽视的先导之功。

本书对宋濂及其与明初文坛关系的研究，力求做到个案研究与整体研究相结合。宋濂是明初著名的诗文作家、文学批评家，他的文学创作及观念有着较为丰富的内涵，其本身值得认真研究。同时，他作为浙东派的核心成员，在明初浙东派的兴起及衰落中发挥着重要作用。另外，宋濂所处的元末明初文坛是多个文学流派相继兴起、并相互影响，以及文风由纤秾缛丽向崇儒复古转变的时期。本书通过对宋濂的个案研究，力求把握这个狂飙突进时代的文学发展趋势。

本书力求做到文学研究与知识分子心态研究相结合。元明鼎革的时代巨变对士人心态产生了重要影响。朱元璋在立国之初必须借助文臣武将之力，所以能够礼贤下士。包括在宋濂在内的大批文士得到朱元璋的信任和重用，其抱负和才能得到比较充分的发挥。因此，他们为开国之初的盛世气象欢欣鼓舞，并通过创作为新王朝欢呼。但是，当朱元璋政权巩固之后，他便暴露出“雄猜好杀、本其天性”的一面，大肆诛戮功臣、摧残文士。宋濂等文人在高压统治下变得小心翼翼、噤若寒蝉。这种心态变化进而也影响到了他们的诗文创作。宋濂作为明初文人中的代表人物，对其心态的研究也将是研究明初文人心态的有典型意义的个案。本书将通过对宋濂等人心态的研究，力求揭示明初文人心态变化的轨迹和独特内涵。

本书主要采用文献整理、考辨结合、考论结合、文史结合、点面结合等研究方法。为了研究宋濂的思想心态及诗文创作，通过查阅各种书目文献，对其各类著述进行辑考；为了考察宋濂与明初文坛的关系，考证了其交游；为了分析浙东派、吴中派、江西派的互动关系，采用了考论结合的方法；对史学影响下宋濂等浙东派文学的研究采用了文史结合的方法；对具体文学作品的分析时主要运用文学批评与鉴赏的方法。

第一章　宋濂生平与著述考述

宋濂是元末明初重要的文学家、理学家。他因自幼体弱多病而志于学文，曾先后师从吴莱、柳贯、黄溍等名师。元末天下板荡、剑矛交横，宋濂隐于浦江，著书凝道，以待时变。明初他以一介布衣获知于朱元璋，道德文章，师表当世，屡被推为"开国文臣之首"。宋濂一生笔耕不辍，著述丰富，其著作遍及经、史、子、集各部，其中集类著述可分为单刻本、选本与汇刻本三类，其他著述可分为经、史、子三类。

第一节　宋濂的生平

宋濂(1310—1381)，字景濂，号潜溪，又号龙门子、仙华生等。生于元至大三年(1310)，卒于明洪武十四年(1381)。其高祖时居于金华潜溪(今浙江义乌)，自宋濂时迁于浦江(今浙江浦江)，遂为浦江人。元末，他先后师从吴莱、柳贯、黄溍等名师，以文章名于海内。元至正二十年(1360)，他应朱元璋之聘至应天，先后任江南等处儒学提举、国子司业、翰林学士承旨等职，为明初的思想文化建设作出了重要贡献。明洪武十三年(1380)，因其孙宋慎坐胡惟庸党案，他被朱元璋徙于茂州，次年卒于夔州，正德中追谥"文宪"。

一、转益多师，砥志励学

宋濂远祖世居京兆，唐武德年间有大理丞宋宪自京兆始迁吴兴。

宋宪字秉彝，曾为《易》经师，有弟子数千人。宋氏历十四世时有名宋荣者，于后周广顺中迁于义乌覆釜山。宋荣字体仁，通《尚书》《春秋》之学，学者私谥为“文通先生”。宋雍熙末年，其子宋甫又迁至智者乡根溪口。后历六世，宋嘉定初年，宋濂高祖宋柏又带领家人迁于金华东七十里的孝义里潜溪禅定寺侧。宋柏字秉操，娶陆氏，因无子，遂以永敷之子溥德为嗣。濂祖父宋守福，字德政，“履仁蹈义，类古笃行者”，后以宋濂赠亚中大夫太常少卿。祖妣金氏，赠淑人。父宋文昭，一名朝，字文霆，号芙蓉处士，循例赠嘉议大夫礼部尚书。妣陈氏，赠淑人。元至正十年(1350)，宋濂自金华潜溪迁居浦江，遂为浦江人。

宋濂生于元武宗至大三年(1310)，据其所撰《血书华严经赞》：“无相居士未出母胎，母梦异僧手写是经，来谓母曰：‘吾乃永明延寿，宜假一室以终此卷。’母梦觉已，居士即生。”[①]又因与祖父同以十月十三日生，遂起名为寿，后更名为濂。宋濂在妊七月即生，自幼体弱多病，“生未五龄，百疾交攻。热火郁木，邪沴制阳。肝风动摇，手牵目瞠。谒医视之，谓为瘛疭”[②]。虽然靠着祖母和母亲的细心照顾，得以安然无虞，但毕竟先天不足，赋质较弱，成年以后，生产作业等事仍难以胜任，因此宋濂便把兴趣转移到文墨之事上，“日学操觚，造为文章”。

元仁宗延佑二年(1315)，宋濂六岁，入家塾读书，学于包廷藻。包廷藻(1265—1336)，字文叔，号南涧子。为合肥包孝肃公拯后裔，其曾祖时迁居乌伤智者乡修政里。为人“抚世酬物，洞达出肺腑”；博闻强记，默诵《春秋左氏传》一字不差；授学专以“讲解章旨为第一义”。宋濂祖父宋守福与之相友善，遂聘他为塾师教授诸孙。宋濂始随之学习，便表现出过人才华，所授李翰《蒙求》，一日而尽，且可每日记诵二千余言。包廷藻对他喜爱有加。因为家境困窘，宋濂的父亲曾打算让他辍学。包廷藻便写信劝他父亲说：“公之子终成伟器，岂可使撄世利使不专耶？外物去来，犹春花之开落，唯问学乃身中之至

① 宋濂《血书华严经赞》，《宋濂全集》，黄灵庚编校，北京：人民文学出版社，2014 年，第 2098 页。

② 宋濂《太乙玄徵记》，《宋濂全集》，第 72 页。

宝耳。”这番话打动了他，使得宋濂能够继续读书。宋濂对启蒙老师的恩情铭记终身，十分感激他的“助导之功”。

宋濂九岁即能写诗，“操觚赋诗，动辄十余首”，所作诗歌“颇有奇气，操笔立就”。是岁所作五古《兰花篇》，其中有“绿萝托芳邻，白谷挹高寒。玄圣未成调，湘累久长叹。菉葹虽外蔽，贞洁终能完。岂知生平心，卒获君子观”[①]之句，诗歌借兰述志，立意高远，显示了他娴熟的写作技巧和远大的抱负。又郑涛《宋潜溪先生小传》曾载：宋濂见道士楼节翁作法，便作诗记其事，其中有“步罡随踢脚斗头，噀水能轰掌上雷”之句。义乌贾思逵读后甚是称道，表示愿将自己的女儿许配给他。此后因为家境贫寒，无力延请名师，再加上乡里教师水平不高，对教授宋濂有畏惧心理，不敢做他的老师，所以他有十年时间学习时断时续。

宋濂十九岁时，浦阳张继之自浏阳任满归里，见他聪慧英敏，就问他“四书”经传通背需多长时间。宋濂回答说只需一月。张继之抽出书架上杂书，让他记五百余言。宋濂看过，即能一字不漏背出。张继之遂提携他入府庠，令他受业于闻人梦吉。闻人梦吉（1293—1362），字应之，金华人，门人私谥“凝熙先生”。元泰定三年（1326）以《尚书》举于乡。元顺帝至元年间，授昌国州学正，后改泉州路学教授。其父闻人诜，号桂山翁，曾学于朱子嫡传王瀚、王柏父子。闻人梦吉“受学家庭，七经传疏皆手抄成集，训诂抵牾者别白是非，使归于一，闭户讨论逾十年不出”[②]。宋濂跟他主要学习《春秋》三传及《易》《书》《诗》《周礼》诸经。凝熙教授学生，“必先道德而后文艺，故于辞章，若不经意，时而出之，文义深郁，亦粲然可观”[③]。其先德后文的做法对宋濂影响很深，使他能够“粗知学而不陷于小人”。

元文宗至顺二年（1331），吴莱设教于诸暨白门的方氏义塾。宋濂是年二十二岁，与义乌楼彦珍，浦江宣彦昭、郑浚常、郑仲舒、陈子

---

① 宋濂《兰花篇》，《宋濂全集》，第2375页。

② 黄宗羲《宋元学案·北山四先生学案》，北京：中华书局，1986年，第2765页。

③ 宋濂《故凝熙先生闻人公行状》，《宋濂全集》，第1858页。

彦等同到吴莱处学习。吴莱(1297—1340)字立夫,浦江人,门人私谥“渊颖先生”,后更谥“贞文先生”。父吴直方,字行可,曾游京师三十余年。元泰定元年(1324),太师德王马札儿台聘其为师,教授二子脱脱与也先帖木儿。元统二年(1334)任江浙等处儒学提举,后以集贤直学士、荣禄大夫致仕。吴莱少年聪慧、天姿绝人,七岁即能赋诗属文,宋遗民诗人方凤夸奖他有“邦家材”,并将孙女许配于他。延佑七年(1320),以《春秋》举上礼部,因为议论不合有司,遂退归田里。重纪至元三年(1337),监察御史许绍祖荐署饶州路长芗书院山长,未行而卒。有子士谔、士谧。

吴莱工于诗歌,所著有《渊颖集》二十卷。其诗覃思冶炼,抒情周婉,长于歌行,属对严巧,文采缛丽。王士禛《论诗绝句》云:“铁崖乐府气淋漓,渊颖歌行格尽奇。耳食纷纷说开宝,几人眼见宋元诗。”[①]杨维桢作为元代诗坛领袖,“诗名擅一时”,尤长于乐府诗,诗风诡异谲怪、恃气纵横,以其与吴莱并提,可见王士禛对吴莱诗作评价很高。吴莱为文,陈理明严,赋物深遒,雄宕而有奇气;长于议论,雄富辩博,洋洋洒洒,有秦汉之风。其《论倭》《形释》《秦誓论》《读战国策》等文均有这些特点。吴莱论文受方凤影响,以两汉文章为标准。宋濂《渊颖先生碑》即谓:“其惟古之作者,则曰雄浑赡富,惟有汉之文为然,淳质雅奥,亦唯有汉之文为然。今之从事艺文者,如之何可及也。”[②]

此前,宋濂在二十岁时就曾拜见过吴莱,并作《拟秦王平夏郑颂》及《宋铙歌鼓吹曲》。吴莱读后赞扬宋濂孺子可教,并指点他为文如能“稍收敛入于简严,则所向无前矣”。这次长约一年的拜师学习,更使他获益匪浅。王祎《宋太史传》曾说:“吴先生博极经史,善为古章句。景濂学之,悉得其蕴奥,久之,文章之名籍然著闻矣。”[③]宋濂曾向吴莱学习作文、赋之法:

---

① 王士禛著,李毓芙等整理《渔洋精华录集释》,上海:上海古籍出版社,1999年,第339页。

② 宋濂《渊颖先生碑》,《宋濂全集》,第1054—1055页。

③ 王祎《宋太史传》,《王忠文公集》卷十七,《金华丛书》本。

濂尝受学于立夫，问其作文之法，则谓有篇联欲其脉络贯通，有段联欲其奇偶迭生，有句联欲其长短合节，有字联欲其宾主对待。又问其作赋之法，则谓有音法欲其倡和阖辟，有韵法欲其清浊谐协，有辞法欲其呼吸相应，有章法欲其布置谨严。总而言之，皆不越生、承、还三者而已。①

吴莱认为作文要讲究法度，篇章要首尾呼应、脉络贯通，文句要长短相迭、错落有致；辞赋作品则要求具有音韵美和节奏感，要讲究章法布局。他的文学创作与观念对宋濂影响颇深。宋濂继承了他散文法度谨严、崭绝雄深的特点。因此四库馆臣评价吴莱说："莱与黄溍、柳贯并受业于宋方凤，再传而为宋濂，遂开明代文章之派。故年不登中寿，身未试一官，而在元人中屹然负词宗之目，与溍、贯相埒。"

元至顺三年(1332)，宋濂二十三岁，与贾专结婚。贾专(1311—1380)，字主敬，义乌人。先宋濂一年卒，葬于青萝山。宋濂婚后，曾至东阳南溪从游于方麟。方麟，太末人，与东阳蒋元同为许谦弟子，后蒋元延方麟于家塾，使之教授其子蒋允升。宋濂跟随方麟游学约有半年时间，尽得其性理之学而归。

元顺帝元统年间，宋濂拜见东阳大儒陈樵。陈樵(1278—1365)，字君采，号鹿皮子，东阳人。其父陈取青尝学于朱熹三传弟子石一鳌。陈樵幼年承继家学，受父亲熏陶很深，后又师从李直方，受《易》《书》《诗》《春秋》之学，学成后隐居于东阳太霞洞，研经著书。所著有《易象数新说》《洪范传》《四书本旨》《孝经新说》《太极图解》《通书解》《石室新语》《淳熙纠缪》《鹿皮子》《飞花观小稿》等，现存《鹿皮子集》四卷。陈樵诗作以题咏为多，其诗属对精巧，时有奇气；为文追求情真理实，反对华丽辞章，精于状物写情，清新飘逸，自成机杼，不蹈袭他人。

① 宋濂《评浦阳人物·元处士吴莱》，《宋濂全集》，第1946页。

宋濂到太霞洞拜谒陈樵。陈樵很高兴，亲执斝献酬，并向宋濂讲解他研究伊洛之学的心得："谓神所知之谓智，知天下殊分之谓礼，知分之宜之谓义，知天地万物一体之谓仁，礼复则和之谓乐。谓天地万物一体，经子之会要，一视万物，则万殊之分正，家齐国治而天下平矣。"他以"枳一穰十"为例解释"理一分殊"之义："枳一尔，而穰十焉，枳有穰而一视之，其于人则仁也。发而视之，穰有十，则等有十，其于人则君臣父子长幼之等夷，刑赏予夺之殊分，所谓礼也。视十为十者，礼之异；视十为一者，仁之同。……理一分殊之义废，则操其枝叶而舍其本根，洙、泗、伊、洛之会要不可见。"①宋濂为之叹服不已，"受其说以归"。陈樵对宋濂非常赏识，临死前曾致书宋濂，希望与其再论学术。可惜因为元末天下日趋战乱，宋濂最终未能成行。

元统二年(1334)，宋濂拜柳贯为师。柳贯(1270—1342)字道传，号乌蜀山人，门人私谥"文肃"，浦江人。柳贯自幼好学不倦，二十岁时，受经于金履祥。金履祥远宗朱子之学，柳贯从学之后，即能究其旨趣，于微辞奥义处能有所发挥。不久又游于方凤、谢翱和吴思齐等，与之历考先秦两汉以来的文章家。此后柳贯还学于方回、龚开、仇远、戴表元、胡纯、胡长孺等人。元大德四年(1300)被荐为江山县学教谕，后迁昌国州学正。秩满至京师，名公巨卿争相延誉。吴澄夸奖他说："东阳柳君，卿云甘雨也，天下士将被其泽。"程钜夫曾授其墨丸并戏称："文章正印，今属子矣。"延佑四年(1317)授湖广等处儒学副提举，未上，二年后改国子助教。泰定元年(1324)迁太常博士，至正元年(1341)擢翰林待制承务郎兼国史院编修官，七月后病卒。所著有《金石竹帛遗文》十卷、《近思录广辑》三卷、《字系》二卷等，今存《柳待制文集》二十卷。

柳贯与黄溍、虞集、揭傒斯并称为"儒林四杰"。为人局度凝定、端严若神，喜奖掖后学。读书博览强记，礼乐、兵刑、阴阳、律历、田

① 宋濂《元隐君子东阳陈公先生鹿皮子墓志铭》，《宋濂全集》，第1328页。

乘、地志、字学、族谱及佛老之书，无所不通。柳贯诗师法李、杜，五古朴拙，七古奇崛阔大，五律格调凄苦，七律则雍容硕大，有馆阁之气。钱基博评价其诗风说："以唐矫宋，以晋参唐……五、七言律，俪不犯纤，健不乖律，跌宕昭彰，大体不离于杜者近是；而七言古则以李白参杜甫，五言古则以阮籍、郭璞参陈子昂、李白。"①其诗歌代表作有《早发渔浦夕宿大浪滩上》《秋往兰溪访吴正传录事》《寄题惠山华氏溪山盛概亭》《舟中睡起》《雪中渡淮》《浦阳十咏》等。

柳贯主张为文要"涵濡义理之真，而含咀道德之华，初不为葩树粉泽以饰艳逞巧，要自致于用而已"②。体现了理学家正统的文道观。其散文雄浑严整，长于议论，沉郁舂容，涵肆演迤，颇有欧阳修散文的雍容正大、纡徐平易之风，表现出对"治世之音""太平气象"的追求。他为人所作的序赞传状、墓铭碑表等应用文字鲜明体现了这种文风。如《故宋迪功郎史馆编校仁山先生金公行状》一文描写金履祥的气度品格，先写他"气宇静夷""简直不阿"，再写诸生"一疑胸塞"，听其教诲即能"固吝消之"。又写与人疗疾，"攻熨补泻""不倦终日"，如"一时扞格不入，则宽以养之，徐而制之"，又举为母赎子的例子以表现他的笃于仁义。整段文字铺叙富有层次，张驰有度，缜而不繁。陈旅说柳贯的散文"庞蔚隆凝，如泰山之云，层铺叠涌，杳莫穷其端倪"③，评价十分恰当。

宋濂对柳贯的道德文章十分推崇。他赞扬老师的德行操守"来趋跄之衿佩，作仪表于缙绅。出入容台，振百年之礼乐；昭宣帝制，焕大号于乾坤"④；推重老师的文章"有奇气，舂容纡徐，如老将统百万雄兵，虽旗帜鲜明，戈甲焜煌，不见有喑呜叱咤之声"⑤。柳贯卒后，宋濂与同门戴良等将其诗文编次成集，勒为二十卷，宋濂为之作了后记。

① 钱基博《中国文学史》，北京：中华书局，1993 年，第 825 页。
② 柳贯《席御史文集序》，《柳待制文集》卷十六，《四部丛刊》本。
③ 陈旅《宋景濂文集序》，《宋濂全集》，第 2718 页。
④ 宋濂《先师内翰柳公真赞》，《宋濂全集》，第 2112 页。
⑤ 宋濂《故翰林待制承务郎兼国史院编修官柳先生行状》，《宋濂全集》，第 1843 页。

柳贯对宋濂也很赏识，“礼之如朋友”，称赞濂文“皆雄浑可爱”，并勉励他说：“吾邦文献，浙水东号为极盛，自惭驽劣不足负荷此事，后来继者，所望惟吾友尔。吾友以绝伦之识，济以精博之学，若更加工不已，驾风帆于大江之中，孰敢御之哉？勉旃！勉旃！”[①]柳贯曾作《秋雨中喜宋景濂见过》记述与宋濂的交往：“蹑屐能来破藓封，相看玄葆映霜蓬。吾衰未免车尝北，子锐当如易已东。水碧金膏资独异，涧毛山实岁宜丰。过林倘肯频纡辙，剪烛犹堪语夜中。”[②]对宋濂的殷切期望、谆谆叮咛，溢于言表。柳贯的文章观念与散文创作对宋濂也有重要影响，宋濂继承了他文以明道的文学观和为文醇深演迤、舒徐不迫的创作风格。

二、授经凝道，声名鹊起

元重纪至元元年(1335)，吴莱从浦江郑义门东明书院解馆归家，宋濂便接替他执教于郑义门。浦江义门郑氏是元末明初江南著姓大族。据吴莱《郑氏谱图序》：

> 郑氏出自姬姓，周厉王少子友，宣王母弟，宣王二十二年，封友于郑。……子孙播迁，陈宋之间，以国为姓……奇生徲，汉末自陈居河南开封……中祖晔生中书博士茂，茂名小白，七子，白麟、允伯、叔夜、洞林……白麟，字嘉征。[③]

又宋濂《郑氏孝友传》：“郑绮，字宗文，白麟二十一世孙也。其先居荥阳，凝道迁歙，自牖迁睦，淮迁浦阳，今为浦阳感德乡人。”[④]郑义门自南宋建炎年间郑绮创立至明初，同族而居、合爨而食已历十三世。元末明初是郑义门繁衍鼎盛时期，“阖族殆千余指，合居聚食而

---

① 柳贯《与宋景濂书》，《宋濂全集》附录，第2800页。

② 柳贯《秋雨中喜宋景濂见过》，《柳待制文集》卷六。

③ 柳贯《郑氏谱图序》，《白麟溪义门郑氏宗谱》卷一，清同治八年(1869)刊本。

④ 宋濂《郑氏孝友传》，《宋濂全集》，第319页。

雍睦恭谨，不殊乎父子兄弟之至亲，宋、元、国朝屡旌其门”。元至大二年(1309)，礼部旌表为“孝义门”。元至正十年(1350)肃政廉访使余阙题其门“东浙第一家”。至正十三年(1353)，太子亲书“麟凤”二字授予郑义门。明洪武十八年(1385)，朱元璋诏见义门家长郑濂，赞扬郑家为“江南第一家”，洪武二十三年(1390)又御书“孝义家”三字赐之。

宋濂应义门六世祖郑文融之请执教于东明书院。东明书院，原名东明精舍，由五世祖郑德璋创立，规定族中年满十六岁者必须入学读书。到六世祖郑文融时，书院规模扩大，“前为荣而后为寝。寝之东西，分为四斋……凡为屋二十楹间”[①]。书院除供族人读书外，还接纳远近异姓子弟前来问学，宋濂、王袆、方孝孺等均曾就读于东明书院。宋濂主讲东明书院前后长达二十余年，“受业者一门凡四十余人”，为郑氏家族培养了许多优秀人才，通过书院而进身仕途者数十人，如礼部尚书郑沂、翰林检讨郑棠、监察御史郑煁、内藏库提点郑洪、监察御史郑幹、翰林待诏郑洽、左春坊左庶子郑济等都是其中的佼佼者。宋濂出仕后还向朱元璋推荐郑氏家风，给朱元璋留下了良好印象。在其影响下，朱元璋曾多次诏见郑氏族人，赐书、授官并蠲免税赋。郑氏家族能与朱明王朝建立起良好关系，宋濂可谓功不可没。宋濂还参与了义门《郑氏规范》的整理增订工作。《郑氏规范》由郑大和始修于至元十五年(1278)，共58则。重纪至元五年(1339)，郑钦、郑铉续修，增至60余则。明洪武十一年(1378)郑涛等人再次续修，增为168条。宋濂参与了后两次续修，增补了睦族恤邻和戒勉之训，强化了优老、出仕、不惑释老之说，从而把家规提到一个新高度。

对于宋濂为郑义门所作的贡献，郑氏族人铭记不忘。东明书院末任山长郑骏声在《义门郑氏碎锦汇编》中称宋濂是“义门毓秀培英，

---

① 宋濂《东明山精舍壁记》，《宋濂全集》，第269页。

陶模铸范，辅佐同居的良师。其有德于义门，殊非浅鲜”[①]。宋濂死后，郑氏家族在青萝山建立宋祠，设奠拜祭，并于书院悬挂“宋文宪公遗像”，族中子弟入学时，由山长带领行礼。

郑义门的孝义之风、重教传统、丰富藏书等也使宋濂受益匪浅。由于有了稳定的经济来源，宋濂不再有贫困窘迫之虞，能够安心治学著书。郑氏家族藏书丰富，五世祖郑德璋时创立东明精舍，购典籍、聘名师，教化子弟，到第七世郑鉴时，聚书已达数千卷。八世郑濂主家之时，更是“藏书八万卷，家有藏书楼”[②]。宋濂得郑氏数万卷藏书，“讲明而切究之”，学问日进。他赞扬这里的读书治学环境：“耳目之所及接，非白石清泉，即左图右史；东华尘土之思无自而入，遂得专志于术业。”[③]宋濂的许多文稿，如《潜溪集》《浦阳人物记》《燕书》《萝山杂言》《龙门子凝道记》等均作于教授浦江之时，这与郑义门得天独厚的条件不无关系。郑义门还帮助宋濂编集文稿，并付梓刊行，如宋濂《潜溪集》十卷，元至正十六年(1356)由门人郑渊、郑涣编集刻印；《潜溪后集》十卷，元至正间由宋濂同门好友郑涛编集；《宋学士续文粹》十卷，明洪武十年(1377)由郑济、郑洧约同门之士刘刚、林静、楼琏、方孝孺缮写成书，锓梓以传；《宋学士续文粹》十卷，建文三年(1401)由郑义门书院刊印。在长期交往中，宋濂与郑义门建立了深厚的情谊。他把自己的女儿许配给郑源之子郑棣。元至正十年(1350)宋濂携全家迁居浦江，与郑氏为邻。

宋濂在郑义门执教之时，还经常往返于浦江、义乌之间，拜元末大儒黄溍为师。黄溍(1277—1357)字晋卿，义乌人，世称金华先生，谥文献。元大德五年(1301)举教官，延佑二年(1315)赐同进士出身，授台州路宁海县丞，四年后转绍兴路诸暨州判官。至顺二年(1331)以御史中丞马祖常荐，授应奉翰林文字、同知制诰、兼国史院编修官，

---

① 转引自芮顺淦《家族史上的奇葩、廉洁德治的典范：“江南第一家”浦江郑义门琐谈》，《东南文化》2003年第1期。

② 转引自毛策《郑氏家族藏书及其著述》，《浙江师大学报》1994年第2期。

③ 宋濂《东明山精舍壁记》，《宋濂全集》，第269页。

转承直郎、国子博士，六年后外任江浙等处儒学提举。至正八年(1348)，升翰林侍讲学士、知制诰、同修国史、同知经筵事，进阶中奉大夫，至正十年(1350)夏，致仕南还。所著有《义乌志》七卷，《笔记》一卷，《金华黄先生文集》四十三卷。

黄溍与柳贯、虞集、揭傒斯并称为“儒林四杰”。他早年师事刘应龟，受其“学本经济而以简易为宗，读书务识其义趣”[1]思想影响。二十岁时，拜陈亮四传弟子方凤为师，并在方凤引荐下得识吴思齐、谢翱等。黄溍还曾师事石一鳌，一鳌为王世杰弟子，世杰则是朱熹门人徐文清弟子，所以黄溍与朱学又有着直接的学源关系。同时，他对家乡的吕学也十分重视。因此黄溍论学，主张义理与事功统一，反对两派“务为高论而不屑意于事为之末，或者遂指经义为无用之空言以相诟病”[2]，为学“博极天下之书，而约之于至精。有问经史疑难、古今因革，与夫制度名物之属，旁引曲证，语蝉联不能休”。论文主张“诗生于心”，要求师心而不泥古，“夫诗生于心成于言者也。今之有心而能言者，与古异耶？山讴水谣，儿童女妇之所倡答，夫孰夫诗……吾少尝学文，而知自名其为诗”[3]，并重视“文以气为主”，强调“志以御气”。

黄溍作诗主运气用意，反对雕章镂句。其诗用语修洁，不事模拟，意境清丽简淡、散逸高远，上攀陈子昂，而远窥陶渊明。五古如《效古》五首、《人事如草木》《煌煌明月珠》等，五绝如《夜坐》《山中偶题》等，七律如《上岩寺访一公》《山中夜归》《夏日漫书》等，七绝如《宣和画木石》等颇能代表他的诗风。黄溍为文以雅正平和为主，与虞集、欧阳玄相似，同为元中后期盛世之文的代表。宋濂评价其散文“根本乎六艺，而以羽翼圣道为先务。然其为体，布置谨严，援据精切，俯仰雍容，不大声色。譬之澄湖不波，一碧万倾，鱼鳖蛟龙，潜伏而不动，渊然之色，自不可犯”[4]，并称其“文辞温润，类欧阳永叔”，大

---

① 黄溍《山南先生述》，《金华黄先生文集》卷三，《四部丛刊》本。

② 黄溍《跋余姚海堤记》，《金华黄先生文集》卷二十二，《四部丛刊》本。

③ 黄溍《题山房集》，《金华黄先生文集》卷三，《四部丛刊》本。

④ 宋濂《金华先生黄公行状》，《宋濂全集》，第1854页。

体指出了他的文章风格。

在诸师之中，宋濂游于黄溍之门最久，前后约二十年。宋濂早年颇以文辞章句为业，历考秦汉以来诸文章大家，自以为有所得。对于这种重文轻道的倾向，黄溍曾教诲他说："学文以六经为根本，迁、固二史为波澜，二史固迟迟，盍先从事于经乎?"[①]这番话使宋濂"惊而寤"，于是他"悉燔毁笔砚，取六艺寻温之"。宋濂在《赠梁建中序》中回忆了黄溍对他文学观念转变的影响："余自十七八时，辄以古文辞为事，自以为有得也。至三十时，顿觉用心之殊微，悔之。及逾四十，辄大悔之。然如猩猩之嗜屐，虽深自惩戒，时复一践之。五十以后，非惟悔之，辄大愧之；非惟愧之，辄大恨之。……自此焚毁笔研，而游心于沂、泗之滨矣。"[②]除了文学观念之外，宋濂也继承了黄溍雅正平和、俯仰雍容的散文特色。

元重纪至元四年(1338)，宋濂参加乡试落第。他在《予奉诏总裁元史故人操公琬实与纂修寻以病归作诗序旧》一诗中说：

> 忆昔试艺时，年丁二十九。不谙精与觕，运笔若挥帚。欲尽王霸言，自寅直窥酉。于时有操君，许子乃其友。同自鄱阳来，怀玉期一售。……果符人所占，二榜皆魁首。顾予坎壈姿，甘在孙山后。[③]

此后他还曾屡入科场，每次均铩羽而归。元至正六年(1346)，宋濂于青萝山趾建寝室三楹间，四年以后携全家迁居于此，至正十四年(1354)他又于住所"再构前轩，如寝室之数"，题名"青萝山房"。宋濂自二十六岁授经麟溪已十六年，至此始定居于此地。他对这里的读书治学环境很满意："耳目之所及接，非白石清泉，即左图右史；东华

① 宋濂《白云稿序》，《宋濂全集》，第471页。

② 宋濂《赠梁建中序》，《宋濂全集》，第492页。

③ 宋濂《予奉诏总裁元史故人操公琬实与纂修寻以病归作诗序旧情见乎词矣》，《宋濂全集》，第2476页。

尘土之思无自而入，遂得专志于术业。”[①]此后，宋濂把家事付与子侄辈经管，自已专心于书册，著书凝道。多年游学于诸名师之门，再加上自己的砥志力学，宋濂渐入文章之阃奥，为文“浩浩乎莫窥其际，源源乎不知其所穷，洋洋乎不见其有所不足”[②]。元末文章大家柳贯、黄溍、欧阳玄等对他的诗文交口赞誉。继柳、黄之后，宋濂踵武而起，遂以文章名于海内。

元至正九年(1349)，宋濂以危素等史馆诸公举荐，授翰林院编修官。对他来说，不经科举，“自布衣入史馆为太史氏”，可谓“儒者之特选”，是十分荣耀之事。但他却“以亲老、不敢远违”“素不嗜仕进”等理由辞避不就，并隐于仙华山为道士。对于他不接受荐授、归隐仙华的举动，世人多有不解、嘲讽之态。宋濂在至正年间作《龙门子凝道记》坦露了辞授归隐的真正原因：

> 龙门子采苓山阳，二三子从之。龙门子采已，登磐石而憩焉。龙门子仰瞻俯睨，洋然若有得者，乃赋《白云》之歌。歌曰：“白云如旗兮，于彼中林矣。我采我苓兮，实获我心矣。孔子不出兮，麟曷从来矣？舍旃舍旃兮，我将何依矣？”歌罢，复北面而叹。旁有进者曰：“夫子何叹也？非圣曷师？非经曷穷？坤翕乾张，地拓天通。夫子之学，其既充矣乎！陶镕礼乐，折旋阴阳；有目有纲，蔚为文章。夫子之文，其既昌矣乎！笼络宇宙，充牣覆载；大入无外，小入无内。夫子之道，其既备矣乎！方今六合尘冥，胶胶纷纷。凤皇不来，虎豹成群，生民遘屯，如水之溺，如火之焚，实不足以自存。夫子不一引手援之，古之君子亦若是乎？”龙门子曰：“子不闻楚独孤氏之事乎？独孤氏有二女焉，皆有倾国之色。时楚君不贵色，国人化之，咸弃而不顾。年逾二十，无与为媒妁者。或说女曰：‘女子有家，人之愿也，子将失时矣。四

① 宋濂《东明山精舍壁记》，《宋濂全集》，第269页。
② 王袆《宋太史传》，《宋濂全集》附录，第2568页。

> 邻之子美而艳，盍自往从之乎？'女曰：'妾闻人之所以异于物者，礼焉而已矣；无是，则禽兽也。苟不以礼，妾死不往也。'区区一女子，尚以死守礼，予曾谓学先王之道者，乃不由礼乎？……君子未尝不欲救斯民也，又恶不由礼也，礼丧则道丧矣。吾闻君子守道，终身弗屈者有之矣，未闻枉道以徇人者也。"①

他以孤独氏二女之例表明心迹：元末社会"六合尘冥，胶胶纷纷"，百姓如处水火，礼法久已废弛，君子欲救斯民却难以"由礼"，礼丧则道丧。道丧则只能枉道以徇人，不可能真正实现自己的理想。对社会的失望使他做出了不愿出仕的选择。

此后大约十年时间，宋濂隐于浦江，著书凝道、以待时变。这一时期是他创作上的丰收期。至正十年(1350)，他应监县廉侯阿年八哈之请，创作了《浦阳人物记》二卷，全书合记浦阳人物 29 人，分忠义、孝友、政事、文学、贞节五类，文笔精严，取舍精当。欧阳玄对之评价颇高，称赞该书"叙事极有法，议论则开阖，精神气昌不少馁"。至正十五年(1355)宋濂编辑己作为《潜溪集》十卷，陈旅、王祎、欧阳玄为之作序，并由郑氏书塾刊行。至正十七年(1357)，再结集《龙门子凝道记》三卷和《潜溪续集》十卷。至正十八年(1358)三月，朱元璋军队攻取睦州，浦阳居民震惊。宋濂遣妻儿避兵句无山，而自己独留家中，并因旧日所记作《诸子辨》，自鬻子至程叔子凡 36 家。另外宋濂还著有《孝经新说》《周礼集注》《经纬文宗》《古赋正音》等书，多未完。

三、黼黻皇猷，致政辞世

元至正十八年(1358)十二月，朱元璋攻取婺州，置中书分省，并改婺州路为宁越府，任命王宗显为知府。次年，朱元璋聘宋濂为婺州郡学五经师，戴良为学正，吴沉、徐原为训导。至正二十年(1360)三

① 宋濂《龙门子凝道记·采苓符》，《宋濂全集》，第 2178—2179 页。

月，他又遣使奉书币征聘宋濂、刘基、叶琛、章溢同至应天。此后，宋濂便开始了近二十年的为宦生涯。

宋濂等人的到来，使朱元璋非常高兴。他对宋濂非常尊重，"语必称先生而不名"，并委之以重任。至正二十年(1360)七月，宋濂被授江南等处儒学提举。同年十月奉旨入内，教授朱元璋长子朱标经学，因"诚明俨恪，遇纲常大义，明白开陈"，而深受朱元璋器重。至正二十四年(1364)，朱元璋即吴王位，立朱标为世子，同年十月，宋濂改任起居注。他利用侍上的机会，屡向朱元璋讲授帝王之学、为君之道，可谓"知无不言，补益甚众"。他的渊博学识、儒者风范也深受朱元璋的赏识。朱元璋曾作诗赞扬他："聪明心地实无欺，灿灿文章真可梯。论道经邦谁解及，等闲肯与佞人齐？"①

元至正二十五年(1365)三月，宋濂卧病京师，六日不能上朝。朱元璋"忧形于色"，多次向近臣询问他的病情，见宋濂病情没有好转迹象，又下诏命他归养金华。四月十七日，宋濂回到金华故居，与家人团聚，随后上表谢恩，并致书世子标"以寓箴规之意"。朱元璋览书大喜，召太子训谕："宋起居之言有益，尔其味之。"八月，宋濂父亲去世，终年八十一岁。此后几年时间，宋濂一直在潜溪服丧养病。

明洪武元年(1368)，朱元璋即帝位，称太祖，国号明，建元洪武，定都金陵。同年十二月，朱元璋下诏修《元史》，宋濂被召还。洪武二年(1369)二月，修史工作开局于天界寺，以宋濂、王祎为总裁官，并征集山林逸士十六人为纂修官。同年七月《元史》完成，共计"纪三十八卷，志五十三卷，表六卷，传六十二卷，目录二卷"。洪武三年(1370)正月，宋濂除翰林学士、亚中大夫、知制诰。二月，明太祖下诏续修《元史》，仍以宋濂、王祎为总裁官。至七月，续修《元史》完成，总计五十三卷。

洪武四年(1371)二月，宋濂擢国子司业、奉议大夫，并任会试考试官。他与陶凯、詹同等人受命之后，"分经而考，互相参定"，使无遗

① 朱元璋《御制诗一章》，《宋濂全集》附录，第2533页。

憾。对于“已黜者”，又反复检查，以求无遗珠之误。八月，宋濂上《孔子庙堂议》，因坐考祀孔子礼不以时奏，谪安远知县。洪武五年(1372)二月召还，任礼部主事。十二月，擢太子赞善大夫。洪武六年(1373)，罢停科举，朱元璋敕谕有司察举贤才，又因官员缺乏，命举人俱免会试，赴京听选。他从中选择少年俊异之人，使入禁中文华堂肄业，并诏宋濂为师。是年七月，宋濂擢翰林侍讲学士、知制诰，仍兼太子赞善大夫。

洪武九年(1376)六月，朱元璋感念于宋濂相从日久、宣劳为多，特授他翰林学士承旨、嘉议大夫知制诰、兼修国史。明太祖在诰文中称赞他侍奉自己十九年，“虽才不兼文武，博通经史，文理幽深，可以黼黻肇造之规”①。七月，因宋濂年迈体衰、艰于行步，朱元璋诏太子选良马赐之，并亲作《赐学士宋濂白马歌》以示荣耀。此后，朱元璋还授宋濂子宋璲中书舍人之职，授其孙宋慎殿庭仪礼司序班之职，并于上朝之暇，诏宋璲、宋慎上殿命题试艺。对于朱元璋的恩宠，宋濂感激涕零，常告诫子孙要“诚敬忠勤，略可自效万一”。

洪武十年(1377)正月，宋濂以年老致政归田。朱元璋以纸币文绮及御制文集赐之，并作诗相饯：“白下开樽话别离，知君此后迹应稀。”宋濂续诗云：“臣身愿作衡阳燕，一度秋风一度归。”表示此后每年都要朝京。同僚及好友孙蕡、桂彦良、答禄与权、黄忠、汪广洋、朱芾、史靖可、林静、释来复、释金泐等赋诗送别。正月二十七日，宋濂自南京归金华故居，并作《致政谢恩表》《致政谢恩笺》，遣孙宋慎至京进献。六月，宋濂始归浦江家中，筑室“静轩”，终日闭户纂述，外人难得一见。

洪武十年(1377)九月，宋濂由学生方孝孺陪同朝京，见太祖于端门。朱元璋十分高兴，慰劳再三，并敕礼部送饮食酒馔至宋濂寓馆。宋濂每天侍驾游历观阙，至晚方退。十月朱元璋又召宋濂游览观心亭，宋濂作《观心亭记》以记述此事。十一月宋濂辞京归家，朱元璋屡

① 朱元璋《赐翰林承旨诰文》，《宋濂全集》附录，第2527页。

召宋璲问其父行程及道中是否平安。洪武十一年(1378)十一月,宋濂再次朝京,并于岁末辞还。此次朱元璋曾赐诗《宋承旨越中来歌》,赞扬宋濂"气宇比秋鸿,文章真太古"。洪武十二年(1379)十二月,宋濂第三次至南京朝觐,朱元璋敕谕慰劳宋濂。

洪武十三年(1380)正月,左丞相胡惟庸因谋反被诛,株连者达一万五千余人。朱元璋遂罢中书省,废除丞相制。十一月,宋慎因坐胡惟庸党被诛,之后宋璲被诛,死时宋慎仅二十七岁,璲三十七岁。宋濂妻贾专因不堪子孙被诛的打击而凄惨离世。十二月,朱元璋因迁怒于宋濂,遂将他逮至京师欲处死。宋濂因太子及马皇后力谏得以免死。朱元璋余怒未息,遂将宋濂全家徙于四川茂州安置。临行之前,宋濂将自己的文稿、画像等交付门生郑柏,并赋诗表达对郑义门的眷念之情:"平生无别念,念念在麟溪。生则长相思,死当复来归。"①

洪武十四年(1381)四月,宋濂与子瓒、孙怿、恪等行至四川夔州,因路途劳顿与精神打击一病不起。五月,宋濂病情转重,多日未能进食。二十日早晨,他要来纸笔书写《观化帖》后,端坐而逝,终年七十二岁。《观化帖》云:

> 君子观化,小人怛化。心中即怛,何以能观?我心情识尽空,等于太虚。不见空空,不见不空。大小乘法门不过如此,人自不信,可怜可笑,示恪示怿。②

显示了他辞世时的超脱心态。宋濂死后,知事叶以从将其葬于夔州莲花峰下,乡友余公文护视其坟茔。永乐十一年(1413),蜀献王召宋恪迁宋濂墓于成都华阳县安养乡。正德八年(1513)追谥文宪。

---

① 宋濂《别义门》,《宋濂全集》,第2474页。

② 王崇炳《金华征献略》卷六,《四库全书存目丛书》本。

第二节　宋濂著述考述

作为明朝“开国文臣之首”的宋濂，一生笔耕不辍，著述丰富，其著作遍及经、史、子、集各部。自元末以来，其著作屡被刊刻，形成复杂的版本系统。前人曾对宋濂著述进行梳理研究①，但由于受到资料的局限，尚有不少重要的版本未能纳入这些作者视野。同时，其文中所涉及的某些版本也存在舛误，为研究带来不便。本节对宋濂著述的版本情况进行重新辑考，并纠正了以往研究中的舛误，以期对宋濂研究有所裨益。

一、宋濂集类著述考述

(一) 单刻本

1.《潜溪集》(又称《潜溪前集》)十卷附录二卷

《潜溪集》十卷附录二卷，元至正十六年(1356)郑氏书塾刊本。门人郑渊、郑涣编集。《文渊阁书目》《滂喜斋藏书记》《郘亭知见传本书目》均有著录。元刊本国内已佚。日本国立公文书馆现藏“《潜溪集》十卷附录二卷，明宋濂撰，元至正十六年(1356)刊，四册。吉田意庵旧藏”，当为此本。按：王兆鹏先生《宋濂文集版本源流考》误认为元刊本已佚。

国内今存明初重刻本，藏国家图书馆。半叶十三行，行二十五字，黑口，四周双边，二册。有陈旅、王袆序及郑涣《题识》。

2.《潜溪后集》十卷

《潜溪后集》十卷，元至正刊本，门人李耑、郑涛编集。《郘亭知见

① 王兆鹏《宋濂文集版本源流考》(以下简称《源流考》)，《宋濂暨“江南第一家”研究》，杭州：杭州大学出版社，1995年。

传本书目》《爱日精庐藏书志》著录。元刊本已佚。

国内今存明初重刻木，现藏国家图书馆。半叶十三行，行二十五字，黑口，四周双边。卷首有欧阳玄序，卷末有杨维桢、赵汸、郑渊后序。

3.《潜溪续集》十卷

《潜溪续集》十卷，元末刊本。《文渊阁书目》《千顷堂书目》著录。有王晋、陈秉夷、陈纲所作序，亦未言此集何地何人所刊。该集已佚。

按：清朱兴悌、戴殿江撰《宋文宪公年谱》："（元至正）十七年(1357)丁酉，先生四十八岁。……二月，刻《潜溪续集》十卷。"①此说有误。王晋《潜溪续集序》云："今年夏，乃得识先生于金陵。出其所为《潜溪集》者示予，……《潜溪前后集》二十卷，门人既刻梓以传，而先生复以《续集》俾予为之序。"②元至正二十年(1360)，宋濂出仕至金陵，此序当作于王晋与之相会金陵之时。故《潜溪续集》当刊于元至正二十年(1360)后。

4.《潜溪别集》十卷

《潜溪别集》十卷，宋濂元末所作。郑泳《潜溪别集后序》："泳也无似，结发即从先生，壮游远方，于先生之学未闻一二，然于作文之法，先生尝语之矣，故敢序次于《别集》之后。"宋濂《萝山集》卷五有诗《自题前后续别四集以识予愧》。《萝山集》为宋濂元末所作诗歌集，可知《潜溪别集》当成书于元末。又郑济《潜溪文粹后识》："先生平日著述颇多，其已刻行世者，《潜溪集》四十卷。"其中《潜溪前后续集》三集各为十卷，故《潜溪别集》亦为十卷。郑济《后识》作于明洪武十年(1377)，则《潜溪别集》当刊于此前。该集已佚。按：《源流考》未录此集。

5.《萝山集》五卷

《萝山集》五卷，宋濂元末所作诗集。原刊本已佚。

---

① 朱兴悌、戴殿江《宋文宪公年谱》，《宋濂全集》附录，第 2939 页。

② 王晋《潜溪续集序》，《宋濂全集》附录，第 2732 页。

今日本国立公文书馆存《萝山集》抄本一册五卷。半叶十二行，行二十一字，无格栏。用毛笔书写，字体秀丽流畅，无抄写者题款。卷首有元至正十三年(1353)浦阳郑涛所作《宋太史诗序》。

关于《萝山集》的版本、成书及其价值，详见下节“日本藏《萝山集》抄本考述”。按：徐永明《文臣之首：宋濂传》、王兆鹏先生《源流考》等均认为此集后世已无传本[①]。

6.《翰苑集》(又称《潜溪新集》《銮坡集》)四十卷

《翰苑集》四十卷，明洪武间刊本。宋濂在朝时所作，分前、后、续、别四集各十卷。张元济《涵芬楼烬余书录》载：“《銮坡集》十卷，明洪武刊本，四册。”该本已佚。

现存最早刊本为明正德九年(1514)张缙汇刻《宋学士文集》本(详见后)。此本《翰苑集》又题《銮坡集》《潜溪新集》。集前有杨维桢、揭汯《潜溪新集序》，集后有贝琼序：“其居青萝山所作者曰《潜溪集》，其在朝所作者曰《翰苑集》。《潜溪集》凡若干卷，故翰林承旨欧阳文公为之序。而《翰苑集》复萃记、序、碑铭、表传、杂说，釐为前、后、续、别四集云。”[②]可见，该集当是原题《潜溪新集》，后又更名为《翰苑集》或《銮坡集》。丁立中按《宋学士文集》亦云：“《宋学士集》八编，总七十五卷，俱大题在上，小题在下，《翰苑集》一作《銮坡集》，又称《潜溪新集》，杨维桢、揭汯二序皆为《新集》作，贝琼序则作于《翰苑》四集既成之后。”[③]

按：《源流考》认为《潜溪新集》十卷另有其书，与《翰苑集》为不同文集，有误。

7.《朝京稿》五卷

《朝京稿》五卷，宋濂致仕后所作。据天顺元年(1457)黄溥题《潜溪集》，此本当时已“流传于天下”。现存最早刊本为明正德九年(1514)张缙汇刻《宋学士文集》本(详见后)。

---

① 参见徐永明《文臣之首——宋濂传》，杭州：浙江人民出版社，2007年，第316页。

② 贝琼《潜溪前、后、序、别四集序》，《宋学士全集》卷首，明正德九年(1514)张缙刻本。

③ 丁立中、孙锵《潜溪录》，《宋濂全集》附录，第2758页。

8.《芝园集》三十卷

《芝园集》三十卷，宋濂致仕后所作，分前、后、续三集各十卷。始刊于何时，已不可考。现存最早刊本为明正德九年(1514)张缙汇刻《宋学士文集》本(详见后)。

9.《文章正原》十五卷

《文章正原》十五卷，明景泰四年(1453)刻本。光绪《浦江县志》《善本书室藏书志》著录。《宋文宪公年谱》云:"代宗景泰四年(1453)癸酉，正月，刻《文章正原》十五卷，赵同鲁有《后识》。"①

此书为宋濂所选古文，其中卷一、卷二为《孟子》，二十九章；卷三至卷八为韩昌黎文，五十二篇；卷九至卷十五为欧阳修文，共五十四篇。今未见传本。按:《源流考》未录此本。

(二) 选本

1.《宋学士文粹》十卷补遗一卷

《宋学士文粹》十卷，洪武十年(1377)刊本。刘基选定，门人刘刚、林静、方孝孺等缮写。其中文主要选自《潜溪前后集》，诗选自《萝山集》。《文渊阁书目》《宝文堂书目》《千顷堂书目》等均有著录。今国家图书馆藏此本。半叶十六行，行二十七字，黑口，左右双边，双鱼尾，四册。版框高20.3厘米，宽12.9厘米。卷首有刘基所作序，卷末有郑济所题《后识》。卷端题"宋学士文粹"。

此集另有明刊本，其一藏国家图书馆，半叶十三行，行二十五字，黑口，四周单边，四册。另一种载于傅增湘《藏园群书题记》卷十七:"(《宋学士文粹》)其版为粗黑口，十一行二十字，字体及写刻颇为疏率，疑正、嘉以前所刻。"②未见传本。

2.《宋学士续文粹》十卷附录一卷

《宋学士文粹》十卷附录一卷，建文三年(1401)郑氏书塾刊本。

① 朱兴悌、戴殿江《宋文宪公年谱》，《宋濂全集》附录，第2968页。
② 傅增湘《藏园群书题记》，上海:上海古籍出版社，1989年，第824页。

门人方孝孺选定，并与刘刚、林静、楼琏等亲自缮写。《千顷堂书目》著录。

今台湾“国家图书馆”藏此本。半叶十二行，行二十五字，左右双边，黑口，单鱼尾，四册。鱼尾下镌“宋学士续文粹”，卷端题“宋学士续文粹”。版框高19.3厘米，宽12.3厘米。有楼琏序、郑柏题跋。卷末附宋濂行状、墓志等。

3.《潜溪先生集》十八卷附录一卷

《潜溪先生集》十八卷附录一卷，明天顺元年（1457）黄溥刊本。诗一卷，文十七卷，按体编排。宋濂外孙茂州医学典科严埙缮写，古相罗绮校正。《浙江通志》《浦江县志》《千顷堂书目》著录。国家图书馆、上海图书馆等均藏此本。半叶十一行，行二十五字，黑口，四周双边，双鱼尾，版心镌“潜溪集”。卷端题“潜溪先生集”。版框高21.6厘米，宽14.1厘米。

此集又有明嘉靖二十二年（1543）成都知府傅应祥刊本。藏台湾“国家图书馆”。半叶十行，行二十一字，单边，白口，十二册。版心镌“潜溪集”及卷次。版框高21.2厘米，宽14.7厘米。卷端题“潜溪先生集”，署“后学弋阳黄溥澄济选编”“古相后学罗绮尚絅校正”。

4.《潜溪集》八卷附录一卷

《潜溪集》八卷，明嘉靖十五年（1536）徐嵩、温秀刊本。主要选自《潜溪前后集》，分“金、石、丝、竹、匏、土、革、木”八编，共一百四十三篇。

国家图书馆、上海图书卷等均藏此本。半叶十行，行二十字，白口，四周单边，八册。版框高18.7厘米，宽14.2厘米。卷端题“潜溪集”，署“金华宋濂著”。卷首有王祎、欧阳玄、陈旅序，又有胡助撰《宋氏世谱记》，郑涛撰《潜溪小传》，诸家撰画像赞等。卷末有明嘉靖间高节跋，另有“知景州洛邑温秀校刊”一行。

5.《宋景濂先生未刻集》不分卷

《宋景濂先生未刻集》不分卷，康熙三年（1664）陈国珍刊本。据蒋超序，宋濂裔孙孝廉既庭得文徵明家旧藏元版宋集一部，其中多有未曾寓目之文。蒋超购得此本后，选“今本所未载者得三十八篇，编为此集”。对比其他刊本，可知其中十一篇见于嘉靖三十年(1551)韩叔阳刻本，二十七篇见于嘉靖十五年(1536)徐嵩刻本，皆选自《潜溪前后集》。所以，此集实为选本，并非未刻。

上海图书馆藏此本。半叶九行，行十八字，左右双边，四册。版框高 18.4 厘米，宽 13.8 厘米。卷端题“宋景濂先生未刻集”，版心镌“宋景濂未刻集”。首有吴伟业、蒋超、张王治序，卷末有陈国珍后序。此集另有文渊阁《四库全书》本，二卷。

6.《宋学士集》一卷

《宋学士集》一卷，明俞宪《盛明百家诗》前编本。辑录宋濂所作诗赋四十余首。有明嘉靖至万历间刻本，半叶十行，行十六字，黑口，单鱼尾，左右双边。

按：《源流考》据《藏园群书经眼录》著录宋濂《宋学士集》九卷附录一卷。查傅增湘《藏园群书经眼录》卷十六：“《宋学士集》九卷附录一卷，明宋濂撰。明崇祯十三年曹荃刊本，九行十八字，题‘梁溪曹荃元宰校订’。前崇祯庚辰曹荃自序，次参较姓氏，题闽漳张燮绍和纂，同郡黄道周等较，盖即绍和所编而荃为之出赀付刊耳。卷一赋、五古，卷二五、七古，卷三五律，卷四五律，卷五七律，卷六五排、五七绝，卷七序，卷八表，卷九书、赞佛文、祭文。”①张燮曾辑唐代宋之问《宋学士集》九卷附录一卷。此集有明崇祯十三年(1640)曹荃刻本，今藏国家图书馆，亦是半叶九行，行十八字，白口双边。版本情况与《藏园群书经眼录》所载完全一致。可见，傅增湘似是误把宋之问《宋学士集》当作宋濂所撰。《源流考》据此著录，或有误。

7.《潜溪大全集》

《潜溪大全集》，已佚。见于朱右《潜溪大全集序》。各家书目均未载，朱右序中亦未详卷数及何人所编。

① 傅增湘《藏园群书经眼录》，第 1379 页。

8.《宋文宪公先生集》十一卷

《宋文宪公先生集》十一卷,《明八大家集》本。清康熙二十一年(1682)张汝瑚评选,温陵书林梓行。分体排列,每篇之后有张汝瑚评点,文中有零星评语。

上海图书馆藏此本。每半叶十行,行二十字,无格栏,白口,单鱼尾,四周单边,八册。象鼻内镌"宋文宪集",版心镌卷次。内封镌"晋江张复钟先生评选""宋文宪公先生集""温陵书林梓行"。版框高22厘米,宽14.6厘米。卷端题"宋文宪公集",署"金华宋濂景濂著","晋江张汝瑚夏钟选"。卷首有张汝瑚撰《宋文宪先生传》。按:以下五种选本,《源流考》均未录。

9.《宋景濂文选》七卷

《宋景濂文选》七卷,《金元明八大家文选》本。上高李祖陶所选宋濂文,刻于清道光二十五年(1845)。分体排列,每篇之后有李祖陶评点,文中有零星评语。

上海图书馆藏此本。半叶九行,行二十五字,白口,四周双边,单鱼尾,象鼻内镌"明文选",版心镌卷次及"景濂"。封面镌"道光乙巳秋初镌""宋景濂文选""上高李祖陶评点、庐陵李汝霖授梓"。卷首有《明史·宋濂传》,目录后有李祖陶序。

10.《宋学士文粹》三卷

《宋学士文粹》三卷,日本文久二年(1862)刊本。村濑季德所选宋濂文七十九篇,日本青木嵩山堂刊。

上海图书馆藏此本。半叶十行,行二十字,白口,单鱼尾,四周单边。象鼻内镌"宋学士文集",版心内镌卷次,三册。版框高15.2厘米,宽11.7厘米。卷端题"宋学士文粹",署"刘诲辅季德编次""松下纲安世校"。卷首有日本文久二年(1862)桑原忱序。

11.《宋文宪公护法录》十卷

《宋文宪公护法录》十卷,明天启三年(1623)刊本。释袾宏辑宋濂文集中有关佛教者,刊于径山化城寺。

上海图书馆藏此本。半叶十行,行二十字,四周双边,四册。版框高23厘米,宽14.7厘米。卷首有万历四十四年(1616)钱谦益序。卷端题"宋文宪公护法录",署"皇明金华宋濂著""云棲袾宏辑""虞山钱谦益订"。此集另有民国八年(1919)孙氏刊本,藏上海图书馆。

12.《宋景濂文抄》一卷,《八代文钞》本

《宋景濂文抄》一卷,明李宾编《八代文钞》本,共辑录宋濂文二十八篇。天津图书馆藏明末刻本。半叶九行,行二十字,黑口,左右双边,单鱼尾。

（三）汇刻本

1.《宋学士先生文集》二十六卷

《宋学士先生文集》二十六卷附录一卷,明天顺五年(1461)黄誉刻本。此集合《潜溪前后集》《宋学士文粹》《萝山集》编成。凡与佛、道有关的篇章,则一概删削,共有诗文六百余篇。

南京图书馆、无锡图书馆藏原刊本。半叶十二行,行二十一字,黑口,四周双边。版心镌"宋集"及卷次。卷首有萧山魏骥序。此集另有明嘉靖三年(1524)安正堂重刊本,今藏国家图书馆、南京图书馆等。半叶十一行,行二十二字,黑口,左右双边,二十册。卷首有魏骥序,后有"嘉靖三年(1524)春月安正堂新刊行"一行。

2.《宋学士文集》七十五卷

《宋学士先生文集》七十五卷,明正德九年(1514)张缙刻本。收录宋濂入明后所作诗文。此集为宋濂生前亲手编定,命子宋璲缮录精整。后为张缙所得,并于正德九年(1514)"按本翻刻录入"。凡八编,分《翰苑集》《翰苑后集》《翰苑续集》《翰苑别集》《芝园前集》《芝园后集》《芝园续集》各十卷,《朝京稿》五卷,共七十五卷,九百六十七篇。

上海图书馆藏原刊本。半叶十四行,行二十三字,白口,左右双边,凡二十册。象鼻内分别镌"銮坡前""銮坡后""銮坡续""銮坡别""芝园前""芝园后""芝园续""朝京稿"等名,版心镌"宋文集"及卷次;卷端题"宋学士文集",版框高20.5厘米,宽14.7厘米。《翰苑集》前

有杨维桢、揭汯序，《翰苑后集》后有贝琼序。书末附张缙《新刊太史宋公文集后序》。《四部丛刊初编》本《宋学士文集》即据此本影印。1998年罗月霞主编《宋濂全集》，即依此本及明初刊《潜溪前后集》为底本。

此集又有嘉靖四十四年(1565)刘祜重修本。此本有刘祜跋云："宋公旧集刻于郡斋，岁久漫缺，顾缘时诎未能也。因为补修，俾无病，观者庶永其传焉。"上海图书馆、湖北省图书馆藏此本。

3.《宋学士全集》三十三卷

《宋学士全集》三十三卷，明嘉靖三十年(1551)韩叔阳刻本。此集合《潜溪集》《翰苑集》《芝园集》《朝京稿》《龙门子凝道记》《浦阳人物记》诸集荟萃成编，共九百六十七篇。

国家图书馆、郑州图书馆藏此本。半叶十一行，行二十四字，左右双边，白口，单鱼尾，凡十八册。版框高 20 厘米，宽 14.2 厘米。卷端题"新刊宋学士全集"，署"赐进士第文林郎浦江县知县高淳韩叔阳汇集""后学浦江张元中编次""庠生张孟昂校正"。有雷礼、陈元珂序。

此集又有万历间吴良悌重修本、崇祯间吴应台递修本，丁立中按《宋学士集》："韩叔阳汇刊《宋学士集》……越六十年为万历庚戌，吴良悌重修。崇祯间，吴应台为浦令，又重修之。"[①]上海图书馆、天津图书馆藏吴应台递修本，题名、卷数与原本相同。此后，又有清顺治九年(1652)周日燦修补本。河南大学图书馆藏此本，版本特征与韩叔阳本一致，有方咸亨、赵霦吉、张以迈、周日灿四序。

清康熙四十八年(1709)，两浙督学彭始抟又据韩本重刻《宋学士全集》三十二卷附录一卷。上海图书馆藏此本。半叶十一行，行二十二字，白口，左右双边。

清同治十三年(1874)，胡凤丹又据彭始抟本重刻《宋学士全集》，并刊入《金华丛书》。将竣工时，又获明本，较韩叔阳刻本多出诗文三百五十八篇，遂续刻《补遗》八卷。韩本与明本及各集中歧异之处，另

---

① 丁立中、孙锵《潜溪录》，《宋濂全集》附录，第 2759 页。

纂《辨讹考异》二卷，附于集后。上海图书馆藏此本。半叶九行，行二十四字，白口，单鱼尾，四周双边。卷端题“宋学士全集”，署“明宋濂撰”“同郡后学胡凤丹月樵校梓”。版心镌“宋学士集”“退补斋藏板”及卷次。卷首有胡凤丹、彭始抟序及《题识》。卷末附诰、敕、书、序、题识、像赞祭文、传、行状等。《丛书集成初编》本《宋学士全集》即据此本排印。

又，文渊阁《四库全书》本《文宪集》三十二卷，体例与韩本同，亦出自韩叔阳刻本。

又，清康熙四十九年(1710)傅旭元据韩叔阳刻本《宋学士全集》，并合《宋景濂先生未刻集》《燕书》，重刻《宋文宪公文集》三十卷诗二卷附年谱一册，仙华书院梓行。有杨汝穀、查遴、王廷奏、葛天鹏、张哲等序。辽宁省图书馆、南京图书馆藏此本。

4.《宋文宪公全集》五十三卷

《宋文宪公全集》五十三卷首四卷，清嘉庆十五年(1810)严荣刻本，刊于金华府学。此集乃严荣集正德九年(1514)张缙刻本、嘉靖十五年(1536)徐嵩刻本、嘉靖三十年(1551)韩叔阳刻本汇刻而成。全集以张缙刻本为宗，并其为三十四卷，徐刻为八卷，韩刻为辑补八卷。另补入《龙门子凝道记》二卷，《浦阳人物记》一卷。文集凡五十三卷，共一千三百六十三篇。

上海图书馆藏此本。半叶十二行，行二十三字，白口，四周单边，凡十八册。象鼻内镌“宋文宪公全集”，版心内镌卷次。卷端题“宋文宪公全集”，版框高 19.2 厘米，宽 13.7 厘米。卷首有严荣、戴殿泗序。其后有首四卷，卷首一载张刻、徐刻、韩刻、傅刻、彭刻原序；卷首二录宋濂诰、敕、本传、小传、行状等；卷首三为像赞、祭文、墓志、祠堂碑记、世谱记、世系记；卷首四为凡例。《四部备要》本《宋文宪公全集》即据严刻本排印。

5.《宋文宪公全集》八十卷

《宋文宪公全集》八十卷附录三卷，清宣统三年至民国五年(1911—1916)孙锵刊本。是集以严荣刻《宋文宪公全集》为宗，分体排列，又编入《洪武圣政记》《平汉录》，并附浦江戴殿泗、朱兴悌所编《年谱》以及丁立中辑、孙锵增补《潜溪录》。

上海图书馆藏此本。半叶十二行，行二十三字，白口，单鱼尾，左右双边，凡二十八册。象鼻内镌"宋文宪公全集"，版心镌卷次。版框高18.4厘米，宽12.5厘米。卷端题"宋文宪公全集"，署"后学四明孙锵校刊"。按：《源流考》未录此本。

二、日本藏《萝山集》抄本考述

宋濂一生著述丰富，诗文集主要有《潜溪集》《萝山集》《龙门子凝道记》《翰苑集》《芝园集》《朝京稿》等。自元末以来，其诗文集屡被刊刻，甚至流传到海外。1993年章培恒先生主编《全明诗》首次对宋濂诗作进行整理，共辑诗330余首。1999年罗月霞主编《宋濂全集》(以下简称《全集》)，又在《全明诗》基础上增收11首。但由于收录宋濂元末诗作的诗集《萝山集》国内久已亡佚，因此《全集》所收诗歌以入明后所作为主，且数量不足、价值不高。笔者在查阅山根幸夫编《增订日本现存明人文集目录》[①]一书时，发现日本国立公文书馆尚存《萝山集》抄本，并在友人帮助下获得此集复印本。兹作考述如次：

(一)《萝山集》的版本情况及其东传

《萝山集》抄本现藏于日本国立公文书馆(原日本内阁文库)，馆签标为：宋濂(明)，【书志事项】写本、江户，【旧藏者】林家(大学头)。全书一册五卷，半叶十二行，行二十一字，无格栏。用毛笔书写，字体秀丽流畅，其中有一些异体、俗体字及个别错别字，无抄写者题款。卷首有浦阳郑涛《宋太史诗序》，序作于元至正十三年(1353)冬十一月。序的首行钤有"浅草文库""弘文学士馆"窄长方形印，书眉钤有"林氏藏书""日本政府图书"篆文方印。卷末钤有"昌平坂学问所"长方形印。

---

① 山根幸夫《增订日本现存明人文集目录》，东京：东京女子大学东洋研究室，1978年，第100页。

正文卷端题“萝山集”，署“金华宋濂景濂作”。卷二末有宋濂所作识语：“右此卷诗凡百余首，皆乙未、丙申岁作也。情寓于词，颇多缪辐纤弱，谩钞新稿后，以俟他日删去。濂识。”“乙未、丙申”为元至正十五年（1355）和至正十六年（1356），时宋濂四十六、七岁，此卷当作于这一时期。

“弘文学士馆”为日本宽文三年（1663）德川幕府授予林恕林氏家塾的称号。林恕（1618—1680），号鹅峰，为日本著名汉学家林信胜之子。此后他即用“弘文学士馆”之印于其家藏书。元禄三年（1690）德川纲吉以林氏家塾为“昌本坂学问所”，使之成为幕府官学，并命由林家世袭“学问所”长官，称“大学头”。明治初，林氏藏书由政府接管，并一度移往浅草，改称“浅草文库”；明治十四年（1881）“浅草文库”关闭，其藏书经内务省转入内阁文库。据此，抄本《萝山集》至迟在1663年之前已由林恕家收藏。至于抄写者及其所据底本，因没有题款和其他标识，暂且难以知晓。

关于《萝山集》的东传，稽之文献，也有迹可循。明初宋濂曾先后任国子司业、皇太子师、翰林学士承旨等职，朝廷碑版制诰多出其手，“一代礼乐制作多所裁定”，四方求文者纷至沓来，其影响远及日本、高丽等。据郑楷《潜溪先生宋公行状》：“日本使奉敕请文，以百金为献，先生却不受。上以问先生，先生对曰：‘天朝侍从之官而受小夷金，非所以崇国体也。’上深然之。”[①]除了派遣使者请宋濂撰写题跋碑铭之外，日本人还大量购买、翻刻宋濂的文集。《明史·宋濂传》：

> （宋濂）自少至老，未尝一日去书卷，于学无所不通。为文醇深演迤，与古作者并。……士大夫造门乞文者，后先相踵。外国贡使亦知其名，数问宋先生起居无恙否。高丽、安南、日本至出兼金购文集。四方学者悉称为“太史公”，不以姓氏。[②]

---

① 郑楷《潜溪先生宋公行状》，《宋濂全集》附录，第2599页。

② 张廷玉等《明史·宋濂传》，北京：中华书局，1974年，第3787—3788页。

雍正《四川通志》：

濂既司制作之柄，文章辉灿，求者集门。日本得濂《潜溪集》，镂版国中。[①]

日本五山禅僧天隐龙泽《天隐和尚文集》：

大明诗人，余平生所阅者宋濂《文粹》。[②]

可见宋濂的作品在日本是颇受推崇的。据《增订日本现存明人文集目录》，现存日本各图书馆的宋濂文集还有：《新刊宋学士全集》（明嘉靖三十年韩叔阳刻本）、《宋学士先生文集》（明天顺五年刊本）、《重刊宋濂学士先生文集》（明刊本）、《宋景濂未刻集》（清康熙间刊本）、《宋文宪公文集》（清康熙五十一年刊本）等十几种。另外，元至正十六年（1356）浦江郑氏书塾刻《潜溪集》十卷本，国内早已亡佚，而日本国立公文书馆尚藏有此书。日本藏宋濂文集之丰富，由此可见一斑。

除以上诸集之外，《萝山集》也曾东传至日本。日僧瑞溪周凤《卧云日件录拔尤》：

察堂又问鲤鱼风，盖九月风也，见于李贺诗及《韵府》。然《萝山集》有“三月鲤鱼风”，又有“春浦鲤鱼风”之语。[③]

又日僧惟高妙安《玉尘抄》卷三十五：

① 雍正《四川通志》卷三十八之二，文渊阁《四库全书》本。

② [日]荫木英雄《训注空华日用工夫略集：中世禅僧の生活と文学》，京都：思文阁出版社，1982年，第419页。

③ [日]瑞溪周凤《卧云日件录拔尤》，东京：岩波书店，1992年，第133页。

> 宋景濂有《日东曲》十首诗，载《梦（萝之误）山集》，十首之末作富士。①

“春浦鲤鱼风”出自《简吴山长》，《全集》已据清同治十三年(1874)胡凤丹刻《金华丛书》本《宋学士全集》辑录。而瑞溪周凤所说“三月鲤鱼风”则出自《钱塘曲》，其中有“可怜三月鲤鱼风，一夜飞花连白晓”之语，此诗与惟高妙安所说《赋日东曲》十首均出自《萝山集》，而不见于宋濂其他文集的单刻、汇刻及选集本。因此可以断定《萝山集》曾东传至日本。至于流传于日本的即是现存国立公文书馆的抄本，还是另有刻本，现存抄本乃据刻本所抄，因缺乏资料尚难以考证。

(二)《萝山集》的成书

关于《萝山集》，诸家记载，卷数、书名多有不同②。后人对此颇有疑惑，猜测《萝山集》并非一次成书，惜无确证，难以定论③。今据抄本《萝山集》的内容、体例，以及宋濂友人、门生的记述，能探明诸家记载的差异，的确与《萝山集》的成书密切相关。

抄本《萝山集》卷首所载郑涛《宋太史诗序》：

> 太史先生诗若干卷，简雅瞻丽，各因体成赋，声调辞气精纯弗杂。涛尝传至京师，翰林诸公莫不爱诵之，而揭文安公为之评……及吴公既殁，先生复登柳、黄二公之门。二公之所传授，与吴公不

---

① ［日］荫木英雄《训注空华日用工夫略集：中世禅僧の生活と文学》，第 419 页。

② 明杨士奇《文渊阁书目》载：宋太史《萝山吟》一部一册；明陆深《俨山集》载：《萝山吟稿》(又称《萝山集》)五卷；清黄虞稷《千顷堂书目》载：《萝山吟稿》三卷、《宋学士诗集》五卷；《明史・艺文志》载：宋濂《诗集》五卷；康熙《金华府志》载：《萝山集》五卷。

③ 丁立中、孙锵《潜溪录》：“当时已有刊行之本，惜散佚不传，序跋亦未见，于他书无从考核，《萝山吟稿》或作五卷，似为增刊之本。”(《宋濂全集》附录，第 2737 页)；王兆鹏《宋濂文集版本源流考》：“《萝山吟稿》疑即《萝山集》，然《吟稿》为三卷，《萝山集》为五卷，又似非一书。……或《吟稿》成书较早，后正式付梓时又增益二卷并易名为《萝山集》，惜无确证。”(《宋濂暨“江南第一家”研究》，第 174 页。)

> 异，先生益务刻深为之。二十年间，随作随焚，常有歉然不足之色。间语涛曰："吾于诗极用功而殊不能精。譬之陟泰山至中观，自谓已至也，而不知天阙犹在云际。以此言之，其难于学文也何翅十倍哉！"复出一编相示，曰："子幸一观，吾又将焚之矣。"涛因为携去，即文安公所评者也。自时厥后，涛再游江南，求类先生之诗以传。先生曰："吾已焚去殆尽，子与吾学同师，知予用心独苦，顾为之序，他日所赋或可观，当书之以冠篇首。"

郑涛序作于元至正十三年(1353)，准备将来宋濂的诗集付梓时冠于篇首。此前，宋濂虽有诗若干卷，却被焚之殆尽。抄本《萝山集》中所收至正十三年(1353)以前的诗歌有七、八首，当为焚余之作。所以此年尚未有《萝山集》。

元至正十六年(1356)，浦江郑氏书塾刊刻了十卷本《潜溪集》。此书卷末有郑涣《潜溪集题识》：

> 《潜溪集》一编，总六万有余字，皆金华宋先生所著之文也。先生自以为文章乃无用空言，凡所酬应，鲜存其稿，出于涣兄仲舒编者，仅若是。仲父都事公取以锓梓，涣谨以先生近作益之，复用故国子监丞陈公昔所为序，冠于篇端。其文多系杂著，弗复分类。诗赋别见《萝山稿》，不在集中。……嗣是而有所作者，当为后集以传。"①

抄本《萝山集》卷二的题识说此卷皆为至正十五年(1355)、十六年(1356)所作旧稿。郑涣《题识》中所说的《萝山稿》，或即为此卷，因为仅一百余篇，当难以刊刻。

此后宋濂同门友王袆曾作《宋太史传》：

① 郑涣《潜溪集题识》，《宋濂全集》附录，第2723页。

会世乱益韬闳，不欲事表显，乃入小龙门山著书。书成二十四篇，曰《龙门子凝道记》。又著《孝经新说》《周礼集注》等书，皆传于学者。……景濂所为文，别有《萝山吟稿》三卷，《潜溪内外集》三十卷，又有《浦阳人物记》五卷。[1]

王袆所提宋濂的著作，《浦阳人物记》成书于元至正十年(1350)，《龙门子凝道记》成书于至正十六年(1356)，《孝经新说》《周礼集注》成书时间不详。《潜溪内外集》三十卷，即为前、后、续三集各十卷，其中前、后二集刊刻较早。至于《续集》，据王晋《潜溪续集序》：

《潜溪续集》十卷，金华宋先生景濂之所著也。……今年夏，乃得识先生于金陵。……承旨欧阳公于人慎许可，独称先生之才具众长，识迈千古，近时大江以南一人焉。诚可谓有知言云。《潜溪前后集》二十卷，门人既刻梓以传，而先生复以《续集》俾予为之序。"[2]

又陈秉夷《潜溪续集序》：

先生所为文，号《潜溪集》，有《前》《后》《续集》三类，各若干卷。……今复于先生会于建业，睹其威仪，聆其言论，读其文辞，退而自讼，不觉愧汗之沾襟也。而欲以肤浅之词，自托于篇翰，不亦惑乎？"[3]

元至正二十年(1360)，宋濂出仕至应天，得到朱元璋的重用。王晋、陈秉夷两序均作于宋濂与他们相会于金陵之时，此前《潜溪续集》已成书。因此王袆《宋太史传》当作于此后不久，此时《萝山集》(或称

---

① 王袆《王忠文公集》卷十七。

② 王晋《潜溪续集序》，《宋濂全集》附录，第2732页。

③ 陈秉夷《潜溪续集序》，《宋濂全集》附录，第2733—2734页。

为《萝山吟稿》)已有三卷。抄本《萝山集》中卷一《望钟山作简周先辈》《始衰》《俚咏寄郑山长叔侄追述严陵别意》等诗、卷三《答戴学正》《和韵答友人》等诗，皆为宋濂出仕不久后所作。所以王祎所称的《萝山吟稿》三卷似即为《萝山集》的前三卷。

明洪武十年(1377)，经刘基选定的《宋学士文粹》十卷本刊行，卷末所附郑济《文粹后识》云：

> 先生平日著述颇多，其已刻行世者《潜溪集》四十卷、《萝山集》五卷、《龙门子》三卷，其未刻者《翰苑集》四十卷。归田以来，所著《芝园集》尚未分卷。在禁林时，见诸辞翰，多大制作，窃意刘丈选之，或有所遗，尚俟来者续编以附其后。①

《宋学士文粹》中有诗一卷，除《送方生孝孺还天台诗》外，其他诗作均出自《萝山集》，并且郑济《后识》中已明确提到五卷本《萝山集》。因此可以肯定在此之前《萝山集》五卷本已刻行于世。抄本《萝山集》中，卷四、卷五中《赋日东曲》十首、《忆与刘伯温、章三溢、叶景渊三君子同上江表，五六年间人事离合不齐，而景渊已作土中人矣，慨然有赋》《自题前、后、续、别四集以识予愧》皆作于至正二十一年(1361)之后，比前三卷诗稍晚，附于前三集之后，一并被刊行于世。

通过以上记述可知，由于宋濂对自己诗作"常有歉然不足之色"，"二十年间屡作屡焚"，所以他早期的诗歌保存较少。直到至正十五、十六年，他的诗作才被完整保存下来，约有一百余首，暂题名为《萝山稿》(或《宋太史诗集》)。此后几年所作诗歌，再加上早年的零星旧作，先后被整理为新稿。原来的一卷旧稿也在整理时被附于卷一之后。这三卷诗稿即是王祎所说的《萝山吟稿》，是否刊行已不可知。至正二十年(1360)，宋濂出仕至金陵，此后几年所作诗歌和原先未被搜集到的一些旧作，被整理为二卷，与前三卷一起刊行，即为郑济《文

① 郑济《文粹后识》，《宋学士文粹》卷末，明洪武十年(1377)刊本。

粹后志》所说的五卷本《萝山集》。由于宋濂作品“皆出于一时门人所集录，编目虽繁而纂集尤次，章篇虽富而体制不分”①，所以《萝山集》所收诗歌并未按时间先后或者体制排列，显得杂乱无序。同时，《萝山集》在成书过程中题名、卷数不同，友人、门生所记也并不相同，后来者依不同文献记载自然也会出现并不一致的情况。

（三）抄本《萝山集》的价值

《萝山集》作为宋濂唯一的一部诗集，收录了他入明前的绝大部分诗作。但《萝山集》的传播并不广泛，后人在刊刻其文集时也大多没有看到该集。因此抄本《萝山集》的发现便具有重要的文献及文学价值。

1. 补遗、校勘价值

《萝山集》所收诗歌数量丰富，共 450 首。其中 320 余首为佚诗，几乎与《全集》所收诗歌数量相当，具有重要的补遗价值。其中像《越歌·约杨推官同赋》十四首，《全集》收录八首；《和胡古愚拟宫体》二首，《全集》收录一首；《拟古》十五首，《全集》收录二首；《艳阳词》(效唐人体）二十首，《全集》收录三首；《和刘伯温秋怀韵》二十二首，《全集》收录六首；《杂体》五十首，《全集》仅收二首。这些散佚的诗歌均可利用《萝山集》进行补遗。

其他如《病起酬郑贤良渊》《送高延东归》《九月十一日纪梦有述遂及玄学寄开元章道士》《七歌》《赠天随生还龙虎山》《驭气引》《病中示项生思复》《赠日本僧》《赋日东曲》《寄赵征君》《鲜支花同千岩师赋》《怀张山长》等诗，它们有助于了解宋濂的生平交游及思想观念，其补遗价值也不容忽视。

《萝山集》还具有重要的校勘价值，对恢复宋濂诗歌的原貌能起到不可替代的作用。如《全集》辑录了清康熙四十九年(1710)傅旭元刻《宋文宪公全集》中的《寄答戴九灵古诗十首》，这些诗据明郎瑛《七

① 黄溥《潜溪先生集序》，《宋濂全集》附录，第 2747 页。

修类稿》录入，但仔细检读则发现全诗仅九首，且其中第五、六、七首分别为：

盈盈白面生，骑马出重关。铁衣何皦皦，宝刀缀双环。左右千貔貅，绣旗随风翻。自云将家子，折节征百蛮。常从大将军，三箭定天山。飘摇意气得，泰华欲成吞。庸竖众骇之，啧啧咸长叹。鄙我章句生，弃掷同粪丸。

我固孱弱躯，久服章甫冠。世间纷扰徒，如何学神仙？为恐寿命促，汲汲求长年。中开龙虎鼎，烹锻日月魂。回复存一气，去入无穷门。日瞻九霄上，白鹤来翩翩。刚风吹弗休，跬步不可前。迅景若流火，颠发白被肩。鬼啼丹台下，令人心鼻酸。禹书或饭牛，海风尝引船。嬴刘有遗辙，皎若明镜然。吾身无百年，先后终凋残。幸有一寸心，万世能长存。

华龄事觚翰，志可移南山。学染血色丝，织成凤与鸾。如何终岁论，厌读仍厌观？岂为血气衰，恶此葩藻繁？至人抱太素，直溯义皇前。一尘不可涴，白玉为肺肝。方知始学谬，中夜发长叹。瞟瞟夸毗子，反诮为迂顽。驱云驾飞涛，欲使归笔端。怜之不敢嗔，再拜相与言。床头有《周易》，时时宜细看。①

粗看之下，与第三首相比，前两首诗在篇幅上显得不太均衡；且第二首的前两句"我固孱弱躯，久服章甫冠"自述其自幼体弱、久习儒业，与后面写世人修学仙道的内容也似扞格不通。因此，其间必有疏漏、缺失。今比核抄本《萝山集》，则能发现，第二首诗的前两句"我固孱弱躯，久服章甫冠"，应归入第一首末尾；且其后应补入散佚的四句"亦有兵百万，藏之心胸间。欲施竟何之，目送孤云还"。

而第二、三首之间，应补入散佚的诗：

① 宋濂《寄答戴九灵古诗十首》，《宋濂全集》，罗月霞主编，杭州：浙江古籍出版社，1999年，第2193页。

梦入青萝山，山路何郁纡。髯松稍怒张，似怪皈来迟。女萝却相迎，故垂千尺丝。戎葵饮露华，叶大逾昔时。自我不见汝，已是三年余。所爱青猿猴，恐在高树枝。呼之不见应，莫过他山栖。徘徊触故物，一喜复一悲。荒鸡忽呼觉，此身还在斯。俯仰霄壤中，焉往非梦为。何如任天运，娱乐以自期。

这样，正好构成完整的十首。

再如清胡凤丹刊《宋学士全集》中所收《游泾川水西寺，简叶八宣慰、刘七都事、章下二元帅》一诗，其中"啮趾嵌剑石，□冠排戟莿""忠精烨白虹，直欲□天地""道过桓彝祠，古□撑幽邃"等诗句有缺字，比对抄本《萝山集》，可知三处缺字分别为"钩""贯""殿"。又此本《秋夜与子充论文，退而赋诗一首，因简子充并寄胡教授仲申》一诗，"小或簸盘吼河海，大将触搏流风霆"中的"盘"字，《萝山集》作"荡"字。"簸盘"词义不通，而"簸荡"则指物体剧烈摇动或波动。如杜甫《沙苑行》："角壮翻同麋鹿游，浮深簸荡鼋鼍窟。"故"荡"字为是；"杏坛迹芜铎声远，人凿私智先先登"中的"先先"一词，《萝山集》及清顺治九年(1652)毛氏汲古阁刻本《列朝诗集》作"争先"。"先先"词义难通，而"争先"则与上下文诗意相符，故"争先"为是。明清两代刊刻的宋濂文集中所收诗歌缺字、错字尚不少，这些舛讹之处可利用《萝山集》进行校勘。

2. 能全面、深入地认识宋濂的诗歌价值

元末宋濂隐于浙东，著书凝道以待时变，明初他以一介布衣成为朱元璋依恃的重要文臣，仕隐处境的不同使他的诗风发生显著转变。入明后他写了不少酬应、颂圣诗作，这些充满台阁气息的诗歌严整妥切、平易雍容，但相对说来价值不高，以致人们发出"韵语则非所长，虽多不作可也"[①]的讥评。抄本《萝山集》则收录了大量宋濂入明前所作诗歌，这些山林之诗自由活泼、情感浓烈、风格醇深雅美，对于全面

① 朱彝尊《明诗综》卷三，康熙四十四年(1705)六峰阁刊本。

认识宋濂的诗歌创作成就具有重要价值。

《萝山集》中数量最多、价值最高的当为乐府诗，共 81 题 197 首，与刘基、高启等人的乐府诗数量相当。大致可分为拟乐府古题、民歌体乐府诗和自创新题乐府三类。

宋濂的古题乐府规步旧题之作较少，多能够翻空出新，或依其本义而变其体式，或承其体式而别翻新意，表现出一定的创新性特点。有《阳翟新声》《转应辞》《折杨柳》《长相思》《析析盐》《纥那曲》《寄远曲》《摩多楼子》等。如卷二《摩多楼子》：

> 辕门晓树天王旗，貔貅百万尽铁衣。紫髯将军自天下，乌骓八尺凌空飞。袖中雌雄剑三尺，千龄碧血染秋色。七星飞动霹雳鸣，海若山灵作人泣。前年招得呼韩降，今年缚得楼兰王，腰间金印明洸洸。

郭茂倩《乐府诗集》卷七十八收李白、李贺《摩多楼子》二首。李白诗五言四句，李贺诗五言十二句，均言从军征戍之苦。宋濂此作则为七言十一句，内容上也一改戍卒远离故土、征戍无时的凄苦基调，着力表现紫髯将军乌骓宝剑、招降敌人的英雄气概，在形式及内容上均突破了前作的束缚。

民歌体乐府诗有《子夜歌》《越歌·约杨推官同赋》《采莲辞》《莫徭曲》等。如卷二《采莲辞》："吴蛾采莲秋江渚，风吹鬓影金蝉舞。莲房嫩红丝缕缕，采莲不见莲心苦。莲心自苦人莫知，藕带未成情已移。鸳鸯若刺莲下飞，慎勿伤我带中丝。"描写采莲女秋江采莲时对心上人微妙复杂的相思之情，笔调细腻，色彩明丽，充满浓郁的江南气息。又如卷二《越歌·约杨推官同赋》，组诗共 14 首，实即与杨维桢唱和的《竹枝词》①。元末杨维桢于东南倡导古乐府诗，宋濂以唱和

① 明卓人月《古今词统》(卷二)即把其中 6 首分别归入《秦淮竹枝》《镜湖竹枝》。《古今词统》，明崇祯刻本。

的形式参与其中，可以说，他的乐府诗创作即是以这场“古乐府运动”为背景的。

即事名篇、无复依傍的新题乐府共55题125首，在宋濂的乐府诗中占重要位置。其中反映现实疾苦的诗歌尤为突出，多写得情感深沉，格调凝重，与刘基的讽喻诗风格相近。如卷二《饥尨行》：

> 长淮千里无尺瓦，白蒿满地高于马。饥尨无主走西东，日啖乱尸肥似熊。草窟春深犬生子，数百为群来弭弭。逐鹿磔兔到行人，白日黯淡愁云屯。举头问天天若漆，忍使生灵作枯骨。愿泻银河洗甲兵，甲兵用时日东没。

元末连年的战争，使得社会动荡、民不聊生。千里长淮，白蒿满地、尸横遍野，无主野犬东西奔走，以死尸为食，到处是人间的凄惨景象。诗的结尾化用杜甫“安得壮士挽天河，尽洗甲兵长不用”诗句，表达自己对于结束战争的热切期望。又如卷二《古战场行》：“黑风吹沙明月死，不闻人声闻鬼语。漆灯穿空火似星，引得孽狐鸣楚楚。千年白骨化为霜，红日不消遗恨长。愿埋虞庭庭下土，不见干戈见禾黍。”写战场上阴风凄凄，鬼语啾啾，狐声悲鸣，白骨为霜，战争给社会造成了巨大创伤。因此，作者发出“不见干戈见禾黍”的呼喊。明初，由于政治环境的严酷，在宋濂的诗歌创作中，已很难再看到此类关心现实的讽喻之作。

除了乐府诗之外，其他如赠别诗《送高延东归》《送刘秀才皈临川》，咏物写景之作《登覆釜岩》《病起步梅花下》，咏史怀古之作《过采石因问李白葬处》《题武乡侯像》等均不泛精彩之处。

总之，《萝山集》所收诗歌题材广泛，众体兼备，风格自由多变，艺术上取得了很高的成就。可惜的是，由于萝山集流传不广，致使后人难以全面认识宋濂的诗歌价值。而抄本《萝山集》无疑为我们重新审视、深入研究宋濂的诗歌创作成就提供了重要参考。因此，该诗集的发现值得我们高度重视。

三、宋濂经、史、子类著述

（一）经类著述

1.《周礼集注》（又作《周礼集说》）

《周礼集注》，郑涛《宋潜溪先生小传》称其为“未完”之书。《千顷堂书目》作《周礼集说》，列入礼类。已佚。

2.《孝慈录》一卷

《孝慈录》一卷。明洪武七年（1374）贵妃孙氏薨，宋濂等奉敕考定丧服之制，遂成是书。《千顷堂书目》《百川书志》著录，列入礼乐类。《历代通鉴辑览》录于卷首。明万历四十五年（1617）陈宇庭刻《纪录汇编》卷四辑录，半叶十行，行二十字，白口，单边。首有朱元璋所作序。

3.《孝经新说》一卷

《孝经新说》一卷，见王祎撰《宋太史传》。《千顷堂书目》《浙江通志》均载其目，未见传本。

4.《洪武正韵》十六卷

《洪武正韵》十六卷，宋濂与乐韶凤、王僎、李叔允、朱右、赵埙、朱廉、瞿庄、邹孟达、答禄与权、孙蕡等所编韵书。洪武八年（1375）三月稿成，又经汪广洋、陈宁、刘基、陶凯等评定最终完成。全书共十六卷，计七十六韵，七十万言。《四库全书总目》著录，列入经部小学类。

上海图书馆藏明正德十年（1515）张淮刻本。半叶八行，行十二字，注双行二十四字，黑口，四周双边。此书另有明嘉靖三十八年（1559）蜀府刻本、隆庆元年（1567）衡王刻本、万历三年（1575）司礼监刻本、崇祯十三年（1640）陆凤台刻陆孝标修补本等。

（二）史类著述

1.《元史》二百一十卷目录二卷

《元史》二百一十卷目录二卷，宋濂与王袆、汪克宽、胡翰、宋僖、陶凯、陈基、曾鲁、赵埙、高启、赵汸、张文海、徐尊生、黄篪、王琦、傅恕、傅著、谢徽等奉敕纂修。洪武二年（1369）开局，八月书成，分为“纪三十八卷，志五十三卷，表六卷，传六十二卷，目录二卷”。洪武三年（1370）二月至七月，宋濂又与王袆、赵埙、朱右、贝琼、朱世廉、王彝、张孟兼、高逊志、李懋、李汶、张宣、张简、杜寅、殷弼、俞寅等人续修元顺帝朝史五十三卷，并“合前后上书，复厘分而附丽之。共成二百一十卷”，“凡前书有所未备，颇补完之”①。《千顷堂书目》著录，列入正史类。

上海图书馆藏明洪武三年（1370）内府刻本，半叶十行，行二十字，黑口，双鱼尾，四周双边。另有明洪武三年（1370）内府刻嘉靖九年（1530）、嘉靖十年（1531）南京国子监递修本、明万历二十年（1592）北京国子监刻本等。

2.《大明日历》一百卷

《大明日历》一百卷，宋濂与詹同、吴伯宗、朱右、赵埙、徐一夔、孙作、徐尊生等奉敕编纂。洪武六年（1373）九月开局，十二月稿成，共一百卷，约十万余言。所记内容广泛，“凡戒饬之谆复，征伐之次第，礼乐之沿革，刑政之设施，群臣之功过，四夷之朝贡，莫不俱载”②。《千顷堂书目》著录，列入国史类。未见传本。

3.《皇明宝训》五卷

《皇明宝训》五卷，宋濂、詹同、乐韶凤等编纂。宋濂等修《大明日历》既成之后，鉴于《日历》秘藏金匮，难得一见，又仿《贞观政要》之例，在《日历》基础上辑成四十类，编成《皇明宝训》。自敬天至制蛮夷

① 宋濂《元史目录后记》，《宋濂全集》，第103页。

② 宋濂《大明日历序》，《宋濂全集》，第552页。

共计四十类，分为五卷，约四万五千五百余言。《千顷堂书目》著录，列入国史类。

上海图书馆藏明万历三十年(1602)秣陵周氏大有堂刻本。半叶十一行，行二十二字，白口，单边，单鱼尾。

4.《洪武圣政记》二卷

《洪武圣政记》二卷，明洪武八年(1375)宋濂采辑太祖登基以来有关政事编集而成。分为严祀事、正大本、昭大分、肃军政、绝幸位、定民志、新旧俗七大类。《千顷堂书目》著录，列入国史类。

上海图书馆藏《明良集》本，明嘉靖十二年(1533)刻，半叶十行，行二十一字，白口，四周双边。另有《金声玉振集》本、《国朝典故》本、《指海》本等。

5.《辨奸录》一卷

《辨奸录》一卷，洪武六年(1373)宋濂奉敕编纂。《皇明通纪集要》："洪武六年(1373)……七月，(帝)命宋濂等搜萃历代奸臣之迹编为《辨奸录》，分赐太子诸王。"[①]《续文献通考》《世善堂藏书目录》著录。未见传本。

6.《浦阳人物记》二卷

《浦阳人物记》二卷，宋濂所作浦阳人物传记。元至正元年(1341)，监县廉侯阿年八哈到浦阳之初，聘请宋濂撰成。凡二卷，分为五篇，每篇先总序，次记传，次赞，所记二十九人。初刻于元至正十年(1350)，未见传本。《千顷堂书目》著录。

至正十三年(1353)，宋濂又对书中牴牾之处进行修改，共补定五十余处。再刻于明弘治中，《四库全书》本《浦阳人物记》所录既据此本。有欧阳玄序、郑涛后序，附进士题名一卷，卷末有至正十三年(1353)宋濂跋。

清乾隆五十七年(1792)，鲍廷博父子又以所得《浦阳人物记》钞本付梓，刻入《知不足斋丛书》。国家图书馆藏此本，凡二卷，半叶九

① 陈建《皇明通纪集要》卷六，明崇祯刻本。

行,行二十一字,白口,左右双边。卷端题"浦阳人物记"。清嘉庆十五年(1810),严荣刻《宋文宪公全集》,据鲍本将《浦阳人物记》并为一卷,刻入全集。同治八年(1869),胡凤丹又以鲍本重雕《浦阳人物记》,将之刻入《金华丛书》。(严本、胡本"宋集",详见前"宋濂集类著述"。)

7.《唐仲友补传》一卷

《唐仲友补传》一卷。光绪《浦江县志》、《明史・艺文志》著录。《千顷堂书目》列入史部传记类。

朱右《唐仲友补传跋》:"予读《唐仲友补传》而窃有感焉。初,仲友以乾道七年守台,时朱子提举浙东常平,仲友发粟赈饥,抑奸拊弱,创中津浮梁以济艰涉,民至今赖之。永康陈亮以纵横之术,与仲友不相能,然亦未尝信程、朱氏学也。亮揆无以抑仲友,乃设诡计,若为歆艳性学者,朱子遂信之。行部过其家,乘间为飞言中仲友。高文虎为通判,复以旧怨倾之。嫉恶之心,君子为多,于是朱子力摈劾仲友,至六上章,廷议终不决。元修《宋史》,谓仲友为朱子所斥,乃不载之简策。是或非朱子意欤?《春秋》据事直书,善恶自见。今史官宋濂为补此传,有旨哉!"[①]据此可知,此传应是宋濂为唐仲友正名之作,后被朱子门人尽数买去并焚毁。已佚。

8.《历官记》一卷

《历官记》一卷。《文渊阁书目》《千顷堂书目》《明史・艺文志》著录。《千顷堂书目》列入史部传记类。丁立中按《历官记》云:"《浦江县志》载宋濂《历官记》一卷,据《贤达传》收,书已散佚,无从考其体例矣。"[②]明天顺五年(1461)黄誉刻《宋学士先生文集》有《叶治中历官记》一篇,不知是否与之相同。

9.《西渤泥国记》一卷

《西渤泥国记》一卷,光绪《浦江县志》著录。丁立中按《西渤泥国

① 朱右《题唐仲友补传》,《明文衡》卷四十六,文渊阁《四库全书》本。
② 丁立中、孙锵《潜溪录》,《宋濂全集》附录,第2717页。

记》云："渤泥国在西南大海中，洪武三年（1370）八月，沈秩、张敬之等奉诏往谕。国王遣其臣入贡，秩请文宪为文记事。山阴祁氏藏此书，意当时有单刻本欤？"①明正德九年（1514）张缙刻《宋学士文集》载《勃尼国入贡记》，即是此文。

上海图书馆、国家图书馆等藏《说郛续》本，清顺治三年（1646）李际期宛委山堂刻。半叶九行，行二十字，白口，左右双边。又有《明初遗事》本、明锡山姚咨手钞本等。

10.《代祀高丽山川记》一卷

《代祀高丽山川记》一卷，《澹生堂藏书目》著录，列入史部。丁立中按《代祀高丽山川记》云："《澹生堂书目》载此书，《浙江通志》据以收《经籍志》，文见《銮坡前集》，此其单行也。洪武三年（1370）正月，遣使者徐师昊至高丽，摄行祀事，文宪代师昊撰文记之。"②今未见单行本。

（三）子类著述

1.《龙门子凝道记》三卷

《龙门子凝道记》三卷，元至正十六年（1356）、至正十七年（1357）宋濂作于小龙门山。《文渊阁书目》《百川书志》《千顷堂书目》等著录。《千顷堂书目》列入儒家类。凡上、中、下三卷，有四符、八枢、十二微，共二十四篇。

上海图书馆藏明成化十年（1474）周寅刻本。半叶十二行，行二十一字，黑口，四周双边。此集另有明正德三年（1508）刻本、清光绪元年（1875）《金华丛书》本、《翠微山房丛书》本等。

明嘉靖三十五年（1556），李濂将《龙门子凝道记》并为二卷，与刘基所著《郁离子》合刻于开封。《澹生堂书目》著录。国家图书馆藏此本。半叶十二行，行二十字，白口，左右双边。卷首有李濂序。

2.《燕书》一卷

《燕书》一卷，《千顷堂书目》著录，列入杂家类。丁立中按《燕书》

---

① 丁立中、孙锵《潜溪录》，《宋濂全集》附录，第2706页。

② 同上，第2705页。

云："《燕书》四十篇，仙华书院有单刊本，当时必据旧刊而重雕者。余乃于徐、严刻本中见之，籍端讽劝，深有古作者风。"①原刊本已佚。

今存清顺治三年(1646)李际期宛委山堂刻《说郛续》本。国家图书馆、上海图书馆等均藏此本。半叶九行，行二十字，白口，左右双边。另有《翠微山房丛书》本。

3.《潜溪邃言》一卷

《潜溪邃言》一卷，《浦江县志》《八千卷楼书目》等著录。此书杂取《萝山杂言》《燕书》《龙门子凝道记》等集编成。何人何时所编，已不可考。今存最早刊本为明嘉靖三十三年(1554)郑梓刻《明世学山》本。国家图书馆藏此本。半叶十行，行二十字，白口，左右双边。此书另有《百陵学山》本、《学海类编》本等。

4.《萝山杂言》一卷

《萝山杂言》一卷，《千顷堂书目》著录，列入小说家类。宋濂《萝山杂言》自序云："濂自居青萝山，山深无来者，辄口玩天人之理。久之，似觉粗有所得，作《萝山杂言》。"②国家图书馆藏高鸣凤编《今献汇言》明刻本。半叶二十一行，行二十三字，白口，四周单边。另有《说郛续》本、《翠微山房丛书》本。

5.《心经文句》一卷

《心经文句》一卷，宋濂为《心经》所作训解。《千顷堂书目》著录，列入释家类。宋濂《般若波罗蜜多心经文句引》云："如濂不敏，粤自壮龄，颇阅三藏诸文，于是不量芜陋，为之训解。芜者剔之，鄙者雅之，略者补之，杂者一之，裁成《文句》一卷，总数千言。"③上海师范大学图书馆存民国铅印本，题《心经文句注解合刻》。前有元至正十年(1350)宋濂所作序，后附《灵感录》一卷。

6.《无相剩语》一卷

《无相剩语》一卷，宋濂所著参禅之作。雍正《浙江通志》载其目。

① 丁立中、孙锵《潜溪录》，《宋濂全集》附录，第2718页。
② 宋濂《萝山杂言》，《宋濂全集》，第2020页。
③ 宋濂《般若波罗蜜多心经文句引》，《宋濂全集》，第2028页。

丁立中按《无相剩语》云："潜溪生有自来，深得佛书之骨髓，所撰释家文字，均自署无相居士。《浙江通志》载《无相剩语》一卷，久佚不传，意其为参禅之语也。"①今未见传本。

四、《评浦阳人物》与宋濂《浦阳人物记》关系考辨

宋濂为元末明初重要的理学家、文学家，浙东史学的重要传承人。他曾任《元史》总裁官，与修《元史》，组织编撰《大明日历》《皇明宝训》《洪武圣政记》，并撰有《婺郡先民传》《浦阳文艺录》《唐仲友补传》等史书，为元明之际的史学发展做出重要贡献。

《浦阳人物记》为宋濂元末所作史学著作，此书"序事极有法，议论则开阖，精神气昌不少馁"，是研究宋濂史学思想以及浙东史学的重要文献。关于宋濂的史学著作，宋濂文集中还收录有《评浦阳人物》一卷②，此卷所记人物及评语大部分与《浦阳人物记》相同，但也有一些人物及评语未见于《浦阳人物记》。

关于二者关系，《四库全书总目提要》云："其书(《浦阳人物记》)本成于元时，后人编辑濂集者，止采其论赞，而全书则仍别行。"③认为《评浦阳人物》为后人采辑《浦阳人物记》部分论赞拼凑而成。而清嘉庆间严荣《评浦阳人物跋》则云："《浦阳人物记》，鲍氏刻，入《知不足斋丛书》，凡五篇。……韩(叔阳)刻则题曰：《评浦阳人物》……其文视鲍刻多缺略失次，而钟宅、吴直方、柳贯三章又有鲍刻所无者。其不曰'记'，而曰'评'，岂当时别有所本耶？"④认为《评浦阳人物》可能另有所本，并非直接摘录《浦阳人物记》论赞拼凑而成。两种观点存在矛盾之处。因此，有必要对二者关系以及《评浦阳人物》的成书进行考辨，以促进宋濂研究的深入开展。

---

① 丁立中、孙锵《潜溪录》，《宋濂全集》附录，第2707页。
② 罗月霞编《宋濂全集》，黄灵庚编校《宋濂全集》，均收《评浦阳人物》一卷。
③ 永瑢、纪昀《四库全书总目提要》，海口：海南出版社，1999年版，第1999页。
④ 严荣《评浦阳人物跋》，《宋濂全集》，第2715—2716页。

(一)《浦阳人物记》修撰及刻录详实

《浦阳人物记》为宋濂应浦阳监县廉阿年八哈之请所作。元至正十年(1350),廉阿年八哈任浦江达鲁花赤,其治浦江时,留意文治,礼致儒士,到任伊始,即请宋濂撰《浦阳人物记》二卷,锓梓行世。因刊印仓促,校核不精,书中有不少错误。至正十三年(1353),宋濂曾对其抵牾之处进行修改,共补定五十余处。明弘治八年(1495)历阳人(今安徽和县)王珍重刻此本,后被收入《四库全书》,此为现存《浦阳人物记》最早刊本,卷首有欧阳玄序,卷末附《宋进士题名》一篇,并有郑涛序文及宋濂跋语。

崇祯十年(1637),浦江知县湘阴吴应台修《浦江县志》,曾把《浦阳人物记》全文刻入县志中。清康熙十二年(1673)知县麻城毛文修《浦江县志》卷七也曾录其全文。清乾隆年间,长塘鲍廷博父子以《浦阳人物记》钞本付梓,刻入《知不足斋丛书》。嘉庆十五年(1810),严荣据鲍氏本刻入《宋文宪公全集》,以上《浦阳人物记》凡五刻。道光间,浦江人黄几珙又据鲍氏本以活字版排印。同治八年(1869),胡凤丹则以鲍本重雕刻入《金华丛书》。

明弘治本《浦阳人物记》为今存最早刊本,此本前有凡例,正文共二卷,分为五篇。上卷三篇,分别为"忠义篇""孝友篇""政事篇",下卷二篇,分别为"文学篇""贞节篇"。全书共记浦阳人物二十九人,各篇所记人物见下表:

分类	明弘治本《浦阳人物记》各篇所记人物
忠义篇	梅溶、梅执礼
孝友篇	陈太竭、何千龄、钟宅、郑绮
政事篇	杨璇、张敦、蒋邵、傅柔、傅雱、黄仁环、吴传、石范、王万、吴直方、赵大讷
文学篇	于房、朱临、钱遹、何敏中、朱有闻、倪朴、方凤、黄景昌、柳贯、吴莱
贞节篇	凌楠妻何道融、戴铭妻倪宜弟

《浦阳人物记》每篇之前均有总序，序文多议论忠孝节义，宣扬伦理纲常，说明作传目的，显示出元明之际理学意识对浙东史学的影响。序文之后为人物传记，材料或参考郡志县经、谱乘行状，或斟酌墓碑志铭、谱图记序，或为宋濂亲身经历，“事迹皆有所据，一字不敢妄为登载”，撰述态度非常严谨。论赞之设不专为品评人物，多为考辩“有所疑与当知者”之事，此类文字杂于传中于行文有妨碍，不言则有缺憾，故被作者附于传末做为论赞。序、传、赞三者联系紧密、交相融贯，“传所不能备者，序以先之，序所不能尽者，赞以发之”①，从而构成有机整体。

《浦阳人物记》这种注重史法、撰述严谨、脉络贯通的特点受到人们的高度评价，郑涛《浦阳人物记后序》赞扬其文“奋迅而感慨，微婉而精深，有类欧阳文忠公《五代史记》之作”，《四库全书总目提要》亦云“盖濂本以文章名世，故所作皆具有史法”。《浦阳人物记》的体例、内容及编撰思想对明代前期地方史的编撰产生重要影响②。继宋濂之后，明代的乡贤传记发展迅速。仅金华一带就有郑柏《金华贤达传》、应廷育《金华先民传》、金江《义乌人物志》、刘徵《金华名贤传》、董遵《金华渊源录》等，其他地方亦纷纷效仿，编撰乡贤传记一时蔚为风气。因此，宋濂《浦阳人物记》实有开明代史学风气之先的作用。同时，《浦阳人物记》也成为后人编纂方志重要的参考依据和史料来源。

（二）《浦江志略》对《浦阳人物记》之借鉴

明嘉靖五年(1526)，《浦阳人物记》部分序文及论赞曾被浦江知县毛凤韶分条编入《浦江志略》。毛凤韶，字瑞城，号聚峰，湖广麻城人，正德十六年(1521)举进士，嘉靖二年(1523)三月，任浦江知县。莅任伊始，即访求乡贤遗书及郡邑旧志，斟酌审核，历时三年，撰成

① 戴殿泗《浦阳人物记序》，《宋濂全集》，第2715页。

② 杨艳秋《明代史学探研》，北京：人民出版社，2005年，第279页。

《浦江志略》八卷，分别为卷一疆域志、卷二民物志、卷三官守志、卷四城社志、卷五财赋志、卷六学校志、卷七人物志、卷八杂志，篇目涉及浦江疆域、山川、政治、经济、社会、民俗、人物等诸多方面。

修志之初，毛凤韶曾专门访书，以备借鉴。志书共访得朱子槐《浦阳县经》、宋濂《浦阳人物记》、郑柏《金华贤达传》三种。其中宋咸淳间朱子槐所作《浦阳县经》二卷，仅记人物十五人，且下卷已佚，失之过简。郑柏为宋濂弟子，其作"本仿《人物记》"，且记"一郡之古今贤达"[①]，过于繁冗。所以《浦江志略》的编撰，尤其是卷七《人物志》受宋濂《浦阳人物记》影响最大。其《人物志》分为"忠义""孝友""政事""文学""贞节""科目"六篇。除"科目篇"外，前五篇的分类及次序与《浦阳人物记》完全相同。

《浦江志略》共记地方人物六十五人，《浦阳人物记》所记二十九人全包括在内。《浦江志略》人物传记文辞有大小字之分，大字为提要，小字详述传主事迹。传文末尾附有按语，按语内容或是引用乡贤遗著，或为毛凤韶自撰文字。其中引用宋濂著述共计三十一条。这些条目中"黄逢原""柳贯""黄琇"三条分别摘自宋濂文章《义门铭》《柳先生私谥文肃议》《郑节妇黄氏传》，其余二十八条全部采自宋濂《浦阳人物记》序文或论赞。关于《浦阳人物记》对《浦江志略·人物志》的影响见下表：

《浦江志略·人物志》对《浦阳人物记》之借鉴一览

借鉴类别	《浦江志略》（简称《志略》）对《浦阳人物记》（简称《人物记》之借鉴
篇目分类	前五类篇目完全相同，《志略》后边多出"科目"一类。
忠义篇	所收人物完全相同，《志略》按语均摘自《人物记》"忠义"篇序文或论赞。

① 永瑢、纪昀《四库全书总目提要》，第343页。

续表

孝友篇	前四人相同,《志略》“黄逢原”按语摘自宋濂《义门铭》,其他按语均来自《人物记》“孝友”篇序文或论赞;因《志略》晚出,故后边多收元明乡贤十五人。
政事篇	《志略》亦收录此十一人,按语均摘自《人物记》“政事”篇序文或论赞;《志略》后边多收元明乡贤十人。
文学篇	前十人相同,《志略》“柳贯”按语摘自宋濂《柳先生私谥文肃议》、其他按语均来自《人物记》“文学”篇论赞;《志略》后边多收乡贤九人。
贞节篇	前二人相同,《志略》按语均来自《人物记》“贞节”篇序文或论赞;《志略》多收二人,其中“黄琇”按语来自宋濂《郑节妇黄氏传》。

如《浦江志略》“忠义”篇“宋摄松阳丞助教梅溶”,其按语云:“潜溪宋氏曰:溶之死,执礼尝哭之曰:‘吾从父一老儒生耳,平日恂恂似不能言者。乃能慨然守百里之地,以蕞尔之躯膺虎狼之暴,至于糜身弗顾。’执礼之言,其真足信哉!……世概以白面书生目之,可乎哉!可乎哉!”此按语即摘自《浦阳人物记》“梅执礼”论赞。“贞节”篇“宋节妇何道融”按语云:“潜溪宋氏曰:诗曰:‘无非无仪,惟酒食是议。’……虽然,贞节之昭,风俗之伦也。使当比屋可封之时,果孰名其为贞妇?贞妇之得名,盖以世之不贞者众也。濂又岂得不为衰俗一慨也欤?”此按语即摘自《浦阳人物记》“贞节”篇序文。

从篇目设置、所收人物及按语等方面,可以明显看出《浦江志略》在编纂的过程中受到《浦阳人物记》的重要影响。

不过《浦江志略》在纂修之时,材料的编排使用不够严谨。如“政事篇”中“汉尚书仆射杨璇”按语云:“呜呼,政事于人大矣!操厚伦惇俗之具,执舒阳惨阴之柄,任出生入死之寄。……呜呼,纪载之文其可少乎?濂窃拳拳于此,不可知者固已无如之何,幸犹可以考见者,辄不敢不书。自杨璇至赵大讷,凡十一人,虽官有崇卑,治有优劣,其利吾民一也,因尽录之。”[①]此条按语本出自《浦阳人物记》“政事篇”序

① 毛凤韶《(嘉靖)浦江志略》卷七,明嘉靖间刻本,国家图书馆藏。

文,原“政事篇”共记杨璇、张敦、赵大讷等十一人,故序文中有“凡十一人”“因尽录之”之语。而毛韶凤此段文字不加修改就直接将序文置于“汉尚书仆射杨璇”一人之下,显得文不对题,有生拼硬凑之迹。

“政事篇”中“宋处士朱有闻”按语云:“扬雄有言曰:‘君子纯终领闻,蠢迪检押。’如敏中、有闻二人是已。议者以立传之法必关大劝惩则书,若二人者,碌碌尔,庸庸尔,何必累简编哉?濂曰不然。……如盗感敏中之恩,庇百人而不杀者,有之乎?奔走州邑,奴事上官,望尘亟拜,扫门求通,唯恐不能一见。如县令丞欲谒有闻而不可得者,又有之乎?时非三代,人有小善必取,曾谓二人之行而可遗之乎?”此条按语本为《浦阳人物记》何敏中、朱有闻二人传后赞语,语中多次提及敏中、有闻二人,通过议论赞扬二人庇佑邻人、避接权贵的德行,赞语内容紧扣传主事迹。但毛凤韶将此二人赞语放在朱有闻一人之后,按语内容与传文难以完全照应。

再如“文学篇”中“宋潭州儒学教授张森、元翰林文字陈公举、明儒学教谕张端臣”至“编修赵友同”七人后共一条按语云:“文学之事,自古及今,以之自任者众矣,然当以圣人之文为宗。……是故无小无大,无外无内,无古无今,非文不足以宣,非文不足以行,非文不足以传。其可以无本而致之哉?浦阳虽小邑,自宋以来,以文舌名者甚众,大抵据经为本,有足贵者。”此条按语采自《浦阳人物记》“文学篇”序文,原序内容首论为文之体当宗六经,次论为文之本重在养气,气充则道明文雄。这段文字作为序文主要强调文学的重要性,以凸显为文学家立传原因,在原作中置于诸文学家之前,自然妥当。但在《浦江志略》中却被置于张森、陈公举诸人之后,便显得内容空洞,大而无当,不能与传主生平事迹有机结合。

对于《浦江志略》按语编排不够严谨的弊病,今人何保华在校勘《浦江志略》时,也批评它“前后文字尚欠连贯,难以浑然一体”[①]。《浦江志略》编撰上的不足之处,也影响到此后的韩刻《评浦阳人物》。

① 何保华《明嘉靖〈浦江志略〉述评》,《浙江方志》2013年第4期。

（三）韩叔阳刻《宋学士全集》误收《评浦阳人物》述略

《评浦阳人物》一卷最早见于明嘉靖二十九年（1550）韩叔阳刻《宋学士全集》。韩叔阳（1512—1565），字进甫，号凤桥，应天府高淳人，嘉靖二十六年（1547）举进士，授浦江知县，三十二年升户部主事，后调严州知府，四十年擢湖广按察使司副使。因受权贵排挤而辞官归乡，嘉靖四十四年（1565）卒。叔阳在任能锐意革新，惩奸肃恶，颇有政绩，又能留意文治，教化劝善。他出知浦江时，曾在学宫之东建宋学士祠，又请薛应旂为之作记。任严州知府时，曾刻印范仲淹《范文正公政府奏议》二卷、范纯仁《范忠宣公奏议》三卷等。

嘉靖二十九年，韩叔阳任浦江知县时，刻《宋学士全集》三十三卷，卷首有雷礼、陈元珂序及凡例，正文由韩叔阳汇集，按体编排，合宋濂《潜溪集》《翰苑集》《芝园集》《朝京稿》《龙门子凝道记》诸集荟萃而成，共收文九百六十七篇。韩叔阳似没有见到《浦阳人物记》，故《宋学士全集》未收《浦阳人物记》一书。其第三十卷则为《评浦阳人物》，共评人物三十二人，仍分“忠义”“孝友”“政事”“文学”“贞节”五篇。

与《浦阳人物记》相比，《评浦阳人物》中“孝友篇”少陈太竭、郑绮二人，多出黄逢原一人。“政事篇”少吴传、石范二人。“文学篇”少方凤一人，多出张森、陈公举、张端臣、郑棠、郑柏、周旼、赵友同等七人，“贞节篇”少戴铭妻倪宜弟一人，多出郑节妇黄琇一人。

《评浦阳人物》中所多人物，黄逢原、郑节妇黄琇两人评语与毛凤韶《浦江志略》相同，分别摘自宋濂《义门铭》与《郑节妇黄氏传》。张森、陈公举、张端臣至赵友同七人之后共有一条评语。七人称谓、排列顺序及评语与《浦江志略》相同。这些人中，张森、陈公举、张端臣三人未见于宋濂文章。其余四人中，郑棠，字叔美，宋濂门生，工文辞。永乐初，由礼部尚书李至刚荐举，与修《永乐大典》，书成，授翰林院典籍，升翰林检讨，后以风疾辞归，著有《经筵录》《金史评》《元史评》《道山集》等书。郑柏，字叔端，与兄郑棠同受业于宋濂，隐居不仕，蜀王称其为“清逸之士”，著有《圣朝文纂》《文章正原》《续文章正宗》《金华贤达传》《进德斋稿》等。周旼，字中和，以文辞知名，工书法，永乐初召入文馆，与修《大典》。书成擢中书舍人，书诰侍从近二十年。赵友同，字彦殊，为戴良、宋濂门生，精于医术，洪武间领荐授太医院御医。永乐初诏修《大典》，擢友同兼编修官，后以事迁华亭县学训导。这四人均主要活动于永乐年间，且有三人为宋濂门生。而《浦阳人物记》作于元末，所记为前朝或同时代人物，自然不会把郑棠等人列入传中。

宋濂之后，浦江久无方志，直到嘉靖二年(1523)毛凤韶修《浦江志略》，才把这七人首次列入方志之中，并从《浦阳人物记》“文学”篇序文摘录部分内容作为按语。嘉靖二十九年，韩叔阳编《宋学士全集》时，这七人又以同样文字出现于《评浦阳人物》中。可见《评浦阳人物》中的这些材料其直接来源应为毛凤韶《浦江志略》，而非《浦阳人物记》。因此，《浦江志略》中编次紊乱、内容错舛的问题也同样出现在《评浦阳人物》之中。其“政事篇”中“汉尚书仆射杨璇”一人评语中依然有“凡十一人”“因尽录之”之语。“文学篇”张森、陈公举、张端臣等七人之后评语与《浦江志略》相同，乃不能紧扣传主生平事迹。

宋濂曾认为“古人于传记中多书名”[①]，而后世作传，往往不直书传主其名，反多称其字号、斋名，当时的人尚可知晓，但经历一二代之后，后世读者已很难辨识。故其撰《浦阳人物记》便“一依史氏之例，皆以名书”，名字之前不冠官职、爵谥。而《浦江志略》编撰时体例上仿照朱嘉《通鉴纲目》及尹起莘《纲目发明》，“以名字爵谥为褒贬”，又“散署邑人之名”，所以人名前冠有朝代、官职、爵谥等。《评浦阳人物》中所记诸人人名前亦冠有朝代、官职等，这种做法亦承袭《浦江志略》之例，而非来自《浦阳人物记》。韩刻《评浦阳人物》对《浦江志略·人物志》承袭见下表：

① 宋濂《浦阳人物记·凡例》，《宋濂全集》，第2239—2240页。

韩刻《评浦阳人物》对《浦江志略·人物志》承袭情况

承袭类别	韩刻《评浦阳人物》对《浦江志略》(简称《志略》)的承袭
人物称谓	宋濂《浦阳人物记》中人物只称姓名;《志略》人物姓名前冠以朝代、官职、爵谥等,《评浦阳人物》中人物称谓与《志略》完全相同。
人物评语	《评浦阳人物》中人物评语的选择使用与《志略》人物按语完全一致。
评语使用不当	《志略》中"汉尚书仆射杨璇"的按语文不对题、"宋处士朱有闻"的按语与传文不相照应、"宋潭州儒学教授张森…编修赵友同"的按语内容空洞等毛病,在《评浦阳人物》中再次全部出现。宋濂作为浙东史学重要传人,自身决不会犯此类错误。

通过分析可知,韩刻《评浦阳人物》并非直接来自《浦阳人物记》,而是摘抄毛凤韶《浦江志略》而成。其形成过程为:元至正间宋濂作《浦阳人物记》为乡贤二十九人立传。明嘉靖五年(1526),毛凤韶在《浦阳人物记》基础上,又参考《金华郡志》《金华贤达传》以及吴莱、柳贯、戴良、宋濂等人文集,编成《浦江志略》卷七《人物志》,将立传人物"增益"至六十五人,并从《浦阳人物记》摘录部分序赞,分成二十余条附于人物传记之后作为按语。嘉靖二十九年(1550),韩叔阳刻《宋学士全集》,遂参考文献记载,从《浦江志略》卷七《人物志》中摘抄部分按语,凑成一卷,命名为《评浦阳人物》并编入《宋学士全集》之中。

此后,明万历间吴良悌、崇祯间吴应台曾重修韩刻《宋学士全集》。清康熙四十八年(1709),两浙督学彭始抟据韩本重刻《宋学士全集》。清同治十三年(1874),胡凤丹又据彭始抟本重刻《宋学士全集》,并刊入《金华丛书》。此外,文渊阁《四库全书》本《文宪集》三十二卷,体例与韩本同,亦出自韩叔阳刻本。这些刊本均与韩刻《宋学士全集》有直接渊源,所以刊本中也都收录有《评浦阳人物》一卷。1999年,罗月霞主编《宋濂全集》曾以明洪武初年刻《潜溪前集》《潜溪后集》和明正德九年(1514)张缙刻《宋学士文集》为底本,为了最大限度汇集宋濂作品,便从其他版本中辑录佚文,其中便包括韩刻《评浦阳人物》一卷。2014 年人民文学出版社黄灵庚先生新编本《宋濂全集》亦从旧例，收录了《评浦阳人物》。

通过以上考辨，可以肯定《评浦阳人物》并非宋濂直接所作，而是后人杂糅抄撮之书，其内容与《浦阳人物记》《浦江志略》等多有重复，且文不对题，体例乖舛，编次杂乱，不成体系。将《评浦阳人物》编入宋濂文集中是一个学术误区，容易给宋濂研究带来混淆。因此，考辨并厘清二者之间的准确关系，对于宋濂研究具有不可忽视的学术价值。

第二章　宋濂的思想心态

宋濂是元明之际重要的思想家。他认为天地之间存在着“玄玄之道”,道是万物生成化育的来源,具有本体意义。这与程朱以理(即道)为天地万物的本体是一致的。但同时他又特别重视心的作用,认为心是“万理之原”,理与物皆为心中本来具有,这又与陆学“心即理”近似。宋濂的治学方法包含持敬、主静与致知,强调道问学与尊德性的统一。在儒释、儒道关系上,宋濂肯定佛、老在辅助治化方面的重要作用,并援佛入儒、以儒释佛,强调儒道互用,对儒、释、道三家思想进行会通。受其理学思想影响,宋濂论文强调文道合一、文以致用。他认为六经是圣人之道最集中最典型的代表,所以为文必须以六经为楷式。以道为中介,他进一步把气与文沟通起来,提出“为文必在养气”的作家修养论。他的文学观合义理、文章、事功三者而为一,体现出对理学家、古文家文学观兼容并蓄的特点。

第一节　宋濂的理学思想

宋濂作为元明之际重要的理学家,创作了不少的理学篇籍。但有生以来,他却以文章知名于世,或被看作追随朱元璋起事的事功人物,其理学家的身份常常被忽视。后人对此颇为不平,明嘉靖时薛应旂说:

> 先生（濂）继起是邦，遭逢圣主，文章事业掀宇宙，士人籍籍咸称名臣，已极夸诩，至其所深造自得者，上跻圣真，直达本体，则反为文章事业所掩，而不得明预于理学之列。此余追考先生之平生，未尝不喟然而叹也。①

对宋濂不得“明预于理学之列”深表同情。直至黄宗羲著《宋元学案》，他才被列入金华朱学系统。此后，全祖望作《宋文宪公画像记》，更称赞他“以开国巨公，首唱有明三百年钟吕之音”。其理学地位逐渐受到人们的重视。

然而，关于宋濂的理学倾向，却存在多种不同说法。全祖望论其学术渊源说：

> 宋文宪公之学，受之其乡黄文献公、柳文肃公、渊颖先生吴莱、凝熙先生闻人梦吉。四家之学，并出于北山、鲁斋、仁山、白云之递传，上溯勉斋，以为徽公世嫡。②

宋濂的几位老师，黄溍、柳贯、吴莱、闻人梦吉等，皆为朱熹后学弟子，由此看来，宋濂可谓是朱学正宗嫡传。对于这种说法，章学诚也表示赞同。他说：

> 沿其学者（朱学），一传而为勉斋、九峰，再传而为西山、鹤山、东发、厚斋，三传而为仁山、白云，四传而为潜溪、义乌，五传而为宁人、百诗，则皆服古通经，学求其是，而非专己守残、空言性命之流也。③

但也有人认为宋濂治学方法简直，与北山四先生的繁纡并不相

---

① 薛应旂《浦江宋先生祠堂碑》，《方山先生文录》卷十三，明嘉靖东吴书林刻本。

② 全祖望《宋文宪公画像记》，《鲒埼亭集外编》卷十九，清嘉庆十六年（1811）刻本。

③ 章学诚《文史通义》，上海：上海书店，1988 年，第 78 页。

同，而与宋陆九渊、元吴澄接近，当为陆学正传。如薛应旂便说："况究观先生之学，在宋则有若陆子静，在元则有若吴幼清，盖皆圣学正传，后先一辙，其与前四贤之繁简纡直，世必有能辩之者。"①宋濂自己对陆学很欣赏，他说：

学不论心久矣。陆氏兄弟卓然有见于此，亦人豪哉。故其制行如青天白日，不使纤翳可干。梦寐即白昼之为，屋漏即康衢之见，实足以变化人心。故登其门者，类皆紧峭英迈而无漫患支离之病。②

他夸奖陆氏兄弟见识卓然不凡，制行如"青天白日"，其心学能够"变化人心"，并且没有"漫患支离之病"。由此而言，薛应旂之说确有一定道理。

宋濂身处金华，对乡先贤吕祖谦非常敬仰："吾乡吕成公实接中原文献之传，公殁始余百年而其学殆绝，濂窃病之。然公之所学，弗畔于孔子之道者也，欲学孔子，当必自公始。此生乎公之乡者，所宜深省也。"③

他称赞吕祖谦所开创的金华学派能得"濂洛之正学"，要学圣人之道，须从吕东莱学起。因此，王梓材按《丽泽诸儒学案》又将其列为吕学续传："东莱学派，二支最盛，一自徐文清再传至黄文献、王忠文，一自王文宪再传而至柳文肃、宋文宪，皆兼朱学，为有明开一代学绪之盛。"④指出宋濂治学远绍吕祖谦金华之学的特点。

另外宋濂的老师吴莱学于方凤，方凤私淑吴思齐，吴思齐的祖父吴深则受学于陈亮。所以杨维桢认为宋濂学术思想还受到永康之学的影响：

① 薛应旂《浦江宋先生祠堂碑》，《方山先生文录》卷十三，明嘉靖东吴书林刻本。
② 宋濂《龙门子凝道记·段干微》，《宋濂全集》，第2212页。
③ 宋濂《思嫩人辞》，《宋濂全集》，第2035页。
④ 黄宗羲《宋元学案》，第2434页。

> 婺学在宋有三氏，东莱氏以性学绍道统，说斋氏以经世立治术，龙川氏以皇帝王霸之略志事功，其炳然见于文者，各自造一家，皆出于实践，而取信于后之人而无疑者也。宋子之文，根性道，干诸治术，以超继三氏于百十年后。[①]

那么，如何划分宋濂的学脉门户呢？从宋濂的天道观来看，他认为天地之间存在着玄妙莫测的道，道无形无象，但又永恒存在。道是万物化育流行的来源，具有本体意义；而气则是道与万物之间逻辑上的中介，元气分为阴阳二气，二气的相感相应生成天地万物与人。这与程朱以理（即道）为天地万物的本体是一致的。但同时宋濂又特别重视心的作用，认为心为“万理之原”，“无大不包，无小不涵”，理与物皆为心中本来具有，这又与陆学“心即理”近似。宋濂的治学方法包括持敬、主静与致知，主张“用致知为进学之方，籍持敬为涵养之地”，强调道问学与尊德性的统一。他在本体论、方法论上对朱、陆二家之学的和会是元代以来朱、陆合流发展进程中的重要一环。

宋乾、淳之际，吕祖谦在金华丽泽书院授徒讲学，开创金华学派。金华学派的学者多博学多识，务实致用，注重经史之学。宋濂对吕祖谦非常推崇，受其影响，他对经学和史学都很重视。他认为“六经皆心学，心中之理无不具，六经之言无不该”，必须以理视经，才能避免文章家以及汉儒治经中的肤浅、支离之病。关于经史关系，宋濂提出经史不可“歧而二之”的观点，从而抬高了史学的地位，肯定了治史的必要性。因此，总得看来，宋濂的理学思想是和会朱陆、兼及吕学。

至于陈亮永康之学，则以肯定王霸功利为主要内容。而宋濂本人虽然主张积极用世，但他却非常重视伦理道德，反对以王霸之术求得事功。他在评价永康之学时说：

---

① 杨维桢《潜溪新集序》，《宋濂全集》附录，第 2738 页。

> 气豪而学偏者也。使其当今之世，拥百万兵驰骋于天下，堂堂之阵，正正之旗，实有一日之长。是何也？其智数法术，往往可驭群雄而料敌情，而刚烈之气，又足以振撼而翕张之，其能成功宜也。若论先王之道德，一怒而安天下之民，则瞢乎未之见也。[①]

他虽然肯定永康之学者“驭群雄而料敌情”的刚烈之气，但对其学术则不以为然。认为其学“气豪而学偏”，对于性命道德“瞢乎未之见也”。所以说宋濂学术上“推尊陈亮”似无根据。

一、“玄玄之道”

“道”是中国古代思想、哲学中的最高范畴。许慎《说文解字》：“道，所行道也。”《尔雅·释官》：“一达谓之道。”这里“道”指具有一定指向的、把人们的行为活动导向某一方向的道路，引申为人们在生产、生活中所应遵循的规律、原则，以及事物运动变化的过程等。“道”作为重要的哲学范畴，不仅统贯中国哲学范畴发展的始终，而且随着历史的演变，其内涵不断丰富，并体现出由具体到抽象的逻辑进程。

春秋末期，周室衰微，诸侯纷争，儒家创始人孔子认为要改变“礼崩乐坏”的社会现实，就必须推行以仁、礼为基本内容的人道教化。因此孔子罕言天道，他所谓的“道”多指伦理道德方面的“仁”“忠恕”“孝悌”等。此后，孟子继承、发扬了孔子的仁义之道，进一步形成仁政思想。对于天道，他同样论述较少，只是认为天诚而不妄，日月星辰、天地四时的运行，恒常自然，并非妄作。以老子和庄子为代表的先秦道家，则着重于对天道的探索。他们认为道产生万物，并存在于万物之中；道具有自然无为的本性，天、地、人也因之具有相同的本性[②]。《易传》中也有不少关于道的论述，它认为阴阳双方的相互对

---

① 宋濂《龙门子凝道记·段干微》，《宋濂全集》，第 2211—2212 页。

② 如《老子》第二十一章：“道之为物，惟恍惟惚。惚兮恍兮，其中有象。恍兮惚兮，其中有物。”第二十五章：“人法地，地法天，天法道，道法自然。”《庄子·大宗师》：“夫道，有情有信，无为无形。……自本自根，未有天地，自古以固存。神鬼神帝，生天生地。”

立、相互作用,促使事物的运动、变化和发展,这种规律就是“道”;“道”反映了事物内部的本质联系,具有无形的、抽象的性质,需要靠理性思维来把握。《易传》中关于“道”的内涵、特征等思想,对中国古代道论的发展有着重要影响。

西汉时期,董仲舒继承和发挥儒家的道论,并融合阴阳家、道家等的思想,以天人感应的形式构建起自己的仁政王道学说。他提出阴阳的变化运动是天的常道;人道效法天道而建立,实行仁政德治是天道的要求;人不行王道,上天将出现灾害进行谴告乃至惩罚①。魏晋南北朝时期,道教主要代表人物葛洪糅合道家、儒家思想,把天地万物的本原和万物所遵循的规律称为“玄道”。对于“玄道”,要用精神的力量,从内心进行体验。道教另一代表人物陶弘景则提出道——元气——太极——天地的宇宙生成模式,对老子的“道生一”之说进行发挥。隋朝王通以恢复儒家王道仁政为己任,他论道以通变为特色,上承汉晋、下启唐宋,成为向宋明理学道论过渡的重要环节。

唐代韩愈创立儒家道统论以与佛教法统相抗衡,他所谓的“道”既是维持天地万物平衡与运行的规律,又是指社会伦理中的仁义道德。两宋时期,理学兴起,宋儒打破汉唐以来经学疏不破注的固习,大胆疑经、改经,从而开一代之学风。二程把道与理相结合,以理论道,把二者同作为其哲学的最高范畴。他们认为道为无形的本体;天道的运行是神妙莫测的;道既是宇宙万物流行化育的规律,又是指社会伦理道德中的五伦、五常等。朱熹集道学之大成,他上承二程道学思想,建立了以理为道的哲学体系。

宋濂论道与程朱相似,同时又受道家、道教的影响很深。他在《述玄》一文中说:

---

① 如《春秋繁露·阴阳义》云:“天道之常,一阴一阳。”《春秋繁露·基义》云:“王道之三纲可求于天,天不变,道亦不变。”

天地之间，有玄玄之道焉，塞八区，宰六幕，茫乎大化，莫见其迹，窈冥忽荒之中而有神以为之枢。……其施之于用也，能覆能载，能阴能阳，能静能动，能柔能刚，能上能下，能圆能方，能舒能惨，能翕能张。毛者亦以之而趋，羽者亦以之而翔，甲者亦以之而出，鳞者亦以之而行；凡有血气者，莫不藉是以存。所谓不依形而立，不待力而强，不以生而存，不随死而亡者已。①

他认为天地之间存在着玄妙莫测的道。道是万物化育流行的来源，具有本体意义，"凡有血气者"，都是由道产生；道本身无形无象，只能靠理性思维去把握。但它又是永恒存在的，"不依形而立，不待立而强，不以生而存，不随死而亡"；道充塞于宇宙万物之中，"巍然高而不知其际，邃然深而不知其止，恢然大而不见其外，藐然细而不见其内"；道具有体用相兼的特点，自其体而言，道无象无形、弗睹弗闻、弗寒弗温，但自其用而言，道体现于物上则表现出覆载、阴阳、静动、柔刚、上下、圆方、舒惨、翕张的特点。

宋濂论述天道的内容并不多，相对而言，他更注重对天人之际的论述。首先，他认为人副天数，天地与人具有相同的结构。他说：

阴阳之理，其见于人身者有足观哉。阴右而阳左也，阳一而阴二也，阴逆行而阳顺行也……其条理之精畅，日玩之而日不足也。譬之江河派分而莫于海也，枝柯分敷而贯于木也，一阴一阳，无往而不在也。手之三阴三阳，则天道也；足之三阳三阴，则地道也。人身与天地等也。②

人身之中有十二经脉，与脏腑相连属，并次地贯通，与大地上的江河湖海支干相连类似。手有三阴三阳，与天道相类；足有三阳三

① 宋濂《述玄》，《宋濂全集》，第 1969—1970 页。

② 宋濂：《龙门子凝道记·阴阳枢》，《宋濂全集》，第 2196 页。

阴，与地道相类。因此，人身与天地等同。他进一步认为人身与天地在气的运行上也相类似：

天气之运也，一昼一夜行九十万余里。人气之运也，一昼一夜行一万三千五百通。是人与天无一息止也，天止一息，则灾害生；人止一息，则疢疾起。君子法天之健以自强，故圣；小人违天以自肆，故狂。是一息不法天，则心死一息也；一朝不法天，则心死一朝也。人心既死，是行尸耳，其行事果能合天乎？然则法天亦有道乎？曰："有，存心之谓也。"①

天的运行无止无息，一息停止就会出现灾害；人身气血的运行无止无息，一息停止就会产生疾病。所以君子要法天而行，自强不息。效法天的方法就是存心养气。

其次，宋濂认为天地万物与人皆由阴阳二气形成，天人之间相感相应。他在《吕氏孝感诗序》中说：

天人之际难矣，苟有以感之，非难也。天穹然而在上，人藐然而在下，势绝而分殊，岂易感哉？然人之身，天之气也；人之性，天之理也；理与气合以成形，吾之身与天何异乎？人或不察乎此，而谬迷其天性，始与天为二矣。能以诚感，则天宁有不应之者乎？②

又说："人之于天，体异而气同，养吾气以感之，寒暑可自我而平，日月可自我而明。"③他认为"天地之间，不过阴阳二气而已"，阴阳二气乃道所生，二气的交感流行生成人与天地万物。天之理决定人的性，天之气决定人的形质。所以就理、气而言，人与天地万物具有相

① 宋濂：《龙门子凝道记·河图枢》，《宋濂全集》，第 2206 页。

② 宋濂《吕氏孝感诗序》，《宋濂全集》，第 648—649 页。

③ 宋濂《连槐堂铭》，《宋濂全集》，第 1031 页。

同的特性。如果人能够善于养气，就可以以气感天，从而达到与天相合的境界。其《赠云林道士邓君序》云："然而天地，一太极也；吾心，亦一太极也。风霆雷雨，皆心中所以具，苟有人焉，不参私伪，用符天道，则其应感之速，捷于桴鼓矣。"[①]天地为一太极，人心为一太极，太极即是道、理，天理具于人心之中。因此人如果能够存心养气，去除伪善私欲，那么天地感应之速将"捷于桴鼓"。国君作为沟通天人关系的中介，其地位尤其重要：

> 天之爱人君者，不其至哉！天，无言者也。人君行事有失，天则出灾异以谴告之。若父之于子然：子有过，则诏之饬之，甚则扑之。此无他，爱之至也。父若弃子，则刻苦之辞不加之矣；天若弃人君，则生祥下瑞遍四方矣。是知灾异迭兴，人君惧而修德，则治如汉之盛世是也；祥瑞数见，人君矜而徇欲，则乱如五季之时是也。祥瑞之兴，国之妖，灾变之臻，国之福，信哉！[②]

国君如果行事有失，上天将会屡现灾害进行谴告。如果此时国君能够施行仁政、修德保民，国家就会出现盛世局面。相反，如果社会政通人和、天降祥瑞，但国君以此自矜，骄奢淫逸，反而会导致如五代时的天下大乱。因此，对于国君来说，最重要的是能否实行仁政，而不是只注重上天的感应。洪武二年(1369)冬十月，有膏露降于乾清宫后苑的松树上，宋濂曾作《天降甘露颂》：

> 氐北有星名为天乳，若明而润，则膏露下焉。王者德格于上，恩覃于下，灵氛充牣，秘贶斯甄，此天人感应之恒理也。……虽然，《传》有之："受命不于天，于其人；休符不于祥，于其仁。"所以孔子之作《春秋》，祥瑞不书而有年则书，岂不以天道玄远难知，而人事

① 宋濂《赠云林道士邓君序》，《宋濂全集》，第527页。

② 宋濂《龙门子凝道记·蔚迟枢》，《宋濂全集》，第2209页。

之为可征者乎？皇上以天纵之圣，留神至治，以得仁贤为瑞，以五风十雨为祥，视彼前代植金茎以承液，夸嘉瑞以纪年者，未尝不指以为戒，则其英明之识、超绝之智，卓冠百王，为法万世。①

他以孔子作《春秋》不书祥瑞为例，委婉劝说朱元璋要留神于至治，以得到仁德贤明的人才为祥，以百姓丰衣足食为瑞。可以看出，虽然宋濂讲天人感应，但其目的还是要落实到人道上。

再次，宋濂认为至道窈冥昏默，如果能够守一处和，就可以成为“至人”，达到遨游于天地之间的长生境界：

故古之至人，能养而全之。守一处和，若蛰龟然。一故弗杂，和故弗戾，久而行之，其道乃至……然后驾太清以为舆，指溟涬以为盖，倚日月以为轮，运六气以为辕，化莽苍以为马，直远游乎无穷之门。虽鬼神不能测其机，而况于人乎！人皆有之而不能之者，则眼之精疲于五色，耳之精没于五声，鼻口之精散于臭味，四肢之精削于运用。精既散矣，气随竭矣，神虽弗离，将安传之矣？卒俯首就毙，如慕光之趋火，其亦可悲也欤。呜呼！……天地不死，而人皆死者何也？不知有玄玄之道故也。②

“古之至人”能够持守道的纯一、合谐，可以自由地遨游于“无穷之门”；但常人由于经常受到物欲的壅闭，疲于声色味用之间，致使精气散竭，最终俯首就毙。宋濂关于养生之道的观点明显受到道家、道教思想的影响。《庄子·在宥》云：“至道之精，窈窈冥冥；至道之极，昏昏默默。无视无听，抱神以静，形将自正。必静必清，无劳女形，无摇女精，乃可以长生。目无所见，耳无所闻，心无所知，女神将守形，形乃长生……天地有官，阴阳有藏，慎守女身，物将自壮。我守其一

① 宋濂《天降甘露颂》，《宋濂全集》，第9—10页。
② 宋濂《述玄》，《宋濂全集》，第1970页。

以处其和，故我修身千二百岁矣，吾形未常衰。”[①]黄帝向广成子请教修身长生之道，广成子认为至道窈冥沉潜，只要保持精神的宁静，视听不外用，形体自能康健。静虑凝神，不劳累身体，不虚耗精神，自然能够长生。持守内在的虚静，弃绝外界的纷扰，不多用智虑，守一处和，便可达到长生久视的境地。宋濂的说法与之如出一辙。

二、“一元之气”

宋濂论述气时使用了“气母”“一元之气”“元气”等概念。他说：

> 太虚之间，一降一升，而能橐籥于无穷者，非气母也耶？气母之所孕，其出无根，其入无门，而其应也甚神。人能察乎阴阳之变，而不凝滞于物者，其知鬼神之情状矣乎。[②]

这里所谓的“气母”本是道家用语。《庄子·大宗师》云：“狶韦氏得之，以挈天地。伏戏氏得之，以袭气母。”道家又称“气母”为“一元之气”“元气”[③]。宋濂把“气母”与“一元之气”等同使用。他在《夹注辅教编序》中说：“殊不知春夏之伸，而万汇为之欣荣；秋冬之屈，而庶物为之藏息；皆出于一元之气运行。气之外，初不见有他物也。”[④]又其《林府君墓铭》亦云：“呜呼，天之生材也，一元之气既运，无往而弗周。譬诸木焉，或可为栋梁，或可为榱桷，未尝不具。特人用之有违其材，所以每形君子之叹。”[⑤]他认为宇宙间的升降运动、四时的交替与万物的欣荣藏息，“一元之气”即“气母”的存在是其根本原因。“气母”本身无涯无际，“无根无门”，但它确实是客观存在的。如果人能

① 郭庆藩《庄子集释》，北京：中华书局，1961年，第381页。

② 宋濂《温忠靖王庙堂碑》，《宋濂全集》，第1058页。

③ 《庄子·大宗师》：“伏戏氏得之，以袭气母。”其释文云：“气母者，元气之母也，应道也。”郭庆藩《庄子集释》，第248页。

④ 宋濂《夹注辅教编序》，《宋濂全集》，第563页。

⑤ 宋濂《林府君墓铭》，《宋濂全集》，第1513页。

够不受具体事物的束缚,而从阴阳二气相摩相荡以生成物的角度去体察,仍然可以靠理性去把握它。宋濂的元气说,本于道家和程、朱有关元气的论述。

先秦道家学派的老子曾概括宇宙万物的产生过程:道化生出混沌的气,气化生阴阳之气,阴阳之气化生天地万物与人。他说:"道生一,一生二,二生三,三生万物。万物负阴而抱阳,冲气以为和。"[①]"一"即宇宙混沌未分之气。庄子继承和发展了老子关于气的学说:"人之生,气之聚也。聚则为生,散则为死。若死生为徒,吾又何患?……故曰:通天下一气耳。圣人故贵一。"[②]认为气是构成万物及人的本始,气聚则人生,气消则人亡。虽然万物及人形态各异,但都不过是一气而已。

汉代董仲舒从天人感应出发提出了"元气"概念。他说:"元者,始也,言本正也。道者,王道也。王者,人之始也。王正则元气和顺,风雨时,景星见,黄龙下。王不正,则上天变,贼气并见。""元气"与"贼气"相对,是本始之气,元气和顺就会风雨适时,天地交泰,物阜人安。"天地之气,合而为一,分为阴阳,判为四时,列为五行。"[③]元气即是"合而为一"之气,它在运动过程中分为阴阳二气。阴阳二气的盛衰屈伸,形成四时之气,又分为五行之气。

到了两宋时期,张载集气一元论之大成,构建了以气为宇宙本体的哲学逻辑结构。他说:"太虚无形,气之本体,其聚其散,变化之客形尔。"又说:"太虚不能无气,气不能不聚而为万物,万物不能不散而为太虚。"[④]按照这种说法,宇宙的构成分为三个层次:太虚——气——万物。太虚之气聚而为气,气聚而为万物;万物散而为气,气散而为太虚。太虚、气、万物都是同一实体,即气的不同状态。此后,程、朱则用"真元之气""一元之气""元气"等,作为理与万物之间的过

① 朱谦之《老子校释》,北京:中华书局,1984年,第174—175页。
② 郭庆藩《庄子集释》,第733页。
③ 董仲舒《春秋繁露·五行相生》卷十三,上海:上海古籍出版社,1989年,第76页。
④ 张载著,章锡琛点校《张载集》,北京:中华书局,1978年,第7页。

渡，即作为先有是理而后有是气之间的一种逻辑上的虚构。如朱熹说：“天地之间，有理有气。理也者，形而上之道也，生物之本也。气也者，形而下之器也，生物之具也。是以人物之生，必禀此理然后有性；必禀此气然后有形。”[①]即一切事、物、器都是由理与气构成，元气是构成事物的材料，理是事物的本质和规则。就现实世界来说，理与气不可分离，没有无理之气，也没有无气之理。

由上述道家到程、朱的元气说，再来看宋濂所说的宇宙间的升降运动和庶物的欣荣、藏息，皆由于“一元之气运行”；元气则由道产生，“大道无象，一气自然。由气有声，上通九天”[②]；元气化生为阴阳二气，阴阳二气的交感烟缊生成天地万物，“天地之运，二气烟缊，自色自形，其变孔神。惟其孔神，凡人心思之所能及者，物具有焉”[③]。他的元气说与程、朱的说法基本一致，也就是以道（即理）为本体，以元气为理与万物之间逻辑上的中介，元气判为阴阳二气，阴阳二气的相感相应生成天地、万物与人。

宋濂进一步指出，天地万物的变化运动，是由于气本身具有运动本性。这种内在的本性和根源，宋濂又称之为“神”。他说：“天地之气日新而无穷，文辞亦与之无穷，盖其升降、翕张、俯仰、变化皆一神之所为。神者也，形之而弗竭，用之而弥彰。气之枢，文之所囿也。”[④]又说：“神与气未始相离，分之为二，合之为一，其殆化源也欤。”[⑤]气的运动变化是复杂的，具有不固定性，它表现为升降、翕张、俯仰、变化等形式。但究其本根，皆源自气本身固有的本性——神。神与气二者“未始相离”，“神”是气的内在本性，因而是体；气的运动变化是其外在表现，因而是用。

宋濂不仅肯定运动的根源来自气本身，他还进一步揭示了阴阳

① 朱熹《答黄道夫》，《晦庵先生朱文公文集》卷五十八，《四部丛刊》本。

② 宋濂《龙虎山大上清宫钟楼铭》，《宋濂全集》，第1184页。

③ 宋濂《玄武石记》，《宋濂全集》，第105页。

④ 宋濂《金华先生黄文献公文集序》，《宋濂全集》，第704页。

⑤ 宋濂《了圆铭》，《宋濂全集》，第1029页。

的对立统一是这个根源的具体内容。他提出：

> 阴中有阳，阳中有阴。非相同也，而自同同也；非相有也，而自有有也。非相生也，而自生生也。皆自然而已。火性至热也，而萧丘有凉焰焉；水性至寒也，而华阳有温泉焉。验之物化，参之天运，皆自然而已。所以圣人作《易》，一本之自然，何容心哉？①

阴阳是相互对立的，但阴中有阳，阳中有阴，对立的双方又是统一的；阴阳双方既互感互引，又互动互渗，既保持相对平衡，又相互消长，从而成为推动万事万物不断产生变化发展的动力；这种推动事物产生、变化、发展的动力并非来自事物外部，而是根源于事物本身，“皆自然而已”。

宋濂所谓的气不仅是指客观存在的实体，还指主体的道德精神。他说：

> 天地正气，随时降升。明为日月，流为风霆。我人得之，挺然自生。直养无害，与我道并。在子死孝，在妇死贞，在臣死忠，弗挠弗倾。苟无是焉，焰然不宁。②

天地间正气的升降流行，天得之则为日月风霆，人得之则为浩然之气。如果能够正确地培养扩充它，而不损害它，就可以与道并存，成为忠孝贞节等的道德规范。

关于气与才，宋濂认为上天所授之气并无厚薄，但万物与人所禀之气却有多寡，因些才有大小之别。他说：

---

① 宋濂《龙门子凝道记·虞丹微》，《宋濂全集》，第2223页。

② 宋濂《元故朝列大夫同知婺州路总管府事致仕赵侯神道碑铭》，《宋濂全集》，第1204页。

有一人之人，有十人之人，有百人之人，有千万人之人，有亿兆人之人，其赋受有不齐，故其著见亦不一而足。……盖其所禀者盛，故发之必弘；所予者周，故该之必备。呜呼！此岂非体大而用宏者欤？或曰："上帝降衷，不以知愚而有偏。若子之言，不几局囿乎气而不迁者乎？"曰："非是之谓也。其性同，其才或不同。虽以七十子之从圣人，其学各得其才之所近，况下此万万者乎？由是而观，因才所受而自文者，人与动静之物，概可见矣！"①

"性出于天"，所以道或者天理所决定的性是相同的；"才出于气"，虽然上天所授之气没有厚薄，"不以知愚而有偏"，但人的禀受却有不同。圣人禀气最盛，因此其才能最高，发为文章则能"斡天地之心，宰阴阳之权，掇五行之精"。贤人、众人所禀之气不足，其才次于圣人，因此贤人之文能"措之四海"，众人之文则"不足论"。

宋濂还认五行之气会影响到人的体格、命运。他说：

人资天地以生，山林之民毛而方，谓得木气之多也。川泽之民黑而津，谓得水气之多也。得火气之多，则丘陵之民专而长也。得金气之多，则坟衍之民皙而瘠也。至于丰肉而痺，则得土气之多，而所谓原隰之民也。然则彼皆非欤？曰：五土有异而民生以之，此固然也。人之赋气，有薄厚长短，而贵富贱贫寿夭六者随之，吾不能必也，亦非日者之所能测也。②

山林之民多毛而体方，得木气最多；川泽之民皮肤黑而润泽，得水气最多；丘陵之民体圆而身长，得火气最多；坟衍之民肤色白而体瘦，得金气最多；原隰之民胖而矮，得土气最多。人所禀之气有薄厚长短，命运则有贵富贱贫寿夭，命运与禀气密切相连。

① 宋濂《灵隐大师复公文集叙》，《宋濂全集》，第639页。
② 宋濂《禄命辨》，《宋濂全集》，第1887页。

受道教思想的影响，宋濂所谓的气还是指道教内丹修炼中的调息行气。他在《调息解》中说：

> 上堪下舆，二气与俱。沤郁唿茀，鸿絧偞池。运行不已，詘信以时。日以里计，九十万余。苟愆其素，灾害纷蕤。维人之生，法乾之枢，肖坤之仪。委清受宁，发神吐奇。昼动夜旋，绵延若丝，一万三千五百有畸。执神之麾，斡精之羲。其入则噏，其出则嘘。莽尔勿驱，迅焉弗驰。勿抗而崇，勿按而庳。纯乎玄潜，盎如春熙。倘失其养，朋虑所迻。焦火凝冰，渊沦天飞。忞睢无际，涉历渺弥。斧斤日加，贞阳则罢。①

天地之间，皆为一元之气的化育流行。元气至精至微，无所不在，无时无刻不在运行。在天每日运行九十万余里，在人则每日运行一万三千五百余里。“人之气与天地之气常相接”，气息在人身内连绵不绝，“离离幽幽，如期器盛；旭旭许许，如橐斯鼓。不西不东，宅于至中”。如果气息失其所养，心神就会触物而动，随念而迁，如同“焦火凝冰，渊沦天飞”。只有“执神之麾，斡精之义”，吐故纳新，调整呼吸导引神气，使之均匀、细缓、深长，最终达到“潜与神符，丰融肸蠁”的境界，自然可以“策玄应而周流，后天地而长存”。

三、心为万理之原

在有关理学范畴的论述中，宋濂对于心的关注最多。他之所以论述道、理、太极、气等，目的就是要引出人心，为其论证人心本具善的本性以及治心、明心的方法作铺垫。

宋濂认为他发现了天下之至宝，这就是心。他说：

> 西域贾胡有持宝来售，名曰瓓者，其色正赤如朱樱，长寸者，

---

① 宋濂《调息解》，《宋濂全集》，第1882页。

直逾数十万。……龙门子笑而去,谓弟子郑渊曰:“古人有云:黄金虽重宝,生服之则死,粉之入目则眯。宝之不涉于吾身者尚矣!吾身有至宝焉,其直不特数十万而已也。水不能濡,火不能焫,风日不能飘炙。用之则天下宁,不用则一身安。乃不知夙夜求之,而唯此之为务,不亦舍至近而务至远耶?人心之死久矣夫!人心之死久矣夫!”①

与人心相比,胡商所持重宝虽然赤如朱樱,长有寸许,价逾数万,但却不能充饥、去疾、逐疠,更不能使人孝悌,所以是无用之物;而人之心“函天包地,载阴负阳,日月同明,鬼神同妙”,“用之则天下宁,不用则一身安”,这才是天下之至宝。

人心之所以为天下之至宝,是因为人心至虚至灵,具有触物而动、实参两间的特点。他在《萝山杂言》中描述心的特性时说:“至虚至灵者心,视之无形,听之无声,探之不见其所庐。一或触焉,缤缤乎萃也,炎炎乎热也,莽莽乎驰弗息也。”②所谓虚,即心无形影,不是实有之物;所谓灵,是指心灵明莫测,不受宇宙时空的限制。按他所说,心的本来状态是无形象、无声息的虚寂体,当它遇到外物时就有所反应,会“缤缤”“炎炎”“莽莽”地动起来。宋濂把心所具有的这种特点喻为“镜之明”:

无者有之对,其谓之有者何?心中本具,不假外求也。其谓全有者何?天德也,天德之著也,如镜之明也,万象森然,随物而应之也。既曰全有,或乃斫之丧之,以至弗完者何?人伪之滋也。人伪之滋,非学不足以克之也。③

心能够“无大不包,无小不涵,虽以天地之高厚,日月之照临,鬼神

① 宋濂《龙门子凝道记·先王枢》,《宋濂全集》,第2202—2203页。
② 宋濂《萝山杂言》,《宋濂全集》,第2020页。
③ 宋濂《全有堂箴》,《宋濂全集》,第994页。

之幽远，举有不能外者”。万物与天理皆为心中本来具有，当它们遇物而动时就显现出来。心遇物而动，显现森然万象，就像镜子一样，被映照的万象世界与理，原本就在镜子本身。显然，这个镜子的比喻，是表示客体的存在，是由于主体活动的结果。如果主体寂然不动，也就没有客体的存在。所以心不动，万象俱寂；心一动，则万象森列。因此宋濂所谓的心既属于认识论的哲学范畴，又包含有本体论的涵义。

人心至虚至灵，天地万物“无大不包，无小不涵”，皆为一心所摄，就此而言，心具有超越宇宙时空局限的特点。因此宋濂进而提出“吾心与天地同大”的观点：

> 吾心与天地同大，吾性与圣贤同贵。①
>
> 或问龙门子曰：“天下之物孰为大？”曰：“心为大。”……曰：“仰观乎天，清明穹隆，日月之运行，阴阳之变化，其广矣大矣！俯察乎地，广博持载，山川之融结，草木之繁芜，亦广矣大矣。而此心直与之参，混合无间，万象森列而莫不备焉。非直与之参也，天地之所以位，由此心也；万物之所以育，由此心也。”②

心不仅仅是“重一十二两，中有七孔”的有形之物，更是“无物弗该，无理弗囿”的无形之物。作为无形之物的心，能够仰观俯察、与天地参合，“万象森列而莫不备焉”，宇宙一切客体皆备于具有主体意识的“此心”“吾心”之中。宋濂还进一步将心的作用推及到人事与历史兴衰层面，指出一心之立关系到国家之治与人身之存。他说：

> 能体此心之量而践之者，圣人之事也，如羲、尧、舜、文、孔子是也。能知此心，欲践之而未至一间者，大贤之事也，如颜渊、孟

① 宋濂《自题画像赞》，《宋濂全集》，第2138页。
② 宋濂《龙门子凝道记·天下枢》，《宋濂全集》，第2198页。

轲是也。或存或亡，而其功未醇者，学者之事也，董仲舒、王通是也。全失是心，而唯游气所狥者，小人之事也，如盗跖、恶来是也。然而此心甚大也，未易治也，未易养也。……心一立，四海国家可以治；心不立，则不足存一身。使人人知心若是，则家可颜孟也，人可尧舜也，六经不必作矣，况诸氏百子乎？①

天理本具于人心，但却"乘气机出入"，忽东忽西，随物而迁。能够完全体会此心，在实践中充分显现天德，是圣人之事；能够知道此心，想要践履之，但尚不能达到至善境界者，是大贤之事；心或存或失，功力未醇者，是学者之事；而受游气影响，全失道心，则只能是小人之事。所心一心之立，关系着能否成为圣贤，推而远之，更关系着国家的治乱兴衰。心一立，人可以成为尧舜，四海国家可以兴盛；心不立，人不能存一身，国家也会出现乱世。

关于心与理之间的关系，宋濂认为心涵盖理，心为万理之原。他说：

世间之理，其有出一心之外者哉？《传》有之，东海有圣人出焉，其心同，其理同也；西海有圣人出焉，其心同，其理同也；南海北海有圣人出焉，其心同，其理同也。是则心者，万理之原，大无不包，小无不摄。能充之则为贤知，反之则为愚不孝矣；觉之则为四圣，反之则六凡矣。②

虽然，学以存此心也，心存则理之所存也。前乎千万世，此心同，此理同也；后乎千万世，此心同，此理同也。近而一身之微，此心同，此理同也；远而四海之广，此心同，此理同也。所谓东海有圣人出焉，此心同，此理同也；西海有圣人出焉，此心同，此理同也；南海、北海有圣人出焉，此心同，此理同也。

① 宋濂《龙门子凝道记·天下枢》，《宋濂全集》，第2198—2199页。

② 宋濂《夹注辅教编序》，《宋濂全集》，第563页。

吾何忧哉？天之高也，吾不愧其覆也；地之厚也，吾不愧其载也；心之弘也，吾不愧其灵也。[①]

宋濂继承了陆九渊的说法[②]，认为尽管心与理为历史时空中具体的个人所具有，但此心与理又不为某一特定时空中的个人所特有，它具有普遍性和永恒性。“近而一身之微”“远而四海之广”“东海”“西海”“南海北海”，“此心同，此理同”，表明心与理在空间上具有普遍性；“前乎千万世”“后乎千万世”，“此心同，此理同”，表明心与理在时间上具有永恒性。心与理之间，心是主要的，它超越了理的层次，并涵盖着理，而理则从属于心。因此，“心存则理之所存”，如果心不存在，则理就没有安顿之处。既然心为“万理之原”，理存在于心中，那么要想求圣人之道，只要存心、治心就可以了。

宋濂在《白牛生传》中说：“生学在治心，道在五伦，自以为至易至简。”他认为自己修身治学的方法“至易至简”，就是通过治心以求儒家仁义之道。宋濂特别强调治心的重要性：“圣人之道，惟在乎治心。心一正，则众事无不正，犹将百万之卒在于一帅。帅正，则靡不从令；不正，则奔溃角逐，无所不至矣，尚何望其能却敌哉！大哉心乎！正则治，邪则乱，不可不慎也。”[③]他把治心比喻为军中的正帅，认为正如将帅一正，百万士卒无不听命一样，心一正，则其他事无有不正。如果每个人都能够做到心正，则“家可颜孟也，人可尧舜也”；如果不能做到正心，“一失则为小人，再失则为夷狄，三失则为禽兽也”。

那么如何治心、存心？宋濂提出了去欲以存心的方法。他说：“夫三尺童子至无知也，亦知小人为可恶，君子为可好，是何也？人心

① 宋濂《龙门子凝道记·段干微第一》，《宋濂全集》，第 2212 页。

② 陆九渊提出：“东海有圣人出焉，此心同也，此理同也；西海有圣人出焉，此心同也，此理同也；南海、北海有圣人出焉，此心同也，此理同也；千百世之上有圣人出焉，此心同也，此理同也。千百世之下而圣人出焉，同此心也，同此理也。”《象山先生全集》卷三十六，《四部丛刊》本。

③ 宋濂《六经论》，《宋濂全集》，第 1878 页。

终不亡也。但逐逐于物，而不自返也。”[①]“嗜欲之性，人孰能免哉？能以礼义制之，则不入于邪僻矣。”[②]即使三尺童子也能分辨善恶，可见仁义之心具有普遍性，人人生来都有，但人心往往为物欲所遮蔽，而不知“自返”。只要以礼义制欲、去欲，本心之正自然可以恢复。

在物欲之中，宋濂尤其重视饮食、男女之欲。他说：“人之大欲无过于饮食男女。盖人之生也，非男女构精气，何由而化？非饮食之养气，何因而续哉？二者于人切矣，苟不以礼制之，小则身丧而家毁，大则国削而天下乱。……人能如不嗜食之龟、交有时之虎，则知自养矣，何饮食男女之足患哉？”[③]人之生，需要男女双方的精气相构；人之存，需要饮食中水谷之气的滋养。所以饮食、男女对于人的生存与发展具有重要作用。但人的这些欲望不能无限制地肆意放纵，而必须以礼义相制约，使之处于“不嗜食”“交有时”的合理范围。否则，任由欲望失控、泛滥，“小则身丧而家毁，大则国削而天下乱”。

除了以礼义制欲以外，宋濂还提出以六经复其本心的方法。他说：

> 六经皆心学也，心中之理无不具，故六经之言无不该。六经所以笔吾心之理者者也……人无二心，六经无二理，因心有是理，故经有是言。心譬则形，而经譬则影也。无是形则无是影，无是心则无是经，其道不亦较然矣乎。然而圣人一心皆理也，众人理虽本具，而欲则害之，盖有不得全其正者。故圣人复因其心之所有，而以六经教之。[④]

心与六经的关系，正如形影不离一样，“心中之理无不具”，而六经正是“笔吾心之理”。当然，这里心是指“一心皆理”的圣人之心而

① 宋濂《龙门子凝道记·君子微第》，《宋濂全集》，第2213页。
② 宋濂《谢节妇传》，《宋濂全集》，第381页。
③ 宋濂《龙门子凝道记·虞丹微》，《宋濂全集》，第2223—2224页。
④ 宋濂《六经论》，《宋濂全集》，第1877—1878页。

言。对于一般的“众人”来说，他们心中虽生而禀赋着理，但蔽于“私伪”“欲则害之”，因此其心不得其正。所以记录圣人之心的六经，对于“众人”来说，就有“教之以复其本心之正”的作用。其中《诗》可以教人温柔敦厚；《书》可以教人疏通知远；《乐》可以教人广博易良；《易》可以教人洁静精微；《礼》可以教人恭俭庄敬；《春秋》可以教人属辞比事。虽然六经的侧重点各有不同，但都是通过教化使“众人”恢复其本心。在他看来，人的欲望如同疾病，而六经就好比是药，以圣贤之书克制欲望，正如以药治疗疾病一样是自然之理：“人之欲，犹夫疾也。圣贤之书，犹夫药也。以药治疾，则疾瘳而体顺；以圣贤之书克欲，则欲去而理明。自然之势也。”①宋濂对六经的重视态度，反映出金华之学注重经、史的传统。

当然，人心虚灵，神妙莫测，去欲、治心的过程不会一帆风顺，“人心虚灵，乘气机出入，操而存之为难”。但只要以圣人为师、以六经为学，终会达至圣人之道，“周公、仲尼之道粲如也，学之则至也，不学则终身不知也。千里之远，起于足下之一步也，一步即千里也，虽远可到也；若安作，则不能也”②。

四、持敬、主静与致知

“持敬”是宋濂提倡的主要修养方法。他在《自题画像赞》中说：“用致知为进学之方，藉持敬为涵养之地。续坠绪之茫茫，昭遗经之晰晰。虽任重而道远，必笃行而深诣。”③“敬”作为一种重要的道德修养方法，历来为理学家所重视。程颐说：“俨然正其衣冠、尊其瞻视，其中自有个敬处。”又说：“主一无适，敬以直内，便有浩然之气。”④他所谓的敬包括衣冠举止的整齐严肃和态度情感上的集中意念、心主于理两方面的内容。衣冠举止的整齐严肃属于外在修养问题，但当

① 宋濂《浦阳人物记·政事篇》，《宋濂全集》，第 2255 页。
② 宋濂《龙门子凝道记·君子微》，《宋濂全集》，第 2214 页。
③ 宋濂《自题画像赞》，《宋濂全集》，第 2138 页。
④ 程颐、程颢《二程遗书》卷十五，上海：上海古籍出版社，1992 年，第 109 页。

长久的外在修养成为习惯，内心的邪私意念自然会逐步减少。意念主于理，心中就会不再胡思乱想，便会养成浩然之气。程颢则提出诚敬的思想，他说："执事须是敬，又不可矜持太过。"又说："谓敬为和乐则不可，然敬须和乐。"[①]存心养性需要在敬上下功夫，但敬又不能失于拘谨，必须靠诚的积极涵养，从而养成自在和乐的心境。

朱熹吸收并发展了程颐关于持敬的思想，形成自己"主敬涵养"的修养方法。他说："敬有甚物？只如'畏'字相似……只收敛身心，整齐、纯一，不恁地放纵，便是敬。""敬不是万事休置之谓，只是随事专一，谨畏，不放逸耳。"[②]持敬不是默然独坐，不闻不见，而是使内心常处于一种敬畏的状态，从而保持意识的内敛、专一，不使身心放纵散逸。另外，主敬涵养贯通未发已发，敬在未发时不仅可以涵养道德，而且可以为已发时的穷理致知准备条件。

宋濂的"持敬"说，与程朱的主张颇为相近：

> 敬固无所不在，而验之于祠飨为犹宜。方其斋明盛服以交神明，灵飔回薄，如将见之。于斯时也，志定神一，曾有邪思之可干者乎？[③]

> 不察察以自恃乎，不默默以求全乎，不赫赫以骞翔乎，不缩缩以雉伏乎，能纯一乎，能绝外诱乎，能山立而海受乎，如是者谓之近道。[④]

宋濂认为"修德莫若敬"，持敬就是"志定神一""纯一"，这与二程的"主一"及朱熹的"纯一""专一"意思相同，都是指使人精神内敛，心有所主，专注于心中之"理"，不受外在"邪思"的诱惑。能做到"纯一"，心无旁骛，自然就会神通而理明。持敬并不是心中无闻无见，而

---

① 程颐、程颢《二程遗书》卷二，第30页。

② 黎靖德编，王星贤点校《朱子语类》卷十二，北京：中华书局，1986年，第211页。

③ 宋濂《寅斋后记》，《宋濂全集》，第104页。

④ 宋濂《萝山杂言》，《宋濂全集》，第2022页。

是指已发时的心与理相合，能够“山立而海受”。如何通过持敬来涵养心德？宋濂总结了七种方法：

惧其炎而上也，则抑之；恐其降而洿也，则扬之；察其远而忘也，则存之；度其陋而小也，则廓之；虑其躁而扰也，则安之；审其滞而沈也，则通之；视其危而易摇也，则镇之。是谓七术，纳乎中而式乎轨者也。纳乎中而式乎轨，舍敬何以存之？①

人心虚灵莫测，常常会受到外物的干扰，要做到“志定神一”并非易事。心神纷炎而上时，要抑制它；心消沉低落时，要鼓动它；心放纵迷失时，要存养它；心固陋狭小时，要扩充它；心烦躁难定时，要安抚它；心滞碍沉郁时，要疏通它；心畏惧动摇时，要压服它。通过这些方法，使心“纳乎中而式乎轨”，与天理相合，这样才称得上持敬。

另外，宋濂的持敬、贵一不仅是指内心的道德体悟，它还与帝王的治国之道有着紧密的联系。他说：

丝丝棼棼，乃政之分；纯纯谧谧，乃政之壹。是故圣人驯而弗扰，靖而弗逸，明而弗察，勤而弗烦。弗扰故民舒，弗逸故民宁，弗察故民宽，弗烦故民裕。四者有失，则天下受其害。

守正莫过于一。一故弗贰，弗贰则明。明则神，神则无不通，天下之能事毕矣。是故圣人之学贵一。②

贵一用于治民，就是恪守儒家的治国之要，为政要清静勤勉，不能扰攘百姓的正常生活。要做到“驯而弗扰，靖而弗逸，明而弗察，勤而弗烦”，才能使百姓“舒”“宁”“宽”“裕”。他曾经劝告明太祖朱元璋说：

---

① 宋濂《龙门子凝道记・天下枢》，《宋濂全集》，第2199页。
② 宋濂《萝山杂言》，《宋濂全集》，第2021页。

《书》有之：惟天无亲，克敬为亲；民罔常怀，怀于有仁；鬼神无常享，享于克诚。曰敬、曰仁、曰诚，皆忠心所具，非由外铄我也。此心若存，则动静合道，建中保极之原，清而弗扰，庶绩咸熙。否则天飞渊沦，凛乎若朽索之驭六马，唯欲之从，而罔克攸济，治忽之几，其始甚微，不可不慎也。……古先哲王相传心法，所谓"精一执中"之训，亦不过此。①

"敬""仁""诚"皆为心中所有，能够做到"敬""仁""诚"，就会动静合道，可以得到上天的垂爱、百姓的拥戴与鬼神的庇佑。这也是自古以来圣王相传的心法。

宋濂论修养功夫包括已发、未发两方面，已发时要持敬主一，未发时则要主静。他特别推崇诸葛亮的"学须静也"：

孔明于圣贤之学盖有闻矣，其所谓"学须静也"之言，信古今之名言也。止水之明，风挠之则山岳莫辩；浑天之察，人挠之则昼夜乖错，况方寸之心乎？古圣贤之成勋业、著道德于不朽者，未有不由于静者也。盖静则敬，敬则诚，诚则明，明则可以周庶物而穷万事矣。②

静止的水清澈透明，狂风吹起时却不能辩其形状；浑天仪能够正确反映天象，被扰乱后它就会昼夜错乱。心与它们相似，静止不动时浑然天理，一旦触物而动，被物欲遮蔽，就会善恶莫辩。只有"澄心默坐"才能"天光自发，人见其人，物见其物"，才可以见心之本体。因此，静与敬、诚、明等相比起来更为重要，"静则敬，敬则诚，诚则明，明则可以周庶物而穷万事"。静是敬、诚、明的先决条件，而敬、诚、明则是静的结果。

① 宋濂《观心亭记》，《宋濂全集》，第171—172页。
② 宋濂《静学斋记》，《宋濂全集》，第232页。

宋濂主静的思想吸取于周敦颐"主静""无欲"的观点。周敦颐说："一为要。一者，无欲也。无欲则静虚动直。静虚则明，明则通；动直则公，公则溥。明通公溥，庶矣乎？"[①]静就是"无欲"，没有外界物欲的干扰，才能做到"一"，使内心达至"虚"的境地。心处于静虚的状态，就可以明白透彻地认识事物，思想开阔，胸怀通达。周敦颐的"主静"说融入了佛教思想，二程对之颇不以为然，认为主静易流于"坐禅入定"。而宋濂在这一点上却与周敦颐相似，也应当是与其"潜心内典""三阅大藏"有关。

除了持敬与主静之外，宋濂还坚持"用致知为进学之方"。但宋濂对致知方法本身论述很少，他对致知的重视主要体现在"笃行"上。宋濂在《龙门子凝道记》中抒发自己的抱负说：

> 以周公、孔子为师，以颜渊、孟轲为友，以《易》《诗》《书》《春秋》为学，以经纶天下为务，以继千载之绝学为志，子贡、宰我而下，盖不论也。[②]

此时宋濂尚隐于小龙门山，著书凝道。但他并不愿终老山林，而是一直以"君子之学，但存心泽物"为己任，期望有朝一日能够"得行其志"。为此他特别注意对各种知识的学习，在天文、地理、典章、制度、书画、音韵、医经、术数等方面都有很深的造诣。《明史·宋濂传》称赞他说：

> 自少至老未尝一日去书卷，于学无所不通，……在朝，郊社宗庙、山川百神之典，朝会宴亨律历衣冠之制，四裔贡赋赏劳之仪，旁及元勋巨卿碑记刻石之辞，咸以委濂，屡推为开国文臣之首。[③]

---

① 周敦颐《通书·圣学第二十》，《周敦颐集》，中华书局 1981 年，第 38 页。
② 宋濂《龙门子凝道记·令狐微》，《宋濂全集》，第 2238 页。
③ 张廷玉等《明史·宋濂传》，第 3787 页。

入明以后，作为朱元璋依恃的重要文臣，宋濂在为明王朝的政治、文化建设出谋划策的过程中，其渊博庞杂的知识发挥了重要作用。

宋濂曾经考订章服制度。当时有儒生议论章服之制说："公之服，龙、山、华虫、火、宗彝，五章在衣；藻、粉、黼、黻，四章在裳。五章则五列也，四章则四列也。四列之外，杂以云朵间之。"礼官进行了反驳，认为九章之名自古就有，但五列、四列的规制则过于繁烦，并且也没有历史依据。针对他们的争论，宋濂进行了详细的考证。他认为礼官依据经典进行反驳，其做法是可取的。至于说历代服制没有列的规制，则过于武断：

> 窃按唐制，衮冕之服，衣绘而裳绣，自山、龙而下，每章一行为等，每行十二。夫行犹列也。天子之衣既云每章分为十二，则公之服似可以类而推。但不知五、四之分，又何所见也。自山、龙而下始然，则日月星者必仍其旧而无所加，强诬天子之章当有数日，亦不能通矣。又按宋制，章服并织成，间以云朵而补其空地。夫间以云者，不过藉为文章而周饰之，亦非益之以一章也。[①]

所以儒生的说法并非没有依据。但"五章在衣""四章在裳"却是"末代之弥文"，而非"先王之法"，不应该加以提倡。如果依其言而行，就会助长后世冠冕之制的侈靡风气。因此章服之制"当准有虞氏之制"，以礼官的观点为准。他对章服制度的考订，显示了其知识的丰富和眼光的独到。

除了考订章服制度以外，其他如《龙门子凝道记·积书微第十》论浑天之法，认为此法是"中国所资以测天者""但可施之中国"；《楚客对》论月食及月之盈亏，认为月之盈亏是由于"人之观月，地势有正偏"引起，月食产生的原因是由于"地影之所隔"，"其隔或多或寡，故

① 宋濂《章服议》，《宋濂全集》，第1872页。

所食有浅有深”;《治河议》论治黄河水患,认为“以河决归于天事,未易以人力强塞”为迂儒曲说,提出“河之流分而其势自平”的建议等。这些论述均反映出他的博学广识以及对于致知的重视。

五、经史不二

宋濂身处婺州,受浙东学派重经史的学术传统影响,对于经学非常重视。他在《白牛生传》中自述说:“性多勤,他无所嗜,惟攻学不怠。存诸心,著诸书,六经;与人言,亦六经。或厌其繁,生曰:‘吾舍此不学也。六经其曜灵乎,一日无之则冥冥夜行矣。’”[①]他把六经作为判断是非的标准,“群言不定质诸经。圣经言之,虽万载之远不可易也。其所不言者,固不强而通也”[②]。言论是否正确,以六经为准。六经所言,虽经千万世不可更改;六经中没有涉及到的,则不可以牵强附会。

与汉儒注重训诂注疏和文章家注重文辞不同,宋濂强调以理视经、以质视经,认为儒家经典是载道之文,因此必须以质视经,才能避免支离之病。他说:

> 六经皆故迹,新入之机不同。其机确确,其履濯濯;其机采采,其履昧昧。甚哉其机也!人以文视经,斯缪已。善察机者,其以质视经乎?[③]
>
> 世儒不之察,顾切切然剽攘摹拟其辞,为文章以取名誉于世,虽韩退之之贤,诲勉其子亦有经训菑畲之说。其意以为经训足以为文章之本而已,不亦陋于学经矣乎?学经而止为文章之美,亦何用于经乎?以文章视诸经,宜乎陷溺于彼者之众也。[④]

---

① 宋濂《白牛生传》,《宋濂全集》,第294页。
② 宋濂《河图洛书说》,《宋濂全集》,第1950页。
③ 宋濂《萝山杂言》,《宋濂全集》,第2021页。
④ 宋濂《经畲堂记》,《宋濂全集》,第226页。

宇宙之间，道的化育流行产生万物与人，而道本身也存在于万物与人身之中。众人“理虽本具”“欲则害之”，而圣人一心则全都是理，发为言辞，就成为经。六经的内容很广泛，“大之统天地之理，通阴阳之故，辨性命之原，序君臣上下内外之等。微之鬼神之情状，气运之始终。显之政教之先后，民物之盛衰，饮食衣服器用之节，冠昏朝享奉先送死之仪。外之鸟兽草木夷狄之名”①，无非是理。所以必须以质视经，才能真正了解六经的内涵，做到动静合道。关于治经的具体方法，宋濂提出了三条建议：

（1）脱略传注，与心相涵：既然六经皆为心学，那么治经最重要的就在于治心。汉儒治经不求治心，只是“驰骛于外”，结果导致了“虚远而不返”“浅陋而不辞”的错误。所以正确的治经方法是“脱略传注”“与心相涵”。他说：

> 经既不明，心则不正。心既不正，则乡间安得有善俗？国家安得有善治乎？惟善学者，脱略传注，独抱遗经而体验之，一言一辞，皆使与心相涵。始焉，则戛乎其难入；中焉，则浸渍而渐有所得；终焉，则经与心一，不知心之为经，经之为心也。何也？六经者，所以笔吾心中所具之理故也。②

宋濂认为自秦汉以来，心学已不能相传。汉儒治经往往“驰骛于外”，或溺于名数，或专于训诂，或流于灾异，致使六经不明，人心不正。所以善于治经者，必须“脱略传注”，深求经意，在使六经“与心相涵”方面下功夫。在开始阶段，六经所蕴含的理尚难以理解。到了中间阶段，渐渐会有所收获。经过长期体验，最终就会达到“经与心一”“不知心之为经，经之为心”的境界。

（2）治经在笃行：宋濂认为六经的经意经过宋儒的阐发后，已经

① 宋濂《经畬堂记》，《宋濂全集》，第225页。
② 宋濂《六经论》，《宋濂全集》，第1878页。

非常明确。儒者治经不必另求经意，只需在日用之间“笃行”即可。他说：

> 汉儒说经，固多不可企及，但专门之习胜，未免蔽固而不能相通，其能脱略传注而深求经意者，自宋儒欧、刘、石、孙诸公始。诸公启之，伊洛继之，而益加精，在笃行而已矣。譬之于食，有耕之者，有种之者，有刈之獲舂扰之者，有炊之者，有实于箪而献之者。吾徒但食之而已，政不必立异以为名高也。①

汉儒解经的著作汗牛充栋，但由于拘泥于传注训诂之学，使得经意“蔽固而不能相通”。自宋以来，宋儒能够脱略传注而深求经意。宋初欧、刘、石、孙诸儒者开理学之先河，其后濂、洛、关、闽诸公继起，理学得到空前发展。宋濂认为经过诸儒者的阐发，对于经意的理解已经相当完备而精准，后来者不必标新立异以图“名高”，只需“笃行”即可。

宋濂自己很重视在实践中体悟六经真义。他在治《易》之时，并没有把《易》置于身边，钻研书本，而是“日惟熙熙，仰观俯察，若有所自乐者”，弟子们误以为他弃经不学。宋濂解释说：“子以为《易》在竹简中耶？阴阳之降升，《易》也；寒暑之往来，《易》也；日月之代明，《易》也；风霆之流行，《易》也；人事之变迁，《易》也。吾日玩之而日不足，盖将没齿焉。子以为《易》在竹简中耶？求《易》竹简中，末矣！陋矣！”②宋濂认为对《易》的理解，必须在大化流行中去把握，仅靠钻研书本是不够的。阴阳降升、寒暑往来、日月交替、风霆流行、人事变迁之中，皆蕴含着易理，通过“仰观俯察”，可以更好的掌握《易》的深意。不但是治《易》，治其他诸经的方法也是如此，“非惟《易》独然，而诸经亦皆然也”。

---

① 宋濂《龙门子凝道记・士有微》，《宋濂全集》，第2225页。
② 宋濂《龙门子凝道记・令狐微》，《宋濂全集》，第2237页。

(3) 先穷一经，复聚群经：宋濂治经，强调先从具体入手，要求先穷一经，在知晓其大旨之后，再聚群经治之，以便触类旁通。他说：

> 于是取一经而次第穷之。有不得者，终夜以思。思之不通，或至达旦。如此者有年，始粗晓大旨。然犹不敢以为是也。复聚群经于左右，循环而温绎之。如此者亦有年，始知圣人之不死，其所以代天出治，范世扶俗者，数千载犹一日也。然犹不敢以为足也。朝夕讽咏之，沉潜之，益见片言之间，可以包罗数百言者，文愈简而其义愈无穷也。[①]

他提出学者治经不能过于急燥，贪多图全。要先治一经，有不通之处，不可随意放过，必须通过思考去领会。一经既明，然后"复聚群经于左右"，朝夕讽咏，反复思索，以求触类旁通，最终才可以掌握诸经。可以说，这种先简后繁、循序渐进的治经方法确实具有一定的科学性。

宋濂还非常重视史学。为了提高史学的地位，他提出了经与史不可"歧而二之"的观点。他在《龙门子凝道记》中说：

> 《易》《诗》固经矣，若《书》若《春秋》，庸非虞、夏、商、周之史乎？古之人曷尝有经史之异哉？凡理足以牖民，事足以弼化，皆取之以为训耳，未可以歧而二之。谓优于史而不密察于经，曲学之士固亦有之，而非所以议金华也。[②]

金华学派开创者吕祖谦长于治史，尤其推崇《左传》《史记》《汉书》等。对此朱熹颇不以然，他批评吕祖谦、陈亮说："看史只如看人相打，相打有甚好看处。陈同父一生被史坏了，……东莱教学者看史，亦被史坏了。"[③]又说："伯恭动劝人看《左传》、迁《史》，今子约(吕

---

① 宋濂《叶夷仲文集序》，《宋濂全集》，第581页。
② 宋濂《龙门子凝道记·大学微》，《宋濂全集》，第2227—2228页。
③ 《朱子语类》，第2965页。

祖俭)诸人,抬得司马迁不知大小,恰比孔子相似。”[①]朱熹的观点在其门人中颇为流行。

针对这种批评吕祖谦“优于史而不密察于经”的偏见,宋濂进行了反驳。他认为《史记》《汉书》固然是史书,但圣人之书,如《书》《春秋》等,即是经,又是史,上古之时并无经、史之分,所以经与史不可“歧而二之”。只要内容上有可取之处,“理足以牖民,事足以弼化”,不管是经,还是史,都可以“取之以为训”。他的论断明显抬高了史学的地位,肯定了治史的必要性。关于如何治史,宋濂提出了两项原则:

(1)以群经为本根,迁固二史为波澜:宋濂曾拜元末大儒黄溍为师。黄溍教导他治经、史的次序,要“以群经为本根,迁、固二史为波澜”,否则就会“本根不蕃,则无以造道之原;波澜不广,则无以尽事之变”。宋濂谨记老师教诲,一直遵照这种方法读书治学。他在《叶夷仲文集序》中阐述自己治经、史的经验时说:

> 于是取一经而次第穷之。有不得者,终夜以思。思之不通,或至达旦。如此者有年,始粗晓大旨……由是去读迁、固之书,则势如破竹,无留碍矣。权衡既悬,而百物重轻无遁情矣。然犹不敢以为易也。稽本末以覈其凡,严褒贬以求其断,探幽隐以究其微,析章句以辨其体。事固粲然明白,而其制作之意,亦瞰然不诬也。[②]

重治史、轻治经,容易导致“本根不蕃”的弊端;重治经、轻治史,则容易出现“波澜不广”的不良后果。宋濂对这两种做法进行了调和,要求先治经、后治史,以经为本根、以史为波澜。治学要先读经,等到掌握义理之后,治史才有正确评价历史事件和历史人物的标准。

① 《朱子语类》,第2951页。

② 宋濂《叶夷仲文集序》,《宋濂全集》,第581页。

经义就像是“术衡”，以经义判断历史事件和历史人物，就会“百物重轻无遁情矣”。在此基础上，再探求史书的本末体例、褒贬之义，最终就可以究其是非、明其体例。

(2) 重其大，不病其小：由于史料的匮乏和史才的局限，史家在编撰历史著作时，往往会出现不少谬误。那么怎样对待史书中的这些谬误呢？宋濂提出了重其大、不病其小的原则。他在《龙门子凝道记·司马微第三》中说：

> 客有号伊祁子者，难龙门子曰：“司马迁，良史才也，历代作史者咸宗之，然其谬误甚多，难以一二数。姑以帝王世次言之：稷、契皆帝喾之子也，同事于唐虞。契之后为商，自契至成汤凡十五世，历五百余年。稷之后为周，自稷至武王凡十五世，历千一百余年。王季盖与汤为兄弟，而世之相去乃六百年，何无稽之甚耶？”曰：“是固然矣。使司马迁不生，上下数千载事，可为世之法戒者，未必能若是之备也。子舍其大而病其小，何哉？世远，载籍失传，恶能必其无谬也。①

司马迁素有良史之称，历代史家作史都以之为宗，然而《史记》中却存在不少错误。宋濂认为这是由于年代久远，史料匮乏所致，出现错误是难免的。但假如没有司马迁作《史记》，那么上下数千年的史实将无从知晓，因此其功迹是不容置疑的。不能因为其中的些许错误而否定整部著作，要善于学其大而不病其小，选择书中“不谬者而学之”即可。

宋濂虽以文章家著称于世，但他在史学方面的才能也不容忽视。元至正十年(1350)，他应监县廉侯阿年八哈之聘创作了史传《浦阳人物记》。全书共二卷，合记浦阳人物29人，分为忠义、孝友、政事、文学、贞节五类。卷首有凡例，阐明书的编纂体例，包括史料来源、编排

① 宋濂《龙门子凝道记·司马微》，《宋濂全集》，第2216页。

顺序、人名称谓等方面；每类之前有小序，论述该类别的性质、源流及择取标准；人物传记之后有赞文，或品评史迹，或考订纰误，或抒发议论，不一而足。书的卷次排列、类别设立以及人物评价均以传统儒家伦理道德为标准，显示了“以群经为本根，迁、固二史为波澜”的治史原则对他的影响。《浦阳人物记》上稽正史，旁采郡志、县经，更参之以行状、墓碑、谱图、记序诸文，“去取严而论断核”，修撰态度非常严谨；该书布局上脉络清晰，人物刻画传神，“序事极有法，议论则开阖，精神气昌不少馁”①，显示了作者高超的史学才能。

入明以后，宋濂曾任起居注、《元史》总裁官等职，并先后负责《元史》《大明日历》《皇明宝训》《洪武圣政记》等史书的纂修工作。由于纂修时间过于仓促等问题，导致一些史书如《元史》中存在不少舛讹、疏漏之处，但它们毕竟较完整地保存了一代史实，为后世留下了宝贵的史料。其中宋濂的贡献是巨大的。

第二节　宋濂的佛教思想

宋濂与佛教的因缘颇深，自幼就对佛教有着浓厚的兴趣。成年以后，他广阅佛典，著有参禅之作，并与高僧大德过往频繁，为他们创作了大量的序跋碑铭等文章。对于佛教内部的宗派分歧，宋濂主张教禅双修，各派内部不应同室操戈，互相攻击。在儒释关系上，他坚持儒释一贯，肯定佛教在辅助治化方面的作用，并援佛入儒，以儒释佛，对儒释二家的思想进行会通。

一、以文辞为佛事

宋濂一生勤奋治学，自少至老，手未尝释书卷。他不仅博通经史

---

① 欧阳玄《浦阳人物记序》，《浦阳人物记》卷首，清同治八年(1869)胡凤丹《金华丛书》本。

百家，而且对于释、老之学，也有很深研究。他在总修《元史》时，曾立《释老传》，四库提要说他“尊崇二氏”。陆世仪也说：“宋景濂一代儒宗，然其文大半为浮屠氏作。自以为淹贯释典，然而学术为不纯矣。”[①]可见他的思想是以经、史为根柢，并旁涉佛道的。宋濂与佛教的关系尤其深厚，他在《血书华严经赞》中说自己在出生之前，母亲曾梦到一位僧人手持《华严经》，自称是永明延寿禅师，“宜假一室以终此卷”，母亲梦醒后，自己便很快降生。所以他在为永明禅师撰写的像赞中说：“我与导师有宿因，般若光中无去来。今观遗像重作礼，忽悟三世了如幻。”[②]

宋濂自幼就对佛教有着浓厚的兴趣，“每遇学佛者喜谈而乐道之，初不以其证入浅深”。成年以后，他更潜心于内典，眼界渐宽，修为渐深，对佛典更加精通。至正元年(1341)，宋濂有感于《心经》注解多而未当，“溺教文者，曲引傍喻，自相疑难，其失也芜；尊禅义者，逐字为训，辞荒意幻，其失也鄙；务高深者，独研大旨，尽略微文，其失也简；安浅陋者，不知次序，前后失伦，其失也杂”，便为《心经》进行训解，“芜者剔之，鄙者雅之，略者补之，杂者一之，裁成《文句》一卷，总数千言”[③]。以后，宋濂还曾撰参禅之作《无相剩语》，慧辨禅师在读后称赞他“不意儒者所造，直至于此”，并让他“善自护持”。宋濂还打算作《金刚经》集解，但由于元末战乱繁仍，没能完成志愿。他只好把《金刚经》抄录成卷，带在身边，以便“朝夕玩绎，庶几了空名相，洞明觉地”。

宋濂在佛教方面的造诣深受方外高僧的赞赏，大天界寺住持孚中禅师的弟子似桂称赞他“深究内典，为吾徒之所信向，海内尊宿多浚发其幽光”[④]。不少高僧大德与宋濂来往密切，辩难佛理，探讨诗文。如临济宗千岩元长禅师，在驻锡伏龙山圣寿禅寺期间，弘教授

---

① 陆世仪《思辩录辑要》卷三十五，文渊阁《四库全书》本。

② 宋濂《永明智觉禅师遗像赞》，《宋濂全集》，第 2116 页。

③ 宋濂《般若波罗密多心经文句引》，《宋濂全集》，第 2028 页。

④ 宋濂《大天界寺住持孚中禅师信公塔铭有序》，《宋濂全集》，第 1761 页。

徒，声誉远播。王公大臣纷纷皈依座下，元廷先后三次派遣大臣，降香褒扬，赐予“佛慧圆鉴大元普济大禅师”尊号。宋濂初次拜见他时，因为年轻气盛，“颇欲屈之，相与诘难数千言”，最终不欢而散。两年后，二人再次相见，并机锋相对：

> 师问曰：“闻君阅尽一大藏教，有诸？”濂曰：“然。”曰：“君耳阅乎，抑目观也？”曰：“亦目观尔。”曰：“使目之能观者，君谓谁耶？”濂扬眉向之，于是相视一笑。①

自此之后，宋濂钦佩于禅师的识见“实非凡情之可窥测”，并与他缔为方外之交，时间长达近三十年。两人“挥麈谈玄，无月不会”，还经常通过书信讨论禅理，“激扬义谛”。千岩禅师入寂后，宋濂为其作了塔铭，十年之后，又为其语录作序。另外，宋濂与天渊禅师“相知尤深”。天渊禅师，名清濬，别号随庵，古鼎铭公入室弟子，曾说法于四明万寿寺。他擅长绘制地图，所绘《舆地图》，备受当时学者称赞。明洪武四年(1371)，朱元璋在蒋山设普度大会，召集全国有道沙门十人，天渊即为其一。天渊禅师擅长诗文，宋濂赞扬他的诗歌“味冲澹而气丰腴，得昔人句外之趣”、文章“珠圆玉洁而法度谨严”。天渊禅师从建业回四明时，宋濂曾作序赠别。除以上二人外，宋濂与用明上人、保宁禅师、白庵禅师、端文禅师、宝林禅师等高僧都交往频繁，互相酬唱。

由于宋濂对佛典精通，并与方外高僧交往频繁，再加上他后来名满天下，文章被推为第一，以至于“南北大浮屠，其顺世而去者，多以塔上之铭为属”。宋濂也以弘扬佛法为己任，“以文辞为佛事”，“铺叙悟缘，评骘梵行，每若不敢后者”。在宋濂的文集中，与佛教有关的文章有140余篇，包括序跋、铭文、赞文、记、碑、说、偈、诰等。这些文章为研究元、明佛教史留下了宝贵的资料。

---

① 宋濂《佛慧圆照无边普利大禅师塔铭》，《宋濂全集》，第1755页。

二、禅教不二

佛教传入中国之前,教团内部曾因对教义等的理解不同产生了部派分岐。佛教传入中国以后,最初并无门户之见,对于大小乘教义兼收并蓄,不分彼此。但隋唐以后,随着佛教宗派的增多,它们之间的分岐与冲突也逐渐加剧。这种情况,至元明之际虽有所收敛,但宗派之间的纷争并未停息。宋濂对此颇为感慨。他说:

> 菩提达摩之来,在普通二年,正与徒师同时。虽曰绝去文字,以矫末流之弊,而其理行,二人固兼取籍教悟宗之言,奈何后世岐而二之?禅则直究心源,以文字为支离,教则循序进修,以观空为虚妄,互相訾嗷,去道逾远。然以密意言之,依性说相,非息妄修心者乎?破相显性,非泯绝无寄者乎?以显示言之,真心即性,非显明心性者乎?轨辙虽若稍殊,究其归极,则一而已,奈何后世岐而二之?①

菩提达摩于南朝宋年间到中国南方,后至北魏传授大乘禅法。他的禅法将入道的途径分为理入和行入,理入是对经典的理论思考,行入就是禅的实践。这种禅法"主张理行并重,强调信解行证在佛教修学体系中的有机统一、不可偏废性;……具有极大的涵括性和融摄性的精神特点,具有向多种层面解释和发挥的可能性"②。可见禅宗标榜的"教外别传、不立文字"并非否定教相,摒弃一切言教文字。"教之与禅本无二门,依教修行,盖不出于六度梵行,而禅定特居其一",只是后世僧徒大多才薄智浅、不明就里,习教者"以观空为虚妄",参禅者"以文字为支离",结果造成了"二家角立,互相诋诃"的局面。

宋濂认为禅宗与佛教其他宗派之间"总别虽异,其理则一","依

① 宋濂《金华安化院记》,《宋濂全集》,第 192 页。
② 伍先林《试论菩提达摩的禅法精神》,《宗教学研究》2006 年第 3 期。

性说相”就是“息妄修心”，“破相显性”即是“泯绝无寄”，二者只是修习门径不同，归根结底则都是悟心之具。所以他特别反对那种“习教者不必修禅，修禅者未必闻教”的观念，而对能够坚持“教禅双修”的高僧则持肯定的态度：“孚中虽参向上一乘，日诵《法华》七卷，致感异香，满室不散。觉初于禅寂之余，亦留心于教相，为人演说弗置，是皆不徇一偏而将归于大同者也。”①“宗照寿公得法于天台诏国师圆照本公，传道于天衣怀禅师。二公兼修净土之业，俱有上品受生之征。”②孚中禅师修习禅观，并且每日诵读《法华经》七卷；觉初禅师在禅寂之余，依然留心于教相，孜孜不倦地为人演说；圆照禅师本公、天衣怀禅师在禅修之余，还兼修净土之宗。这些高僧能够“不徇一偏”“归于大同”，最终都有“上品受生之证”。他们“教禅双修”的做法受到了宋濂的赞扬。

除了坚持“教禅不异”的观点之外，宋濂还认为不同佛教宗派之间不应彼此攻击；同一宗派的派系之间，也不应同室操戈，互相争斗。他说：

> 自禅一宗言之，佛大胜多与达摩同学禅观，达摩则远契真宗，胜多所见一差，遂分为有相、无相、定慧、戒行、无得、寂静六门。非达摩辟之，安能至今廓如也。慧能与神秀同受法于弘忍，能则为顿宗，秀则别为渐宗。荆、吴、秦、洛各行其教。道一、神会又同出于能者也，道一则密受心印，神会则复流于知解，一去弗返，而其末流若大珠、明教、慈受辈，尚何以议为哉。自教一宗言之，慈恩立三教，天台则分四教，贤首则又分五教。粗妙各见，渐圆互指，终不能归之一致，可胜叹哉！此虽通名为教，各自立宗，犹可说也。自夫本教之内言之，律学均以南山为宗，真悟智圆律师允堪著《会正记》等文，识者谓其超出六十家释义之外，何不可者。至大智律师元照，复别以《法华》开显圆意作《资持记》，

① 宋濂《送觉初禅师还江心序》，《宋濂全集》，第480页。

② 宋濂《净慈禅寺第七十六代住持无旨禅师授公碑铭》，《宋濂全集》，第1137页。

又与《会正》之师殊指矣。不特此也，四明法智尊者知礼、孤山法慧大师智圆同祖天台，同学止观。真妄之异观，三谛之异说，既已牴牾之甚。霅川仁岳、以礼之弟子又操戈入室，略不相容，谏书辩谤之作，逮今犹使人凛然也。其他尚可以一二数之哉。①

佛教的判教就是根据义理的浅深、说时的先后等，对佛教经典和学说进行剖析归类，以明说意之所在。判教思想发端于印度佛教，其理论和方法则是在中国佛教中发展成熟起来的。中国佛教的判教思想起源于南北朝时代，到了隋唐仍然非常盛行，主要的佛教宗派都有自己的判教说。如法相宗的玄奘根据《金光明经》提出三时判教说；天台宗有五时八教判教说；华严宗的法藏提出“五教十宗”的判教说。各个宗派判教的主要目的之一，是通过比较和调和佛典中不同甚至相互矛盾的思想，为本派的理论提供经典和历史的依据。由于诸家所见各异，因此，自从有判教以来，就未能取得一致意见。宋濂对这种宗派之间“粗妙各见，渐圆互指，终不能归之一致”的状况很不满。他认为佛法圆满广大，“非相而相，非缘而缘，非同而同，非别而别”，其根本宗旨是一致的，各宗派的立教不应厚此薄彼、彼此攻击。

隋唐以来，佛教同一宗派的派系之间，有时也是意见纷纭，互不相容。如在禅宗内部，慧能为顿宗，其宗派最初流行于中国南方地区，主张顿悟成佛；神秀为渐宗，流传于北方，强调渐修、渐悟。道一和神会都师从慧能，但道一“密受心印”，而神会却“流于知解”，彼此之间有不少嫌隙。以教而言，唐代道宣创立了南山律宗。到了宋代，允堪律师以道宣的著作为本撰《会正记》，元照律师又以天台教义释律，作《资持记》。虽然两书都为《四分律行事钞》的记解，但在有关绕佛方向的左右、衣制的长短等见解上，二者所作的解释往往各异，遂使南山律宗分裂为“会正”“资持”二宗。宋濂对这种派系之间互相指责、甲是乙非的做法进行了批评：

① 宋濂《释氏护教编后记》，《宋濂全集》，第79页。

原其立教，皆为对机，机有不同，教亦多种。譬大医王，方便治疾，疾有实虚，针有补泻，随其所见，因时制之。苟执于一，为害滋甚。彼诸师者，亦复如是，或遂以甲是乙非咎之，不已过乎！[①]

他以医生治疗疾病为喻，指出以佛法治心正如医生疗疾，疾病有实有虚，疗法则有补有泻。如果不问病情虚实，而死板地采用同一种治疗方法，就会造成很大伤害。佛法治心也是如此，人们的根性有利钝不同，反应有迟速之别，"机有不同，教亦多种"，应该"随其所见，因时制之"。所以派系之间，要求同存异，融通会和。"操戈入室，略不相容，谏书辩谤"，并不符合佛祖的本意。

禅宗自称"不立文字，教外别传，直指人心，见性成佛"。所谓"不立文字，教外别传"是指禅宗教理不依靠文字流传，而是在传统佛教经典之外传承的教义。禅宗之所以提出这样的主张，是认为"诸佛妙理，非关文字"。但是不立文字，并不是说真得完全不需要文字来传播教义。特别是唐宋以来，不少禅僧编集了大量的语录、灯录等禅籍。有人对此颇不以为然，认为真如灵明，一尘不杂，而语言文字，纷秽靡杂，"足以碍冲虚而窒真如"，因此他们反对一切文字。宋濂对这种做法进行了批驳，他说：

人之根性不同，而垂接之机亦异。其上上者，一见之顷，情尘自然销賈，何假于言哉？若下下者，朝夕谆谆诲之，淡如嚼蜡，竟不知其味，苟欲绝文字，令其豁然自悟，是犹采凫藻于山颠，求女萝于海底，终不可得也。今之去古亦远矣，自大鉴以来，其语具在，人仰之者，如应龙升天，海立云流，或现大身，或现小身，不可以凡情测度。傥不因其言而求之，则其超然独立不堕声色者，奚从而知之？既知之，必将则而象之。若以其窒真如而碍冲虚，

① 宋濂《送慧日师入下竺灵山教寺受经序》，《宋濂全集》，第431页。

一切斥去，濂不识其可乎不可乎？[①]

他认为达摩东来，倡导“不立文字”是不得已而为之。但是人们的根性并不相同。“上上者”一接触佛法，就能立刻领会，对他们可以不立文字，施以棒喝等法令其顿悟。而对于根性“下下者”，即使是朝夕教诲，费尽口舌，他们也难以开悟，更不用说离弃一切文字了。所以他明确反对以为文字“窒真如而碍冲虚”的观念。宋濂交往的方外高僧中，不少人著有参禅语录，有的还有诗文集。见下表：

著　者	著　作
千岩禅师	《和知觉拟寒山诗》若干首、《千岩禅师语录》
孚中禅师	《五会语录》
慧辨禅师	《六会语》《净土诗》《慈氏上生偈》《北游》《凤山》《西斋三集》
古鼎禅师	《四会语录》
用明禅师	《用明禅师文集》
用堂禅师	《水云亭小稿》
穆庵禅师	《托钵歌》
悦堂禅师	《径山悦堂禅师四会语》
圆辩禅师	《五会语》《善财五十三参偈》
庵然禅师	《舡居诗》
瑞严和尚	《二会语》
文懿禅师	《骠骑山》《叠秀轩》《列清轩》
育王禅师	《三会语》
普仁禅师	《三会语》若干卷、《山居诗》一百首
妙辩大师	《天柱稿》《宝林编》
朴隐禅师	《三会语》二卷、《朴园集》

① 宋濂《育王禅师裕公三会语录序》，《宋濂全集》，第621—622页。

宋濂对他们擅长文字的才能赞叹有加。如他赞扬用明禅师的诗文“章句整而不乱，言辞畅而不涩，论议正而不阿”[①]，赞扬文懿禅师著述丰富，“笔力遒劲”“有得于太史迁”等。

当然，佛法与文字是体用关系，佛法是体，文字是用，文字毕竟不等于佛法。学佛参禅的正确做法是“不即语言，不离语言”“当略其文而究有义”。这正如“取鱼者必资筌，博兔者当用蹄，兔与鱼既获，而无事于蹄筌”[②]。通过文字以求禅义，“心源既澄”，文字即可忘去。宋濂的这种观点，应该说是较为辩证的。

三、儒释一贯

佛教传入中国之初，人们把它视为与道家、神仙方术一样的东西。两晋及南北朝时期，随着佛教的发展和普及，人们对教义理论的了解更加深入。佛教的势力和影响逐渐扩大，佛教与统治者及与儒、道之间的关系也变得复杂，它们之间不时发生矛盾以及斗争。与此同时，佛教为了依附中国传统的思想文化，力图调和与儒、道之间的矛盾，不断地援儒、道入佛，论证三教的一致性。而对于儒家来说，虽然有不少儒者以批判佛老异端、继承儒家道统为旗帜，但更多的人在排斥佛老的同时，也大量吸收佛教理论以补充其儒学的思想体系。宋濂顺应了这种三教合一的历史发展趋势，在以儒家思想为主的基础上，大量吸收佛教思想，特别重视佛教辅助治化的作用，强调儒释一贯。他说：

> 三皇治天下也善用时，五帝则易以仁信，三王又更以智勇。盖风气随世而迁，故为治者亦因时而驭变焉。成周以降，昏嚚邪僻，翕然并作。缧绁不足以为囚，斧质不足以为威。西方圣人历陈因果轮回之说。使暴强闻之，赤颈汗背，逡巡畏缩，虽蝼蚁不敢践履，岂不有补治化之不足？柳宗元所谓“阴翊王度”者是已。

---

① 宋濂《用明禅师文集序》，《宋濂全集》，第476页。

② 宋濂《育王禅师裕公三会语录序》，《宋濂全集》，第622页。

> 此犹言其粗也。其上焉者,炯然内观,匪即匪离,可以脱卑浊而极高明,趋三界而跻妙觉,诚不可诬也。奈何诋之?奈何斥之?①

他认为三皇治理天下善于顺应时势,五帝治理天下善于推行仁义道德,三王治理天下时则改用智力和勇力。不同的时代,社会风气不同,那么治理天下的方式也要不断变化。成周以降,世风日下,"昏嚚邪僻,翕然并作",单靠武力刑罚尚不足以治理天下。而佛教用因果报应之说,使人闻听之后"赤颈汗背,逡巡畏缩",从而弃恶向善,可以"补治化之不足"。当然从更深的角度来看,佛教可以使人炯然通达、明心见性,从而"脱卑浊而极高明",其作用更不可低估。所以佛教在劝人为善、维护社会安定的作用上与儒家是一致的,可以"阴翊王度",与儒道并用。他说:"西方圣人,以一大事因缘,出现于世,无非觉悟群迷,出离苦轮。中国圣人,受天眷命,为亿兆生民主,无非化民成俗,而跻于仁寿之域。前圣后圣,其揆一也。"②他赞扬明太祖能够倡导佛教,"王道、真乘并用",与佛祖因缘出世、化度众生的功德是一样的,同为天下的圣人。

宋濂甚至认为佛教至大至明,所被甚广,从功绩和传播范围来看,佛教甚至超过了儒家。他说:

> 若如来大法则不然,既无体段,又无方所,吾不为成,孰能为之坏?吾不为后,孰能为之先?吾不为下,孰能为之上?芒乎忽乎,旷首漠乎,微妙而圆周通乎!其小无内,其大无外,真如独露,无非道者。所以超乎天地之外,出乎日月之上。大而至于不可象,斯为大矣;明而至于不可名,斯为明矣。是故以有情言之,则四圣以至六凡,或觉或迷,佛法无乎不具也;以无情言之,则火水土石与彼草木,或洪或纤,佛法无乎不在也。③

---

① 宋濂《重刻护法轮题辞》,《宋濂全集》,第2073—2074页。

② 宋濂《金刚般若经新解序》,《宋濂全集》,第630页。

③ 宋濂《径山悦堂禅师四会语序》,《宋濂全集》,第532页。

唯大觉世尊，其道所被甚广，无与比伦，人徒见中国九州能严奉之，殊不知西南诸国如呵罗单于陀利之属，以道里计，近或数千，远且二三万余，而尊崇为尤至。国君相祝，常以世尊如来称之，则其他概可知也。此姑置之勿论，又自西方言之。自中国历十万里至五印度，从五印度以西，又越太海二重，始抵西入之境，道途比前奚翅数倍？其所历城郭人民，繁衍富丽，又百倍于中国。其地唯知有佛教而已，余皆无有也。至于巷谈里语，一举佛言以为法戒，稍有不信而妄行者，众共弃之。以此而观，若东若北，莫不皆然。是故郑渔仲有云："佛之书遍布天下，而儒家之言不越于跋提河。"盖有以也。①

他认为天地虽然广大，但却是有形之物。有形之物就会有成有坏，而佛法"无休段，无方所"，杳渺恍惚，无生无灭，能够"超乎天地之外，出乎日月之上"；佛法至广至大，涵摄有情、无情，四圣六凡、草木土石，佛法无所不在；从传播范围来看，儒家之言只能行于中国九州，而佛法遍布天下，所到之处，国君以世尊相称，人民能够遵法界，明礼仪。这些特点都是儒家所不具备的。宋濂对佛教的重视程度，在元明之际的儒者当中确实并不多见。难怪全祖望这样评价他：

予尝谓婺中之学，至白云（许谦）而所求于道者疑若稍浅；观其所著，渐流于章句训诂，未有深造自得之语，视仁山（金履祥）远逊之，婺中学统之一变也。义乌诸公师之，遂成文章之士，则再变也。至公（宋濂）而渐流于佞佛者流，则三变也。②

当然，宋濂虽然崇佛，但并不抑儒，究其根本，他的思想仍然是以

① 宋濂《宝盖山实际禅居记》，《宋濂全集》，第180页。
② 全祖望《宋文宪公画像记》，《鲒埼亭集外编》卷十九。

理学为主，而兼综佛老的。对于别人指责他佞佛的说法，他辩解说："生多读台衡贤首、慈恩诸家书，或谤其偏，生曰：'我虽口之，未尝心之也，何其偏？'"①他一生孜孜以求的仍然是继承儒家的道统，以致君泽民为己任。他出入佛教的目的，还是援佛入儒，最终归于儒典。

佛教传入中国后，佛教学者继承印度佛教心性论思想，构建了具有鲜明民族特色的佛教心性论体系，并进而影响到宋明理学心性论的形成和发展。在有关理学范畴的论述中，宋濂特别强调治心。同样，他吸取佛教明心见性的思想，提出了自己明心识心的方法。在和明太祖的对话中，宋濂曾提出佛教所说的对于心的操存制伏之道，和儒家是一致的："人至难持者，心也。触物而动，渊沦天飞。随念而迁，凝冰焦火，经言操存制伏之道，实与儒家言不异。"②对于佛典，他尤其重视《金刚经》《心经》与《楞伽经》，原因就在于"《金刚经》专言住修降伏，而与《心经》《楞伽》二经大旨略同，其举扬心学最切"③，可以用来识心明心。

那么如何识心明心呢？宋濂提出要吸取"佛氏空寂之义"，从所谓的"荡名相"入手。他说：

> 盖宗儒典则探义理之精奥，慕真乘则荡名相之粗迹，二者得兼，则空有相资，真俗并用，庶几周流而无滞者也……世之学者夥矣，溺文学者则局促经畬，驰骋艺苑，其流必外骛而忘返；泥苦空者则措情高远，游志疏旷，其流必内躁而失守；所以皆伥伥他适，不知正途之从。……其知空有相资、真俗并用者欤？④

他认为儒者以探究义理为主，但容易流于外而不知返于内；僧徒以荡空名相为主，但容易流于苦空疏旷。只有把探究义理和荡空名

① 宋濂《白牛生传》，《宋濂全集》，第 295 页。
② 宋濂《新刻楞伽经序》，《宋濂全集》，第 623 页。
③ 宋濂《金刚般若经新解序》，《宋濂全集》，第 629 页。
④ 宋濂《送璞原师还越中序》，《宋濂全集》，第 517 页。

相二者结合起来，使得“空有相资，真俗并用”，才可以“周流而无滞”。所谓名相，名即名称，相即相状，合称名相。佛法认为名相虚假，不契于真实，而凡夫常执名相为实，执著于分别名相而不知修行实证离名相的真实。这是学佛者的一大通病。如果能够认识到名相虚假，就不会有物的真实存在，物欲自然也会在人心中被荡除，心之本体就会清澈澄湛地显露出来。宋濂进一步用月与水的关系来譬喻：

> 月，譬则性也；水，譬则境也。一为千万，千万为一，初无应者，亦无不应者，体用一源，显微无间也。大圣全体皆真，不失其圆明之性，如月在寒潭，无纤毫障翳，清光烨如也。凡夫为结习所使，业识所缚，而唯迷暗是趋，如月在浊水，固已昏冥无见，加以狞飑四兴，翻涛鼓浪，鱼龙出没，变幻恍惚，欲求一隙之明，有不可得矣。故圣人之心主乎静，静而非静，而动亦静也；凡夫之情役于动，动而不静，而静亦动也。吾达摩大师特来东土，以迦叶所传心学化被有情，欲澄浊为清，止浪为平，直入于觉地而后止。故其体常寂，而寂无寂也；其智常照，而照无照也；其应常用，而用无用也。至此，则其妙难名矣，然未易以一蹴到也。[1]

宋濂认为圣人之心如同寒潭之月，清光烨如，能够做到心与理一。而众人之心如同浊水之月，理虽本具，但却受到物欲的遮蔽，不能显露出来。而佛法所传心学，能够化被有情，荡空名相，使心“直入觉地而后止”。心体澄浊为清，恢复寂照虚明的本然状态，此时心与理合而为一，自然就做到了识心明心。当然佛教主张的明心见性，最终是否定外物的存在，认为一切皆为虚幻。而宋濂吸取佛教空寂之义，通过荡除名相以排除物欲的干扰，最终是为了认识与理相合的心之本体。他并不否定天理与物的存在。因此，他宣扬佛教的目的还是为了援佛入儒、归于儒典。

---

① 宋濂《瑞严和尚语录序》，《宋濂全集》，第530页。

第三节　宋濂的道家、道教思想

宋濂自幼就受到道家、道教思想的影响。据郑涛《宋潜溪先生小传》：宋濂九岁的时候，曾遇到道士楼节翁。道士让他赋诗为赠，宋濂操笔立就，其中有“步罡随蹋脚斗牛，噀水能轰掌上雷”两句，可见此时他对道教法术、礼仪等知识已有一定了解。宋濂幼年时体质较弱，为了增强体质，他经常采用道教的服气法养生保健，面对他人的讥诮，他回答说：“窃阴阳之和，以私一己，服气矣。运量元化，节宣四时，服气乎？”①元至正十年(1350)，他辞绝元廷征聘，入仙华山为道士，自称玄贞子、仙华道士。他曾在诗中回忆那段修道炼丹的经历：“忆昔山中炼九阳，山头旭日正苍凉。风笙吹暖云中火，龙药凝成鼎内霜。灵户启扃森虎籞，中房持戟混桃康。山中秋色侵玄鹭，娲学天书篆败墙。五鸟花开呼麻守，千龄桃熟迟仙尝。伐毛定欲追秦女，歌凤谁能笑楚狂。”②流露出对“但求脱粟三升饭，肯负眠云六尺床”的修道生活的怀恋之情。

宋濂出山以后，与道教徒的联系更广、更密。他与浦江郑义门的郑源为道友，为他写过《飞霞先生传》《大还龙虎丹赞》；他还与正一教第四十二代天师张正常交往密切，为其撰写过《汉天师世家》《冲虚室铭》《天师寿母颂》《四十二代天师张公像赞》等文，天师死后，又为其撰写了神道碑铭。此外，他与正一教的刘思敬、云林道士，上清道的周尊师、傅同虚，灵宝派的宗真以及清微派道士都有来往，并为他们撰写室铭、院记、赠序、碑赞等。据统计，宋濂创作的与道家、道教有关的文章有六十余篇。通过这些文章，可以看出他对道家、道教的体验与认识。

---

① 宋濂《白牛生传》，《宋濂全集》，第 295 页。

② 宋濂《和刘先辈忆山中韵》，《宋濂全集》，第 2388 页。

一、儒道互用

宋濂从儒家的立场出发，肯定了道家、道教有补于治化的作用。他认为道家、道教远可以治国、近可以修身，为有益之学。他说：

> 昔老子尝为周柱下史，周之旧典礼经，无不知之，非弃绝人伦者也。至其以“无为”“清静”为教，汉人用之而天下以治，岂无益之学哉？老子远矣，今之道家者流所宗汉天师张氏，既举贤良方正，直言极谏。其子若孙，或征为黄门侍郎，或辟为丞相掾，祚胤相承，逮今千有余岁不绝。有能遵其轨范，无废人间事，而有以究夫道之所存，不亦善学《老子》者乎？①

西汉初年，由于刚刚经历了秦末战乱，民生凋敝，百姓孱弱，统治者从这个现实出发，以“清静”“无为”之教治理天下，使百姓得以休养生息，国力快速恢复，其中黄老之学发挥了重要作用；东汉张陵在蜀郡鹤鸣山创立五斗米道，成为道教史上活动时间最长的道派。随着历史的发展，五斗米道演变为天师道，并在唐末于江西龙虎山创建龙虎宗。张陵后嗣“或征为黄门侍郎，或辟为丞相掾”，能够“遵其轨范，无废人间事”。因此，道家、道教“其大者与孔氏或不异”。

受道家“无为而治”的思想影响，宋濂提出了“弗扰”“弗逸”“弗察”“弗烦”的政治主张。他说：

> 丝丝棼棼，乃政之分；纯纯谧谧，乃政之壹。是故圣人驯而弗扰，靖而弗逸，明而弗察，勤而弗烦。弗扰故民舒，弗逸故民宁，弗察故民宽，弗烦故民裕。四者有失，则天下受其害。②

---

① 宋濂《体仁守正弘道法师金君碑》，《宋濂全集》，第1049页。

② 宋濂《萝山杂言》，《宋濂全集》，第2021页。

统治者治理天下，不要用纷纷扰扰的政令去干扰百姓的生活，要做到“弗扰”“弗逸”“弗察”“弗烦”，社会就会“道明德懿，风俗淳厚”。这种政治主张与老子的“其政闷闷，其民纯纯；其政察察，其民缺缺”的思想是一致的。当然，虽然宋濂从道家、道教有补于治化的立场上兼取其“无为而治”的主张，但从根本上说，他仍然是以儒家的政治立场为主的。他极力提倡儒家的“仁政”主张，提出为君者要谨守“五矩”，即省愆、受言、尊士、去骄、推仁；为臣者要谨守“五彝”，即进贤、任事、守俭、善谏、知退。“为君者当谨五矩，为臣者当行五彝，而天下治矣”[①]，其他如“民者君之天”“受命不于天，于其人；休符不于祥，于其仁”等思想也都是儒家政治思想中的核心观念。

宋濂津津乐道于儒家的修身之道，但也不排斥道家的修养原则。他说：

> 子不见婴儿乎，目不留采色，故明全；耳不留音声，故聪全；舌不留苦甘，故味全。君子则之，养其聪，晦其明，忘其味，是之谓通原。通原则几乎圣人，不用则已，用则为天下独。[②]

刚初生不久的婴儿是柔弱、自然、无欲的。眼睛不专注于色彩，就视觉敏锐；耳朵不专注于各种声音，就听觉敏锐；舌头不留意食物的味道，就味觉敏感。所以婴儿能够秉有淳朴自然的美好德性。成年以后，由于受到各种因素的干扰，人就会逐渐失去无欲的自然之境和美好的德性。因此，君子要获得敦厚、质直、朴素的纯朴之德，就要如婴儿一样，通过清虚自守、排除物欲以“养其聪，晦其明，忘其味”，从而回归自然无欲的本然状态。显然，宋濂的修养方法受到了老子“知其雄，守其雌，为天下蹊。为天下蹊，常德不离，复归于婴儿”的思想影响[③]。

① 宋濂《龙门子凝道记·五矩符》，《宋濂全集》，第 2181 页。

② 宋濂《萝山杂言》，《宋濂全集》，第 2020—2021 页。

③ 朱谦之《老子校释》，第 112 页。

宋濂还吸收了道家“无用之用”的思想。《庄子·人间世》：

南伯子綦游乎商之丘，见大木焉有异，结驷千乘，隐将芘其所藾。子綦曰：“此何木也哉！此必有异材夫！”仰而视其细枝，则拳曲而不可以为栋梁；俯而视其大根，则轴解而不可以为棺椁；咶其叶，则口烂而为伤；嗅之，则使人狂酲，三日而不已。子綦曰：“此果不材之木也，以至于此其大也。嗟乎神人，以此不材！”①

庄子感叹山木自招砍伐，膏火自招煎熬。漆树因为可以用就遭到刀割。而“不材之木”的树枝弯弯曲曲不能做栋梁，树干的纹理旋散而不能做棺椁，正因为它没有用处，才得以长得这么大。世人只知道有用之用，而不知道无用之用才是真正的用。宋濂吸收了他的观点，他说：

象以牙而成擒，蚌以珠而见剖，翠以羽而招网，松以明而致爇，犀以角而就烹，麝以脐而被获，雉以采而受羁。当今之世，士欲以文自著者，盍视此数者以为戒哉？②

他以大象、河蚌、翠鸟、松树、犀牛、麝、雉等的命运为例，说明物以有用而受到伤害，君子要想安顺处世，也要尚柔贵谦、与世不争。宋濂在为人处世上一直遵循这个原则。洪武八年(1375)九月，明太祖命宋濂参与中书大政，却被他婉言相辞：“臣少无他长，惟文墨是攻。今幸待罪禁林，陛下之恩大矣，臣诚不愿居职任也。”宋濂在朝多年，从不妄言人过，明太祖曾让他评论大臣功过，宋濂说：“善者与臣友，故知之，否者纵有，臣不知也。”③对于朝廷所议之事，宋濂也绝不

① 郭庆藩《庄子集释》，第176—177页。
② 宋濂《龙门子凝道记·观渔微》，《宋濂全集》，第2221页。
③ 郑楷《潜溪先生宋公行状》，《宋濂全集》附录，第2597页。

与外人议论。他还在居室墙壁上题署"温树"二字,以西汉孔光不言朝省政事来时时提醒自己。当有人询问朝廷之事时,他就以手指字,委婉拒绝。宋濂的举措受到了明太祖的赞扬,朱元璋夸奖他说:"古人太上为圣,其次为贤,其次为君子,若宋景濂者事朕十九年,未尝有一言之伪,诮人之短,宠辱不惊,始终无异,其诚君子矣乎?匪之君子,抑可谓之贤者矣。"[①]这种处世之道也使他在明初险恶严峻的政治处境下能够安然致政。如果不是因为孙子受胡惟庸案的牵连,他应该也会安然度过晚年的。

对于道教徒的祷雨役雷之术,宋濂也加以认可,肯定他们在感鬼神、御灾难方面的积极作用,但他却以儒家的天人感应理论来加以解释。洪武五年(1372)三月,明太祖诏冲虚真人邓仲修至京师,因为天干旱无雨,京尹就请真人祷雨。邓仲修入室而坐,凝神祷雨,不久,雷雨果然应时而至。宋濂解释说:

> 昔者董仲舒以《春秋》灾异之变推阴阳所以错行,故求雨闭诸阳、纵诸阴,其止雨反是。行之当时,未尝不得其所欲。此盖吾儒之事也。奈何古学失传,章甫逢掖之徒弃而不讲,而道家者流得以仿而行之?亦可以一慨矣夫!然而天地,一太极也;吾心,亦一太极也。风霆雷雨,皆心中所以具,苟有人焉,不参私伪,用符天道,则其应感之速,捷于桴鼓矣。[②]

人心至虚至灵,无所不包,其大无外,其小无内,万物与理皆为心中所具有,风霆雷雨也不出一心之外。如果人心不为私欲伪善遮蔽,与天道相符,就能够与天相感,雷雨自然就会应时而至。宋濂还认为自汉代董仲舒以来,祷雨本来是儒者分内之事。只是由于心学失传,儒家弃而不讲,才被道家之流"仿而行之"。

---

① 转引自徐永明《元代至明初婺州作家群研究》,北京:中国社会科学出版社,2005年版,第485页。

② 宋濂《赠云林道士邓君序》,《宋濂全集》,第527页。

二、养生有道

由于宋濂年幼时体质较弱，他很早就用道教的存神、服气之术来养生保健。他在《述玄》中说：

> 故古之至人，能养而全之。守一处和，若蛰龟然。一故弗杂，和故弗戾，久而行之，其道乃至……然后驾太清以为舆，指溟涬以为盖，倚日月以为轮，运六气以为辕，化莽苍以为马，直远游乎无穷之门。虽鬼神不能测其机，而况于人乎！人皆有之而不能之者，则眼之精疲于色，耳之精没于五声，鼻口之精散于臭味，四肢之精削于运用。精既散矣，气随竭矣，神虽弗离，将安传之矣？卒俯首就毙，如慕光之趋火，其亦可悲也欤。呜呼！……天地不死，而人皆死者何也？不知有玄玄之道故也。[①]

道家、道教认为精、气、神为人身三宝，三者相互作用，共同维持人体正常功能，保持人体健康。它们是人养生长寿的根本。但是，人在后天的社会环境中，由于欲望的泛滥，精、气、神过度消耗，使得形老神散、精疲气衰，难以长寿。要想长生久视，必须保精、养气、存神，使人恢复生命的活力。宋濂继承了道家、道教的观点，认为人身之中有至虚之处，名为玄牝。它与经脉相连，是全身命蒂之所在。如果人能存神于兹，神自然会恢复，养气于兹，气自然会聚集。同时，要摈除声色财货，割舍嗜欲贪念，“啬其精”“定其神”“宁其气”，不使精、气、神过度耗散。长时间坚持这种“守一处和”之术，使神与气二者相合，最终就会达到延长寿命的目的。

宋濂与修道之士长期接触，并且熟读大量道教典籍，因此他对道教的内丹修炼术非常熟悉。宋濂的好友郑源，曾经读过《古文龙虎上经》，该书是对魏伯阳《周易参同契》内丹修炼方法的演绎。郑源依照

---

① 宋濂《述玄》，《宋濂全集》，第1970页。

《古文龙虎上经》的方法修炼,“节节有奇验”。宋濂因其所请作了赞文,对书中所述内丹修炼方法进行详细描述:

苞乾灵一　人身苞精气,妙与玄化并。一神管摄之,铅汞各流行。神所栖止处,实为天地中。阖辟类两扉,循环不竭穷。廓然含冲虚,独立不以形。是即真息根,强名帝乙庭。静极必自显,内境垂白芒。或想为连环,无乃丧其常。

斡化纽二　凝神入紫虚,冲然抱一居。青龙郁上升,白虎为熬枢。牝牡既相从,蒸润如流酥。鄞鄂一以固,温养成子珠。销贯离中阴,坎阳复来随。纯刚号为乾,潜跃契道符。郁罗萧台中,服霞漱云腴。阅历无穷年,永共溟悻俱。

考火记三　鼎炉乾坤枢,匡郭水火魂。戊巳居土官,一气中夜存。火候十二时,暮蒙复朝屯。专气而致柔,绵绵日相因。刑德务并进,文武须错陈。薰蒸洽太和,天机盎神津。三元与五气,一一返其根。后天不能凋,长为万象尊。[1]

《苞乾灵一》描述筑基培药阶段。人身包含精、气、神,炼丹之前要收摄三宝归于中宫,时时觉照,刻刻规中。当虚极静笃之时,先天一炁自会从虚无中产生,此时以神运气,用意念调动精、气运行,通过上下反复运转使精、气、神达到“三全”。《斡化纽二》述炼精化炁阶段。此时仍然以神为用,使精、气在丹田中反复烹炼,并凝成大药。然后以丹田为鼎炉,使元神与元炁渐凝为一,成为金丹。《考炎记三》述炼神还虚。至此,神炁合一,金丹已成,然后沐浴温养,达到虚寂无为。除此以外,宋濂在《五气大有宝书》《补服御五牙元精经》等文中对内丹修炼也有论述。可见,他对道教内丹修炼方法很精通。

道教有南宗、北宗之别。南宗创始于北宋张伯端,主要流传于南方广大地区。南宗丹法,重在命功,待修命有所成就后,方可进行修

① 宋濂《大还龙虎丹赞》,《宋濂全集》,第2087—2088页。

性;北宗则指王喆创立的全真道,初期流行于北方,又称为内丹北派。北宗丹法,重在性功,待修性有所成就后,方可进行修命。对于二者的分歧,宋濂主张双修双证,反对将“性”“命”歧而二之。他说:

> 宋金以来,说者滋炽。南北分为二宗。南则天台张用成,其学先命而后性;北则咸阳王中孚,其学先性而后命。命为气之根,性为理之根。双体双用,双修双证,奈何歧而二之?第所入之门或殊,故学之者不能不异。然其至守之法,又不过“一”之与“和”而已。①

“性”与“命”是内丹修炼中所用的名词,修性是指精神意念、思想意识的修养;修命是指生理功能的锻炼,包括炼精、炼气与炼神。宋濂认为对于本体生命而言,精神与肉体本来就不可分离,“命为气之根,性为理之根”,二者不可顾此失彼,要“双体双用,双修双证”。其方法是要做到守一处和,守一就不会纷纭不定,处和就不会参差不齐,这才是长生久视之道的根本。

虽然宋濂相信道教的长生久视之术,但他却认为这是小数。相比而言,他更重视儒家所宣扬的功及世间,留名史册。他说:

> 诚能体乎自然,而勿汩其中,勿耗其神,勿离其精,以葆其形。大可以运化机,微足以阅世而不死,岂特致上寿而已乎?虽然,此道家之说也。吾亦有所谓不死者,书契以来可谓久矣,凡圣贤豪杰之士,至今俨然具乎方册间,其事业可为世法,言语可为世教,国用之则兴,家用之则和,人身用之则修。或反其道,败亡可立见。自今而往,天地无有穷也,其寿亦无有穷也,岂广成、安期之俦所能及哉?②

① 宋濂《送许从善学道还闽南序》,《宋濂全集》,第603页。
② 宋濂《赠陆菊泉道士序》,《宋濂全集》,第652—653页。

他认为人是由五行之气相感而生,如果能够存神守一,不妄耗精神,等到气聚、精合、神凝,就可以久视长生。但他认为人生天地之间,生顺死安,是自然之理,没有必要如道教所做的逆天而行。而且,既使能够长生久视,其功也只能惠及一人,于国家百姓并无益处。与道教不同的是,他更强调圣贤的功名事业,能够使身修、家和、国兴。虽然不能长生久视,但却可以青史留名,传之后世。

第四节　宋濂的文学观念

"文"的概念在中国古代不同时期有其特定内涵。郭绍虞先生曾把古代的文学观念及其含义的变迁划分为两个阶段,"从周秦至南北朝,是文学观念逐渐演进,也即是对于文学的认识逐渐明确的时代;从唐到宋,由于复古思想的影响,于是文学观念也成为逆流,依旧变得认识不清了"①。周秦时期,文与学不分,二者兼有文章博学之义。至两汉时期,所谓的"文学"仍含有学术的意义,而"文"或者"文章",则指美而动人的文辞。到了魏晋南北朝时期,"文学"一语仍泛指文教、文化修养等,而于"文章"则有"文""笔"之分:"笔"重在应用,"文"重在美感,二者与今人所谓的杂文学、纯文学的含义近似。

隋唐时期,因对创作上侈靡空虚文风的不满以及复兴儒道的需要,以倡导学习先秦两汉古文为标志的复古运动兴起。在文道关系上,古文家强调"文以明道",他们所谓的文不再有文、笔之分,"以笔为文,则六朝'文'、'笔'之分淆矣"。两宋时期,士人竞立门户,彼此纷争,在文道关系上,古文家重文,主张文以明道;理学家重道,主张文以载道;政治家则以用为目标而不废道与文。三者之间互相对立。但是,到了元代,在学术上融会贯通的背景下,随着理学"流而为文"

① 郭绍虞《郭绍虞说文论》,上海:上海古籍出版社,2000年版,第16页。

趋势的形成，出现了“理学与文学两相浸润”的局面①。与之相应，在文道关系上，也表现出文道并重、文道合一的特点。

宋濂的文学观念正是在这样的背景下形成的。黄百家按《北山四先生学案》：“金华之学，自白云(许谦)辈而下，多流而为文人。夫文与道不相离，文显而道薄耳。虽然，道之不亡也，犹幸有斯。”②金华朱学从朱熹弟子黄幹开始，由北山四先生何基、王柏、金履祥、许谦等递相传授，自许谦起，已出现由理学家向文学家转变的趋势。宋濂作为金华朱学正宗嫡传，自然也受到了理学“流而为文”的影响。同时，他对吕祖谦的吕学很推崇，并受到金华学派务实致用的学风影响。因此，宋濂的文学观合义理、文章、事功三者为一，体现出对理学家、古文家文学观兼容并蓄的特点。

一、文道合一

与唐宋士人的观念相一致，宋濂所谓的“文”也是指广义的文。他在《文原》中阐述文的本源时说：

> 人文之显，始于何时？实肇于庖牺氏之世。庖牺仰观俯察，画奇偶以象阴阳，变而通之，生生不穷，遂成天地自然之文。非惟至道含括无遗，而其制器尚象亦非文不能成。……自是推而存之，天衷民彝之叙，礼乐刑政之施，师旅征伐之法，井牧州里之辨，华夷内外之别，复皆则而象之。故凡有关民用及一切弥纶范围之具，悉囿乎文，非文之外别有其他也。然而事为既著，无以纪载之则不能以行远，始托诸辞翰以昭其文。……昔者游、夏以文学名，谓观其会通而酌其损益之宜而已，非专指乎辞翰之文也。呜呼，吾之所谓文者，天生之，地载之，圣人宣之，本建则其末治，体著则其用彰，斯所谓乘阴阳之大化，正三纲而齐六纪者

① 查洪德《元代理学“流而为文”与理学文学的两相浸润》，《文学评论》2002年第5期。

② 黄宗羲《宋元学案》，第2801页。

也，亘宇宙之始终，类万物而周八极者也。[1]

他认为天地之间存在着有规律的万事万物。后来，圣人仰观于天、俯察于地，取法天地之道始作八卦，“画奇偶以象阴阳，变而通之，生生不穷”，这便是“天地自然之文”。此后，圣人尚其象以制器，发明栋宇、书契、舟楫、杵臼、棺椁等物用，也离不开“粲然之文”。推而广之，“凡有关民用及一切弥纶范围之具”，皆为“天地自然之文”。天地万物、社会人事产生后，必须借助文辞记载下来，这就成为表现物理、发明事功的“辞翰之文”。不管是“天地自然之文”，还是“辞翰之文”，都离不开“有条理而弗紊”的天地万物与社会人事这个“实”。所以，“文”与“实”之间存在着紧密联系。“实”是本，“文”是末，先有其“实”，然后才能产生“文”；“实”是体，“文”是用，“实”虽然能够决定“文”，但它也必须借助“文”才能彰显。

其实宋濂所谓的“实”就是指支配天地万物和人类社会的规律，也即广义的“道”。由此，他从“文”与“实”的关系进一步导出“文”与“道”的关系：

> 言以足志，文以足言；言之无文，行之不远。此则文之至者也。文之至者，文外无道，道外无文。灿然载于道德仁义之言者，即道也；秩然见诸礼乐刑政之具者，即文也。道积于厥躬，文不期工而自工。不务明道，纵若蠹鱼出入于方册间，虽至老死，无片言可以近道也。[2]

道充塞于天地之间，支配天地万物与社会人事。但道无形无象，必须靠文才能够彰显。道与文正如形与影一样，“有形斯有影”，有道就有文。所以道与文密不可分，“文外无道，道外无文”，两者合而为

① 宋濂《文原》，《宋濂全集》，第2002—2003页。
② 宋濂《徐教授文集序》，《宋濂全集》，第634页。

一，不可歧而二之。因此，他对于文章家与理学家割裂“文”与“道”的做法明确表示反对：

造文家与传经家皆欲明夫道也，二家多不相能。传经家曰：“文者，虚辞而已耳，吾不愿学也。当学释经以明道。道明，天下治矣。韩柳文虽高，不足以与此。其可言此者，必王、郑诸人乎。”造文家曰：“孔孟以前，学者未尝释经，而言治者每称三代，道何尝不明？王、郑之时，说经最号专门，乃大乱数百年而后止。当时学者岂不知宗其学？道何以不明？天下何以不治也？是皆托传经之名，以饰其不能文之陋耳。使韩柳之为是，其有不敌王、郑者乎？”於戏，是二者皆未得也。道无往而不在，岂易明哉？造文固所以明道，传经亦将以明道，何可以歧而二之哉？[①]

宋儒论文、道关系，多倡“文以载道”之说，主张为道而作文，把文看作载道的工具，因而有因道废文的倾向。如周敦颐说：“文所以载道也。轮辕饰而人弗庸，徒饰也，况虚车乎。……文辞，艺也；道德，实也。”[②]将道比喻为车上的货物，将文比喻为车子及车身上的雕绘。只有车上的货物才有意义，而车子只是临时使用，至于雕绘更是毫无价值。这种观点发展下去，将会最终否定文存在的意义；北宋中期以后，欧阳修、曾巩等古文家虽持“文以明道”说，但在文道关系上，已开始向文倾斜。到了“三苏”那里，道已从儒家之道发展为偏于艺术规律的行文之道，道失去与文抗衡的地位，消融于文之中。宋濂对两家的观点进行了会通，认为道无所不在，充塞天地。但道并不易明，释经也可以明道，作文也可以明道，不能因文害道，也不可因道而废文。

这里宋濂所谓的道不再是自然之道，已具体化为儒家所坚持的

① 宋濂《龙门子凝道记·乐书枢》，《宋濂全集》，第2204页。

② 周敦颐著，陈克明点校《周敦颐集》，北京：中华书局，1990年，第34页。

孔孟之道。文也不仅仅是天地自然之文，更是指理学家之文与古文家之文：

> 其文之明，由其德之立；其德之立，宏深而正大，则其见于言，自然光明而俊伟，此上焉者之事也。优柔于艺文之场，餍饫于今古之家，搴英而咀华，遡本而探源，其近道者则效之，其害教者辟而绝之，俟心与理涵，行与心一，然后笔之于书，无非以明道为务，此中焉者之事也。其阅书也搜文而摘句，其执笔也厌常而务新，昼夜孜孜，日以学文为事，且曰："古之文淡乎其无味，我不可不加秾艳焉。古之文纯乎其敛藏也，我不可不加驰骋焉。"由是好胜之心生，夸多之习炽，务以悦人，惟日不足，纵如张锦绣于庭，列珠贝于道，佳则诚佳，其去道益远矣，此下焉者事也。呜呼！上焉者吾不得而见之，得见中焉者斯可矣。①

他把文分为三等：为文之前先修德，等到德充于一身之时，和顺内积，英华外发，不待勉强自然流而为文，此为上等之文；终日钻研大家文章，并溯本探源，因文求道，然后心与理涵，以文明道，此为中等之文；昼夜搜文摘句，务以文辞为胜，辞采华美，去道却远，此为下等之文。上等之文即是理学家之文，中等之文即是古文家之文。"上焉者吾不得而见之，得见中焉者斯可矣"，虽然他以理学家之文为上等，但对于古文家之文也持认可的态度，而对专以文辞为能事的"下焉者"则非常鄙视。

宋濂受金华学派务实致用的思想影响，在道与文两方面都主张尚用。他所说的儒家之道包括修己、治人两个方面，这在前文"宋濂的理学思想"一节已有涉及，兹不赘述。在文的方面他同样主张文以致用：

① 宋濂《赠梁建中序》，《宋濂全集》，第491页。

> 文辞与政化相为流通，上而朝廷，下而臣庶，皆资之以达务。是故祭飨郊庙则有祠祝，播告寰宇则有诏令，胙土分茅则有册命，陈师鞠旅则有誓戒，谏诤陈请则有章疏，纪功耀德则有铭颂，吟咏鼓舞则有《诗》《骚》。所以著其典章之懿，叙其声明之实，制其事为之变，发其性情之正，阖辟化原，推拓政本，盖有不疾而速，不行而至者。[①]

他认为文章可以明道、立教，辅俗化民，能够达到“不疾而速，不行而至”的效果。

二、宗经师古

宋濂早年有志于古文辞，曾热衷于学习司马迁、董仲舒、扬雄、司马相如、韩愈、欧阳修、苏轼、曾巩等诸家之文。后来，他师从“儒林四杰”之一的黄溍。对于他重文轻道的倾向，黄溍曾教诲他说：“学文以六经为根本，迁、固二史为波澜，二史固迟迟，盍先从事于经乎？”[②]这番话使宋濂“惊而寤”，于是他“悉燔毁笔砚，取六艺寻温之”。对于自己文学观念的转变，宋濂回忆说：“余自十七八岁时，辄以古文辞为事，自以为有得也。至三十时，顿觉用心之殊微，悔之。及逾四十，辄大悔之。然如猩猩之嗜屐，虽深自惩戒，时复一践之。五十以后，非惟悔之，辄大愧之；非惟愧之，辄大恨之。”[③]此后，他便形成了宗经的文学观。他说：

> 是故天地未判，道在天地；天地既分，道在圣贤；圣贤之殁，道在六经。凡存心养性之理，穷神知化之方，天人应感之机，治忽存亡之候，莫不毕书之。皇极赖之以建，彝伦赖之以叙，人心

---

① 宋濂《欧阳文公文集序》，《宋濂全集》，第 685 页。

② 宋濂《白云稿序》，《宋濂全集》，第 471 页。

③ 宋濂《赠梁建中序》，《宋濂全集》，第 492 页。

赖之以正，此岂细故也哉？后之立言者，必期无背于经，始可以言文。[①]

既然在文道关系上，宋濂坚持文道合一，而圣人之文则是阐明道最集中最典型的代表，六经又是圣人之文的经典，因此，为文自然也必须效法圣人，以六经为楷式。反之，如果为文而背于经，专以文辞华美为工，就会产生九种非文的弊端：扬沙走石，飘乎奔放者；牛鬼蛇神、佹诞不经者；五音繁会、淫靡过度者；怨尤勃兴、和顺不足者；饰非助邪、务以欺人者；棘喉滞吻、读之不复可句者；瘦辞隐语、杂以诙谐者；杂乱无章、刺眯人目者；臭腐塌茸、厌厌不振者。那么如何宗经以为文呢？他提出了两项原则：

首先，要洞晓六经的义理，从而掌握判断和评价人情、事理的标准，从而使文章的内容与六经相符。他说：

昔者，先师黄文献公尝有言曰："作文之法，以群经为本根，迁、固二史为波澜。本根不蕃，则无以造道之原；波澜不广，则无以尽事之变。舍此二者而为文，则槁木死灰而已。"予窃识之不敢忘，于是取一经而次第穷之。……由是去读迁、固之书，则势如破竹，无留碍矣。……稽本末以覈其凡，严褒贬以求其断，探幽隐以究其微，析章句以辨其体。事固粲然明白，而其制作之意，亦皎然不诬也。由是以定诸子百家之异同，若别白黑而绝无难矣。及夫物有所触，心有所向，则沛然发之于文，翩翩乎其萃也，衮衮乎其不馁也，沨沨乎大无不包，小无所遗也。[②]

学习六经，要核其凡例、求其论断、究其微言大义、辨其体例，最终通晓其义理。明白其义理，就等于掌握了评价人情、事理的标准，

① 宋濂《徐教授文集序》，《宋濂全集》，第633页。
② 宋濂《叶夷仲文集序》，《宋濂全集》，第581—582页。

不管是研究史书，还是创作文章，都可以做到“事固粲然明白，而其制作之意，亦皎然不诬”。然后心遇外物，则有感而发、沛然成文，自然可以做到内容充实，气盛言宜。

其次，在形式方面，要学习六经的文法。

刘勰在《文心雕龙·宗经》篇中曾指出，后代各种类型的文体都可以在六经中找到它们的源头。他说：“论说辞序，则《易》统其首；诏策章奏，则《书》发其源；赋颂歌赞，则《诗》立其本；铭诔箴祝，则《礼》总其端；纪传盟檄，则《春秋》为根：并穷高以树表，极远以启疆，所以百家腾跃，终入环内者也。”[①]宋濂赞同刘勰的观点，并在其基础上指出“五经各备文之众法”。他说：

> 《易》之《彖》《象》有韵者，即《诗》之属；《周颂》敷陈而不协音者，非近于《书》欤？《书》之《禹贡》《顾命》，即序纪之宗；《礼》之《檀弓》《乐记》，非论说之极精者欤？况《春秋》谨严，诸经之体又无所不兼之欤？错综而推，则五经各备文之众法，非可以一事而指名也。盖苍然在上者天也，天不能言而圣人代之，经乃圣人所定，实犹天然。[②]

他肯定刘勰的说法是“固知文本乎经”。但是他进一步认为，某一种文体并非仅源于一经。如赋颂歌赞等文体的源头不只是《诗》，还源于“《易》之《彖》《象》有韵者”；诏策章奏等文体既源于《书》，又与“《周颂》敷陈而不协音者”相近；尤其是《春秋》体例谨严，更包含有诸经之体。由此可见，“五经各备文之众法”，不能机械地认定某种文体出自何经，应该灵活多变地去学习其文法。例如立言简奇可以学《易》《春秋》，序事精严可以学《礼》《书》，议论浩浩可以学《易》等。总而言之，为文能够致力于六经，“得之深者，固与天地相始终；得其浅

① 刘勰著，郭晋稀注译《文心雕龙》，长沙：岳麓书社，2004年，第22页。
② 宋濂《白云稿序》，《宋濂全集》，第471页。

者，亦能震荡翕张，与诸子较所长于一世”[①]。

郭绍虞先生认为宋濂的复古旨趣“是想于古人之辞，以窥古人之事，则文非虚设；再于古人之事，以窥古人之学，则道亦非空谈”[②]。可见，宋濂的复古主张，不但要通过宗经以师古之道，还要通过宗经以师古之文。他说：

> 文之至者，文外无道，道外无文。灿然载于道德仁义之言者，即道也；秩然见诸礼乐刑政之具者，即文也。道积于厥躬，文不期工而自工。不务明道，纵若蠹鱼出入于方册间，虽至老死，无片言可以近道也。夫自孟氏既没，世不复有文。贾长沙、董江都、太史迁得其皮肤，韩吏部、欧阳少师得其骨骼，舂陵、河南、横渠、考亭五夫子得其心髓。观五夫子之所著，妙斡造化而弗违，百世以俟圣人而不惑。斯文也，非宋之文也，唐虞三代之文也；非唐虞三代之文，六经之文也。文至于六经，至矣尽矣，其始无愧于文矣乎？[③]

可以看出，宋濂选择师法对象的标准就是其文能否上窥圣人之道，做到文道合一。从这个标准出发，六经、《语》《孟》之后，他最重视宋代理学家之文，认为周敦颐、程颐、程颢、张载、朱熹等人的文章能得六经之“心髓”，可与唐虞三代之文甚至六经之文等同。理学家之文以外，便是唐宋古文家之文，包括唐之韩愈、柳宗元，宋之欧阳修、曾巩、王安石、苏氏父子等人的文章。他们的文章虽然不能“纯揆群圣人之文”，但也能上窥六经，可以同周秦西汉之文相比。他赞扬曾氏之文，“如姬、孔之徒复生于今世，信口所谈，无非三代礼乐”；王氏之文，“如海外奇者，风水齿蚀，木质将尽，独真液凝结，靳然而犹

---

① 宋濂《浦阳人物记·文学篇序》，《宋濂全集》，第2258页。

② 郭绍虞《中国文学批评史》（下卷），天津：百花文艺出版社，1999年，第130页。

③ 宋濂《徐教授文集序》，《宋濂全集》，第634页。

存”①；三苏之文，“文公之变化傀伟，文忠公之雄迈奔放，文定公之汪洋秀杰，载籍以来，不可多遇。其初亦奚暇追琢绨绘以为言乎？卒至于斯极而不可掩者，其所养可知也”②。古文家中，宋濂尤其推崇唐之韩愈、宋之欧阳修，认为二人之文能得六经之“骨骼”，学文者除六经之外，“当以孟子为宗，韩子次之，欧阳子又次之。此则国之通衢，无榛荆之塞，无蛇虎之祸，可以直趋圣贤之大道，去此则曲狭僻径耳，荦埆邪蹊耳”③。下此便是汉文，如贾谊、董仲舒、司马迁、班固、扬雄、刘向等人之文，它们仅得六经之“皮肤”，但毕竟尚有可取之处。宋濂把文章分为载道之文与纪事之文，载道之文，“舍六籍吾将焉从”；而纪事之文“舍迁、固将奚取法”。宋濂对司马迁、班固的史传文非常欣赏：“迁之文如神龙行天，电雷惚恍而风雨骤至，万物承其涉泽，各致余妍；固之文类法驾整队，黄麾后前，万马夹仗，六引分旌，而循规蹈矩，不敢越尺寸。……濂犹恨未见其人，岂逸驾奔驰，实不可攀欤。抑去古逾远，声光不可得而袭欤？”④

三、为文必在养气

宋濂的理学思想很重视气，他认为天地之间，万事万物的存在皆是由于“一元之气”的往复运行。一元之气又可看成阴阳二气，阴中有阳，阳中有阴，二气又是一气。阴阳二气的相摩相荡，万物藉之以生。同时，他所谓的气不仅是指客观存在的物质，还是指主体的道德精神。天地正气升降流行，天得之则为日月风霆，人得之则为浩然之气。如果能够正确地培养扩充它，就可以与道并存。以道为中介，他进一步把气与文沟通起来，提出了“为文必在养气”的作家修养论。他说：

---

① 宋濂《张侍讲翠屏集序》，《宋濂全集》，第 717 页。

② 宋濂《苏平仲文集序》，《宋濂全集》，第 647 页。

③ 宋濂《文原》，《宋濂全集》，第2004 页。

④ 宋濂《吴潍州文集序》，《宋濂全集》，2014 年，第 547 页。

为文必在养气。气与天地同，苟能充之，则可配序三灵，管摄万汇。不然，则一介之小夫尔。君子所以攻内不攻外，图大不图小也。力可以举鼎，人之所难也，而乌获能之，君子不贵之者，以其局乎小也。智可以搏虎，人之所难也，而冯妇能之，君子不贵之者，以其骛乎外也。气得其养，无所不周，无所不极也。揽而为文，无所不参，无所不包也。……呜呼，斯文也，圣人得之，则传之万世为经。贤者得之，则放诸四海而准。辅相天地而不过，昭明日月而不忒，调燮四时而无愆，此岂非文之至者乎？

大道堙微，文气日削，骛乎外而不攻其内，局乎小而不图其大，此无他，四瑕八冥九蠹有以累之也。……人能养气，则情深而文明，气盛而化神，当与天地同功也。与天地同功，而其智卒归之一介小夫，不亦可悲也哉？[①]

他主张君子要“攻内而不攻外，图大而不图小”，所谓“攻内”“图大”就是指养气，即涵养创作主体的道德精神。君子养气，“无所不周，无所不极”，发而为文，就能够创作出神妙高超的文章。这样的文章内容充实，气象宏大，布局邃密，语言雄奇瑰丽，“传之万世为经”“放之四海而准”。反之，如果不知养气，“骛乎外而不攻其内，局乎小而不图其大”，就会导致文章出现形式和内容上的诸多毛病。

宋濂所述养气与为文的关系，实际上涉及到了作家的道德素养与文学创作之间的关系。道德素养是人们从事社会活动的心理基础和精神动源，更是人们从事一切文化创造活动的先决条件和主导力量。较高的仁义道德修养能够使人具有一种感情深厚、情绪昂扬的精神状态。作家处于这种状态之中，就能创作出神妙高超、沛然有余的灿烂文章。宋濂把二者之间的关系总结为“本建则其末治，体著则其用彰”，良好的道德素养是本，出神入化的文章是末。作家具备了较高的道德素养这个“本”，就可以达到文章出神入化这个“末”，为文

① 宋濂《文原》，《宋濂全集》，第 2003—2004 页。

就能够"乘阴阳之大化,正三纲而齐六纪者也,亘宇宙之始终,类万物而周八极者也"。所以宋濂非常重视作家道德修养的培养。他说:

文者果何由而发乎?发乎心也。心乌在?主乎身也,身之不修而欲修其辞,心之不和而欲和其声,是犹击缶而合乎宫商,吹折苇而冀同乎有虞氏之《箾》《韶》也,决不可致矣。曷为不思乎?圣贤与我无异也,圣贤之文若彼,而我之文若是,岂我之心不若乎?气之不若乎?否也,特心与气失其养耳。圣贤之心浸灌乎道德,涵泳乎仁义,道德仁义积而气因以充,气充,欲其文之不昌不可遏也。今之人不能然,而欲其文之类乎圣贤,亦不可得也。呜呼,甚矣,今之人之惑也!圣贤之为学,自心而身,自身而家,其为事亦多矣,而未尝敢先乎文。今之人未暇及乎他,自幼以至壮,一惟文焉是学,宜乎今之文胜于古之圣贤而终不及者,岂无其故邪?不浚其源而扬其澜,不培其本而抽其枝,弗至于槁且涸不止也。①

宋濂对孔子"有德者必有言"的观点进行了发挥,认为文由心生,而心则"主乎身",如果不修身而专以文辞为能事,就像是"击缶而合乎宫商",难以做到"和其声"。圣贤与常人没有大的不同,而所为文章不同,就在于二者心不同、气不同。圣贤之心涵养道德仁义,做到德立气充,"和顺积于中,英华发于外",气昌文明,是"理固应尔"。而常人自幼至长,只知道在文辞上下功夫,不能以道德为本,"欲其文之类乎圣贤,亦不可得"。那么,如何通过涵养道德来养气呢?宋濂认为要通过"师其文而师其行""识诸心而征诸身",以达到道明而辞达的境界:

然则何为而后可为文也?盖有方焉,圣贤不可见矣,圣贤之

① 宋濂《文说》,《宋濂全集》,第1962—1963页。

为人，其道德仁义之说存乎书，取而学焉，不徒师其文而师其行，不徒识诸心而征诸身，小则文一家、化一乡，大则文被乎四方，渐渍生民，赉及草木，使人人改德而易行，亲亲而尊尊，宣之于简册，著之于无穷，亦庶几明道而立教，辅俗而化民者乎。[①]

圣贤已不可见，但其书尚存，因此可以通过学习圣人之文，以领悟其仁义道德之说。不但要师其文，更要通过文以师其行，“日诵之，日履之，与之俱化”。不但要涵养自己的心德，还要把圣人之道用之于现实人生，小而教化一家一乡，大而用之于天下国家，使人们改恶向善。这样才可以达到道明而德立。德立道明，不求为文而“自然成文”，不求文工而文自工。

宋濂“为文必在养气”的观点受到了孟子“知言”“养气”和韩愈“气盛言宜”思想的影响。《孟子·公孙丑上》：“‘敢问夫子恶乎长？’曰：‘我知言，我善养吾浩然之气。’‘敢问何谓浩然之气？’曰：‘难言也。其为气也，至大至刚，以直养而无害，则塞于天地之间。其为气也，配义与道；无是，馁也。是集义所生，非义袭而取之也。’”[②]浩然之气即指一种高昂的精神状态。要获得至大至刚的浩然之气，就必须用正义去培养它，使之充溢上下四方，无所不在。有了这种浩然之气，就能够辨别各种错误的言辞。

到了唐代，韩愈在孟子“知言”“养气”说的基础上提出“气盛言宜”的思想。他说：“气，水也；言，浮物也。水大而物之浮者大小毕浮；气之与言犹是也，所盛则言之短长与声之高下者皆宜。”[③]所谓气盛，就如同孟子的“浩然之气”，是指道德修养达到很高境界。只要气盛，著书立言，无论是句式的长短，还是声音的高下，都会很适宜。宋濂的养气说与二人的说法相近。但不同的是，他所说的气，除了指作家的道德修养之外，还是指文气。他说：

---

① 宋濂《文说》，《宋濂全集》，第1963页。

② 杨伯峻《孟子译注》，北京：中华书局，1960年，第62页。

③ 韩愈《韩昌黎全集》，上海：世界书局，1935年，第246页。

有山林之文,有台阁之文。山林之文,其气枯以槁;台阁之文,其气丽以雄。岂惟天之降才尔殊也?亦以所居之地不同,故其发于言辞之或异耳。濂尝以此而求诸家之诗,其见于山林者,无非风云月露之形,花木虫鱼之玩,山川原隰之胜而已。然其情也曲以畅,故其音也眇以幽。若夫处台阁者则不然,览乎城观宫阙之壮,典章文物之懿,甲兵卒乘之雄,华夷会同之盛,所以恢廓其心胸,踔厉其志气者,无不厚也,无不硕也。故不发则已,发则其音淳庞而雍容,铿鍧而镗鞳。甚矣哉,所居之移人乎![1]

宋濂把处于不同环境下作家所创作的文章分为山林之文和台阁之文。隐于山林者创作的文章文气瑟缩而枯槁;身处庙堂者创作的文章雄壮富丽。之所以出现文气的差别,并非上天所赋之才不同,而是“所居之地不同”的原因造成的。后天的环境会对人的个性气质产生一定的影响。这种影响体现在文章之中,就形成了作品的不同风格。山林之文多抒写风云月露、花木虫鱼、山川原野等题材,台阁之文多描写城观宫阙、典章文物、甲兵卒乘、华夷会同等内容,二者内容虽有不同,但并无高下之分。然而在文气上,山林之文“其音眇以幽”,台阁之文“其音淳庞而雍容,铿锵而镗鞳”,以台阁比之山林,“不翅有仙凡之隔”。从其论述来看,宋濂对台阁之文还是有所偏爱的。

宋濂的文气说与曹丕的“文以气为主”相近。曹丕《典论·论文》:“文以气为主,气之清浊有体,不可力强而致。譬诸音乐,曲度虽均,节奏同检,至于引气不齐,巧拙有素,虽在父兄,不能以移子弟。”[2]这里的气就是指作家的禀性、气质等所形成的特殊精神状态在文章中的体现,类似于今日所说的风格。作家的气质、禀性与作品的文气是一致的。文气源于作家所禀自然之气,无法因人而改变。但宋濂的文气说与之不同是,其说强调后天环境的影响,认为所居之地的不

① 宋濂《汪右丞诗集序》,《宋濂全集》,第459页。
② 郭绍虞《中国历代文论选》(第一册),第158—159页。

同会对作家的气质产生影响,从而使作品的文气发生显著变化。与曹丕的“文以气为主”相比,宋濂的说法突出了创作主体某种程度的能动性,观点也显得更为客观。

四、诗文本出于一原

文道合一的文学观念也影响到宋濂的诗学观。他论诗强调诗歌的伦理教化功能,认为诗与文在内容及功能上具有一致性。他说:“诗、文本出于一原,诗则领在乐官,故必定之以五声,若其辞则未始有异也。如《易》《书》之协韵者,非文之诗乎?《诗》之《周颂》,多无韵者,非诗之文乎?何尝歧而二之?沿及后世,其道愈降,至有儒者、诗人之分,自此说一行,仁义道德之辞遂为诗家大禁,而风花烟鸟之章留连于海内矣,不亦悲夫!”①他认为诗与文的区别只在音乐属性上,《易经》《尚书》中协韵的辞句可以看作诗,《诗经》中的《周颂》有许多不协韵的辞句可以看作文。所以诗与文在用词、内容是一致的,不可“歧而二之”。

他反对后世的儒者、诗人之分,认为这导致了诗与文在表现内容上的差异,“仁义道德之辞”成为诗家大忌,而“风花烟鸟之章”则充斥于诗作。他赞扬朱熹的《感兴》诗,认为其诗在数量上不及陈子昂、李白的感兴之作,但在诗的内容上,“太极阴阳之微、家国治乱之由,异端害道之故,无所不及”,非但陈、李“不能道”,“黄初而降、大历以前”“恐未有臻斯理者”。可见,宋濂主张诗歌在内容上要与文一样,“无纤弗囿,无钜弗涵”,不能排斥“仁义道德之辞”。

诗与文不但在内容没有区别,它们在功能上也是一致的,都要有补于治化。宋濂《刘母贤行诗集序》云:“诗人之吟咏夥矣,类多烟霞月露之章,草木虫鱼之句,作之无所益,不作不为欠也,华编巨册,摹印而行者比比有之,其视贤母之诗,有补名教者为何如哉?知道之

① 宋濂《题许先生古诗后》,《宋濂全集》,第908页。

士，必有择焉。”[①]古今诗人吟咏之作很多，但大都是“烟霞月露”“草木虫鱼”之章。这样的诗歌作之无益，不作也没什么欠缺。而名士大夫所作赞扬刘母贤行的诗歌，能够“有系彝伦之重”，读后使人“感激奋励”，应当“刻梓传世”。

那么，什么样的诗歌才能够有补于治化呢？宋濂提出要以得其“性情之正”为标准。他说：

> 夫诗之为教，务欲得其性情之正。善学之者，危不易节，贫不改行，用舍以时，夷险一致，始可以无愧于兹，如君者盖近之矣。世之人不循其本而竞其末，往往拈花摘艳以为工，而谓诗之道在是，惜哉！[②]

诗歌是“吟咏性情之具”，诗人因事触物，心有所感，发而为情，“情至而形于言，言形而比于声，声成而形诗生焉”。因此，要发挥诗的教化功能，就要在得其“性情之正”上下功夫。善于学诗之人，危难之中不改气节，贫困之时不易言行，“用舍以时，夷险一致”。此时，发而为诗就会“和而不怨，平而不激，严而不刻，雅而不凡”，可以使“读者鼓舞而有得，闻者感发而知劝”。这就是能够得其“性情之正”，是作诗之本、学诗之道。

宋濂所谓的“性情之正”与元代刘将孙、杨维桢等人的“诗本性情”“人各有性情”并不相同，而与郝经、虞集的说法非常接近。南宋末年，随着江湖诗风乃至江西诗派的流弊逐渐表现出来，作家们开始对唐、宋两代诗风的不同进行反思。到了元代，他们把目光投向唐诗，宗唐抑宋，最终形成宗唐复古的文学潮流。元人宗唐复古思潮的实质就是“针对宋诗的弊病和理学家鄙薄诗艺的偏颇而要求恢复诗

① 宋濂《刘母贤行诗集序》，《宋濂全集》，第 607 页。
② 宋濂《故朱府君文昌墓铭》，《宋濂全集》，第 1543 页。

歌‘吟咏性情’的传统”[①]，但不同论者所使用“性情”概念含义并不相同。

元初刘将孙提出：“诗本出情性，哀乐俯仰，各尽其兴。后之为诗者，锻炼夺其天成，删改失其初意，欣悲远而变化非矣。”[②]他认为诗是作者感情的自然流露，诗歌抒发的情感是自由的、天然的，无需“锻炼”“删改”。这可谓是自然的性情论。元初赵文、元末杨维桢主张充分张扬个性的性情论。如杨维桢《李仲虞诗序》云：“诗者，人之情性也。人各有情性，则人各有诗也。得于师者，其得为吾自家之诗哉？”[③]结合他的诗歌创作来看，他所谓的性情就是指诗人任情恣性的个性；元初的郝经与元中期的虞集则提倡“情归雅正”“性情之正”。郝经《五经论·诗》：“诗者述乎人之情也。情由感而动，故喜怒哀乐随所感而发。……美而不至于谀，刺而不至于詈，哀之也而不至于伤，乐之也而不至于淫。”[④]虞集《胡师远诗集序》：“近世诗人，深于怨者多工，长于情者多美，善感慨者不能知所归，极放浪者不能有所反，是皆非得情性之正。”[⑤]他们都认为诗歌皆由感而发，但这种感情不是强烈奔放的个人情感，而是“哀而不伤、乐而不淫”的雅正平和的感情。“深于怨者”“长于情者”“善感慨者”“极放浪者”，虽然其诗歌也能达到工整优美的地步，但都不能得“情性之正”。宋濂的说法与郝经、虞集很接近，他主张诗歌中的感情要平和而不怨恨、淡泊而不激烈，这其实就是雅正平和之情，也就是《诗大序》的“发乎情，止乎礼义”之情。

宋濂认为《诗》三百篇正是雅正平和的典范，作诗欲得“性情之正”，必须以《诗》三百篇为宗。他在《林氏诗序》中说：

---

① 黄仁生《试论元末“古代府运动”》，《文学评论》2002 年第 6 期。

② 刘将孙《养吾斋集》卷九，文渊阁《四库全书》本。

③ 杨维桢《李仲虞诗序》，《东维子文集》卷七，《四部丛刊》本。

④ 郝经著，张进德等编年校笺《郝经集编年校笺》，北京：人民文学出版社，2018 年，第 499 页。

⑤ 虞集《道园学古录》卷三十四，《四部丛刊》本。

周之盛时,凡远国遐壤、穷闾陋巷之民皆能为诗。其诗皆由祖仁义,可以为世法,岂若后世学者资于口授指画之浅哉?先王道德之泽、礼乐之教渐于心志而见于四体,发于言语而形于文章,不自知其臻于盛美耳……学《诗》三百篇,以求先王政教之善、治功之隆,贤人君子性情之正、道德之美。以治其身,其身醇如也;以淑诸徒,其徒蔚如也;以形乎诗,其词粹如也。①

周代兴盛之时,上自王公卿士,下至小夫编氓,都能够祖信仁义。仁义道德充于身心,发为诗文,"不自知其臻于盛美耳"。因此学习《诗》三百篇,可以得性情之正、道德之美,可以治身淑徒,所作诗歌也会精粹纯正。

可见,宋濂的"诗文本出于一原"论的实质就是主张诗歌要"载道宗经",发挥经世致用功能,为其文学事功论张本。除宋濂外,元明之际还有一些作家持相似观念。如刘基《苏平仲文集序》:

文与诗生于人心,体制虽殊,而其造意出辞,规矩绳墨,固无异也。唐虞三代之文,诚于中而形于言,不矫揉以工,不虚声而强聒也,故理明而气昌。玩其辞,想其人,盖莫非圣贤之徒,知德而闻道者也。②

三代之文"理明而气昌",能够使人"知德而闻道",诗与文在内容及功能上有相通之处,其区别仅在外在体制上,而构思、用语及行文规范都相同。苏伯衡也认为文体之间并无绝对界限,"《易》有似《诗》者,《诗》有似《书》者,《书》有似《礼》者",诗文之间有相似之处,其区别只在语言上,"言之精者之谓文,诗又文之精者也"③。明初,随着

① 宋濂《林氏诗序》,《宋濂全集》,第675页。
② 刘基《诚意伯刘文成公集》卷十五,《四部丛刊》本。
③ 苏伯衡《雁山樵唱诗集序》,《苏平仲文集》卷五,《丛书集成初编》本,北京:中华书局,1985年,第114页。

宋濂等人在文坛的崛起，他们的观念助长了文坛尚质主义文风的盛行，也使得元末以来刚刚复苏的文学审美化倾向遭到抑制。

宋濂论诗反对师心自用，主张向古人学习。《诗》三百篇而下，他选择的师法对象仍然是能够得“性情之正”的风雅之音。他在《答章秀才论诗书》中历数古代诗歌的发展、演变及承继的轨迹时说：

> 《三百篇》勿论已，姑以汉言之。苏子卿、李少卿非作者之首乎？观二子之所著，纡曲凄惋，实宗《国风》与楚人之辞。二子既没，继者绝少。下逮建安、黄初，曹子建父子起而振之。刘公幹、王仲宣力从而辅翼之。正始之间，嵇、阮又叠作。诗道于是乎大盛，然皆师少卿而驰骋于《风》《雅》者也。自时厥后，正音衰微，至太康复中兴。陆士衡兄弟仿子建，潘安仁、张茂先、张景阳则学仲宣，左太冲、张季鹰则法公幹。独陶元亮天分之高，其先虽出于太冲、景阳，究其所自得，直超建安而上之。高情远韵，殆犹大羹充铏，不假盐醯而至味自存者也。……
>
> 唐初承陈、隋之弊，多尊徐、庾，遂致颓靡不振。张子寿、苏廷硕、张道济相继而兴，各以《风》《雅》为师。而卢昇之、王子安务欲凌跨三谢；刘希夷、王昌龄、沈云卿、宋少连亦欲蹴驾江、薛。固无不可者，奈何溺于久习，终不能改其旧，甚至以律法相高，益有四声八病之嫌矣。惟陈伯玉痛惩其弊，专师汉、魏而友景纯、渊明，可谓挺然不群之士，复古之功于是为大。开元、天宝中，杜子美复继出，上薄《风》《雅》，下该沈、宋，才夺苏、李，气吞曹、刘，掩颜、谢之孤高，杂徐、庾之流丽，真所谓集大成者，而诸作皆废矣。并时而作有李太白，宗《风》《骚》及建安七子，其格极高，其变化若神龙之不可羁。有王摩诘依仿渊明，虽运词清雅，而萎弱少风骨。有韦应物，祖袭灵运，能一寄秾鲜于简淡之中，渊明以来盖一人而已。他如岑参、高达夫、刘长卿、孟浩然、元次山之属，咸以兴寄相高，取法建安。至于大历之际，钱、郎远师沈、宋，而苗、崔、庐、耿、吉、李诸家，亦皆本伯玉而宗黄初，诗道于是为最盛。

> 韩、柳起于元和之间，韩初效建安，晚自成家，势若掀雷抉电，撑决于天地之垠；柳斟酌陶、谢之中，而措辞幼眇清妍，应物而下，亦一人而已。元、白近于轻俗，王、张过于浮丽，要皆同师于古乐府。贾浪仙独变入僻，以矫艳于元、白。刘梦得步骤少陵而气韵不足，杜牧之沉涵灵运而句意尚奇，孟东野阴祖沈、谢而流于蹇涩，卢仝则又自出新意而涉于怪诡，至于李长吉、温飞卿、李商隐、段成式专夸靡曼。虽人人各有所师，而诗之变又极矣，比之大历尚有不逮，况厕之开元哉？过此以往，若朱庆馀、项子迁、李文山、郑守愚、杜彦之、吴子华辈，则又驳乎不足议也。①

自汉魏至唐宋，每位诗人都有所师承，历代诗歌因距离风雅精神之远近而各有盛衰。《三百篇》后为汉诗，苏、李之诗纡曲悽惋，专宗《国风》及楚辞；建安、黄初、正始之间，诸人皆师少卿而上继风雅，诗道于此时大盛。太康之时，诸人或仿子建、或学王粲、或法刘桢、或出于左思、张协，都能够师法建安、正始而上继风雅精神，诗道于此时中兴。元嘉之后，风雅不传，正音难继，“诗之变极矣”。

直到初唐，虽然不少诗人仍以徐庾体为尊，但张九龄、苏颋、张说却以风雅为师，陈子昂专师汉魏，学习郭景纯、陶渊明，风雅精神开始复兴。开元、天宝年间，杜甫上继风雅并集诸体之大成；李白师法《风》《骚》及建安七子；王维依仿陶渊明，而陶渊明则是直超建安而上接风雅的诗人；岑参、高适、刘长卿、孟浩然、元结等人都师法建安。大历时诸诗人都本陈子昂、宗黄初，也是风雅之继。这两个时期风雅精神被诗人们发挥到极至，诗道也发展到全盛。元和之间，韩愈、柳宗元、元稹、白居易、王籍、张建等大家或效建安、或学韦应物、或师法汉乐府，仍然未脱风雅。风雅之丧、正音之衰，始自长庆以后，“诗之变又极矣”。到了宋初，诗人承袭晚唐五代之弊，所作诗歌全乖古雅之风。天圣以后，王禹偁师法白居易、欧阳修，梅尧臣学习孟浩然，苏舜钦宗杜甫，诗道可谓

---

① 宋濂《答章秀才论诗书》，《宋濂全集》，第57—58页。

中兴。自此以后,虽然诗人迭出,其间或有数人可观,但终究不能脱离“天圣、元祐之故步”,与盛唐诗歌相比差距更大。

这篇诗论集中反映了宋濂的诗学观,即以“风雅”为最高典范,而最能够代表风雅精神的诗歌,《诗》三百篇以后,当为汉、魏、盛唐诗歌。其中宋濂对盛唐诗评价最高,但并不像后来七子派那样唯盛唐是尊。他对初唐、大历、元和以及宋代的少数诗人也给予了较高的评价,也是因为他重视诗歌的思想内容而以“风雅”为评价标准,不同于七子派重视艺术形式而以格调为准绳。他推崇汉魏盛唐诗歌的复古观念,从理论上开了明代诗学复古之先河。

宋濂主张诗歌创作在向古人学习的同时,也不排除作家才能、师友切磨、江山游历以及宵咏朝吟等方面所起的作用。他在《刘兵部诗集序》中说:

> 诗,缘情而托物者也,其亦易易乎?然非易也。非天赋超逸之才,不能有以称其器;才称矣,非加稽古之功审诸家之音节体制,不能有以究其施;功加矣,非良师友示之以轨度,约之以范围,不能有以择其精;师友良矣,非雕肝琢膂,宵咏朝吟,不能有以验其所至之浅深;吟咏侈矣,非得江山之助,则尘土之思,胶扰蔽固,不能有以发挥其性灵。五美云备,然后可以言诗矣。盖不得助于清晖者,其情沉而郁;业之不专者,其辞芜以庬;无所授受者,其制涩而乖;师心自高者,其识卑以陋;受质蹇钝者,其发滞而拘。古之人所以擅一世之名,虽格律有不同,声调有弗齐,未尝出于五者外也。[①]

作诗要触物而动、因情而发,固非易事。才质愚钝的人,思路必然迟缓而拘谨;师心自用的人,见识必然卑琐而浅陋;没有师承授受的人,诗歌体制必然生硬而乖违;不能专心致志的人,诗歌语言必定

① 宋濂《刘兵部诗集序》,《宋濂全集》,第495—496页。

浅薄而杂乱；没有江山之助的人，诗歌情感必定沉郁苦闷。因此，诗人要想创作优秀的诗歌，必须具备超逸之才、稽古之功、师友授受、宵咏朝吟、江山之助。五美俱备后，虽然所作诗歌格律、声调有所不同，但都能够“擅一世之名”。

与论文的观点一致，宋濂认为诗人的气质、个性也会影响到诗歌的风格。所以作诗先要养气。他在《林伯恭诗集序》中说：

> 诗，心之声也。声因于气，皆随其人而著形焉。是故凝重之人，其诗典以则；俊逸之人，其诗藻而丽；躁易之人，其诗浮以靡；苛刻之人，其诗峭厉而不平；严庄温雅之人，其诗自然从容而超乎事物之表。如斯者盖不能尽数之也。呜呼！风霆流形而神化运行于上，河岳融峙而物变滋殖于下。千态万状，沉冥发舒，皆一气贯通使然。……世之学诗者众矣，不知气充言雄之旨，往往局于虫鱼草木之微，求工于一联只字间，真若苍蝇之声，出于蚯蚓之窍而已，《诗》云乎哉？永嘉旧传四灵诗，识趣凡近，而音调卑促。近代或以为清新者，竞摹仿之。濂每谓人曰：“误江南学子者，此诗也。”①

诗人的气质、个性与诗歌的风格密切相关。凝重之人，其诗歌典雅严整；俊逸之人，其诗歌辞藻华美；躁易之人，其诗歌肤浅侈靡；苛刻之人，其诗歌峭厉奇险；温雅之人，其诗歌从容自然。所以作诗重在养气，气充则言雄。如果只求诗歌一字一句的工整，就犯了舍本逐末的错误。因此，宋濂对永嘉四灵进行了严厉批判，认为他们的诗歌“识趣凡近”“音调卑促”，最终会“误江南学子”。

---

① 宋濂《林伯恭诗集序》，《宋濂全集》，第575—576页。

第三章　宋濂的文学创作

宋濂以文知名于世，评者以“文章之首”“一代之宗”目之。他的散文创作成就较高者主要是传记文、寓言及游记文等。其传记文题材广泛、内容充实，善于运用多种手法刻画人物，叙事灵活多变，论赞充满感情，笔法富于变化，艺术上取得了很高的成就；他的寓言创作在广采博纳，继承先秦、两汉、唐宋寓言优良传统的基础上，形成了自己的艺术风格。这些寓言作品语言气势充沛、讽刺性强，深刻揭露了元末动乱的社会现实，与刘基《郁离子》、苏伯衡《空同子瞽说》等代表着元明之际寓言创作的最高水平；他的山水游记则深受柳宗元、欧阳修等唐宋名家的影响，但又能自出机杼，独具自己的风格与特色，虽然篇章不多，却不乏优秀之作。对于宋濂的诗歌创作，人们多评价不高，究其原因，当与其现存诗歌数量较少、价值不高有重要关系。本章在新发现的《萝山集》基础上，重新考察了其诗歌创作情况。

第一节　传记文

宋濂的散文创作成就最高的当为传记文。他与好友王祎曾为《元史》总裁官，负责发凡举例工作，同时也亲笔撰写了不少史传。但受其“国史当略，私传宜详”的观念影响，这些史传内容简略，文学价值多不甚高。因此，本节所论传记文主要指其散传创作，包括以“记”“录”“传”为题的人物传记，以及其他具有传记性质的墓志铭、神道碑、行状等。这些人物散传,无论是内容,还是艺术手法均独具特色,为我国古代传记文学的发展做出了重要贡献。

一、宋濂的传记文学观

对于传记文,宋濂不但有着丰富的创作经验,而且也有自己独到的见解。

(一)强调功利性:宋濂为文,主张明道立教,认为“明道之谓文,立教之谓文,可以辅俗化民之谓文”[①]。这种为文主张也贯彻到他的传记文学观中。他的传记文创作并非是远离尘世的孤芳自赏,而是为了宣扬惩恶扬善、臣忠子孝的伦理道德。他在《周贤母传》中说明自己作传的目的:“予尝从史官之后,遇人有善者,必谨书之,将以诱民衷而树世防也。有如周母,能成父志,推孝于尊章,出其余智,亦足破雀鼠辈之奸,其中必有大过人者矣。於戏贤哉!贤而得书,亦《春秋》之法也。”[②]王氏之父曾为县吏,因“所掌狱案,死者欲生之,不可得”,终日闷闷不乐。王氏就劝父亲弃官归隐。王氏出嫁后,有恶少年聚众侵掠,她又派人“擿其奸”,盗贼惊溃四散。宋濂认为她才识过人,为之立传可以“诱民衷而树世防”,也与《春秋》褒善贬恶的笔法相符合。

又如《李疑传》写金陵义士李疑热心助人之事。宋濂为李疑立传的目的也是“伤流俗之嗜利也,传其事以劝焉”。宋濂以“传”为题的作品有六十余篇,它们或“白烈妇之志”,或“愧人妇之不孝者”,或“励子职、树臣节”,或使圆冠方履者“惕然而自省”,几乎每篇都是有为而作。即使如《王弼传》那样充满浓烈怪异色彩的作品,结尾也有善恶有报的劝诫之言。

(二)崇尚真实性:真实性是传记文的生命。人物传记必须以真人真事为依据再现历史、再现人物。传主及事件必须符合史实,有史学价值,决不能凭空虚构。司马迁作《史记》就很重视史料的真实性,

---

① 宋濂《文说》,《宋濂全集》,第1961页。

② 宋濂《周贤母传》,《宋濂全集》,第347页。

他在《太史公自序》中说："二十而南游江淮，上会稽，探禹穴，窥九疑，浮于沅、湘，北涉汶、泗，讲业齐、鲁之都，观孔子之遗风，乡射邹、峄，厄困鄱、薛、彭城，过梁、楚以归。"[①]正是通过深入细致地实地考察，他获得许多真实可信的素材。宋濂继承了前人这种求实精神和严谨作风，认为"史氏之法，不溢美，不隐恶，务求其人之似焉。一毫不类，亦他人矣"，作传要"事迹皆有所据，一字不敢妄为登载"。

宋濂所作传记很注重人物、事件的真实性。元至正十八年(1358)，他的妹妹宋婆为乱兵所逼沉渊而死。此后，宋濂"闻有如婆者，必谨扣之，或历其地以访焉"。他为金华谢烈妇作传，就曾"过金华山中，问烈妇投崖处"。宋濂的不少传记文，如《周尊师小传》《抱瓮子传》《李大猷传》《白鹿生小传》《宋烈妇传》《吴德基传》等，传主均为他的亲朋好友。作者对他们很熟悉，所撰事迹自然真实可信。

（三）注重传世性：受金华学派注重经史的学术传统影响，宋濂有着浓厚的史官意识。他在不少传记文中都以史官自称，希望通过传记使"可传而不传者"之事载于书册，以便修史者采录。他在《刘真人传》中说：

> 《周礼·训方氏》"诵四方之传道"。所谓传道，世世传说往古之事也。史传之得名，殆法于此，岂细故之云哉？夫事不可传而传之者，非也；可传而不传者，亦非也；要在精察之而已矣。真人之殁，李君存为序其书，方君从义又属予作传。二君精察皆胜于余，必确然有征，因为著诸简牍，以俟他日修《元史》者。[②]

刘真人"炼铅汞为丹砂，得服之者疾良愈"，又献六甲飞雄丹为元世祖治愈足疾。宋濂认为真人之事"可传"，遂为之作传，"以俟他日修《元史》者。"《白鹿生传》中的杨恒隐于白鹿山中，为人生性醇笃，能

① 司马迁《史记》卷一百三十，北京：中华书局，2006年，第759—760页。
② 宋濂《刘真人传》，《宋濂全集》，第344—345页。

够急人所难。宋濂与之相交三十年，想要举荐他入国子监，知其“不受州县辟”而止。他认为杨恒“行义可法”，不应当泯灭无闻，遂作小传，使其事传于后世。

二、传记文的思想内容

宋濂一生经历丰富，交游广泛。他的传记文所写人物上至公侯巨卿，下至寒士庶民，题材上具有很大的广泛性。同时，这些传记文也寄寓着他深厚的思想感情和对生活的独特感悟。

（一）对清廉贤能吏治的向往：元代统治者采用民族歧视政策，将治下人民分为四等，待遇明显不同。官吏的选拔任用，则采取“任人唯亲”的法则。由此导致蒙古族及少数色目族权贵专横不法，肆意胡为，政治趋于腐败。到了元季，社会动荡、战争频仍，“官做贼，贼做官”，吏治更加腐败黑暗。但在统治阶层中，也涌现出一些受儒家文化修齐治平思想影响，能够忠于职守、清正廉洁、精明能干、政绩突出的官吏。到了明初，贪污受贿的现象虽然屡见不鲜，但清官廉吏也为数不少。宋濂有感于这种现实，在他的传记文中，为清官廉吏树碑立传，以表达他对清廉贤能吏治的向往。

如《余左丞传》中余阙早从吴澄弟子张恒游，善谈名理。元统中任刑部主事，三月之间，审理冤狱五百余起。藩王府诸校掳掠他人钱财，余阙闻知此事后“鞭遣六十人”。他做监察御史时，知无不言，无所畏惧。有人劝他少言以避祸，他却说：“吾纵惛，岂不知批逆鳞为危，委身事君，身虽杀弗悔也！”后出为湖广行省左右司郎中。章伯颜把黄金暗藏婆律香中送给他，他发觉香份量过重，推辞不受。章伯颜赞叹说：“余赀达官多矣，洁如冰壶，唯余公一人。”[①]至正年间，天下兵动，余阙升同知淮西宣慰副都元帅，后帅众血战而死。传记通过对余阙一生功绩的叙述，细致生动地描绘了一个清正廉洁、不畏权贵、爱民如子的官吏形象。

---

① 宋濂《余左丞传》，《宋濂全集》，第324页。

又如《叶秀发传》写叶秀发任建宁府政和令时，金兵侵犯桐城。他带领城中军民修筑城池，日夜防御。金人所派奸细，被他擒获，斩于城门。金兵无计可施，最终退去。事后，叶秀发反被统领诬陷，降职为迪功郎。但他并不为自己辩白，反替蕲州守将李诚之审冤；有富人争气斗富，被人诬告造反。叶秀发找到郡守为他辩解："血气之争则有之，啸聚则未之闻也。"[①]富人最终未被处死。张汝瑚评论此传说："叶南坡行谊娇娇，赞中独揭其桐城斩谍一事，反覆极论以泄其不平，盖不独为南坡惜，亦为当时君臣惜也，呜呼，南坡以桐城事退居十余年，犹讼李诚之之冤，于朝人臣何患不白于身后哉。"[②]指出作者借为秀发立传以抒发对政治腐败的不平和对清廉贤能吏治的向往之情。

（二）对隐逸高风的赞扬：元至正九年(1349)，宋濂曾因危素等人举荐，授翰林院编修官。对于宋濂来说，不经科举，自布衣而直入史馆，本为荣耀之事。但他却以"不嗜仕进"为由而辞避不就。后来他在《龙门子凝道记》中表明了自己辞授归隐的真正原因：他认为元末社会"六合尘冥，胶胶纷纷"，百姓如处水火，礼法久已废驰。在这种情形下，君子欲入仕为官，只能"枉道以徇人"，不可能真正实现自己的理想。因此他对"有道则见，无道则隐"的做法是赞同的，对于追求自由自适的隐逸高风是赞扬的。

《竹溪逸民传》写陈洄自幼熟读经史百家，"造文蔚茂"，却隐于山林，不与尘事相接。作者对他居住的环境和性格爱好进行了生动描写：

所居近大溪，篁竹翛翛然生，当明月高照，水光潋滟，共月争清辉，逸民辄腰短萧，乘小舫，荡漾空明中。箫声挟秋气为豪，直入无际，宛转若龙鸣，深泓绝可听。箫已，逸民叩舷歌曰："吹玉

① 宋濂《叶秀发传》，《宋濂全集》，第300页。

② 宋濂《宋文宪公先生集》卷六，张汝瑚评《明八大家集》本。

箫兮弄明月，明月照兮头成雪。头成雪兮将奈何？白沤起兮冲素波。”人见之，叹曰：“是诚世外人也，欲常见且不可得，况狎而近之乎！”性嗜鞠，种之满园，顾视若孩婴。黄花一开，独引觞对酌，日入不倦。人让其留物，怒曰：“举世无知我，知我惟此花尔。一息自怡，尚可谓滞于物耶？”复爱梅，梅孚绿萼，微吐，赤脚踏雪中若温，见辄凝视，移时目不瞬。且大言曰：“知我者惟鞠，鞠已谢我去，幸汝梅继之。汝梅脱又谢去，我当上白鹤山采五芝耳。”①

明月高照之时，陈洄乘小船在竹溪上吹箫放歌。箫声深泓可听，歌声宛转悠长。周围修竹翛翛，水光潋滟。陈洄性爱菊花，花开时节，对花独酌，整日不觉疲倦。又喜爱梅花，常赤脚踏雪赏梅，凝视良久。作者以清旷空寂的环境和雅致高洁的菊、梅来衬托竹溪逸民的高风绝尘之姿，可谓“写出清风高致，使人名利之心都淡”②。

《王冕传》则通过多个生活片断记述元末文人王冕不平凡的一生。著作郎李孝光想荐举他为府史，他却骂道：“吾有田可耕，有书可读，肯朝夕抱案立庭下备奴使哉？”部使者从郡城经过，坐马上求见，被他拒绝。他预言不久将天下大乱，遂携妻儿隐于九里山，耕渔自乐。夜深人寂，挑灯夜读，便抚卷自伤：“吾未即死，持此以遇明主，伊吕事业不难致也。”③朱元璋取婺州，授他咨议参军，不久病死。全文紧紧围绕传主“狂”与“隐”两方面特征来撷取素材，塑造了一个乱世之中抱负才能难以施展、无奈归隐的狂者兼隐士形象。

（三）对怀才不遇者的同情：宋濂是位有着积极用世精神的学者。但在元末政治腐败，社会混乱的情况下，他的志向抱负很难得到施展。他在《龙门子凝道记》中感叹道：“（濂）学之积年，而莫有用之者，其命也夫！其命也夫！今之人入山著书，夫岂得已哉？皋、夔、

① 宋濂《竹溪逸民传》，《宋濂全集》，第332页。
② 宋濂《宋文宪公先生集》卷五，张汝瑚评《明八大家集》本。
③ 宋濂《王冕传》，《宋濂全集》，第372页。

稷、契，不闻假书以自见，为得行其志也。予志之不行矣，尔其识之哉。”[①]因此，他对那些怀才不遇的奇人异士的遭遇充满同情。

《秦士录》是宋濂传记文的优秀之作。传主邓弼是一个文武双全、抱负远大、决心为国建功立业的有志之士。在他谋求用世的过程中，虽曾博得“壮士”之名，但为人所忌，终不得用，只得入王屋山为道士，郁郁以终。用他自己的话说：“天生一具铜筋铁肋，不使立勋万里外，乃槁死三尺蒿下，命也，亦时也，尚何言！”[②]林云铭评论说：“（弼）文武兼长，且擅绝艺。至使为道士。则元之用人可知矣。”[③]传记正是通过对邓弼才艺与个性的描写，表达对元末社会人才受压制状况的不满。

《吾衍传》中的吾衍素有才学，善诗、工书、精通音律之学，著述宏富。为人意气简傲，“不为公侯屈色”。因被人诬告，仓惶出逃，死于途中。作者对其不幸感到悲伤：“衍之才高矣，使其能自贬以入绳墨，则其所进，孰敢抗之哉？今所学仅若是，固可尚也，亦可悲也。”[④]

（四）对下层民众可贵品质的热情歌颂：宋濂长期生活于浙东，对于下层民众的生活非常熟悉。在他的传记文中，以普通百姓为传主的作品占有相当大的比重。这些作品对他们扶危济困、贞节孝义、独立自尊等可贵品质进行了热情歌颂。

《李疑传》写金陵人李疑崇尚仁义，热心救济急难贫病之人。金华范景淳旅中得病，无人救助，就向李疑求救。李疑把他接到家中歇息，请医生诊治，并亲自为他熬药。范景淳病情转重，卧床不起，便溺弄脏被褥。李疑又毫不迟疑地为他换洗干净。范景淳死后，李疑自己出钱买来棺材为他安葬。景淳所遗钱财，也被李疑全部交还他的家人；平阳耿子廉因罪被押解京城，他的妻子将要生产，无人接纳。李疑派家人将她接回，后顺利生下一个男孩。李疑又让妻子精心照

---

① 宋濂《龙门子凝道记·令狐微》，《宋濂全集》，第2238页。

② 宋濂《秦士录》，《宋濂全集》，第1933页。

③ 林云铭《古文析义》卷十六，清康熙二十一年（1682）刻本。

④ 宋濂《吾衍传》，《宋濂全集》，第319页。

顾产妇,“逾月始辞去,不取其报”。传记通过对李疑扶危济困与金陵嗜利流俗的对比,揭露了当时都市生活中黑暗丑恶的一面,也赞扬了李疑的高尚品行。

《记李歌》中李歌出身于倡家,其母逼她歌舞娱客,她就不施脂粉、缟衣素裳出见。在筵席中仅唱数首道家游仙辞,然后端容默坐。益津县令贪其美色。她执刀相拒,并骂到:“吾闻县令为风化首,汝纵不能,而忍坏之耶?今冠裳其形,而狗彘其行,乃真贼尔,岂官人耶?汝即来!汝即来!吾先杀汝而后自杀尔。”[①]县令惊惧而走。监州听说后,娶李歌做了自己儿子的媳妇。文章歌颂了处于社会底层的风尘少女对“人”的尊严与价值的执著追求及其与黑暗社会的不妥协斗争。

宋濂有不少传记文是为贞妇、义妇、孝子立传。如《张义妇传》写张氏不远千里寻找丈夫遗骸;《王贞妇传》写王氏断发明志,拒人逼婚;《孙孝子传》写孙惟中父死之后,他结庐墓侧,昼夜为之守墓,不避苦寒。县尹半夜亲去探查,发现确有其事。这些传记对于他们的行为进行了热情讴歌。当然,由于时代局限,作者的有些议论宣扬了封建伦理道德,如他对夫死不嫁、割耳鼻明志的赞扬:“昔夏侯令女夫死不嫁,遂致断发为信,或威迫之急,乃割耳与鼻,誓不欲类于人,至今想其遗风,犹凛凛然可畏也。”这些观点是应当批判的。但在更多场合,他对那些妇女的不幸遭遇充满理解与同情。如他认为“妇人以节称,乃其至不幸也。与其执之死靡他之誓,曷若咏君子偕老之辞哉”,又认为“有不忍夫死,感慨自杀以从之者,失于过中”。这些观点表明,他在承认封建伦理道德的同时,对人道和人性也表示宽容与理解。

(五)对自我形象及志趣的刻画与彰显:《白牛生传》在明人自传文中具有典范意义。该文采用问答形式,通过“或”人与“生”的对话,对自我形象及志趣情怀进行剖析,行文活泼生动,跳脱有致:

白牛生者,金华潜溪人,宋姓濂名。尝骑白牛往来溪上,故

---

① 宋濂《记李歌》,《宋濂全集》,第112页。

人以白牛生目之。生躯干短小，细目而疏髯。性多勤，他无所嗜，惟攻学不怠。存诸心，著诸书，六经；与人言，亦六经。或厌其繁，生曰："吾舍此不学也。六经其曜曜乎，一日无之则冥冥夜行矣。"生学在治心，道在五伦，自以为至易至简。或笑其迂，生曰："我其迂哉？我若迂，孟子则迂之首矣。"生好著文，或以文人称之，则又艴然怒曰："吾文人乎哉？天地之理欲穷之而未尽也，圣贤之道欲凝之而未成也。吾文人乎哉？"①

全文一气贯注，多方辩驳，表达了自己对天地宇宙、义利贤愚、贵贱荣辱等诸多问题的看法，生动刻画出一位"执笔立言，动以圣贤自期"的"白牛生"形象。

除以上内容外，宋濂还有一些传记文或抒发真挚的友情，或宣扬释道二教的神异，或抨击江湖术士以术害人，有些在思想上也有可取之处。

三、传记文的艺术特色

宋濂的传记文不但题材广泛，而且善于运用多种手法刻画人物，叙事灵活多变，论赞充满感情，笔法富于变化，在艺术上取得了很高的成就。

(一) 善于运用多种手法刻画人物性格，塑造人物形象。

宋濂的传记文塑造了众多栩栩如生的人物形象，这主要得力于他灵活自如地运用了多种艺术手法：

1. 善于运用对话来刻画人物性格，组织篇章结构。

宋濂的传记文能够通过人物对话揭示人物的处境与个性，展现人物的精神面貌。如《记李歌》写李歌虽出身倡门，却能够保持自己的人格与尊严。益津县令贪图美色，想要占有她。她就执刀入户，骂道："吾闻县令为风化首，汝纵不能，而忍坏之耶？今冠裳其形，而狗

---

① 宋濂《白牛生传》，《宋濂全集》，第294页。

彘其行，乃真贼尔，岂官人耶？汝即来！汝即来！吾先杀汝，而后自杀尔。”[①]这段话义正辞严，揭露了县令败坏道德的丑恶行径，表达了自己宁为玉碎、不为瓦全的勇气与决心，既生动表现了李歌不畏强暴、勇于抗争的性格，也符合当时处境的险恶。又如《刘彬卿传》写刘彬卿投书孛罗帖木儿，无人通报，他就大呼：“朝廷之命将委之草莽耶？”孛罗接见后，托辞要与幕府商议，他就反驳道：“官书既达，行与否在平章，使臣何与焉？”孛罗要宴请他，他就推辞道：“使事已毕，尚何留？”表现了他出使时不卑不亢、胆气过人的性格特点。

宋濂还善于通过对话来组织篇章结构。如《抱瓮子传》写作者游少微山，见抱瓮子汲水灌畦，就向他询问出处之道：

> （濂）曰：“丈夫处世，亦多术矣。出则华轩结驷，入则钟鸣鼎食，有志者辄能致之。夫子恒营营逐于一瓮间，无乃自苦乎？”抱瓮子忽輾然一笑，指苔磴，揖予坐，置瓮于地，叹曰：“吾受血肉躯与人同，岂不乐荣贵，与人异哉？顾念之颇熟，百岁之间，宁复几何？与其彊情而徇世，宁若任真以自放也……”曰：“然则灌畦亦在道乎？”曰：“有。蔬性不欲燥，燥则生意厄而不伸；蔬性宜湿，湿或过焉，则气伤而寖屈。吾日夜调之燮之，俾适夫厥中，则芃然而秀，嫣然而荣矣。”[②]

文章的写法与柳宗元《种树郭橐驼传》相似，都以对话来组织篇章。柳文把种树之道移于官理，宋文以灌畦之理喻出处进退，通过问答形式，抒写人物的意趣心态，寓理于事。

2. 动作描写：宋濂的传记文善于描写人物富有特征性的动作，以表现人物的性格、品质、身份及地位。

如《秦士录》写邓弼力气过人，“邻牛方斗，不可擘，拳其脊，折，仆

① 宋濂《记李歌》，《宋濂全集》，第112页。
② 宋濂《抱瓮子传》，《宋濂全集》，第345—346页。

地；市门石鼓，十人舁，弗能举，两手持之行”；写他与书生共饮，“弼自据中筵，指左右，揖两生坐。呼酒歌啸以为乐。酒酣，解衣箕踞，拔刀置案上，铿然鸣”。写他东门外较试武艺，“暨弼至，众槊并进。弼虎吼而奔，人马辟易五十步，面目无色。已而烟尘涨天，但见双剑飞舞云雾中，连斫马首堕地，血涔涔滴”[①]。动作描写生动展现了邓弼豪放不羁、满腹才学、勇猛过人的性格特征，颇有太史公笔下项羽、樊哙等人的神韵。

又如《太白丈人传》中描写太白丈人的出场：“箕踞而坐。两手搔爬，眼视云汉，若四旁无一人者。”[②]“箕踞而坐”显示了他对文中子的傲视；“两手搔爬”表现出他率性而为的风度；“眼视云汉”暗示了他的高洁志向。通过这些细节描写，太白丈人高风绝尘的出尘之姿生动地展现在读者面前。

3. 环境描写：宋濂的传记文比较注重对自然环境的描绘，能够通过环境描写来烘托人物性格，渲染气氛。如《抱瓮子传》中开头描写少微山的自然环境：

> 予尝游括之少微山，俯瞰四周，如列屏障，山之趾，有随地形高下为蔬圃，约二十亩，凡可茹者，咸艺焉。傍列桃杏梨李诸树。时春气方殷，蔬苗怒长，满望皆翡翠色，树亦作红白花，缤纷间错，如张锦绣缎，心颇讶之。[③]

站在山顶俯看四周，山峰高耸入云。山角下有菜圃，旁边遍植果树。园中蔬苗怒长，果树红白花开。幽美秀雅的环境为“嗒然忘形，志虑外绝”的隐士刘彬的出场做了生动铺垫。又如《元隐君子东阳陈公先生鹿皮子墓志铭》写陈樵所处环境：“婺之东阳有隐君子，戴华阳巾，裁鹿皮为衣，种药银谷涧中。当春阳正殷，玩落红于飞花亭上。

---

① 宋濂《秦士录》，《宋濂全集》，第 1933 页。

② 宋濂《太白丈人传》，《宋濂全集》，第 291 页。

③ 宋濂《抱翁子传》，《宋濂全集》，第 345 页。

亭下有流泉，花飞坠泉中，与其相回旋，良久而去。”[1]飞花亭上杂花乱飞，亭下流水潺潺，仿佛世外桃源，此种环境有力烘托了陈樵不与尘世相接的隐士特征。

4. 对比、映衬手法：为了突出人物的思想性格，宋濂还善于使用对比、映衬的艺术手法。如《李疑传》开头描写金陵嗜利之俗：

> 金陵之俗以逆旅为利。旅至，授一室，仅可容榻，俯以出入。晓钟动，起治他事，遇夜始归息，盥濯水皆自具。然月责钱数千，否必诋诮致讼。或疾病，辄遣出；病危，气息尚属，目瞑瞑未瞑，即舆弃之而夺其赀。妇孕将产者以为不祥，摈不舍。其少恩如此。非其性固然，地在辇毂下，四方人至者众，其势致尔也。[2]

金陵作为帝都，四方往来旅客众多，久之便形成唯利是图的社会恶俗。旅客住店费用很高，但客店极其狭小，洗浴用水要自己准备；旅客患重病还未断气，就抬出将其抛弃，并侵吞其钱财；妇女怀孕将要生产，认为不吉利，拒绝住宿。这段话批判了金陵店主贪利缺德的卑劣行径，也反衬出李疑崇尚仁义、热心救济急难贫病之人的高尚品行。

又如《杜环小传》中兵部主事常允恭死九江后，他的母亲找到儿子生前好友谭敬先，请求救助。谭敬先却拒不接纳。她又到金陵找杜一元，得知一元已死，他的儿子杜环尚在，就冒昧上门。杜环热情收留了她，对待她像母亲一样。过了十年，杜环因事过嘉兴，碰到她的儿子伯章，就告诉他太夫人在自己家中。伯章却毫无感情地说：“吾亦知之，但道远不能至尔。”半年以后，伯章才到金陵，见母亲年纪太大，路上难以行走，竟然抛下她借故离去。杜环又伺候老夫人，直到三年后离世。文章通过谭敬先对故交老母闭门不纳及伯章对落难亲母弃而不顾两个反面事例，反衬了杜环热心忠厚、扶危济困的高尚品格。

---

① 宋濂《元隐君子东阳陈公先生鹿皮子墓志铭》，《宋濂全集》，第1327页。

② 宋濂《李疑传》，《宋濂全集》，第382页。

（二）语言凝炼有致，叙事灵活多变：宋濂认为："纪事之文，当本之司马迁、班固。"所以他的传记文多借鉴《史记》《汉书》笔法，用笔凝炼有致，善于捕捉富有特征性的细节。如《亡友陈宅之墓铭》写宋濂访好友陈堂：

> 暨以病予告东归，思宅之之心逾切，病间竟骑驴往见，宅之大喜，屐齿殆将折，留连浃旬，椎羊豕以为飨。当夜半酒酣，叙兵火离合，语剌剌不能已。既而掀髯高歌，声调激烈，一吐壮年不平之气。①

作者因病归家，骑驴往见宅之。宅之出门迎接，急忙中几乎踏折屐齿。一连十数天，他受到宅之的热情款待。夜半酒酣之时，宅之引吭高歌，声调激昂，仿佛要吐尽多年抑郁之气。这段话用笔简洁凝炼，生动表现了二人之间的深厚友情，也透露出作者对宅之壮志难酬的深切同情。又如《秦士录》描写邓弼的外貌"身长七尺，双目有紫稜，开合闪闪如电，能以力雄人"。短短二十字，就刻画出主人公相貌不凡、力大过人的奇士特征。

宋濂的传记文能够依据素材、人物命运及表现主题等的不同，灵活设置结构，叙述传主事迹。如《抱瓮子传》先从自己游历少微山写起，通过对山趾蔬圃的描写引出抱瓮子，然后由自己的疑问转而写与抱瓮子的对话。再写抱瓮子的话使作者产生的无限感慨，论赞则补叙作者在南京又见抱瓮子，他此时已任晋王府典仪。最后点出抱瓮子姓名，并赞扬他能够得"出处之正"。全文结构严谨、环环相扣，叙述委婉曲折，融叙事、描写、抒情、议论于一体，给人以跌宕新奇之感。李祖陶对该文评价很高："此文结构甚奇，亲履其地、亲见其人、亲闻其语，而不知其姓名。而其人亦不可复见，逮再见其人则已在朝列。

---

① 宋濂《亡友陈宅之墓铭》，《宋濂全集》，第1529页。

问知其姓名则又为故人子。烟雨迷离，真令人想味不尽。”①

又如《朱环传》只在开头用很少篇幅写朱环被养父亲生儿子诬告，遭到虐待后却毫无怨言。之后却用大量笔墨写朱环两个子女元、寿的事迹。朱元警敏绝人，为保父、兄曾智杀二贼；朱寿容貌出众，不畏艰难为父亲辩白冤屈。二人的事迹表明朱环的言传身教对他们的影响。正如作者所说：“古之所谓纯孝者，环盖近之矣。元为亲故，拔剑斫贼而不知有身；寿虽女子，亦能脱父命于虎口；皆环身教之然也。”②写朱元、朱寿事迹与赞扬朱环“纯孝”的主题是一致的。《叶仲贞墓铭》为宋濂代柳贯所作，该传写武林叶仲贞流落桐庐，与李骧龙友情深厚。仲贞死后，骧龙为其买棺安葬。骧龙死后，他的弟弟又买田入寺院，为仲贞立主。由于仲贞族属、世系及事迹均不甚详，作者便避开墓铭的通常写法，着力表现骧龙兄弟二人对仲贞的深厚情意。最后又以方凤为谢翱安葬之事与之相比，宣扬“生于我乎馆，死于我乎殡”的道德主张。文章显得构思巧妙，主题突出。

（三）论赞充满感情，笔法富于变化：宋濂传记文的论赞长于咏叹，能够将叙事、议论、抒情等融为一体，在评论人物时流露出浓郁的感情色彩。如《秦士录》论赞：“弼死未二十年，天下大乱，中原数千里，人影殆绝。玄鸟来降，失家，竞栖林木间。使弼在，必当有以自见。惜哉！弼鬼不灵则已，若有灵，吾知其怒发上冲也。”③写邓弼死后，不到二十年天下大乱，人民流离失所。假使邓弼尚在，必定会有一番作为。可惜的是，邓弼为人所忌，未能一展抱负。如果他地下有知，看到如今的乱离景象，一定会怒不可遏的。作者通过对战乱中凄惨景象的描写以及对邓弼地下有灵的议论，抒发对他怀才不遇的深切同情。又如《刘彬卿传》论赞：

① 宋濂《宋景濂文选》卷四，清道光二十五年（1845）李祖陶评选《金元明八大家文选》本。

② 宋濂《朱环传》，《宋濂全集》，第316页。

③ 宋濂《秦士录》，《宋濂全集》，第1933页。

鸣呼！世道既降，平日素号士大夫者恒脂韦自保祕，孰有如彬卿之刚介者乎？与人交也，势盛则趋，势衰则狐鼠窜，望其门而畏之，孰有如彬卿之不变其初者乎？封殖自私，汲汲恐或后，视人颠连倾覆，纵有耳，若罔闻知，孰有如彬卿惠及死丧者乎？自他人之言，如彬卿者可谓难矣，而彬卿则曰："此儒者恒事耳，非难也。"鸣呼！若彬卿者不亦君子之人也哉！不亦君子之人也哉！①

论赞把刘彬卿和"平日素号士大夫者"放在一起进行对比，既赞扬了刘彬卿刚介忠诚的君子风范，也对一些伪君子趋炎附势、见利忘义的小人行径鄙夷万分。整段议论显得气势充沛、感情浓烈。

宋濂传记文的论赞或补叙篇中之缺、或篇末点题、或借题发挥表明某种主张，笔法富于变化。如他在作《余左丞传》后，又听到余阙门人汪河所说二事。余阙死后，其妾满堂把所生子弃于水滨。后被杜某收养，如今已经三岁；池州判官李宗可，曾娶余阙兄之女，听说余阙已死，也自刎而死。这两件事反映了余阙的义烈忠勇对他人的影响，能够烘托主题。作者"唯恐其失墜也"，遂著于篇末，以补正文之缺。又如《严宗奭小传》集中笔墨描写严盛善饮酒的特点。而论赞部分以严盛喜读靖节诗与陶渊明称扬严子陵类比，认为严盛好酒，其意也并非为酒，而是"托酒以自适"。通过议论点明主题，表明严盛善饮不过是对"污浊而冒利者""有所激"而已。

《吴德基传》写吴履少受学于闻人梦吉，学《春秋》，长通诸史。李文忠取婺州，聘其为郡儒学正，后任南康丞、转知长沙之安化，为官能够"以宽化民，爱民如子"。其论赞则云：

世俗恒谓儒者少功，顾非儒者尔。汤之兴以伊尹，周之兴以周公，此独非儒者耶？何其功之大也。彼世之儒者，其号则同，

① 宋濂《刘彬卿传》《宋濂全集》，第 329 页。

其诵说则同，其所操守者异于伊尹、周公者多矣，岂特少功哉？谓之不足用，可也，然其间有足用者，不可诬也。俗吏以严急督责为足用，谓儒者懦缓偾事，而不知得民者非儒不能也。①

洪武三年(1370)八月，宋濂主持京畿乡试时曾出一道关于“儒吏之分”的题目。他认为儒者固守道艺，官吏修习律令，但律令并不出于道艺之外。所以古时并无儒吏之分。到了后代，儒吏虽歧而为二，但“各以才显者亦众矣”。如果儒者能够“以明体适用为学”，为吏者能够“以致君泽民为务”，二者都可以“择而用之”。可见他是反对儒者迂阔少功的观点的。在《吴德基传》论赞中，他借吴履之事对自己的观点作了发挥，认为俗吏虽然以“严急督责”治理百姓，但真正能够得民心者，仍然是儒者。

第二节　寓言

宋濂的寓言作品主要收入《龙门子凝道记》《燕书》和《寓言》中。元至正十六年(1356)冬十月，宋濂入小龙门山著书，次年正月成《龙门子凝道记》。该书分为四符、八枢、十二微，共二十四篇，其中包含三十余则寓言。同年五月，宋濂又著《燕书》四十首，实际上就是由四十则寓言构成的寓言集。“燕书”一词本出自《韩非子·外储说左上》“郢人有遗燕相国书者”一文，宋濂以之作为集名，意在表明集中所作虽系穿凿附会之事，但其中亦含有一定的道理。《寓言》共五首，亦作于元末，收入《潜溪前集》。除以上集子外，宋濂的寓言作品还有《人虎说》《琴喻》等。

① 宋濂《吴德基传》，《宋濂全集》，第 378 页。

一、寓言思想内容

中国古代寓言数量丰富、历史悠久。在两千多年的漫长历史时期中，寓言经历了不同发展阶段。陈蒲清先生根据“寓言本身的发展情况以及当时的社会背景和文学背景”，大体上将其分为五个阶段：先秦是中国古代寓言产生和蓬勃发展的时期。此时的寓言作品主要集中于诸子散文中，为阐述不同学派的哲理和政治主张服务，可称为“哲理寓言”；两汉寓言的主旨多是为汉王朝寻求长治久安之道，可称为“劝戒寓言”；魏晋南北朝时期的寓言创作具有过渡性质，为唐宋寓言的繁荣奠定了基础；唐宋时期是古代寓言创作的第二个高潮时期。这时寓言的讽刺性加强而哲理性减弱，可称为“讽刺寓言”；到了元明清时期，寓言中冷嘲热讽的笑话成份增多，可称为“诙谐寓言”[①]。宋濂的寓言作品继承了先秦哲理寓言、两汉劝戒寓言、唐宋讽刺寓言的优良传统，内容上既有对社会现实的揭露与讽刺，也有对治国之道及儒家思想的宣扬与肯定，还有对人生哲理的总结与阐述。

（一）对统治者的残酷剥削与腐败无能的批判与揭露

元朝末年，政治统治日趋腐败，民族矛盾异常尖锐。以蒙古贵族为主的统治阶级对下层人民的掠夺和奴役十分残酷。贪官污吏横行，土地兼并严重，社会动荡，民不聊生。宋濂身处乱世，对当时人民的悲惨遭遇与统治者的腐败无能有着深切体会。他把自己的感受通过寓言曲折地反映了出来。

《龙门子凝道记·观渔于河》[②]写水边密布鱼网，善于游泳者入深水撼鱼。鱼受惊后四散奔逃，被鱼网捕获。偶尔侥幸逃脱者，又陷入别的鱼网中。几番捕捞以后，河中已无大鱼，所剩者仅“长径指”。文章结尾指出：“则在位若公、若卿、若大夫士者，果皆贤者乎？是宜国

---

① 参见陈蒲清《中国古代寓言史》，长沙：湖南教育出版社，1983 年，第 9 页。

② 《龙门子凝道记》《燕书》中的寓言标题均为笔者自拟。

家失太平，干戈万里，掠人为粮，甚或载盐尸以行，生民之类不绝如缕，而况于鱼乎？”[①]揭露了元末战祸绵延及统治者的残酷剥削给百姓带来的深重苦难。《燕书·牛尾狸》写越山之中多产牛尾狸，肉质鲜美。猎人用猎犬找到它藏身的洞穴，就用烟往洞里薰。牛尾狸难以忍受只好跑出洞，遂被猎犬咬死。作者以牛尾狸“味旨甚当”反受其害为喻，批判统治者用暴力占有人民的劳动成果，却给他们带来巨大灾难。

统治者靠掠夺占有大量社会财富，整日沉湎于声色犬马，生活变得腐化堕落。《燕书·栾氏之奢》写晋国贵族栾雩生活侈靡，整日行马拥犬、饮酒作乐，“藉之举火者百家”。妻子蓼爰想规劝他，被人“以计去之”。栾雩遂更加荒淫，终于贫病而死。寓言通过贵族栾氏始贵终贫的命运，讽刺了元末统治者的腐化堕落，并暗示他们必将灭亡的命运。《燕书·子翏玄姬》写癸北子翏丧偶独居，郁郁不乐。曲逆有独眼丑女，满脸疹瘢，肤黑羸弱，但能够“善为北里之舞以惑人”。子翏一见大悦，厚币娶归，宠爱有加。每次外出，回家后必定凝视她的面容，觉得没有任何缺陷，反而嘲笑世人多了一只眼睛。篇末评论说：“世道既污，以佞为贤，以正直为憸邪者，皆是也。”[②]这则故事影射了元末朝廷奸佞当道，忠贞正直之士反而受到排斥与打击的政治腐败。

朝廷贤愚不分，任用奸佞小人，而武士也因日享厚禄、生活过于优裕而逐渐变得软弱无能。《燕书·束氏狸狌》就写了这样一则故事，卫人束氏养有百余只狸狌，因为无鼠可捕，就每天买肉喂它们。时间一长，狸狌的后代已不知世间有鼠，竟然被掉入瓮中的老鼠吓得“奋掷而出”。寓言尖锐地讽刺了武士和世家子弟，他们“世享重禄，遇盗辄窜者，其亦狸狌哉”。

---

① 宋濂《龙门子凝道记·观渔微》，《宋濂全集》，第2220页。

② 宋濂《燕书·子翏玄姬》，《宋濂全集》，第2291页。

（二）对丑恶、落后、愚昧等社会世态的鞭挞与讽刺

如《燕书·齐西王须》写珠宝商西王须遇难后被海水冲到夷阴山。幸被山中猩猩搭救逃得性命。一年以后，有船经过，猩猩又帮他离去。但西王须竟想捕杀猩猩以血染罽。友人一怒之下将他抛入海中淹死。故事以猩猩的有义反衬了西王须的无情，鞭挞了忘恩负义者的贪婪无耻。《燕书·尊卢沙》写秦人尊卢沙爱说大话，他到楚国后得到楚王重用。不久晋国军队攻打楚国，楚王找他商量计策。尊卢沙瞠目结舌，无计可施。楚王大怒，就割去他的鼻子，并囚禁三年。从此尊卢沙终生不敢妄言。这篇故事的主旨讽刺了夸夸其谈，没有真才实学的人。《燕书·司马鸿氏之妻》写楚庄跻见司马鸿氏之妻婴容貌艳丽，就杀了他并霸占婴。不久楚庄跻又以卫人性命相威胁占有他的妻子白间。婴与白间自从跟随楚庄跻后，逐渐变得毫无羞耻，每天只以得到他的宠幸为荣。故事影射了汉族知识分子在高压统治下丧失了气节，只知贪图富贵，邀权争宠。《燕书·楚有鬬子般》则将批判的矛头指向社会中的伪君子：

> 楚有鬬子般者，貌肃而言庄，言则必称先王，国人皆以为修洁人也。一日饮蘧启彊家，而沈尹寿、师祁犁与焉。师祁犁与沈寿语，语近亵，鬬子般怒曰："若等陷女蛊，若渠略出入秽壤，虽鬼见亦唾也，尚敢飏言俎豆间乎！"众皆色沮。言未既，有艳姬过门，鬬子般起更衣，忽见夫握刀趋甚疾。众随之观，则所追者，正斗子般也。初，鬬子般通于姬，姬知饮蘧启彊家，过而目招之，鬬子般将尾而私焉，不虞良人见也。①

鬬子般与人饮酒，当别人言谈近于污秽时，他就厉声批判，显得是那么义正严辞！但当他借口与女子约会，被其丈夫发觉而狼狈逃

---

① 宋濂《燕书·楚有鬬子般》，《宋濂全集》，第2282页。

窜时，他的道貌岸然、虚伪作假的本性便显露无遗。作者用犀利的笔墨剥下了这个伪君子的面具，暴露了他的丑恶嘴脸。

其他如《燕书·成阳朒借梯》写成阳朒借梯灭火，因为延误时机致使宫室化为灰烬，讽刺儒生的迂腐用事；《燕书·阳都群熊》借群熊因皮肤流血竟至“擢肾肠以死”批评不能容忍缺憾所导致的因小失大；《燕书·因鼠焚庐》借为了灭鼠而焚毁房屋的故事，告诫人们不要因为恼怒而丧失理智。这类寓言对迂腐、无知、缺乏理智的行为进行了嘲讽，显示出作者智慧的光芒。

（三）对儒家思想的宣扬与肯定

作为金华朱学正宗嫡传，宋濂一生致力于对儒学思想的学习与继承。他还利用寓言形象鲜明生动、形式自由灵活的特点，通过寓言创作来宣扬儒家思想。

如《燕书·制角象龙鸣》写顿国大夫权制角以象龙鸣，湫中三足能听到后发出恐惧的叫声。大夫权以为是真龙吟啸，就想改学它的声音。公之奇就告诉他角与三足能所发出的声音都不是真龙的声音。宋濂借这则故事告诉学者只有以孔子为师才能够“得其宗”，否则就会犯“舍伪而学伪”的错误。《燕书·照乘之珠》与之寓意相近，故事以楚共王宝珠失而复得为寓，说明孔孟既没，“圣人之学不传”，后经儒者阐发，其学复明，仍然是儒者立身之本。

宋濂认为“天地未判，道在天地；天地既分，道在圣贤；圣贤既没，道在六经”，所以他特别重视对六经的学习。《龙门子凝道记·齐公子嗜古器物》就以器物非重宝的故事强调六经的重要：齐公子向人炫耀自己所藏宝物，众人交口称赞，只有龙门子默然不语。齐公子感到奇怪就向他询问。龙门子说自己藏有更贵重的珍宝。当齐公子斋戒三日前去观看时，龙门子出示伏羲氏之《易》，称这就是天下之至宝。寓言通过齐公子之器物与伏羲氏之《易》的比较，形象地说明了六经的重要性。

至于学习六经的目的，宋濂也采用寓言的方式加以说明。《龙门子凝道记·虞丹子焚经》写虞丹子要焚毁六经，龙门子认为六经具有开生民之耳的重要作用，就从旁制止。虞丹子反驳道："先生之所言，古也。予之所病，今也。古之学经者期以治身，今之学经者将以荣身；古之学经者期以化民，今之学经者将以诛民；古之学经者将期以立德，今之学经者将以丧德。"[①]说完之后，他就焚毁了经书。这则寓言通过龙门子与虞丹子的对话说明学习六经的正确态度是要以之治身、化民与立德，而不能靠他荣身、诛民乃至丧德。

宋濂还特别重视心的重要作用。《龙门子凝道记·晋人有终胥氏》就写终胥氏与芊熊氏流离困顿，二人相会于旅舍，谈起往事痛哭流涕。白鹿先生就开导他们说金宝绮绣皆为外物，难以长久拥有。而人身有至宝，"其博无际，其厚无涯，其高无上，其深无下""终古特立，不迁不变"[②]，这就是人心。《龙门子凝道记·西域贾胡》同样强调心的重要。西域贾胡持宝珠来售，价值数十万。龙门子却认为宝珠不能疗饥逐疠，虽贵无用。而人心"用之则天下宁，不用则一身安"，舍人心而取珠宝，就犯了"舍至近务至远"的错误。

（四）阐述为政之道，寄托政治理想

受儒家积极用世思想影响，宋濂有着强烈的经世济民意识。他的寓言中包含着很多有益的治国为政主张，寄托了自己的政治理想。《燕书·晋侯将伐楚》写晋国将要攻打楚国。楚王畏惧，召群臣商量对策，准备以修固城池御敌。王孙由于却表示反对，认为以城郭之险、山川之阻固守，皆为保民之策，而非保国之道。只有"君务上尊天王，下睦四邻，分昭于上，势定于下，上下有序"，才可以使国家平安无虞。楚王按他说的做，晋兵遂退。故事通过楚退晋兵一事指出尊王睦邻，做到上下有序方是保国上策。

在《燕书·鲁之老父》篇中，宋濂赞扬了鲁国国君爱民的行为。

① 宋濂《龙门子凝道记·虞丹微》，《宋濂全集》，第2222页。
② 宋濂《龙门子凝道记·终胥符》，《宋濂全集》，第2186页。

鲁之老父造狐白之裘献于鲁君，被鲁君拒辞道："寡人闻之，君犹本也，民犹支也。君所以庇民，如本之养支也。尔二三老父之无衣，宜于寡人乎是给。今倒行而逆施之，无乃不可乎？敢辞。"[①]鲁之老父又献仁义道德之衣，鲁君欣然接受。对此，宋濂还加以议论强调君民之间要善爱，国家才能够大治。《燕书·卫灵公问治国之要》更进一步提出民本思想。卫灵公提出御四封、修邻好、慎简百僚、杜阏女谒、斥摈奸回、屏弃淫侈等治国方法，蘧伯玉均认为非治国之要，并提出："有民斯有国，有国斯有君。民者，君之天也。君之则君，舍之则独夫耳。"[②]指出民为君之天，国君能够爱民则是君，否则即是独夫。这显然受到了孟子民贵君轻思想的影响。《燕书·郑人爱鱼》提出了治民的方法。有个郑国人很喜欢鱼，他把鱼捉来后放在盆里，又经常捧出来查看鱼是否受伤、是否吃饱。不到三天，鱼就被玩弄死。宋濂议论说："民犹鱼也，今之治民者，皆郑人也哉。"提出不要过多干预百姓，让他们自由安排生产、生活的治民主张。

还有一些寓言则警诫统治者要选贤任能，善于使用人才。《燕书·齐路寝坏》写齐桓公召工师翰修路寝，五月后路寝修成。齐桓公发现东阿之楹用了樗木。工师翰就以此劝谏桓公："擅执国柄者，有雍巫焉；成内食之奸者，有夷鼓初焉；长君之欲者，有寺人貂焉；外恶诸侯而凶德弗革者，有开方焉。是众楹皆蠹矣，路寝能独存耶？"[③]朝廷之上把持政权者都是奸佞，就好像是众楹之中的樗木，最终会导致朝政的腐败。宋濂以此为喻告诫统治者要远离小人，不要受他们的迷惑。对于贤能之人，也要合理使用，充分发挥他们的才能。《燕书·猗于皋》写猗于皋用豹捕鼠，豹视若不见。后来他听从安期子佗的建议，用狸捕鼠，用豹捕野兽，收获丰厚。作者最后说："兽固善捕，亦各有所能。至于用人，乃违其才何耶？"指出要根据各自的特点合理安排，才能够使人才各尽其能。

---

① 宋濂《燕书·鲁之老父》，《宋濂全集》，第2277页。

② 宋濂《燕书·卫灵公问治国之要》，《宋濂全集》，第2289页。

③ 宋濂《燕书·齐路寝坏》，《宋濂全集》，第2274页。

（五）阐述人生哲理，启迪民智

宋濂的寓言有不少篇目属于哲理寓言，它们取材广泛，涵义隽永，蕴藏着深邃的哲理，显示出他对人生的深沉思考，闪耀着智慧的光芒。《燕书·支昷夸牛》写南海昭支昷从没见过牛，有人牵来一斗犝牛，他看到后很惊奇，就买回来向人炫耀。后来他又先后买回旄、犘、犎，自以为再没有更大的了。公孙伯就告诉他说："岷峨之谷有牛曰犩，镂荡以为顶，鹄象以为踉，雕壁以为背，填脂以为尻，其肉重七千斤。"①昭支昷到那里一看，确实如此。故事通过昭支昷夸牛之事告诉人们自身认识的局限性，不要夜郎自大，自以为是。

《燕书·越人穽鼠》写越人捕捉老鼠，他们先把盎装满粟，任老鼠取食。第二天，他们把粟换成水，上面撒满糠。老鼠来偷食浮糠时，全部掉入水中淹死。故事告诫人们不要被表面现象蒙蔽，要善于透过现象发现其背后的本质。《寓言·北宫殖》写北宫殖捕鱼时获得夜明珠，众人前往贺喜。他的父亲知道后却大哭："今以是珠献，必致贵富，贵富则骄，骄则暴，暴则乱，乱则危，危则大坏而后已。"②最终他毁掉了珠子。寓言说明了福祸相倚的道理。

《燕书·甲父史与公石师交》写甲父史善长计谋而公石师善于决断，二人一直合作办事。后来他们发生口角，关系破裂。密须奋就以水母与虾、琐玮与蟹共生共存为例相劝。后来二人和好如初。这则寓言说明人各有所长、亦各有所短，生活中要学会相互合作、"相资以成体"的道理。

二、寓言艺术特色

宋濂的寓言创作在广采博纳，继承先秦、两汉、唐宋寓言优良传统的基础上，形成了自己的艺术风格。这些寓言作品讽刺性强，语言

---

① 宋濂《燕书·支昷夸牛》，《宋濂全集》，第2278—2279页。

② 宋濂《寓言·北宫殖》，《宋濂全集》，第2026页。

简洁流畅、气势充沛，善于化用前人题材并有所发展，艺术取得了较高的成就。

（一）强烈的讽刺性

“寓言是讽刺文学，讽刺是寓言的主要形式之一”①。宋濂的寓言作品具有强烈的讽刺性。他善于使用多种手法来增强作品的讽刺效果。如《燕书·成阳朒借梯》写成阳朒向奔水氏借梯灭火，为了符合礼数，“盛冠服，委蛇而往”。见到奔水氏后，要“三揖而后升堂”，然后默坐西楹间。奔水氏不知其来意，就命傧者设筵招待。成阳朒“起执爵，啐酒，且酢主人觞”。等到奔水氏发问，他才不慌不忙地回答：“天降祸于我家，郁攸是崇，虐焰方识。欲缘高沃之，肘弗加翼，徒望宫而号。闻子有阶可登，盍乞我？”通过动作、语言描写讽刺了他的迂腐，颇具喜剧色彩。

在《燕书·齐西王须》中作者为突出西王须的忘恩负义，采用了人兽对比的手法：

> （西王须）附断桅浮沉久之，幸薄岸，被湿行夷阴山中。山幽不见日，常若雨将压地。西王须自分必死，寻嵌窦绝气，庶遗胔不为乌鸢饭。未入，猩猩自窦中出，反覆视，意若怜之者，取戎叔、鼋荚、委萎诸物指之食。西王须方馁，甘之。窦右有小洞，栖新毳，厚尺余，甚温，让西王须。猩猩独卧于外，大寒不自恤。语言虽殊，朝夕嗢咿作声，似慰解状。②

西王须海上遇难流落夷阴山，处境凄惨。正在他逃生无望、寻洞等死之际，猩猩热心相救，给他食物吃，让他睡在温暖的洞中，而自己却卧于洞外。等到西王须逃得性命，并回到友人船上时，他却要杀害

① 祝普文《宋濂寓言简论》，《吉林艺术学院学报》1987年第1期。

② 宋濂《燕书·齐西王须》，《宋濂全集》，第2283页。

猩猩取血染罽。猩猩的热心无私与西王须的忘恩负义形成强烈对比,从而加强了作品的讽刺性。

《燕书・东海王鲔》则采用了夸张的手法描写东海中的巨鱼王鲔。它的脊鳍好像红色的旗帜摇曳在龛山与赭山之间。它在海中游时,鼓动巨浪、喷出水沫,使海风发出萧萧的声音。它每天吞食鳛、鲣、魟等不计其数,出游黑水洋,喷出水柱,洋中聚集的上万条船全不见了踪影。可就是这样称霸海中的巨鱼,一旦泝潮搁浅,就失去了威风,任人宰割,“乃架栈而脔割之,载数百艘。乌鸢蔽体,群啄之各饫”,作品揭示了当权者失势后的可悲下场。对海中王鲔不可一世狂态的夸张描写产生了强烈的讽刺效果。

（二）语言精炼流畅,气势充沛

宋濂的寓言行文精炼,语言流畅通达,善于抓住细节,将对象栩栩如生地刻画出来。如《燕书・尊卢沙》写尊卢沙因为说大话而受到惩罚。最后他吸取教训,悔过自新,“终身不言,欲言,扪鼻即止”。结尾只用了短短十个字便戛然而止,写得生动风趣。《燕书・具区白雁》写乡人计骗白雁,“爇火照之,雁奴戛然鸣。泽人遽沉其火。群雁皆惊起,视之无物也。如是者四三,群雁以奴绐已,共啄之。未几,泽人执火前,雁奴不敢鸣”①。这段话既写出泽人的狡猾,又表现了群雁以为上当的愤怒及雁奴的畏惧。写得精致细腻,层次井然。又如《燕书・豚泽蜀鸡》:

豚泽之人养蜀鸡,有文而赤翁。有群铺周周鸣,忽晨风过其上,鸡遽翼诸铺,晨风不得捕去。已而有乌来与铺同啄,鸡视之兄弟也,与之下上甚驯。乌忽衔其铺飞去,鸡仰视怅然,似悔为其所贾也。②

① 宋濂《燕书・具区白燕》,《宋濂全集》,第2298页。
② 宋濂《燕书・豚泽蜀鸡》,《宋濂全集》,第2273页。

当晨风飞来时，蜀鸡非常警觉，赶忙用翅膀护住鸡雏，使它不能得逞。但当乌鸦飞来与鸡雏一起啄食玩耍时，它看起来温顺驯良，蜀鸡就放松了警惕。乌鸦趁机叼起鸡雏飞走，蜀鸡无可奈何，只能眼看着乌鸦离去而“怅然”不已。虽然故事篇幅短小，却生动表现出蜀鸡先是警惕，继而麻痹，再至伤心，最终后悔的心态变化，语言简练流畅却生动传神。

宋濂的寓言还善于采用博喻、递进等手法，使文章具有很强的说服力和雄辩力。如在《燕书·甲父史与公石师交》中，密须奋为了说服甲父史与公石师合好，连用了五个比喻：海中水母没有眼睛，要靠虾指引方向，虾则靠水母获取食物；琐玮依靠蟹填饱肚子，蟹则以琐玮腹部为巢；蟨鼠为邛邛岠虚咬来甘草，有难时邛邛岠虚帮助蟨鼠逃跑；共命之鸟为争夺食物，一鸟吞食毒草想毒死对方，结果双双毙命；比肩之民“迭食而迭望”，一人死则另一人不能独生。五个比喻连用，从正反两方面说明相互合作、共存共亡的道理，增强了寓言的说服力。

《燕书·秦昭王》写秦昭王问阳山君士人为何不愿跟随自己。阳山君就分别以兽、禽、虫、人为例进行说明。夫王孙，藏于深山之中，被捉住驯服后，可以作桑林之舞。夫王孙与人相类，容易驯服。而魌魑凶猛可畏，猎人捕获后教它表演，可做角觝之戏。魌魑素有灵性，容易驯服。而伯赵为“禽中之微者”，技人“扰而柔之”，也可以“跳踉偃仆如画”。至于蚍蜉，更是“虫之至微者”，艺人“序而教之”，也能闻声起舞。野兽禽虫，口不能言，冥顽不灵，尚可以“服而制之”，何况万物之灵的士人呢？因此，士人不愿跟随昭王，“去者日多”，只能是昭王对待士人的方法不对。这里作者采用了层层递进的手法，用兽、禽、虫与士人相比，层层深入，语气不断加强，最后水到渠成亮明观点。文章显得气势充沛，极富说服力与感染力。

（三）善于化用前人题材

宋濂的寓言创作善于从古代典籍中吸取素材和思想，并能够根据情节及主题的需要对之进行合理改造，使之焕发出新的光彩。如《燕书·纪侯好狙》本脱胎于《庄子·天运》中的“取猨狙而衣以周公之服，彼必龁啮挽裂，尽去而后慊”①。宋濂在其基础上进行改造，形成新的故事：

> 昔纪侯好狙，使狙师教焉。狙师脱土肖人貌饰之，冠九山之冠，衣结霞之衣，蹑文鸾之履。升降周旋人也，拜立坐跽人也。狙师度可用，进纪侯。纪侯观之乐，举觞觞焉。狙饮已，竟跳掷裂冠裳，遁去。盖狙假貌饰形也。其心狙也，因物则迁尔。②

寓言设置了纪侯、狙师两个人物，并增加狙师训狙、纪侯让狙饮酒的情节，使原来一个单纯的比喻变成了内容充实的故事。对狙的描写更加生动，经过狙师的训导，狙“升降周旋人也，拜立坐跽人也”，一旦饮酒之后，便原形毕露，“跳掷裂冠裳，遁去”，狙的前后行为形成鲜明的对比。故事的内涵更加丰富，既讽刺了道貌岸然的伪君子，也说明了不顾客观条件盲目行事，最终只能失败的道理。

再如《龙门子凝道记·晋人好利》源自《列子·说符》：“昔齐人有欲金者，清旦衣冠而之市，适鬻金者之所，因攫金而去。”③宋濂根据主题的需要对其进行了扩充：

> 晋人有好利者，入市区焉。遇物即攫之，曰：“此吾可羞也，此吾可服也，此吾可资也，此吾可器也。”攫已即去。市伯随而索其直，晋人曰：“吾利火炽时，双目晕热，四海之物皆若己所固有，不知为尔物也。尔幸予我，我若富贵，当尔偿。”市伯怒鞭之，夺其物以去。旁有哂之者，晋人戟手骂曰：“世人好利甚于我，往往

---

① 郭庆藩《庄子集释》，第516页。

② 宋濂《燕书·纪侯好狙》，《宋濂全集》，第2282—2283页。

③ 杨伯峻《列子集释》，北京：中华书局，1979年，第272—273页。

百计而阴夺之，吾犹取之白昼，岂不又贤于彼哉？何哂之有！”①

寓言增加了对晋人的语言描写，生动表现出他贪婪无耻的性格。尤其当最后有人嘲笑他时，他强辞夺理为自己辨解。他的话更把作品批判的矛头指向社会，许多人为了贪图私利，挖空心思设置骗局以夺人钱财，他们的阴险可怕更甚于晋人。宋濂对原作的改造增强了其批判性。

其他化用前人题材的寓言还有不少。如《燕书·驯鹳》化用了《列子·黄帝》中的“染鸯养虎”；《燕书·具区白燕》源自五代王仁裕《玉堂闲话》中的“南人捕雁”；《燕书·玉戢生与三乌丛臣》改编自《齐东野语》卷十一所载王质与沈瀛的故事；《龙门子凝道记·西域贾胡》的主题思想本于《礼记·儒行》中的“儒有不宝金玉而忠信以为宝”等。改编之后的作品与原有题材相比，均显得内涵丰富，讽刺性更强。

总之，宋濂的寓言创作继承先秦、两汉与唐宋寓言的优良传统。作品内容充实，真实深刻地反映出当时社会生活的各个侧面。艺术上则带有强烈的个性色彩，语言上雄深雅健、气势充沛，带有很强的说服力和感染力。当然，由于过于注重文章的教化作用，他的一些寓言作品显得冗长繁复，说教色彩较浓，而文学性则略显不足。但总得说来，他的《龙门子凝道记》《燕书》仍可与刘基《郁离子》鼎足而立，代表着元明之际寓言创作的最高水平。

第三节　游记

宋濂的山水游记深受柳宗元、欧阳修等唐宋名家的影响，但又能自出机杼，独具自己的风格与特色。虽然篇章不多，却不乏优秀之作。除山水记之外，宋濂还有一些记亭台楼观的文章，也可视为游

① 宋濂《龙门子凝道记·秋风枢》，《宋濂全集》，第2194—2195页。

记。宋濂的游记文，从内容上来看，大致可以分为三类：一是以写景记游为主的作品，如《五洩山水志》《桃花涧修禊诗序》等；二是侧重于考证山川名物、历叙人事的篇章，如《游钟山记》《游荆涂二山记》等；三是黼黻皇猷、应制颂圣之作，如《阅江楼记》《观心亭记》等。

一、写景记游之作

入明前，宋濂隐于浙东，著书凝道，以待时变。家乡秀丽的水山也深深吸引着他。他常常和门生好友徜徉其中，观秀水、览名川。他的写景记游之作多作于这一时期。如《五洩山水志》为他25岁时陪老师吴莱游览五洩山后所作。五洩山位于婺、杭、越三州境内，是著名的游览胜地。文章开头先交待五洩山的地理位置，并点出它的山水“奇峭”的特点。正文以游踪为线索，采用移步换景的手法，生动描绘五洩山的奇丽景色。其中前半部分主要描写五洩山的奇峰怪石、飞瀑流泉、游鱼山猴、翠树篆竹等。后半部分则根据山中潭多而奇的特点，重点写五个潭，每个潭都独具特色：或潭黑如井，或圆如锜釜，或深不见底，或枫木环绕，或飞瀑倒挂。在写景之中又穿插乡民祈雨的传说以及谢玄卿采药山中、刘子龙化龙飞升的故事，赋予山水以神秘的色彩。最后交待五洩山命名缘由，并再次赞美山水的“奇峭”，与开头相照应，使得全文结构颇为严谨。

《桃花涧修禊诗序》则作于元至正十六年(1356)，此年三月上巳节，浦江郑义门的郑铉约宋濂及其他朋友，仿效东晋谢安、王羲之等人的兰亭集会，到桃花涧修禊，游春作诗，并由宋濂为诗作序。诗序生动记述了这次到玄麓山修禊游赏的全过程，从内容看是一篇典型的游记。文章开头交待修禊游赏的时间、地点。正文部分先以游踪为线索描写玄麓山的胜景：既有对曲折山道、夹岸桃花、入天髯松、艳丽桃花的勾勒，又有对桃花涧、凤箫台、钓雪矶、翠霞屏、饮鹤川、五折泉、飞雨洞、蕊珠岩等玄麓八景的重点描绘。然后写众人“各敷裀席，夹水而坐”，流水行觞，赏景赋诗。最后交待作序原因，并表明自己的观点：“为吾党者，当追‘浴沂’之风徽，法‘舞雩’之咏叹，庶几情与境适，乐与道俱，而无愧于孔氏之徒。”①

除以上游记外，《看松庵记》《环翠亭记》《江乘小墅记》等文中也有出色的景物描写。如《看松庵记》描写匡山松树：“山多髯松，弥望入青云，新翠照人如濯；松上薜萝份份披披，横莠数十寻，嫩绿可爱。松根茯苓，其大如斗，杂以黄精、前胡及牡鞠之苗，采之可茹。”②形象表现了髯松高大、茂盛的特点，并衬托出看松庵主人高雅不俗的个性特征。

总得看来，这些写景记游之作层次清晰，结构严谨，语言简炼传神，并善于使用白描手法来写景叙事。如《五泄山水志》描写泉水的莹澈：“泉西流，汇为小洼，莹澈泓澄，毫发不隐。鲦鱼数尾，洋洋往来，如行琉璃瓶中，见人至，潜去。”泉水汇为水洼，显得那么清澈莹透。数尾小鱼在水中悠然往来，就像是在琉璃瓶中一般。语言不多，却以鱼儿衬托出泉水的清澈，显得非常生动，写法颇类柳宗元《永州八记》。又如文中描写东潭：“由院北深入又百余步，至东潭。潭上飞瀑可二十丈，瀑怒暴，倒击崖窍中，若运万斛雪，从天掷下，白光闪闪夺人目睛。至潭底，辄复逆上，有声如辊雷。人笑语，咫尺不能辨，犹闻瓮中声。”③瀑布自崖上倾泄而下，好像大量雪团从天空掷下。瀑布的撞击声就像连续不断的雷声，人置身潭底，连笑语声也难以听清。这段话采用了比喻的手法，形象表现了瀑布飞流而下，白光闪闪、声如巨雷的气势。不过，文章中比喻、衬托等修辞手法的使用并不多，相比较而言，他更善于使用白描手法来写景叙事。如《桃花涧修禊诗序》中写众人赋诗的神态：

> 酒三行，年最高者，命列觚翰，人皆赋诗二首，即有不成，罚酒三巨觥。众欣然如约：或闭目潜思；或拄颊上视霄汉；或与连

① 宋濂《桃花涧修禊诗序》，《宋濂全集》，第 432 页。

② 宋濂《看松庵记》，《宋濂全集》，第 99 页。

③ 宋濂《五泄山水志》，《宋濂全集》，第 1750 页。

席者耳语不休；或运笔如风雨，且书且歌；或按纸伏崖石下，欲写复止；或句有未当，搔首蹙额向人；或口吻作秋虫吟；或群聚兰坡，夺觚争先；或持卷授邻坐者观，曲肱看云而卧，皆一一可画。已而，诗尽成，梧行无算。[①]

这里作者纯用白描手法，描写众人构思作诗的神态，手法简洁，一笔一人，便神态毕肖。

二、考证山川人事之作

此类作品多为宋濂入仕后所作。如《游钟山记》作于元至正二十一年(1361)。元至正二十年(1360)七月，宋濂应朱元璋之聘任江南儒学提举，同年十月，奉旨入内，授朱元璋长子朱标经学。次年二月，他与刘基、章溢、夏允中三人同游钟山，并作了这篇游记。文章开篇先交待钟山的别称及游览时间。正文部分依次写所游报宁寺、圜悟关、翠微亭、玩珠峰、第一山亭、碑亭、屏风岭、道卿岩、桃花坞、崇禧院、永春园、惟秀亭、七佛庵、太子岩等名胜。最后抒发世事万变不足深较的达观之情，并表达能够游尽江南诸名山的愿望。文章较少景物描写，而是重点记述与名胜古迹有关的历史人物、事迹。

《琅琊山游记》作于明洪武八年(1375)，是年朱元璋命皇太子与诸王西幸中都凤阳，并“沿道校猎，以讲武事”。宋濂奉诏扈从，此文就是这次西行途中路经琅琊山的记游之作。游记依次描写所游丰亭山、柏子潭、醉翁亭、六一泉、回马岭、开化禅院、庶子泉、琅琊洞等景致，并杂以地志资料、乡人传说、明太祖异事、先贤遗迹等内容，赋予景观以神奇色彩。结尾表明山以人名、人以德立的观点，并赞扬明太祖廓清海寓、圣德广被的丰功伟绩。《游涂荆二山记》与前两文写法相似，文章最后引用历代典籍中有关涂、荆二山的资料，并加以详细考证，得出“涂山当稽之左氏，以寿春为正；荆山当正诸史

① 宋濂《桃花涧修禊诗序》,《宋濂全集》,第432页。

传，以江陵为正”的结论。

这些游记文与以写景为主的的文章相比，表现出明显不同的特点：

（一）重视对山川名物、人文事迹的考述

宋濂一生勤奋好学，“自少至老未尝一日去书卷，于学无所不通”。这使得他的游记文表现出学者之文的特点，“每有所述，皆有所本，有根有据，言之凿凿”[①]。如在《游钟山记》一文中，对山川名物、人文事迹的记述就达十几处。其中像叙述钟山别称，“钟山，一名金陵山。汉末，秣陵尉蒋子文逐贼死山下，吴大帝封曰蒋侯。大帝祖讳钟，又更名蒋山。实作扬都之镇，诸葛亮所谓‘钟山龙蟠’，即其地也”；写报宁寺，“寺，舒王故宅。谢公墩隐起其后，西对部娄小丘。部娄，盖舒王病湿，凿渠通城河处”；写道中苍松，“相传其地少林木，晋、宋诏刺史郡守罢官者栽之，遗种至今”；写独龙阜，“梁开善道场宝志大士葬其下，永定公主实造浮图五成覆之。后人作殿四阿，铸铜貌大士实浮图。浮图或现五色宝光，旧藏大士履，神龙初，郑光俊取入长安”；写钟山在江南名山中的地位，“按《地理志》，江南各山唯衡、庐、茅、蒋。蒋山固无耸拔万丈之势，其与三山并称者，盖为望秩之所宗也”[②]。对于这些与名胜有关的历史人物、事迹、年代等资料皆能娓娓道来，如数家珍，增强了文章的学术性。

（二）风格自然质朴

此类游记文，除了对人文景观的考据采用直接陈述外，对于景致的描写也多用白描手法。语言上力求平淡，不追求词藻的华美，风格上表现出质朴无华的特点。如《游涂荆二山记》一文中描写荆山：

① 高志忠《学者之文 重在于用：宋濂和他的散文》，《北方论丛》1994年第2期。

② 宋濂《游钟山记》，《宋濂全集》，第91—92页。

复北经县治，折而东行约三里所，至荆山。梁、魏交斗时，就山筑堰以灌寿春，其遗迹犹班班可见。复行三十步，崖广如屋，侧身而入，石平如床座，可坐人，号为卞和洞。自西上复一里所，过避雨石，石斜倚可避雨，故名。复行六十步至产玉坡，奇石骈列，玄质而白缘，粲如雪。西有玉池，榛荆迷路不可寻。景彰欲导游青峰庵，足倦遂止。时青宫已猎远郊，濂因登舟先还中都云。①

品读此段文字，仿佛感觉作者步入山中，心境平和，不疾不徐，移步换景，人至景出。风格上则一循本色，平淡无华，却能够真切传神。

（三）寓情于景，情理交融

在此类游记文中，宋濂还善于在写景、议论中寄寓自己的感情。如《游钟山记》写钟山为历史上诸贤隐居之地："晋谢尚，宋雷次宗、刘勔，齐周颙、朱应、吴包、孙嗣之，梁阮孝绪、刘孝标，唐韦渠牟并隐于此。今求其遗迹，鸟没云散，多不知其处。唯见荛儿牧竖，跳啸于凄风残照间，徒足增人悲思。"②昔日的钟山钟灵毓秀，文物古迹丰富，而如今大多凋敝零落，难寻其踪。只看到樵夫牧童往来于西风残照中。通过古今对比，抒发了对元末战乱给人民带来巨大劫难的批判之情。又如《琅琊山游记》篇末对山上亭台胜迹的毁废展开议论：

夫亭台废兴，乃物理之常，奚足深慨！所可慨者，世间奇山川如琅琊者何限？第以处于偏州下邑，无名胜士若幼卿者黼黻之，故潜伏而无闻焉尔。且幼卿固能使琅琊闻于一方，自非欧阳公之文，安足以达于天下？或谓文辞无关于世，果定论邪？然公以道德师表一世，故人乐诵其文。不然，文虽工，未必能久传也。

① 宋濂《游涂荆二山记》，《宋濂全集》，第206页。

② 宋濂《游钟山记》，《宋濂全集》，第92页。

传不传，亦不足深论，独念当元季绎骚，窜伏荒土，朝不能谋夕，今得以厕迹朝班，出陪帝子巡幸，而琅琊之胜，遂获穷探，岂非圣德广被，廓清海宇之所致邪？非惟濂等获霑化育生成之恩，而山中一泉一石，亦免震惊之患。是宜播之声歌，以侈上赐游观云乎哉。①

议论先写“亭台废兴”是历史规律，不必慨叹；次写若非欧阳修之文，琅琊之名难以达于天下；再写若非欧阳修道德足以师表一世，其文章未必能够久传；最后写自己陪帝出游、探林泉之胜，实为圣德广被所致。这段话层层递进，不断深入，既说明了山以人名、人以德立的道理，又赞扬了朱元璋廓清四海、荡平宇内的功绩。文章理中含情，情理交融，“如山川含云，尤令人揽撷不尽”②。

三、应制颂圣之作

作为朱元璋依恃的重要文臣，宋濂在入明后写了不少应制颂圣之作，其中也包括游记文。如《阅江楼记》写于明洪武七年（1374），是年朱元璋下诏于京城西北狮子山建阅江楼，并命群臣撰文以记此事。宋濂此文即为奉旨而作。文章首先介绍阅江楼的位置及建楼原因，然后紧紧围绕“存神穆清，与道同体，虽一豫一游，亦思为天下后世法”一句，设想明太祖登楼眺望，“必悠然而动遐思”，借机劝谏明太祖要保土、安边、恤民。最后赞扬明太祖使“南北一家，视为安流，无所事乎战争”的统一之功，并勉励“登斯楼而阅斯江者”要“当思帝德如天，荡荡难名”而有忠君报上之心。

《观心亭记》同为应制之作。明洪武十年（1377）明太祖在宫城内诏建观心亭，并召宋濂撰此记以“传示来裔，咸知朕知，俾弗懈愈度”。文章先写建楼时间及撰文缘由，然后引用《尚书》中的“惟天

① 宋濂《琅琊山游记》，《宋濂全集》，第155—156页。

② 宋濂《宋景濂文选》卷一，清道光二十五年（1845）李祖陶评选《金元明八大家文选》本。

无亲，克敬惟亲；民罔常怀，怀于有仁；鬼神无常享，享于克诚”，论述存心之道，并赞扬明太祖能够做到政平人和、休祥屡应皆为“观心之明验”。最后劝喻皇上要“存神内居常如亭中时，则心与天为一，祥形敷正”。

总体而言，此类文章构思巧妙，议论精当，具有雍容浑穆、气魄宏大的特色。如《阅江楼记》设想明太祖登楼远眺：

> 当风日清美，法驾幸临，升其崇椒，凭栏遥瞩，必悠然而动遐思。见江汉之朝宗，诸侯之述职，城池之高深，关阨之严固，必曰：“此朕沐风栉雨、战胜攻取之所致也。中夏之广，益思有以保之。”见波涛之浩荡，风帆之下上，蕃舶接迹而来庭，蛮琛联肩而入贡，必曰：“此朕德绥威服，覃及外内之所及也。四夷之远，益思所以柔之。”见两岸之间、四郊之上，耕人有炙肤皲足之烦，农女有斿桑行馌之勤，必曰：“此朕拔诸水火而登于衽席者，万方之民，益思有以安之。”触类而推，不一而足。臣知斯楼之建，皇上所以发舒精神，因物兴感，无不寓其致治之思，奚止阅夫长江而已哉？彼临春、结绮非弗华矣，齐云、落星非不高矣，不过乐管弦之淫响，藏燕赵之艳姬，一旋踵间而感慨系之，臣不知其为何说也？虽然，长江发源岷山，委蛇七千余里始入海，白涌碧翻，六朝之时往往倚之为天堑。今则南北一家，视为安流，无所事乎战争矣。然则果谁之力欤？逢掖之士，有登斯楼而阅斯江者，当思帝德如天，荡荡难名，与神禹疏凿之功同一罔极，忠君报上之心，其有不油然而兴者耶？[1]

作为楼观记，作者本应“极言楼之壮丽及所见景物之佳”[2]，而这里却别出新意，对景物的描写多以简笔点缀，而重点是以之引出明太

① 宋濂《阅江楼记》，《宋濂全集》，第136页。

② 余诚评《阅江楼记》，《解题汇评古文观止》，上海：华东师范大学出版社，2002年，第765页。

祖登楼设想，并寄寓规讽之意。末后又以长江今昔对比叹美承平而兼勉其臣。可谓构思巧妙，议论精当。文章融叙事、写景、赞颂、劝勉于一炉，将雄浑苍茫的自然景观与对历史兴衰的思考以及保土、安边、恤民的儒家真理相结合，从而展开气充天地、纵视古今的议论，辞采华赡瑰伟，感情诚挚热烈，从而形成雍容浑穆、庄严雄壮的气象。王世贞赞扬此记说："宋承旨为国朝文臣领袖，此记乃奉旨所作，借题发意，因事纳忠，气象雄伟，辞意轩昂，发出圣祖保治宏谟，讵骚人墨客留连光景者可同日道哉？真浑噩之遗风，翰苑之宏裁也。"[①]指出了文章这种"气象雄伟、辞意轩昂"的特色。

第四节　诗歌

宋濂一生以文称名于世。对于其诗歌创作，人们多评价不高[②]。究其原因，当与其现存诗歌数量较少、价值不高有重要关系。1993年章培恒先生主编《全明诗》，曾对宋濂诗作进行整理，共辑诗330余首。1999年罗月霞主编《宋濂全集》，又在《全明诗》基础上增收11首。但由于收录宋濂元末诗作的诗集《萝山集》国内久已亡佚，这些诗歌数量仍然不足，尚难以全面反映宋濂的诗歌创作情况。笔者在查阅山根幸夫编《增订日本现存明人文集目录》一书时，发现日本国立公文书馆尚存《萝山集》抄本一册五卷[③]。该集共收录宋濂诗作450首，其中320余首为佚诗。这些诗歌题材广泛，感情真实浓烈，风

---

① 王世贞评《阅江楼记》，《解题汇评古文观止》，第765页。

② 如顾起纶《国雅品》："宋文宪景濂文既综纬，诗稍平易。"（顾起纶《国雅》卷首，《四库全书存目丛书》本）陈田《明诗纪事》："（宋濂）集中小诗，犹是元习。长篇大作，往往规抚退之，时亦失之冗沓。"（陈田《明诗纪事》甲签卷四，清陈氏听诗斋刻本）今人也多持相似观点。如郭豫衡主编《中国古代文学史》云："宋濂以文称，其诗可称者少。与其文相比，殊为逊色。"（郭预衡《中国古代文学史》（第四册），上海古籍出版社，1998年版，第17页）左东岭先生也认为"宋濂在诗歌创作上无论是数量还是水准在浙东诗派中都不能算是一流的"。（左东岭《论宋濂的诗学思想》，《首都师范大学学报》社会科学版，2009年第4期）

③ 参见第一章第二节"日本藏宋濂《萝山集》抄本考述"。

格自由多变，具有较高的艺术价值。本节将结合《萝山集》所收诗歌，考察宋濂的诗歌创作情况。

元末明初动荡变乱的社会现实，宋濂本人曲折丰富的人生经历以及复杂深刻的思想情怀，决定了宋濂诗歌内容题材的丰富性。他的诗歌创作可以分为反映现实疾苦的讽喻之作、写景咏物之作、表现骨肉亲情的诗作、赠答诗、题画诗、咏史怀古诗等。

一、反映现实疾苦的讽喻之作

此类诗歌多作于元末，是当时战争频仍、社会动荡的真实反映。它们多写得情感深沉，格调凝重，与刘基的讽喻诗风格相近。如《饥厖行》(《萝山集》卷二)："长淮千里无尺瓦，白蒿满地高于马。饥厖无主走西东，日啖乱尸肥似熊。草窟春深犬生子，数百为群来弭弭。逐鹿磔兔到行人，白日黯淡愁云屯。举头问天天若漆，忍使生灵作枯骨。愿泻银河洗甲兵，甲兵用时日东没。"元末连年的战争，使得社会动荡、民不聊生。千里长淮，白蒿满地、尸横遍野，无主野犬东西奔走，以死尸为食，到处是人间的凄惨景象。诗的结尾化用杜甫"安得壮士挽天河，尽洗甲兵长不用"诗句，表达自己对于结束战争的热切期望。又如《古战场行》(《萝山集》卷二)描写战后战场上的凄惨景象："黑风吹沙明月死，不闻人声闻鬼语。漆灯穿空火似星，引得孽狐鸣楚楚。千年白骨化为霜，红日不消遗恨长。愿埋虞庭庭下土，不见干戈见禾黍。"写战场上阴风凄凄，鬼语啾啾，狐声悲鸣，白骨为霜，战争给社会造成了巨大疮伤。因此，作者发出"不见干戈见禾黍"的呼喊。

除了描写战争所带来的巨大灾难外，宋濂的诗歌还揭露了统治者对人民的残酷剥削。如《祝田神辞》(《萝山集》卷二)："山南山北多稻田，稻田熟时黄连连。手执彘肩祝神语，上驱鸟雀下驱鼠。更愿神教十日晴，稻车稳载归东城。说起田家重太息，足裹乌皮手如漆。翰官未了和债催，空廪高高尘自积。北风吹雪寒更凄，稚子若饥应昼啼。五陵年少争驰逐，射猎皈来马余粟。"诗歌前六句写秋收时节，稻田一派丰收的景象。田家手执祭品向神祝语，祈求神灵驱赶雀鼠、使天气晴朗，保佑自己有个好收成。后半部分则笔调一转，写他们辛勤耕耘所得却要负担徭役、偿付欠债。水稻丰收了而家中却所余无几、仓廪空空。待到雪花纷飞的冬天，自己的孩子只能在冷风中因饥饿哭泣。通过前后对比，诗歌表达了对劳动者的同情和对统治者残酷剥削的批判。

其他如《杂体·懿哉鲁相国》(《萝山集》卷二)："懿哉鲁相国，拔葵更燔机。在官有食禄，岂复竞民私。伊谁镇雄藩，不下贾贩儿。受金以山积，剞削到民脂。天门如可通，沥血以陈辞。"借鲁国相公休仪去织拔葵之事讽刺当权者搜刮民脂民膏的贪婪无耻；《杂体·争城事杀伐》(《萝山集》卷二)："争城事杀伐，本为黑首民。暴骨满原野，无人事耕耘。凄风起白草，落日澹黄昏。媲之负刍人，反裘走踆踆。其毛固可珍，裘破毛安存。何如修文德，可使暴民驯。"写统治者的残酷统治使百姓走投无路，被迫走上造反的道路。这些诗歌均真实反映出元末的社会现实，对统治者进行了深刻的揭露和批判。到了明初，由于政治环境的严酷，在宋濂的诗歌创作中，已很难再看到此类关心现实的讽喻之作。

二、写景咏物之作

宋濂的写景之作用词典雅清丽，风格清雅疏朗，能够寓情于景，使人物情态各臻其妙。如《登覆釜岩》(《萝山集》卷五)：

> 何年巨灵神，凿此千丈壁。嵌崟玲珑穿，如存椎斧迹。寨门久不闭，时使虎豹直。上有孤飞云，下有欲落石。灵祠冠崇颠，冕服何辉赫。千官极岩卫，百怪更恍惚。我来再拜跪，不觉潜动魄。似疑精灵聚，鬼火出深黑。仰首盼星辰，如瓜正堪摘。四顾天冥茫，却叹人世窄。

该诗前两句借神话人物引出写景对象，起笔突兀警耸。中间十句描写覆釜岩孤云低飞，岩石错落，虎豹徘徊，以烘托山势的险峻。最后八句抒发作者登覆釜岩的感受。全诗节奏紧凑、比喻形象生动，显得飘逸灵动。

又如《登北山上方境界亭》(《萝山集》卷四)：

> 四山灌木含秋青，黑影在池皆倒坐。却如翠荇结纵横，依稀只隔水精屏。我来坐久毛骨爽，何处凉飔寄遥响。文雉求雌倚石啼，黄猿赴子随云上。瘗笔山僧颜尚好，白骨为泥泣芳草。谁人骑马关山道，短发垂肩不知老。

诗歌前四句写静景，四山灌木积翠含青，倒映于潭水之中，如同招摇于水中的青荇恍惚不清。中间两句写作者的感受，在山中独坐，只听到凉风的呼啸声，使人感到全身清爽。后六句写动景，文雉双双倚石啼叫，黄猿随峰攀援直上云霄，远处有人骑马踯躅于狭窄的山道中。作者以形象的笔触描绘了一幅山中秋景图，画面中一动一静，一远一近，构成鲜明对比，给人以新奇之感。又如《病起步梅花下》(《萝山集》卷四)："为爱清香清透骨，一朝无事百回看。晓来读《易》南枝下，羌笛数声霜月寒。"写疾病初愈后观赏梅花。花气清香透骨，花色百看不厌，在梅枝下品读《易经》，寒月下忽闻远处传来断断续续的笛声。该诗语言简约明净，意境隽永，堪称出色的清丽之作。

咏物之作如《拟古·秋蝉啼枯枝》(《萝山集》卷三)："秋蝉啼枯枝，朝夕饮风露。岂无百虫食，政以廉洁故。黄昏鸣声悲，似欲有所诉。不受丹乌知，反逢螳螂怒。陨身亦何辞，吾能改其度。"开头四句写秋蝉的生活习性，采用比兴手法以秋蝉不食百虫而吸饮风露比喻人的高洁品行。中间四句写蝉不为凤鸟赏识、却被螳螂所害的不幸遭遇。最后两句表明自己的志向，愿意像蝉那样保持高洁清远的品行，即使失去生命也不会妥协。此诗虽为拟古之作，但笔力遒劲，寄托遥深，可称得上是优秀的咏蝉诗。

三、表现骨肉亲情的诗作

元重纪至元元年(1335),宋濂接替吴莱执教于浦江郑义门,直到元至正十年(1350)他才把全家迁于浦江。至正二十年(1360)以后,他又长期在金陵为官。多年客居异乡的生活,使得他对亲人怀有深切的思念。他的表现骨肉亲情的诗歌就充满着这种浓浓的相思与眷恋之情。

《七歌》为模仿杜甫《同谷七歌》之作,共包括七首诗,分别写老父、兄长、妻子、儿子、女儿、孙子及自己。如第一首(《萝山集》卷三):"有父有父八十余,长眉如雪三寸垂。羽衣翩跹列仙儒,朝飧唯采商颜芝。三年不见情郁纡,白云英英正愁予。呜呼一歌兮歌思孤,慈鸦号林尾毕逋。"诗歌首四句采用写意手法描绘长眉如雪、衣衫飘飘、朝食紫芝的老父形象。五、六句抒发自己多年不见亲人的愁思郁纡之情。末两句借慈乌反哺之事表达报答养育之恩的愿望。又第四首(《萝山集》卷三):"有儿有儿潜溪渍,双笋屹立凌紫氛。大者崭然鹤出群,小者结篆铁作文。传家有书多蠹痕,期尔翻剔窥《皇坟》。呜呼四歌兮歌声吞,山风捎雨愁芳荪。"写两个儿子已长大成人,或如鹤出群,或结篆作文,并希望他们能够广阅典籍,以诗书立家。诗歌流露出一股欣慰之情。其他五首大略如此,或写兄长松鹤之形,或赞妻子侍奉父母任劳任怨,或夸女儿贞静娴淑等。七首诗以七言句式为主,并使用重言叠字,进行反复咏叹。它们既独立成章,又结构相同,组成一个有内在联系的完整体系,通过对家中每个成员的歌咏寄寓浓烈的思念之情。虽与杜甫《同谷七歌》表现身世家国之感的内容不同,却也带有自己独特的特色。

《家书至》写收到家书后内心的复杂变化:"三月无家问,征雁忽传来。辗转看缄封,迟疑不敢开。喜惧交中襟,怦若弦柱摧。既开复疾读,且读且惊猜。幸有平安字,足以慰所怀。"(《萝山集》卷一)写作者独居异乡,已很长时间没有家中消息。这一天忽然收到家书,他却担心家里有意外,迟迟不敢打开。犹豫良久,终于壮着胆子拆封,心一直怦怦直跳。打开之赶快读信，边读边猜测，希望没有看到坏消息。读至终篇，终于看到平安二字，一直悬着的心才放了下来。诗歌语言质朴无华，却生动细腻地写出了作者忧喜交集的心理变化。其他如《得亲友书》(《萝山集》卷一)中的“停云咏令姿，见月怀妍色。梦短苦思延，镫孤怜人寂”，《得外弟后却寄》(《萝山集》卷五)中的“子寒我轸恻，子病我吟呻。愿勿弃我去，使我车无轮”等诗句，皆写得情深意长，流露出浓厚的骨肉深情。

四、赠答诗

宋濂的赠答诗有《送刘秀才归临川》《赋日东曲》《赠虎髯生》《出门辞为苏鹏赋》《送高延东归》《赠天随生还龙虎山》《送人之江西》《走笔送金贤良》等。这些诗歌或赞扬弃官入道的出世之举，或哀叹辞家出门的别离之难，或描绘异国的风土人情，内容丰富多彩，风格自由多变。如《送刘秀才皈临川》(《萝山集》卷一)：

> 云林三十六峰青入天，亘古湿翠摩空悬。上有鳞皴偃卧之蟠木，下有霌沸仰出之甘泉。灵境忽荒之不可以穷，鹿衔阳葩来洞口，鹤泣阴露栖松肩。刘生缚茅处其下，纵未洗髓知为仙。瑶台雪花不敢结，点点晕作阶前钱。撷芝去酿九霞酒，呼云欲代三华毡。山中之乐有如此，胡为尘梦随流鸢。曲发飘卷卷，霓衫舞跹跹，清华满目争秋妍。碧滋夜染彭蠡月，爽气朝曳庐龙烟。忽骑刚风又皈去，云林之顶索笑相盘旋。相盘旋，度流年，鼎烹玉永和金铅，仰睇八极意眇绵。绿毫被体如偓佺，取琴弹彻鸳鸯弦。

诗歌前七句描写云林山雄奇景色，渲染归隐入道环境。三十六峰高耸入云，蟠松鳞皴，甘泉喷涌，灵鹿衔来奇花，仙鹤鸣于松枝，仿佛仙境一般。“刘生”以下六句写隐居修道生活。刘生结茅屋于山中，撷芝酿酒，呼云为毡，雪花飘落屋前台阶之上。“山中”以下七句笔锋忽转,写刘生入世之举。曲发飘卷,霓衫翩跹,犹如神仙下界。“忽骑”以下八句写刘生忽又归隐,于云林山顶烹炼金铅,俯仰八极、意态眇绵,如同遍体生毛的偓佺仙人逍遥于天地之间。至此,一个来去自由、仰睇八极的隐士形象跃然纸上。全诗想象奇特,节奏变换跳跃,风格雄奇瑰丽,显示了宋濂早期诗歌创作上气势雄健的一面。

《出门辞为苏鹏赋》(《萝山集》卷一)写主人公将要辞家远游时与亲人分别时的凄惨景象:

忆昔出门时,营魂不相依。乱竹忘户庭,欲东却从西。升堂拜严父,鹤发七十余。欲语不成语,涕下如绠縻。老妻哭中闺,半世叹分违。孰意垂白后,亦复不同栖?妾病入骨髓,一命仅若丝。不知君还日,能有相见期。争如床下舄,反得随君之。不忍出门别,难禁君去时。言已咽就榻,见者皆歔欷。流云虽无情,惨澹亦如悲。瘦女候庭前,含泪整衿裾。东风虽苦寒,凛凛中人肌。愿耶善自爱,以慰儿女思。三孙拜马前,头角何累累。大者始十龄,小者犹孩提。伯仲似解事,饮泣貌惨凄。季也最可怜,顿足放声啼。我欲同翁去,明日同翁皈。石人纵无肠,对此能自持?二儿相逐行,直至双溪涯。泪眼似井水,源源流弗亏。舟师催棹发,丁宁且迟迟。我父去终去,幸得缓斯须。于时天渐暗,密雪学花飞。山林尽变幻,白玉为树枝。舻声伊轧动,兄弟争牵衣。但得到睦州,不敢再相随。强颜麾斥去,掩泣立沙坻。盘回过前湾,跂立犹不移。我时情怀恶,有目何能窥。急入篷底卧,冥然付无知。同行坚慰解,沽酒买红鱼。酒饮未终觞,酩酊已如泥。至重在天伦,谁宁不念兹。无泪洒离别,此语非人为。况我志丘壑,岂欲阨路歧?但愿身强健,定得返故庐。长幼聚一筵,春葪荐埘鸡。重赓《考盘》咏,勿倡《出门》辞。

在诗歌中,作者用饱含同情的笔触描绘了一幅催人泪下的离别图。诗中主人公为生活所迫离家远游,家中的亲人恋恋不舍,在悲伤中与他告别。严父涕如雨下，欲语难言；老妻病中痛哭，惟恐相见无期；瘦女含泪牵衣，不断叮咛；三孙跪于马前，容貌凄惨；两儿依依相送，不忍相别。虽然每个人物的年龄、性别、辈分各不相同，作者却通过动作、语言、神态描写表现出他们的鲜明个性。作者还善于采用动作描写来烘托人物的心理，如写主人公出门时“乱行忘户庭，欲东却从西”，表现了他离家时彷徨无依的心情；写他登舟之后“急入篷底卧，冥然付无知”，表现了他不忍相别、借冥然独卧麻木自己的心理。整首诗条理分明，娓娓道来，情真意切，感人肺腑，可谓是优秀的歌咏离别之作。

《赋日东曲》(《萝山集》卷四)则为描绘日本风土人情的诗歌，标题下自注云：“问海上僧，僧多不能答，时辛丑冬十月也。”该诗作于元至正二十一年(1361)，宋濂与日本僧人相见，应其所求赋诗为赠：

伊水西流曲似环，宫闱远映龟龙山。六十六州王一姓，千年犹效汉衣冠。

藤橘源平族四家，连城甲第竞豪华。治书省内多官使，黄牒纷纭簇五花。

绝入层云富士岩，蟠根直压三州间。六月雪花翻素毳，何处深林觅白鹇。

红云起处是蓬瀛，十二楼台白玉京。不知秦世童男女，还有儿孙跨鹤行。

天皇大人泄秘宝，八角垂芒贯斗枢。青牛不度大洋海，莫怪无人识道书。

玉环妖血污寰中，岂有灵祠祝鬼雄。莫是仙山真缥缈，雪肤花貌主珠宫。

佛陇当年谈妙法，一道红光射海东。至今显密二宗学，长伴扶桑出日红。

竺门三典巧缄题，有气横光若彩霓。梵呗动时花气暖，一齐尽着黑伽黎。

无客持刀来厌鬼，有僧擎钵学呼龙。固知异城山川异，只把鲸波限四封。

中土图书尽购刊，一时文物故班班。只因读者多颠倒，莫使遗文在不删。

全诗共十首，按内容可分为三部分，前三首描写日本国中的社会习俗、家族、官制及名胜。第四、五、六首叙写有关日本的古老传说；后四首则写佛教及中国典籍在日本的传播及影响。整组诗进展有序、层次清晰，共同描绘了中世纪日本的生动图画。宋濂从有关日本的文献、传说中撷取素材，并展开丰富想象，赋予日本以宗教和传说的神奇色彩。该诗不仅是中国文学史上吟咏日本风物人情的优秀诗作，也是了解元明之际中日之间文化交流的重要资料。

五、题画诗

宋濂的题画诗有二十余首，可分为题山水胜景图、题人物故事图及题鸟兽图三类。题山水胜景图有《题岳阳楼图》《蛟门春晓图歌》《题张子璿画林泉幽趣图》《题李西山古木图》《画山水图歌》《题长白山居图》等。如《画山水图歌》：

远山刷翠宫眉弯，一江横绕罗带环。沙矶互作犬牙入，水痕初落犹斑斑。渔舟三两自何处，后先撑出芦花湾。解网得鱼长尺半，沽酒蹈破荒烟酸。西南冥茫见楼阁，朱碧隐现青云端。不知神仙何洞府，但见白莲屈折蛟蛇蟠。月明如霜夜将午，定有笙鹤来瑶坛。松间醉坐谁氏子，羊裘褛屩逍遥冠。岂非东蒙山中旧隐士，面目犹带河朔风尘顽。《黄庭》懒读尚衔袖，仰视松叶秋翻翻。我生素有山水癖，向之不觉开心颜。恍如西上黟川滩，卧听滩水流潺潺。又如东对仙华山，青天飞下千巑岏。岩雪藏阴凝太素，窦泉溅沫排空寒。便将此地穷天悭，青鞋布襪恒跻攀。莲花五色犹未吐，昼明夜照如神丹。人言绝顶有风穴，高入苍莽天曼曼。天曼曼兮气盘盘，融作玉瀣从空溥。服之龟鹤共长久，一任人寰日月双跳丸。白台为我梳仙鬟，双成为我开琼关。吁嗟乎吾将终老山之间，吁嗟乎吾将终老山之间。①

诗歌前八句以简洁的笔触勾勒画中的山水景致。远山翠绿如黛眉，大江横绕如罗带。沙矶犬牙交错，江水低落，滩头现出斑斑水痕。三三两两的渔舟从江湾中撑出，渔夫们高兴地取出网中的鱼去沽酒。"西南冥茫见楼阁"以下十二句写画中隐士。楼阁在云雾中忽隐忽现，通往楼阁的山道如蛟蛇曲折盘旋。月明之夜，有隐士醉卧于松下。只见他身披羊裘，脚踏棕鞋，头戴逍遥冠，仰视秋叶翩翩飘落，藏于袖中的《黄庭经》已懒得去读。"我生素有山水癖"至结尾写作者观画的感受，以烘托画作的生动传神。面对此画，仿佛已听到黟川滩潺潺的流水声，又好像看到仙华山的瀑泉飞泻、寒光闪闪。作者希望自己能够青鞋布袜登临绝顶，睹风穴、服玉瀣，与龟鹤同寿，终老于大山之中。全诗豪放中犹有细腻，流畅中不失委婉，从画中之景写到画中隐士，再从画中隐士写到观画感受，有景有情，蕴含丰富，不失为题画诗的佳作。

题人物故事图有《题李陵泣别图》《题王右军像》《题李广利代宛图》《题段将军征羌图》《题花门将军游宴图》《题李白观瀑布图》等。如《题段将军征羌图》："西域都护多男儿，护羌校尉仍出师。生羌八种来寇塞，白剑欲挟双龙飞。凡亭山上血漂杵，奢延泽中鬼应语。至今有花皆成丹，疑是当年血未干。"②此图所画为段颎征羌故事。段颎（？—179年）字纪明，东汉武威姑臧人。少习弓马，有文武智略。汉恒帝延熹二年(159)，八羌袭扰陇西、金城，被段颎击败；汉灵帝建宁元年(168)，他又在奢延泽、凡亭山等处屡破羌兵。诗歌描绘了他宝剑翻飞、率军斩敌的英雄气概。

---

① 宋濂《画山水图歌》，《宋濂全集》，第2425页。
② 宋濂《题段将军征羌图》，《宋濂全集》，第2420页。

题鸟兽图有《题常牧溪五燕图》《题赵魏公唐马图》等。如《题常牧溪五燕图》:"谁描乳燕落晴空,笔底能回造化功。仿佛谢家池上见,柳丝烟暖水溶溶。"[1]诗歌描绘画中的燕子,并赞扬画家的夺造化之功。在诗人笔下,乳燕、晴空、池水、柳丝,构成一幅生机勃勃的画面,透露出他心底浓浓的自然情怀。

六、咏史怀古诗

《萝山集》所收咏史怀古诗,多为触景生情、有感而发的抒怀之作。如《过采石因问李白葬处》(《萝山集》卷五):"采石江头秋影湿,蛾眉亭上凉乌集。千载芳魂唤不醒,一天月色空江声。欲寻李白题诗处,满望凄凉白杨树。暮蚕犹自学悲吟,入青云响若人诗。石麟有语寄西风,只有江流与旧同。"写采石江头询问李白葬处,只见蛾眉亭上乌雀群集,满眼树木凄清,暮蚕依然悲吟。面对石麟无语、江流依旧的景象,作者发出了芳魂不醒、斯人已去的感叹。诗歌以写景为主,但景中含情,格调凄婉清冷,充满了对李白不幸遭遇的同情。

又如《龙阳君行》(《萝山集》卷二):"河水无声流腻腻,一丝秋风随寒饵,大鱼既得小鱼弃,九曲愁肠搅为泪。白台闾须岂无人,一入后宫王弃臣。王虽弃臣臣有誓,河水能言臣始去。"诗歌借《战国策》所载魏王与龙阳君之事表达为臣死忠的观点。前三句叙述龙阳君观鱼而泣的故事,中间三句借本事生发开来,指出历代忠贞之臣的悲剧命运,最后两句表达观点。诗歌融叙事、议论、抒情于一体,笔法简洁凝炼,显示了较高的艺术技巧。

其他如《题武乡侯像》(《萝山集》卷四):"白日青天作肺肝,堂堂王业肯偏安。黄星不向前营落,未必中原属阿瞒。"抒发对诸葛亮病逝五丈原,出师未捷、壮志难酬的惋惜之情。《读唐玄宗遗事效曹祠部》(《萝山集》卷二):"君心好干戈,武夫保边方。君心好礼乐,四海如虞唐。君心在嗜欲,嗜欲不可长。"告诫君主的一举一动关系着国

---

① 宋濂《题常牧溪五燕图》,《宋濂全集》,第 2461 页。

家的盛衰兴亡、不可不慎。这些诗均写得深沉委婉,充满历史的沧桑感。

总之,《萝山集》所收诗歌题材广泛,众体兼备,风格自由多变,艺术上取得了很高的成就。明陆深在读过《萝山集》后曾赞叹说:“潜溪宋先生景濂,开国文人第一。百五十年来博学洽闻未见其比也。深读先生文,最早诗则无从得焉。妄意先生于此,毋乃小有所让,抑亦昔人所谓难兼以长者。近得《萝山吟稿》五卷读之,锻炼之精工,体裁之辨治,气韵之伟丽,词兼百家,亦国朝诗人之所未有也。欣慰累日,若还至宝。于是叹前辈之高雅,世未易尽知,而又以愧深之寡陋,徒相值于迟暮焉。”[①]因此,宋濂的诗歌创作,应值得我们高度重视。

① 陆深《俨山集》卷八十六,《明别集丛刊》第二辑第二册影印明嘉靖陆楫刻本,第33页。

第四章　宋濂与明初浙东派

元至正二十年(1360),宋濂出仕至应天,受到朱元璋的重用。入明后,他先后任《元史》总裁官、国子司业、翰林学士承旨、太子赞善大夫等职,为明初思想文化建设作出了重要贡献。作为浙东派的核心成员,他与文派中的其他作家之间有着密切联系。再加上他在明初文臣中所处的重要位置,及其文学创作上所取得的重要成就,使得他成为浙东派的领袖作家,他的荣辱沉浮对浙东派的兴衰具有重要意义。明洪武十三年(1380),因孙宋慎坐胡惟庸党案,宋濂被徙于茂州,次年卒于夔州。随着宋濂等人的辞世,浙东派在文坛的衰落之势已不可避免。

第一节　明初宋濂的主要文化活动

元至正二十年(1360),宋濂应朱元璋之聘,与刘基、叶琛、章溢等同至应天。宋濂等人的到来,使朱元璋非常高兴,他说:“我为天下屈四先生。”并把他们安置于礼贤馆。朱元璋对宋濂很尊重,“语必称先生而不名”,并委之以重任。七月,宋濂被授江南儒学提举,十月,奉旨入内,授朱元璋长子朱标经。从此,他便开始了近二十年的为宦生涯。

一、讲授帝王之学,忠心辅导太子

宋濂一生为行道而积极用世,他利用侍奉朱元璋的机会,屡向他讲论帝王之学、为君之道,极力用儒家思想影响明太祖的思想和施政。元至正二十二年(1362)八月,他和孔克仁向朱元璋讲授《春秋左氏传》,他说:"《春秋》乃孔子褒善贬恶之书,苟能遵行,则赏罚适中,天下可定也。"[①]元至正二十五年(1365),朱元璋御端门,与宋濂论及黄石公《三略》。宋濂说:"《尚书》二典三谟,帝王大经大法,靡不毕具,愿陛下留意讲明之。"[②]劝朱元璋以儒家经典为帝王之要。朱元璋解释说:"联非不知典、谟为治之道,但《三略》乃用兵攻取,时务所先耳。"并问帝王之学何书为要,宋濂推荐真德秀《大学衍义》。朱元璋阅后大喜,命人书于两庑之壁,不时观看。宋濂还向朱元璋讲论人心的重要性:"得天下以人心为本。人心不固,虽金帛充牣,将焉用之。"[③]朱元璋对他的说法也表示赞同。

洪武二年(1369)十月,有膏露降于乾清宫后苑松树上,朱元璋命中官折枝传示群臣。宋濂作《天降甘露颂》:

> 睹兹圣徵,则其德洞沦冥,功成不宰,三瑞沓至,千休滋彰,有不期然而然者矣。虽然,《传》有之:"受命不于天,于其人;休符不于祥,于其仁。"所以孔子之作《春秋》,祥瑞不书而有年则书,岂不以天道玄远难知,而人事之为可征者乎?[④]

文章在赞颂朱元璋一统天下、成就帝业功绩的同时,又暗喻讽谏之意,劝谕他要留神至治,"以得仁贤为瑞,以五风十雨为祥",而不要做"植金茎以承液,夸嘉瑞以纪年"的蠢事。洪武四年(1371)六月,夏国主明昇以全蜀降,并献良马十匹。朱元璋认为天生此英物,"必有神以司之",诏有司以牲牢祀马祖。宋濂又作《龙马赞》,文中委婉劝谏朱元璋要以保民图治为务,只要国中"仁声义闻,充洽八表",则"龙

---

① 郑楷《潜溪先生宋公行状》,《宋濂全集》附录,第 2593 页。
② 郑楷《潜溪先生宋公行状》,《宋濂全集》附录,第 2594 页。
③ 张廷玉等《明史·宋濂传》,第 3785 页。
④ 宋濂《天降甘露颂》,《宋濂全集》,第 9—10 页。

媒之异，自致于天闲十二之中”[1]。

洪武六年(1373)三月，朱元璋御西庑，指定《大学衍义》中司马迁所论黄、老之事，命濂讲析。宋濂讲毕，又阐发说：“汉武嗜神仙之学，好四夷之功，民力既竭，重刑罚以震服之。臣以为人主能以义理养性，则邪说不能侵；兴学校治民，则祸乱无从而作矣。刑罚非所先也。”[2]主张国君要去奢从俭，以行仁礼、兴学校来治心、治民。朱元璋对他的说法表示肯定：“朕之为君，上畏天地，下畏兆民，兢兢业业，不敢自逸。”

宋濂的佛教思想也对朱元璋产生了影响。洪武十年(1377)九月，宋濂由方孝孺陪同朝京，朱元璋见到他后说：

> 卿言《楞伽》为达摩氏印心之经，朕取而阅之，信然。人至难持者，心也。触物而动，渊沦天飞。随念而迁，凝冰焦火。经言操存制伏之道，实与儒家言不异。使诸侯卿大夫，人咸知此，纵未能上齐佛智，其禁邪思，绝贪欲，岂不胥为贤人君子之归？[3]

他认为人心至虚至灵，具有触物而动的特点，而《楞伽》《金刚经》《心经》等佛教经典所言操存制伏之道正为治心之具，与理学所讲的存心、治心方法作用一致。他的观点显然受到了宋濂儒释一贯思想的影响。

除了积极影响朱元璋之外，宋濂还担负着辅导太子的重要职责。《明史·宋濂传》：“濂傅太子先后十余年，凡一言动，皆以礼法讽劝，使归于道，至有关政教及前代兴亡事，必拱手曰：‘当如是，不当如彼。’皇太子每敛容嘉纳，言必称师父云。”[4]元至正二十五年(1365)四月，宋濂因病归养金华。到家后上表谢恩，并致书太子，劝勉他“孝友

① 宋濂《龙马赞》，《宋濂全集》，第2101页。
② 郑楷《潜溪先生宋公行状》，《宋濂全集》附录，第2595页。
③ 宋濂《新刻楞伽经序》，《宋濂全集》，第623—624页。
④ 张廷玉等《明史·宋濂传》，第3785页。

恭敬,勤敏读书,毋怠惰,毋骄纵,修德进业,以副天下之望”①。朱元璋览后很高兴,嘱咐太子说:“此书汝当日诵一过。”

洪武十年(1377),宋濂致政,到家后上《致政谢恩笺》仍不忘教导太子:

> 臣闻古圣人有言曰:“为君难。”其所难者何也?然以四海之广,生民之众,受寄于一人,敬则治,怠则否;勤则治,荒则否;亲君子则治,近小人则否,其机甚微,其发至于不可遏,不可不谨也。所以二帝三王相传心法,曰德曰仁,曰敬曰诚,无非用功于此也。治忽之间,由心之存不存何如耳。②

文中谆谆叮嘱太子敬业勤政,外修仁德,内存诚敬,使“出言制行,动静合道”。态度之殷切,语气之诚恳,体现出他在太子身上寄托的良苦用心。

二、编修典册,考订礼乐制度

明洪武二年(1369)二月,朱元璋诏修《元史》,以左丞相李善长为监修,以宋濂及其同门好友王祎为总裁,并征集山林逸士汪克宽、胡翰、宋僖、陶凯、陈基、曾鲁、赵埙、高启、赵汸、张文海、徐尊生、黄篪、王琦、傅恕、傅著、谢徽等十六人为纂修官。宋濂、王祎依据朱元璋旨意及前代修史经验,制定了纂修体列:本纪准两汉史;志准《宋史》;表准辽、金史;传准例代史而参酌之;不作论赞,但据事直书,具文见意,使其善恶自见,准《春秋》及钦奉圣旨之意。修史工作紧张而有序,“设局分科,限绝外内,将以日视其成”。作为总裁官,宋濂在修史过程中发凡举例、勘酌笔削,发挥了关键作用。同年八月《元史》完成,包括“纪三十八卷,志五十三卷,表六卷,传六十二卷,目录二卷,通计

---

① 郑楷《潜溪先生宋公行状》,《宋濂全集》附录,第2594页。

② 宋濂《致政谢恩笺》,《宋濂全集》,第52页。

一百三十万六千五百余字”①。

由于《元史》编纂时间短暂，元顺帝一朝因为“史官职废，皆无《实录》可征”，未能及时采录史料，因此《元史》未得成为完书。于是朱元璋又命礼部尚书崔亮、主事黄肃与宋濂等拟定体例，并遣使者十一人遍行天下，搜采史实。洪武三年(1370)初，派往各地采史的使者陆续返回，并带回大量文献资料。是年二月，明太祖遂下诏续修《元史》，仍以宋濂、王祎为总裁，以儒士赵埙、朱右、贝琼、朱世廉、王彝、张孟兼、高逊志、李懋、李汶、张宣、张简、杜寅、殷弼、俞寅等为纂修官。至七月，续修《元史》完成，总计五十三卷，纪十卷、志五卷、表二卷、列传三十六卷，“凡前书未备者，悉补完之”。虽然纂修时间过于仓促，《元史》的编纂存在不少瑕疵，但它仍然比较完整地保存了一代史实，为后世留下了宝贵的资料。其中宋濂作出的功绩是巨大的。

洪武六年(1373)八月，朱元璋从翰林学士承旨詹同所请下诏编纂《大明日历》，命宋濂与詹同为总裁官，侍讲学士乐韶风为催纂官，礼部员外郎吴伯宗，儒士朱右、赵埙、徐一夔、孙作、徐尊生为纂修，后又选乡贡进士黄昶、国子生陈孟暘负责誊写。九月纂修工作正式开始，宋濂作为总裁官朝入暮出、兢兢业业。由于年耄力衰，他不再亲自撰写，而主要负责发凡举例事项，“凡兴王出治之典，命将行师之绩，采章文物之懿，律历刑法之详”②，必与他人商榷后谨慎书写。十二月《大明日历》修成，共计一百卷，约十万余言。朱元璋赞扬说：“此千万世事迹，皆汝等力.”并命把《日历》藏于殿前八匮内。宋濂等又建议：“《日历》之成，藏诸天府，人有欲见之有不可得者。盍如太宗《贞观政要》之书，编集以传?”③朱元璋同意后，他们又在《日历》基础上辑成四十类，编成《皇明宝训》，自“敬天”至“制蛮夷”分为五卷，总四万五千五百余言。

① 宋濂《进元史表》，《宋濂全集》，第 48 页。

② 宋濂《送徐教授纂修日历还任序》，《宋濂全集》，第 579 页。

③ 宋濂《皇明宝训序》，《宋濂全集》，第 525 页。

洪武八年(1375)正月,宋濂因“亲见盛德大业、日新月著”,遂与僚属采辑太祖登基以来有关政事,编集《洪武圣政记》二卷,分为严祀事、正大本、昭大分、肃军政、绝幸位、定民志、新旧俗七部分,其中第七部分又分为申禁令、核实效、育人才、优前代、正礼乐之失、去海岳之封、严宫闱之法、厉忠节之训、划积岁之弊九类。是年八月,朱元璋有感于以往韵书“比类失伦、声音乖舛”,诏宋濂与翰林侍讲学士乐韶凤、待制王僎、修撰李叔允,编修朱右、赵埙、朱廉,典簿瞿庄、邹孟达,典籍答禄与权、孙蕡等重编韵书。宋濂等人对于以往韵书中的失当之处,用中原雅音进行校正,凡“音协韵协者并入之,否则析之,义同字同而两见者合之,旧避宋讳不收者补之,注释则一依毛晃父子之旧”[①]。至三月稿成,又经汪广洋、陈宁、刘基、陶凯等人评定才最终完成。全书十六卷,计七十六韵,共七十万言,朱元璋赐名为《洪武正韵》。

除了编修典册,宋濂还参预了明初礼乐、典章制度的讨论和制订。洪武四年(1371),朱元璋命礼官儒臣厘定祀典,宋濂曾上《孔子庙堂议》考议孔子祭礼,列举了七处于古礼不合之制。他提出古时祭祀主人之正位在阼階东,尸在西。如今祭礼则袭用开元二十七年之制,“迁神于南面,而行礼者北面,则非神道尚右之义矣”;古时祭祀“造木主以栖神,无有像设之事”,如今则沿用开元八年之制,“抟土而肖像”,有失“神而明之”之义;古时“灌用鬯臭,郁合鬯,臭阴达于渊泉”“既灌,然后迎牲,致阴气也。萧合黍稷,臭阳达于墙屋。故既奠,然后焫萧合羶芗”。如今祭祀用爇芗代替,显得过于简陋;古者“祭飨皆设庭燎,司烜共之,火师监之,其则天子百,公五十,余三十”,如今则“以秉炬当之”,不够严肃、恭敬;古者“孔子集群圣之大成,颜回、曾参、孔伋、孟轲实传孔子之道,尊之以为先圣先师,而通祀于天下固宜。其余当各及其邦之先贤,虽七十二子之祀,亦当罢去”。如今则人物“杂置而妄列”,“荀况之言性恶,扬雄之事王莽,王弼之宗庄、老,贾逵之忽细行,杜预之建短丧,马融之党附势家,亦厕其中”,与祀礼之意相悖;“古者立学,专以明

---

① 宋濂《洪武正韵序》,《宋濂全集》,第544页。

人伦，子虽齐圣，不先父食久矣”，如今则位置颠倒，子在上而父在下，与人伦不合；“古者释奠有乐无尸，而释菜无乐”，如今则袭用被称为乱世之音的大晟之乐，也不恰当。其他像庙制、冕服、器用、升降等处，也有不少与古礼不相符合之处[①]。宋濂的考述言之有据、观点精当。虽然因为考议不及时，而遭到贬谪，但他的不少观点却得到后人的认可。他提出的毁像改用木主的建议，在明嘉靖时得以实行。清汪婉撰《拟明史列传》赞扬宋濂《孔子庙堂议》一文说：“其说皆本于《礼》，诸儒韪之，迄明世竟不及尽从之，为之叹惋再三。”

洪武六年(1373)九月，朱元璋诏宋濂与礼部尚书牛谅考订文武官员诰命制度。宋濂等考察了唐宋有关诰命的规定，认为唐宋时诰命由三省官列衔书名，后用吏部告身等印章，而本朝诰敕既用御宝，则省臣不敢署；另外宋绍兴年间官诰用绫纸，易于仿冒。针对这些问题他们提出诰命的防伪、书写、用印及诰轴用材的具体方案：在诰命末尾添织某字第几号，以防伪造；取工部神帛制敕局已造完诰命，书写后用御宝；公侯一品至五品用诰命，六品至九品用敕命；公侯及一品诰轴用玉，伯、子、男及二品用犀，五品以下用角。

洪武七年(1374)六月，朱元璋以“大祀既终献，方行分献礼，于礼未当”，诏宋濂与詹同议礼。他们建议“上行初献礼，奠玉帛，将毕，分献官行初献礼，终献皆如之”。朱元璋听从了他们的建议。十一月，因贵妃孙氏薨，朱元璋敕礼部定服丧之制，礼部尚书牛谅等上奏说：“《周礼》《仪礼》：父在，为母服期年，若庶母，则无服。”朱元璋觉得此制不近人情，遂诏宋濂等考订丧礼服制。宋濂辑得古人论服母丧者共四十二人，愿服三年者二十八人，服期年者十四人，主张服三年之丧。朱元璋同意了他们的建议，并把所考辑之书命名为《孝慈录》。

洪武九年(1376)正月，宋濂、朱右等受命定议王国所用礼乐：王初之国，所过州县，文武官迎接，便服行四拜礼；王至国冕服，国内文武官朝服行八拜礼迎接；诏赦王冕服、文武官朝服；其祭祀山川等神，王皮弁

① 宋濂《孔子庙堂议》，《宋濂全集》，第1864页。

服、文武官祭服；文武官贺王，四拜称贺，再四拜成礼；凡祭器笾豆各八簠，簋各二，牲用少牢，乐生三十六人等。五月，晋王妃薨，朱元璋命宋濂议丧服之制。宋濂等参考唐宋之制确定丧服等级，“皇帝及中宫服大功，诸妃皆服小功，南昌皇妃服大功，东宫、公主、亲王等皆服小功，晋王服齐衰期……既成服，皇帝素服入丧次，十五举音。百官奉慰。皇帝出次释服，服常服”①。不久朱元璋又命宋濂考订丧期是否应废郊社之礼。宋濂以宋真宗、神宗朝丧期不废郊社礼为例，认为郊社之礼是国之大事，圣人最为重视，虽遇三年之丧，也不可以废。朱元璋听从了他的建议。

三、起草文告，撰写名公巨卿碑铭

元至正二十七年(1367)十月，朱元璋命徐达为征虏大将军，常遇春为征虏副将军，率众二十五万，发动了最终推翻元朝统治的北伐之役。为配合强大的军事攻势，朱元璋命宋濂作了北伐檄文《谕中原檄》。檄文可分为三部分。在第一部分的论述中，作者首先提出“夏夷之辨”的观点，认为自古以来君王临御天下，“中国居内以制夷狄，夷狄居外以奉中国”。而自宋以后，元主以夷狄入主中国，遂使“达人志士尚有冠履倒置之叹”。尤其是元之君臣不遵祖训，“废坏纲常”，“乱伦”事件层出不穷，再加上君臣失道，政治黑暗，因此“天厌其德而弃之”。第二部分以“天命论”“循环论”说明改朝换代的必然性。宋濂提出“胡虏无百年之运”，“天运循环，中原气盛”，元朝的统治气数已尽，黎民百姓都在呼唤济世安民的“圣人”降世，“驱逐胡虏，恢复中华，立纲陈纪，救济斯民”。最后则通过比较将元朝君臣斥为“生民之巨害”，朱元璋方是“拯生民于涂炭，复汉官之威仪”的华夏之主，并申明这次北伐的纪律、目的及政策：

兵至，民人勿避，予号令严肃，无秋毫之犯。归我者永安于

① 张廷玉等《明史》，第1467—1468页。

中华，背我者自窜于塞外。盖我中国之民，天必命中国之人以安之矣，夷狄何得而治哉！尔民其体之。如蒙古、色目虽非华夏族类，然同生天地之间，有能知礼义愿为臣民者，与中国之人抚若无异。①

檄文层次分明，结构严谨，气势充沛，内在逻辑严密，具有很强的说服力和号召力，在一定程度上起到了分化元军，争取民众的作用。

宋濂生前奉敕为不少王公臣卿撰写碑铭墓志。洪武二年（1369）七月，常遇春自开平率师南归，行至柳河川时，因病暴卒于军中。八月灵柩运至南京，朱元璋亲往哭奠，追封他为开平王。朱元璋犹念其功，召宋濂说："朕东抚高丽，西抵土蕃，北际沙漠，南来交趾、占城，莫不稽首奉命，计其开拓之功，以十分而言，王盖居其七八。朕今手录战伐次第以授尔，尚为文勒诸丰碑，以著王之功于无穷焉。"宋濂受诏而退，为之撰写了神道碑铭。洪武二年（1369）八月，康茂才奉命从大将军徐达征汉中，还军途中因病而卒。朱元璋诏宋濂"稽诸简牍所书，文于坚石，以垂示于亿万载"。宋濂奉命撰写了神道碑铭。其他如巢国公华高、忠愍侯孙兴祖、越公国胡大海、曹国公李文忠、梁国公赵德胜等，宋濂都为他们撰写过神道碑、圹记、武功记等。

四、授学文华堂

洪武六年（1373），罢停科举，朱元璋敕谕有司察举贤才，又因官员缺乏，命举人俱免会试，赴京听选。他又从中选择少年俊异之人，使入禁中文华堂肄业，并诏宋濂为师。文华堂离奉天门只有百十步远，朱元璋在听政之暇，经常到堂中考察诸生学业优劣，对成绩优异者赐给白金、弓矢、鞍马，宠遇甚厚。当时人文华堂学习者共有十七人，据明黄瑜《双槐岁钞》卷一：

① 宋濂《谕中原檄》，《宋濂全集》，第 71 页。

正月初八日，河南解额内选四：其第一人张唯，年二十七，永丰儒籍，寓南阳府兰阳县；其次王辉，年二十八，祥符县人；李端，年二十一，怀庆府河内人；张翀，年二十七，洛阳人。……二十三日，山东解额内选进五名：其第三人王琏，年二十三，济南府长山县人；次则张凤，年二十八；任敬，年二十六，俱淄川县人；陈敏，年二十三；马亮，年二十五，俱棣州人。召见、赋诗、授官、赐予，亦如之。于是，唯等受命入堂中读书，诏词林名臣分教之。①

除以上九人外，其他八人已不可考。在宋濂的悉心指导下，诸生均学有所成。朱元璋很满意，对他们委以重任。其中如王琏，原为太原人，后流寓山东，洪武五年(1372)以《易经》举进士，后入文华堂，擢翰林国史院编修官。朱元璋曾夸奖他说："文华堂诸生如琏者，皆朕异日将相材也。"洪武九年(1376)王琏除监察御史，升山西承宣布政司右参政，后迁福建按察副使。宋濂曾为其作《王宗器字说》，并应其所请为其父撰《王府君墓志铭》。王琏也曾为宋濂赋《醉学士歌》：

金风撼撼吹琼筵，宝鼎袅袅熏龙涎。光禄传杯玛瑙寒，珍羞奇味双玉盘。圣主九重动颜色，青钱学士金门客。胸中耿耿罗星辰，气隐虹霓鬓霜白。一饮再饮须尽觞，身躯敧侧目茫洋。渐觉红光生两颊，晚霞烂烂明春雪。酒酣作赋枫陛前，挥毫藻思如流泉。归来天街踏明月，回望祥云满金阙。②

其他如张翀任南阳府学教授，马亮、任敬、王辉、陈敏、张唯任监察御史，张凤擢广西行省参政。可以说他们所取得的成就，是与宋濂的教导分不开的。

① [明]黄瑜《双槐岁钞》，北京：中华书局，1999年，第11页。
② 王琏《醉学士歌》，《宋濂全集》附录，第2847页。

总之，明初宋濂讲授帝王之学、忠心辅导太子，并考订礼乐制度、编纂典册、授学文华堂，为明初思想文化建设发挥了重要作用，其功劳是巨大的。因此，《明史・宋濂传》在评价他在明初文臣中的重要地位时就说："在朝，郊社宗庙山川百神之典，朝会宴享律历衣冠之制，四裔贡赋赏劳之仪，旁及元勋巨卿碑记刻石之辞，咸以委濂，屡推为开国文臣之首。士大夫造门乞文者，后先相踵。外国贡使亦知其名，数问宋先生起居无恙否。高丽、安南、日本至出兼金购文集。四方学者悉称为'太史公'，不以姓氏。虽白首侍从，其勋业爵位不逮基，而一代礼乐制作，濂所裁定者居多。"①

第二节　宋濂与明初浙东派的兴起

一、明初浙东派之构成及其兴起

明初浙东派是指活跃于明洪武、建文时期的政坛及文坛的浙东文人群体。《明史・文苑传序》云：

> 明初，文学之士承元季虞、柳、黄、吴之后，师友讲贯，学有本源。宋濂、王袆、方孝孺以文雄，高、杨、张、徐、刘基、袁凯以诗著。其他胜代遗逸，风格标映，不可指数，盖蔚然称盛矣。②

这些称雄于明初文坛的作家，以江浙文人为主，其中又以浙东派文人最为突出。艾南英云：

> 国朝文章之盛，莫盛于太祖朝。刘文成、宋文宪、王忠文、陶

① 张廷玉等《明史・宋濂传》，第3787—3788页。
② 张廷玉等《明史・文苑传》，第7307页。

姑孰辈，不独帷幄议论，开圣子神孙亿万年无疆之历，而文章一事，亦遂为当代之冠。至于苏平仲、高季迪、解大绅、方希古，或专以诗文，或兼有节义，后先二祖之世。①

指出浙东派文人在明初政坛及文坛的重要地位。胡应麟《诗薮》也云：

国初文人，率由越产，如宋景濂、王子充、刘伯温、方希古、张孟兼、唐处敬辈，诸方无抗衡者……大概婺中诸君子沿袭胜国二三遗老后，故体裁纯正，词气充硕，与小家尖巧相别，惟其意不欲以诗自命，以故丰神意态，小减当行。②

浙东派文人之盛，由此可见。除上述所列举作家以外，明初浙东派的作家影响较大者尚有胡翰、许元、唐怀德、戴良、朱廉、傅藻、吴沉、吴履、朱右、乌斯道、徐一夔、王绅、刘璟等人。

根据辈分、师承以及主要活动时间的不同，明初浙东派作家大致可以洪武十四年(1381)宋濂去世为界限分为两代：洪武初期的浙东派作家为第一代，以宋濂、刘基、王袆等为核心成员；洪武十四年(1381)以后至建文时期的作家为第二代，以方孝孺、刘璟、王绅等为核心成员。他们的具体构成情况见下表：

明初浙东派第一代主要作家

姓名	字	里籍	生卒年	仕宦	文集	常见版本
宋濂	景濂	浦江	1310—1381	翰林学士承旨	《宋学士文集》	《四部丛刊初编》本
刘基	伯温	青田	1311—1375	御史中丞	《诚意伯刘文成公集》	《四部丛刊初编》本

① 艾南英《重刻罗文肃公集序》，《天傭子集》卷四，清康熙刻本。
② 胡应麟《诗薮》，上海：上海古籍出版社，1979年，第341页。

续表

姓名	字	里籍	生卒年	仕宦	文集	常见版本
王袆	子充	义乌	1322—1374	翰林待制	《王忠文集》	文渊阁《四库全书》本
苏伯衡	平仲	金华		处州教授	《苏平仲文集》	文渊阁《四库全书》本
胡翰	仲申	金华	1307—1381	衢州教授	《胡仲子集》	文渊阁《四库全书》本
朱右	伯贤	临海	1314—1376	晋王府长史	《白云稿》	文渊阁《四库全书》本
张丁	孟兼	浦江	1338—1377	礼部主事	《白石山房逸稿》	文渊阁《四库全书》本
乌斯道	继善	慈溪	1314—?	永新县令	《春草斋集》	《四明丛书》本
徐一夔	大章	天台	1319—?	杭州教授	《始丰稿》	文渊阁《四库全书》本
吴沉	浚仲	兰溪	?—1386	翰林待制	《濲川集》	《北京图书馆古籍珍本丛刊》本
戴良	叔能	浦江	1317—1383		《九灵山房集》	文渊阁《四库全书》本
许元	存礼	金华		国子祭酒	《樗散杂言》	
朱廉	伯清	义乌		楚府长史	《朱廉文集》	
郑涛	仲舒	浦江	1315—1386		《药房集》	《四库全书存目丛书》本

明初浙东派第二代主要作家

姓名	字	里籍	生卒年	仕宦	文集	常见版本
方孝孺	希直	宁海	1357—1402	翰林侍讲学士	《逊志斋集》	文渊阁《四库全书》本
王绅	仲缙	义乌	1360—1401	国子博士	《继志斋集》	文渊阁《四库全书》本

续表

姓名	字	里籍	生卒年	仕宦	文集	常见版本
刘璟	仲璟	青田	1360—1402	谷王府长史	《易斋集》	文渊阁《四库全书》本
楼琏	士连	义乌	？—1402	翰林侍读	《居夷集》	
刘琏	孟藻	青田	1348—1379	江西布政司右参政	《自怡集》	文渊阁《四库全书》本
宋璲	仲珩	浦江	1344—1381	中书舍人		
郑楷	叔度	浦江	1346—1438	蜀王府左长史	《凤鸣集》	《四库全书存目丛书》本
郑棠	叔美	浦江		翰林检讨	《道山集》	《四库全书存目丛书》本
郑柏	叔端	浦江			《进德斋稿》	
郭濬	士渊	宁海	1350—1382		《郭太学遗稿》	
俞恂	子严	金华		金华府儒学训导	《尚志斋稿》	

廖可斌先生在其《地域文人集团的兴替与元末明初文学思潮的变迁》一文中，将元代文学的发展大致划分为两种倾向："一是正统化倾向，主要表现为受程朱理学影响较深的诗文创作及'文以明道'的文学主张。二是非正统化倾向，主要表现为具有一定离经叛道色彩的诗文和戏曲小说等通俗文学的创作。"①这种划分确有一定道理。元代末期，这两种文学倾向，前者主要以浙东派作家为代表，后者则以吴中派作家为代表。两者之中，以吴中派作家为代表的非正统化的文学倾向"显然更具有生命力。因此终元之世，它得到长足发展"。

元末，以平江（今苏州）为中心的吴中地区经济发展迅速，文化渐趋繁荣。元至正十三年（1353），张士诚起兵袭据高邮，自称诚王。至正十六年（1356），他先后攻陷平江、湖州、松江及常州诸路。至正二

① 廖可斌《地域文人集团的兴替与元末明初文学思潮的变迁》，《社会科学战线》1993年第4期。

十三年(1363)九月,他又自立为吴王。士诚据吴期间,吴中地区相对较为安定。再加之他为人轻财好施,筑景贤楼、开弘文馆以招纳文士,因此,当时有不少文人聚集在他的周围。文徵明《题七姬权厝志后》云:"伪周据吴日,开宾贤馆,以致天下豪杰。故海内文章技能之士,悉萃于吴。其陪臣潘元绍以国戚元勋,位重宰相。虽酗酒嗜杀,而特能礼下文士。"[①]另外,吴中地区有不少大地主、大盐商也招延名士,吟咏诗文。陈田《明诗纪事》云:"元季吴中好客者,称昆山顾瑛、无锡倪元镇、吴县徐良夫,鼎峙三百里间,海内贤士大夫闻风景附。一时高人胜流、佚民遗老、迁客寓公、缁衣黄冠,与于斯文者,靡不望三家以为归。"[②]由此,吴中地区的文学活动趋于兴盛,以杨维桢、高启、杨基、张羽、徐贲等为代表的吴中派作家在文坛崛起,他们侧重于抒写个人性情、讲究文采的诗文风格也成为当时文学创作风格的代表。

至正二十七年(1367),朱元璋攻破平江,张士诚被遣送金陵后自缢而亡。此后,随着明王朝的建立,吴中派作家的命运急转直下。他们中有些人如姚润、王谟等因拒绝出仕而被处死,有的如杨维桢、丁鹤年、王逢等人则辞官不受,终老乡里,还有部分人如高启、张羽、杨基、徐贲、王行等虽出仕新朝,却均因罪致死。总之,在入明后不久,吴中派的主要成员几乎消亡殆尽,曾经繁盛一时的吴中派文学创作便骤然消歇。

随着吴中派的衰落,浙东派却在元明鼎革之时迅速崛起。元末,浙东派作家虽然"数量也相当可观,但因不具备吴中地区那样优越的经济、政治条件,他们基本上散处于穷乡僻壤之间,缺乏必要的联系和创作氛围,声势远不能与吴中派相比"[③]。元至正十一年(1351)韩山童领导红巾军举行大起义,之后各地起义此起彼伏,淮西农民出身

① 《文徵明集》,周道振辑校,上海:上海古籍出版社,1987 年,第 525 页。

② 陈田《明诗纪事》甲签卷二十五,清陈氏听诗斋刻本。

③ 廖可斌《地域文人集团的兴替与元末明初文学思潮的变迁》,《社会科学战线》1993 年第 4 期。

的朱元璋趁势崛起，并于至正十八年(1358)攻取婺州。在这历史性转折关头，浙东派文人顺应历史潮流，支持朱元璋集团，为其削平群雄出谋划策。至正十九年(1359)，朱元璋命宁越知府王宗显开郡学，聘宋濂为五经师，戴良为学正，吴沉、徐原为训导。至正二十年(1360)三月，朱元璋复征宋濂、刘基、章溢、叶琛至应天。至正二十三年(1363)，朱文忠守金华，又荐王袆、许元、王天锡等，朱元璋"皆取用之"。至正二十六年(1366)，朱元璋召苏伯衡，授国子学录。入明以后，浙东派的许多成员更得到朱元璋的信任与重用，并为明王朝的政治文化建设立下汗马功劳。

这一时期，他们凭借自身在政治上的显赫地位，对文坛产生了重要影响。刘基曾对朱元璋说："今天下文章，宋濂第一，其次即臣基，又次即孟兼。"[①]朱元璋也曾对王袆说："江南有二儒，卿与宋濂尔。学问之博，卿不如濂；才思之雄，濂不及卿。"[②]清人蒋超也说："明初得士之盛，莫如金华。其君号称好道者，时则括苍进诚意，龙门上《衍义》，乌伤劝修德，一时文章之士，轹芳竞爽，不下数十。"[③]这些言论均不涉及吴中派作家。显然，浙东派作家已成为明初文坛的主导，他们明理载道、注重实用的文风则成为当时文学创作风格的代表。

浙东派的形成与兴起，有着多方面的原因。这首先得益于南方经济、文化的富庶与繁荣。秦汉时期，中国的政治、经济与文化重心均位于北方。但自魏晋南北朝以来，北方战乱频仍，使得北方人口不断南迁。他们给南方带来了先进的技术与文化，促进了南方地区经济、文化的迅速发展。到了北宋以后，经济重心的南移已经完成。南方的人口、粮食产量、手工业、商业全面超过北方，财赋在国家财政中占居重要位置。与经济重心的南移相伴的是文化重心的南移。北宋末年，文化重心已趋向东南。南宋渡江以后，南方文化已完全压倒北方，南宋在经学、史学、文学及地理学等方面，涌现出大批杰出的人

---

① 张廷玉等《明史·张孟兼传》，第7321页。

② 张廷玉等《明史·王袆传》，第7414页。

③ 蒋超《宋文宪未刻稿序》，《宋濂全集》附录，第2767页。

才。元灭南宋、统一全国后，南北文化差距进一步拉大。元朝统治者采取民族歧视政策，他们在政治上重用蒙古人、色目人，打击与排斥汉人和南人，特别是汉族中的南方知识分子。而科举制度的长期废弃，迫使许多南方知识分子隐居不仕。宽松的经济环境、富裕的日常生活，使他们有大量精力从事学术、文学活动，从而促成南方学术与文学的长足发展。如《元史》"儒学传"共收 28 人，其中仅浙江、江西、江苏、福建就有 20 人，占总数的 71%。明代南方的文化重心地位依然不可动摇。据陈正祥《中国文化地理》一书统计："从洪武四年(1371)到万历四十四年(1616)，先后 245 年之间，每科的状元、探花和会元，共计 244 人；南方计 215 人，占 88%；北方仅 29 人，只占 12%。"①经济的富庶、文化的繁荣客观上有利于促进文学的兴起。

其次，宋元以来，浙东地区成为我国学术重地，各地学者辈出，讲学论道之风颇盛。宋乾、淳之际，东莱先生吕祖谦寄寓金华，"以性命之学起"，首开讲学之风；龙川先生陈亮居于永康，"以皇帝王霸之略志事功"，遂成事功一派；朱熹门下，自黄幹、何基、王柏、金履祥至许谦，相互承传，更形成地方色彩浓厚的理学统系。明初浙东派文人继承和发展了这种理学传统，他们多为"朱子门人之支流余裔，师承有自，矩矱秩然"②。如宋濂曾先后师事朱熹再传闻人梦吉、柳贯、吴莱、黄溍等人，可谓金华朱学正宗嫡传。王祎也曾学于柳贯、黄溍，与宋濂为同门友。胡翰学于吴莱，又曾为吴师道、许谦、柳贯门人。叶琛、章溢、朱右、陶凯是许谦再传弟子。许元为许谦之子。吴沉为吴师道之子。苏伯衡是许谦门人苏友龙之子。元明之际，浙东派文人继承前辈传统，师友讲贯，学有本源，并"具有相似的文化心理状态、社会道德理想与道德价值取向"③。同时，他们的理学背景适应了朱元璋恢复汉唐之制、崇儒复雅的政治需要，为他们步入政坛进而崛起于文

① 陈正祥《中国文化地理》，北京：生活·读书·新知三联书店，1983 年，第 21 页。

② 张廷玉等《明史·儒林传》，第 7222 页。

③ 董刚《元末明初浙东士大夫群体研究》，浙江大学中国古代史专业 2004 年博士论文。

坛提供了得天独厚的条件。

再次，明初浙东派的许多作家在政坛都担任重要职责。除宋濂外，刘基曾任御史中丞，后授弘文馆学士；王祎任《元史》总裁官，擢翰林待制，同知制诰兼国史院编修官；苏伯衡授翰林编修，后起为处州教授；胡翰授衢州教授，与修《元史》；朱右授翰林编修，与修《元史》《大明日历》，奉敕考历代后妃仪卫车队、时仪，后授晋王府长史；张孟兼征国子学录，与修《元史》，授礼部主事，后以太常丞出为山西按察司佥事，擢山东按察副使；徐一夔授杭州教授，与修《大明日历》；吴沉任翰林待制，后擢东阁大学士，改国子博士；许元任首任国子祭酒；朱廉为翰林编修、楚府长史；方孝孺任翰林侍讲学士；王绅任国子博士；楼琏任翰林侍读等。他们在政治上的地位及影响客观上为他们称雄文坛，以文学复古为新王朝服务创造了有利条件。

二、浙东派的文学观念及创作

明初浙东派的作家大都具有理学背景，受理学思想影响，他们在论文时多把道统与文统合而为一，以道统来统率文统，强调文道合一、文以明道。黄百家按《北山四先生学案》："金华之学，自白云辈而下，多流而为文人。夫文与道不相离，文显而道薄耳。虽然，道之不亡也，犹幸有斯。"[①]浙东理学传至宋濂等人时，已出现从理学家向文学家转变的倾向，但是浙东派作家论文并未与道脱离，仍然强调文道合一。理学所谓的"道"主要指封建伦理道德，为文的目的就是要宣扬伦理道德，为教化服务。因此，浙东派作家从"文以明道"的观念出发大都重视文章的社会作用，主张文章要能够讽谕时政，有益于教化。同时，他们认为六经为载道之具，为文必须效法圣人以六经为楷式。反之，如果为文而背于经，专以文辞华美为工，就会产生种种弊端。这种明道、宗经、师古的文学观念也深刻地影响到他们的文学创作。虽然不同作家在具体创作上有着不少区别，但总得看来，浙东派

---

① 黄宗羲《宋元学案》，第 2801 页。

文人的文学创作也有着共同点。他们的诗文作品相对说来更注重内容上的实用性，语言质朴自然，风格古朴雄浑，具有强烈的济世情怀。

如刘基(1311—1375)，字伯温，青田人。元至顺间进士，除高安丞，后起为江浙儒学副提举，因论御史失职，遭弹劾罢职。方国珍在海上起事后，行省征召刘基为元帅府都事，与行院判石抹宜孙守处州。后弃官归隐青田，著书自娱。元至正二十年(1360)，刘基与宋濂、叶琛、章溢等应朱元璋之聘至应天，献时务十八策。朱元璋大喜，把他留于军中，参与军机大事。在他的谋划之下，朱元璋先后克江州、降洪都，大败陈友谅于鄱阳湖。元至正二十七年(1367)，朱元璋置御史台，以刘基为御史中丞。明洪武三年(1370)，授弘文馆学士，十一月，封诚意伯。次年，刘基致仕归乡。洪武八年(1375)四月，卒于家中。正德中追谥文成。刘基博通经史，于书无所不窥，尤精于象纬之学，曾进《大统历》、奏立军位法，并与李善长议定律令。所著有《诚意伯刘文成公集》二十卷。《明史》卷一百二十八有传。

刘基幼时师从名儒何清臣学习《春秋》学，后又跟从郑复初习濂洛之学，并受到永嘉学派事功之学的影响，有着强烈的用世情怀。这也影响到了他的文学观念，他非常重视文学“观民风，达下情”的社会功用，他说：

> 禹思天下有溺者，由己溺之；稷思天下有饥者，由己饥之；伊尹思天下有一夫之不获，则心愧耻，若挞于市；是皆以天下为己忧，而卒遂其志，故见诸行事而不形于言。……故曰：在心为志，发言为诗。先王采而陈之，以观民风，达下情，其所系者不小矣。①

他认为圣人以天下之忧为己之忧，因理想不能实现而借诗歌以抒怀咏叹。正因为诗歌是人们情感意志的自然流露，先王采诗才可

① 刘基《唱和集序》，《诚意伯刘文成公集》卷五，《四部丛刊》本。

以“观民风，达下情”，以补治化之不足。从重视诗歌的社会功用出发，刘基特别提倡诗歌的“美刺讽谏”精神，主张诗歌的主要任务应当是批判时政，讽刺邪恶，表达民意。他说：

或语予曰：“诗贵自适，而好为论刺，无乃不可乎？”予应之曰：“诗何为而作邪？《虞书》曰：‘诗言志。’卜子夏曰：‘诗者，志之所之也。上以风化下，下以风刺上，主文而谲谏，言之者无罪，闻之者足以戒。’诗果何为而作耶？周天子五年一巡守，命太师陈诗以观国风，使为诗者俱为清虚浮靡以吟莺花、咏月露而无关于世事，王者当何所取以观之哉？”①

他认为《诗》三百篇中，《雅》《颂》或为公卿大夫之言，或为宗庙乐章，都是“美而无刺”。而《国风》多出于贱夫怨女之口，反映了身处社会下层者的生活情感，王者可从中看出社会风俗和治乱之由，从而有裨于世教。至于那些“吟莺花、咏月露”的闲适之作，它们“溢美多而风刺少”“无关于世事”，因此这样的诗歌作之无益。这些主张有所偏离汉儒“温柔敦厚”诗教说，也与宋濂所推崇的雅正平和的诗风有很大不同。但在强调文学明理载道的社会功用上，两人还是一致的。

刘基的散文“气昌而奇，与宋濂并为一代之宗”②。其中艺术成就最高的为寓言，主要集中于《郁离子》集中。此集是他退居青田时所作，共有一百九十五条，集中作品内容丰富，讽刺辛辣，广泛而深刻地反映了元末的社会现实。如《灵丘丈人·瓠里子》：

瓠里子自吴归粤。相国使人送之曰：“使自择官舟以渡。”送者未至。于是舟泊于浒者以千数。瓠里子欲择之而不能识，送者至，问之曰：“舟若是多也，恶乎择？”对曰：“甚易也，但视其敝

① 刘基《王原章诗集序》，《诚意伯刘文成公集》卷五。

② 张廷玉等《明史·刘基传》，第3782页。

蓬折橹而破帆者，即官舟也。”从而得之。郁里子仰天叹曰：“今之治政其亦以民为官民与？则爱之者鲜矣！宜其敝也。”①

因为官舟无人爱惜，日子一长，就变得蓬破橹折。官吏治民亦是如此，他们不把国事民生放在心上，任其一天天糜烂下去，百姓最终的命运就像这官舟一样，变得贫困潦倒。寓言采用类比的手法批判了元朝统治者政治的腐败。又如《瞽聩·养狙》：

楚有养狙以为生者，楚人谓之狙公。旦日，必部分众狙于庭，使老狙率以之山中求草木之实，赋什一以自奉；或不给，则加鞭棰焉。群狙皆畏苦之，弗敢违也。一日有小狙谓众狙曰：“山之果，公所树与？”曰：“否也，天生也。”曰：“非公不得而取与？”曰：“否也，皆得而取也。”曰：“然则吾何假于彼而为之役乎？”言未既，众狙皆寤。其夕，相与伺狙公之寝，破栅毁柙，取其积，相携而入于林中，不复归。狙公卒馁而死。郁离子曰：“世有以术使民而无道揆者，其如狙公乎！惟其昏而未觉也，一旦有开之，其术穷矣。”②

狙公靠狙所采果实为生，对待群狙却“加鞭棰焉”。开始时群狙都畏惧他，没有敢违抗他的命令的。等到众狙因小狙的问话而受到启发后，便“破栅毁柙，取其积，相携而入于林中”。狙公也因无狙供食“卒馁而死”。最后作者对“以术使民而无道揆者”发出警告，一旦人民觉醒，起来反抗，他们将必然覆灭。作品寓哲理于形象描绘之中，揭示出统治者的剥削本质，闪耀着智慧的光芒。

刘基的诗歌创作在元末明初诗坛独树一帜，被置于与高启相并称的地位。四库馆臣在《诚意伯文集》提要中说：“其诗沉郁顿挫，自

① 刘基《灵丘丈人·郁里子》，《诚意伯刘文成公集》卷二。
② 刘基《瞽聩·养狙》，《诚意伯刘文成公集》卷二。

成一家，足与高启相抗。”沈德潜《明诗别裁集》云：“元季诗都尚辞华，文成独标高格，时欲追逐杜、韩，故超然独胜，允为一代之冠。”[①]刘基的诗歌题材广阔，各体皆工，情感深沉浓烈，风格上苍劲沉雄。讽喻诗如《畦桑词》：

> 编竹为篱更栽刺，高门大写畦桑字。县官要备六事忙，村村巷巷催畦桑。畦桑有增不可减，准备上司来计点。新官下马旧官行，牌上却改新官名。君不见古人树桑在墙下，五十衣帛无冻者。今日路旁桑满畦，茅屋苦寒中夜啼。[②]

元末朝廷实行催课畦桑政策，地方官吏就以此作为邀功请赏的手段，将农民的桑田四周筑墙扎篱，以应付上司的清查计点。村村巷巷都栽满了桑树，而缺衣无食的百姓却还在寒冷的茅屋中哭泣。诗歌采用白描手法，通过客观描述揭露了地方官吏对百姓的盘剥，具有强烈的感染力和震憾力。

咏怀之作如《感怀》：

> 驱车出门去，四顾不见人。回风卷落叶，飒飒带沙尘。平原旷千里，莽莽尽荆榛。繁华能几时？憔悴及兹辰。所以芳桂枝，不争桃李春。云林耿幽独，霜雪空相亲。[③]

诗中有对动乱现实的深沉感慨，有自己孤寂茫然、前途莫测的愁绪苦闷，也有孤芳自赏、抱幽守操的自我表白，包含着深沉复杂的思想感情，表达手法受到阮籍《咏怀》诗的影响。

咏史诗如《结袜子》：

---

① 沈德潜《明诗别裁集》，北京：中华书局，1975 年，第 3 页。

② 刘基《畦桑词》，《诚意伯刘文成公集》卷十。

③ 刘基《感怀》，《诚意伯刘文成公集》卷十二。

昔有信陵君，乃在大梁城。亲为贵介弟，位冠诸侯卿。倾家待国士，倒屣延豪英。诣门谒朱亥，虚坐上侯嬴。袖椎夺兵符，救赵蜚英声。河外走蒙骜，宗社赖扶倾。于今不可见，寂寞伤人情。①

《结袜子》为杂曲歌辞，《乐府诗集》收温子昇、李白诗各一首，内容上“大抵言感恩之重，而以命相许”。刘基此作继承了这一主题，写朱亥为报信陵君知遇之恩椎杀晋鄙夺取兵权之事，但却侧重于赞扬信陵君能够礼贤下士，在危急关头救人于水火的品格与功绩，对前人诗作既有继承又有突破。

王袆(1322—1374)，字子充，义乌人。早年曾师事柳贯、黄溍，以文章名世。朱元璋取婺州，召授中书省掾史，迁侍礼郎，并掌起居注。朱元璋曾称赞他说：“江南有二儒，卿与宋濂耳。学问之博，卿不如濂。才思之雄，濂不如卿。”②明洪武二年(1369)，与修《元史》，与宋濂同任总裁官，书成，擢翰林待制，同知制诰兼国史院编修官。洪武五年(1372)正月，奉旨招谕云南，被元使脱脱所害。建文中，诏赠翰林学士，谥文节，正统中，改谥忠文。所著有《王忠文集》二十四卷。《明史》卷二百八十九有传。

王袆曾师事柳贯、黄溍等人，他在《文训》一文中记述黄溍论为文之法：“六经之文为我之文，而吾之文一本于道矣，故曰：经者，载道之文，文之至者也。后圣复作，其蔑以加之矣。”③认为为文之法，“推而致之，一本于道”。而六经为载道之文，所以学文当本之六经，六经之外，为诸子之文、为史，至于典谟、誓诰、制册、令诏则止于用，而科举之文、四六及词曲为文之弊，“君子耻言之”。与宋濂相同，黄溍的观点对王袆影响很深。所以王袆论文特别强调明理致用：“故所贵文章

① 刘基《结袜子》，《诚意伯刘文成公集》卷十。
② 张廷玉等《明史·王袆传》，第 7414 页。
③ 王袆《文训》，《王忠文公集》卷十五。

之有补者，非以其明夫理乎？理之明，不由其学术有素乎？”[①]圣贤之文为不得已而言之，能够做到“有是言则是理明”。而后世文人“始执卷则以文为先”，所作文章“有之无补，无之无阙”，因此为文要以明理为先，做到于世有补。他还认为文学作品与时代、气运相关，“气运而有升降，而文章与之为盛衰”。由此，《诗》三百篇之后，他颇为推崇盛唐诗歌。王袆与宋濂为同门好友，他们的文学观也大体一致。

王袆与宋濂同郡、同师，又同朝为官，后人往往将二人并提。杨士奇序《王忠文集》说：“我国家隆兴之初，金华宋公景濂、王公子充相继入翰林持文柄，时诏修《元史》，二公皆任总裁，岿然一代之望也。”[②]钱谦益也说：“国初之文，以金华、乌伤为宗。”[③]四库馆臣说他的散文“醇朴宏肆，有宋人轨范”。

王袆的散文写得较好者主要是序记文、传记文及一些题跋。如《吾丘子行传》描写吾衍疏放不羁的形象：

> 然性放旷，不事检束。眇左目，左足跛，而风度特蕴藉，一言一笑皆可喜。对客辄吹洞箫，或弄铁如意，或援笔制字，旁若无人。每以郭忠恕自比，自号贞白处士。僦居陋巷中，教生徒常数十人，未成童者坐之楼下。宾客谈笑，喧动邻舍，而楼上下之徒常肃然。达官贵人闻子行名，款门候谒，非其意斥弗与见。或从楼上遥与语，弗为礼，或与为礼矣，送之弗下楼也。[④]

吾衍无官无禄，面目残缺，却有着魏晋名士般的风度。作者从相貌、动作、教授生徒、待客之道等方面对他的形象进行勾勒，生动表现出吾衍潇洒狂放、藐视礼法的性格特征。又如《宋太史传》中写宋濂：“景濂状貌丰厚，美须髯，然目短视，寻丈之外不能辨人形，而雪边月

---

① 王袆《宋景濂文集序》，《王忠文公集》卷二。

② 杨士奇《王忠文公集序》，《王忠文公集》卷首。

③ 钱谦益《书李文正公手书东祀录略卷后》，《牧斋初学集》卷八十三，《四部丛刊》本。

④ 王袆《吾丘子行传》，《王忠文公集》卷十七。

下，蝇头之字，可读也。性疏旷，不喜事检饬，宾客不至，则累日不整冠。或携友生徜徉梅花间，索笑竟日；或独卧长林下，看晴雪堕松，顶云出没岩扉间，悠然以自乐。”①作为宋濂好友，王祎的观察可谓细致入微，他抓住景濂短于远视的生理特征，并通过一些生活片断，描绘出宋濂在元末无拘无束的自由生活，刻画了一位性格温和、疏旷自由的儒者形象。

《青岩山居记》记作者自己买地青岩、结屋而居的山居生活。文章开头先交待青岩山的地理位置，“青岩去义乌县南十里，其山由东阳两岘峰西来三十里，至于龙门，势益穹窿。……大抵双涧之外，两山之间，陵谷幽邃，川原夷旷，而草树甚繁茂，雅宜为隐者之居”。中间部分写幽静闲逸的山居生活：

> 至正乙未之春，予始至焉。爱其双涧内属，两山外拱，清淑之气若有所钟。乃即傅氏居旁，度平壤之中，买隙地数亩，结屋居之。为屋仅三数楹间，屋外植以竹木，右偏别为小轩，庋书其内。读书之余，出缘涧而行。南涧水稍深，昌蒲生石上，与异草青翠相错，绝可爱。北涧水浅，雨水激石面，声潺湲辄不休。有老梅数株，偃蹇横岸侧。由双涧所合，直两山之间而西望，金华芙蓉峰近在目睫，可揽也。予于是居而乐之，若将终身焉。②

最后部分议论仕隐不同，认为仕隐之道要因时而变，当行则行，当止则止。当今“天下用兵，南北离乱”，非出仕之时，自己希望隐于山中，寄意于山水之间。文章结构严谨，语言凝炼传神，写景清新雅致，异趣横生，议论自然贴切，是一篇优秀的记序之作。其他如《跋宋高宗赐岳飞手札》《跋西台恸哭记》等题跋写得也比较好。

王祎的诗歌主要收于《王忠文集》前三卷。朱彝尊《静志居诗话》

---

① 王祎《宋太史传》，《王忠文公集》卷十七。

② 王祎《青岩山居记》，《王忠文公集》卷八。

云:"子充文,脱去元人冗沓之病,体制明洁,当在景濂之右。唯诗亦然。"[①]可知他的诗作风格颇类宋濂,如《登黄楼》一诗:

昔读《黄楼赋》,颇疑过铺张。今晨获登览,始觉词致长。缅怀澶渊决,彭城预为防。千年文章守,恩德在此乡。只今河为患,居人极灾伤。谁为任民社,乃独循故常。山川今如昔,游子多慨慷。长风城上来,飞雨湿我裳。摩挲旧碑刻,欲去重彷徨。[②]

北宋熙宁十年(1077),苏轼调任徐州知州,七月黄河在澶州决口,他带领徐州百姓抢筑大堤,确保城中军民平安。水灾过后,为预防水患重至,他又整堤护岸,加固城墙,并在东门城上建楼,取名"黄楼"。其弟苏辙为作《黄楼赋》以纪此事,赋后被刻成石碑立于楼中。王祎此诗即为登黄楼而作,前八句写苏轼带领百姓修筑大堤、抗击水灾的故事,赞扬他的"千年文章守,恩德在此乡"的惠民之功。中间四句写如今水患又现,城中百姓受灾严重,却没有官员能够像苏轼那样抗水患、救百姓。最后六句抒写作者沉郁激愤的登楼之感。诗歌借苏轼修黄楼之事,通过古今对比,抨击元末统治者在灾害面前无所作为的行为,语言质朴无华,格调凝重深沉。

王祎的有些律诗则写得明洁清新,意境优美。如七律《桐庐舟中》:

潇洒溪山梦此邦,轻风细雨过桐江。川回几讶船无路,林缺时看屋有窗。野果青包垂个个,水禽白羽去双双。到家正是重阳节,新酿村醅正满缸。[③]

---

① 朱彝尊《静志居诗话》,北京:人民文学出版社,1990年,第34页。

② 王祎《登黄楼》,《王忠文公集》卷一。

③ 王祎《桐庐舟中》,《王忠文公集》卷二。

在轻风细雨中，作者乘舟经过桐江。川回水折中几乎难寻前行之路，在树木掩映中忽然又看到人家屋上的窗户。青青的野果垂挂于枝头，水禽展开白羽在空中飞翔。重阳之时回到故乡，看到家家户户缸中贮满新酿的美酒。鲜明的意象，极富表现力的语言，动静结合的画面，给人带来很高的审美享受。陈田《明诗纪事》说王袆诗“质坚体洁，时作小诗，亦有风致”，应即指此类。

苏伯衡，字平仲，号空同子，金华人。宋文定公苏辙后裔，父苏友龙受业于许谦，官萧山令。伯衡自少警敏绝伦，初习举子业，中年以后肆力于古文，有名于时。至正二十六年(1366)召为国子学录，迁国子学正。洪武三年(1370)擢翰林编修，以疾辞归。洪武十年(1377)宋濂致仕，荐伯衡自代，召至，复以疾辞。洪武二十一年(1388)，聘主会试，事竣复辞还。后起为处州教授，坐笺表误下狱死。著有《苏平仲文集》十六卷。《明史》卷二百八十五有传。

苏伯衡以染为喻提出了文学作品的“至文”说，他认为染有不工、人工与天工的区别，惟有天工之染为“二气之精华，天之所生也，天下之至色也”。与之相对应，文章也分为圣人之文、巧者之文、拙者之文三等：

> 巧者有见于中而能使了然于口于手，犹善工之工于染也；拙者中虽有见，而词则不能远，犹不善工之不工于染也。天下之技莫不妙焉，而况于文乎？不得其妙，未有能入其室者也。是故三代以来，为文者至多，尚论臻其妙者……上下数千百年间，不过二十人尔，岂非其妙难臻，故其人难得欤？虽然，之二十人者之于文也，诚至于妙矣，其视六经岂不有迳庭也哉？六经者，圣人道德之所著，非有意于为文，天下之至文也，犹天地四方草木翟雀之为色也。①

① 苏伯衡《染说》，《苏平仲文集》卷三，《丛书集成初编》本，北京：中华书局，1985年，第58—59页。

拙者能了然于心而不能达于辞，巧者能了然于心、口与手。三代以来，春秋左丘明，战国荀况、庄周、韩非，秦李斯，汉司马迁、贾谊、董仲舒、班固、刘向、扬雄，唐韩愈、柳宗元、李翱，宋欧阳修、王安石及三苏，他们的文章能臻于妙境，为巧者之文，但并非天下之至文。而六经为"圣人道德之所著，非有意于为文"，所以为天下之至文。苏伯衡将文章与道德联系起来，强调尊经的重要性，这与宋濂的观点是一致的。同时，圣人专注于道德，"非有意于为文"而文自工，因此他又非常重视"有德者必有言"。他说：

> 《洁庵集》诗文若干首，平阳孔子升先生之所作……余取而读之，理到矣，气昌矣，意精矣，辞达矣；典则而严谨，温纯而整峻，该洽而非缀缉，明白而非浅近，不粉饰而华彩，不锻炼而光辉，古之有德必有言者盖如此，尚论文章，何以加诸？①

孔子升因为德行崇高，为文自然理到、气昌、意精、辞达。所以文章非以辞工为最贵，而首先在修德以明理，理明则文不期工而自工。除以上两点外，苏伯衡还注意到文章之高下与世运盛衰密切相关，他把唐诗分为三期，认为中唐不及盛唐，晚唐不如中唐。

苏伯衡的散文创作具有典则温醇、蔚赡有法的特点。宋濂为其文集作序说："精博而不粗涩，敷腴而不苛缛，不求其似古人而未始不似也。"②方孝孺评其散文说："顿挫阖辟，而不至于肆，驰骤反复，而不至于繁。崇之于天，深之于渊，无不究也。奥之于道德，著之于政教，无不容也；而未尝用其智巧以为之也。"③他的论说杂文《寓轩解》《默存斋释》《桔亭对》《听竹轩对》《名亭辨》等颇能体现这种文风特点。如《寓轩解》为礼部侍郎黄子邕寓轩所作，文章先总说"天下无物不有

① 苏伯衡《洁庵集序》，《苏平仲文集》卷五，第 111—112 页。

② 宋濂《苏平仲文集序》，《宋濂全集》，第 648 页。

③ 方孝孺《苏太史文集序》，《方孝孺集》卷十二，徐光大点校，杭州：浙江古籍出版社，2013 年，第 459 页。

攸寓也”，然后分别从天地、四季、服食器用、人之五伦等方面论说万事万物皆有所寓的道理，进而提出“君子欲得其寓”，必须“寓其身于善”的观点：

凡此皆裁成辅相，经纶参赞之所寓也，而所以能尔，盖由其理寓之心也。故君子欲得其寓者，莫如身，寓其身于善则心之理全，寓其身于不善则心之理失。全其心之理斯为知为贤，失其心之理斯为愚为不肖。岂独吾之知愚贤不肖寓焉，道术之显晦、风俗之美恶、家国之兴替、世运之盛衰，莫不于吾之用舍寓焉。必也百岁之中，兢兢业业，不容一日暇逸，以求尽夫人道，然后吾寓形于两间可无愧也。苟以宇宙为传舍，人物为逆旅，视其生也若寄，视其死也若蜕，其存也蠢蠢，其没也泯泯。则其名虽曰人，其实木石鸟兽虫鱼草芥之不若矣，而谓君子寓之乎？①

文章从万事万物皆有所寓归结到理寓于心，并由理寓于心引申出君子寓善于身，对于“寓”从多角度反复论说，层层深入，最后表明观点。正是方孝孺所谓“顿挫阖辟而不至于肆，驰骤反复而不至于繁”之作。

除论说杂文之外，他的寓言杂论《空同子瞽説》也颇有特色。《空同子瞽説》共二十八则，半为短论，半是寓言，近似杂文小品。如其中第十则：

空同子行于河滨，见渔者。视其网，则缯也。观其所得之鱼，宛转唫喁，鳞鬣莫辨，则其大者才如指而已。顾谓门弟子曰：“先王发政，网罟之目必四寸，而鱼之鬻于市者必满尺，何其仁也！当是之时，鱼鳖之类，咸遂其生，又何幸也！今缯以为网，而鱼之如指大者登鼎俎焉，甚哉乎鱼之不幸也，甚哉乎渔者之不仁

① 苏伯衡《寓轩解》，《苏平仲文集》卷一，第9页。

也!”渔者曰:“嘻,是何足怪!古者取民率什一,后世则大半矣;古者役民岁三日,后世则终岁矣;古者山泽无禁,关讥不征,后世则以山泽关市之征为经费矣。然则不幸岂直鱼哉?不仁岂直渔者哉?”①

先王之时,网罟之目必四寸以上,鱼鳖之类能得其生;当今之世,以缯为网,指头般大小的鱼也难逃渔人之手,渔人的行为可谓“不仁”。而今之役民者取民“大半”、役民“终岁”“以山泽关市之征为经费”,其残酷远甚于渔者。文章抨击了统治者的横征暴敛,正是胡翰所说的“郁郁悲愤、不平而鸣”之文。

苏伯衡的诗作较少,仅有一卷,多为赠别、题画之作。陈田《明诗纪事》说他的诗“泽古既深,风格亦自骞举”。如《周伯宁春晴江岫图》:

尚书襟怀绝潇洒,挥毫往往凌董马。平生一笔颇自珍,数尺新图为君写。齐山遥接吴山青,碧波万顷孤帆征。东风绿遍汀洲草,总是歧亭离别情。一向江南一江北,离情浩荡嗟何极。正如江上之碧波,纵有并刀那剪得。当时已足令心愁,如今况复隔罗浮。掩图却上高台望,但见远海连天流。暮归朝出谁与侣,蜃雾蛮烟结凄楚。木棉花落鹦鹉飞,苦竹丛深鹧鸪语。②

诗歌首四句赞扬画家的潇洒情怀与高超技法,为下文描绘图画做铺垫。“齐山遥接吴山青”以下十句描写画中景致,连绵起伏的远山显出一抹翠绿,一片孤帆在碧波中渐渐远去,东风吹拂着沙洲中的离离青草。从此江南江北天各一方,此情此景让人心中忧伤不已。最后六句写观画感受,掩图独上高台远望,只见江海相连,蜃雾蛮烟,

① 苏伯衡《空同子瞽説》,《苏平仲文集》卷十六,第388—389页。
② 苏伯衡《周伯宁春晴江岫图》,《苏平仲文集》卷十五,第369—370页。

更增添许多离愁。诗歌既写景，又写情，情因景显，景因情深，谋篇上从画家到观画，从观画而感慨，步步依理，层层深入，可谓清新流畅，自然浑成。

又如赠别诗《送饶彦材还盱江》二首：

> 阿翁鬓鬓已星星，游子何心更远征。昨夜客窗风雨冷，寒衣收拾寄行营。
>
> 塞上风尘晚不惊，将军传令且休兵。秋田收后多为酒，早晚还家共太平。

写战场上士兵与家中老父的相互思念，表现战争给人们带来的痛苦。诗歌语言质朴无华，却具有震憾人心的效果，它真实反映了元末动乱的社会现实。

胡翰(1307—1381)，字仲申，号仲子，金华人。长从吴师道学经，从吴莱学古文，复登许谦之门。元末天下大乱，隐避山中，著书自娱。朱元璋下婺州，召见，命与许元等会食中书。洪武初授衢州教授，后聘修《元史》，书成辞归，居长山之阳，世称长山先生。著有《春秋集义》《胡仲子集》《古乐府诗类编》等。《明史》卷二百八十五《文苑传》有传。

《古乐府诗类编》为胡翰从郭茂倩《乐府诗集》中选择具有风雅遗意的“可传者”编订而成，原书已佚。其中胡翰所作《古乐府诗类编序》集中体现了他的文学观。他认为声诗作为古之乐章，“雅郑得失，存乎其辞，辨其辞而意可见”。所以诗歌与史书具有相同的功能：

> 盖诗之为用，犹史也。史言一代之事，直而无隐。诗系一代之政，婉而微章。辞义不同，由世而异。中古之盛，政善民安，化成俗，美人情，舒而不迫，风气淳而不散，其言庄以简，和以平，用而不匮，广而不宣，直而有曲，体顺成而和动，是谓德音。及其衰也，列国之言各殊，俭者多啬，强者多悍，淫乱者忘反，忧深者思蹙，其

或好乐而无主,困敝而思治,亦随其俗之所尚。政之所本,人情风气之所感,故古诗之体有美有刺,有正有变,圣人并存而不废。[①]

诗歌与史书表达方式有异,史直书无隐,诗歌含蓄婉曲。但二者辞义均与时运世事紧密相连。政善民安则“其言庄以简,和以平,用而不匮,广而不宣,直而有曲,体顺成而和动”。国政衰败则“俭者多啬,强者多悍,淫乱者忘反,忧深者思蹙”。所以治世为德音,乱世为衰音,虽然诗体“有美有刺,有正有变”,但都受到政治得失、人情风俗的影响,从中可以看出治乱之由。

胡翰文章“与宋濂、王袆相上下”,曾受到黄溍、柳贯赞许。《四库全书总目》胡翰集提要云:“翰少从吴师道及吴莱学为古文,复登同邑许谦之门。今观其文章,多得二吴遗法,而持论多切世用,与谦之坐谈诚敬小殊。”胡翰文章较可读者主要是论说文及记序之文。他的论说文《牺尊辨》《宗法论》《乐善论》诸篇具有明洁隽健,善自驰骋的特点。如《牺尊辨》一文对“牺”的读音及“牺尊”的形制进行考辨,文章辨析精微,议论精当,深于经术,切于世用,具有很强的说服力。游记《青霞洞天游记》为作者记游烂柯山而作,文中描写山水景致:

道士除道,遂循观右拾级而上。飞梁横亘,通趾顶皆石,蜷如蝃蝀。其下划然可居,得地如坻者,东西深百余尺,广半之,巨木蔽空。公与诸生皆集,飘风泛木叶,虚徐漫衍,后先不绝,凉满襟袖,如坐碧云苍雪间。求昔人之遗刻,唐宋以来陆庶、钱顗、徐霖、游钧诸名辈,往往可识。其他漫漶,虽欲识之不可得,然惟庶碑最古。侍者行酒,酒数行已。余与客吴思道旁缘石磴登山之脊,出所坐梁石上。四顾皆林皋溪流,虵行野中,东南诸峰矗立,苍翠晻霭则紫微也。[②]

---

① 胡翰《古乐府诗类编序》,《胡仲子集》卷四,《丛书集成初编》本,北京:中华书局,1985年,第50页。

② 胡翰《青霞洞天游记》,《胡仲子集》卷五,第75页。

游记采用简笔对石梁、碑刻、林皐、溪流、诸峰等景致进行勾勒，显得简洁生动，尤其是描写山风吹拂林树一处，更为生动传神，短短几句就写出了山风吹拂、树叶泛动，游客襟袖生凉，如坐碧云苍雪的景象。

胡翰的诗作虽不多，但“格意特为高秀”。朱彝尊《静志居诗话》对其诗评价很高：“（金华诸公）以诗论，吾必以仲申为巨擘焉。……诵仲申五言，正犹路鼗出于土鼓，篆籀生于鸟迹。庶几哉，升堂之彦乎。宜潜溪有‘学林老虎文渊鲸’之目也。”[1]胡翰善为五言古体，诗风古朴谨严，格调高秀，试见以下几例：

郁郁孤生桐，托根邹峄颠。皎皎白素丝，出自岱畎间。一朝奉庭贡，妙合良自然。桐以为君琴，丝以为君弦。中含希世音，置君离别筵。征马惨不嘶，仆夫跪当前。君行千里道，岂惜一再弹。南风日渺渺，清商动山川。和者昔已寡，听者今亦难。（《郁郁孤生桐》）

维南有佳菊，风露发清妍。离离绿玉树，粲粲黄金钱。色含坤裳美，质抱日精圆。蕴灵自女几，滋布弥樊川。既入神后品，还充仙子飡。中寿登百岁，上寿延千年。千年与百岁，何异瞬息间。独有幽贞节，可比金石坚。托以奉君子，岁晏期弗谖。（《维南有佳菊》）

河水趋山东，四旷无险塞。吕梁扼其冲，凛若万强敌。水势与石斗，终古怒未息。舟行龃腭间，众挽不余力。进始逾跬步，退忽落千尺。长年起相语，兹土神所职。登祠奉嘉荐，拜跪陈下臆。船头勇牵缆，樯表高挂席。好风东南来，送我天北极。叱驭诚足钦，垂堂讵遑恤。昔闻庄叟言，有山在离石。悬水三十仞，鱼鳖皆辟易。孰禀天地性，遂拯生民溺。鸿飞九州野，吾愿观禹迹。（《吕梁碑》）

---

① 朱彝尊《静志居诗话》，第46页。

这些诗歌遣词用语浅近明白，风格质朴自然，描写生动真切，感情纯真诚挚，具有涵咏不尽、圆融浑成的特色，艺术上取得了较高的成就。

朱右(1314—1376)，字伯贤，号邹阳子，临海人。程颐门人朱光庭九世孙，学于陈德水，又尝受文于李孝光。明洪武三年(1370)，经荐入史馆与修《元史》，史成，以疾辞归。洪武六年(1373)，因宋濂荐纂修《大明日历》，书成，授翰林编修。洪武八年(1375)奉敕考历代后妃仪卫车从、时仪，授晋王府长史，又与宋濂定议王国礼乐。洪武九年(1376)卒。所著有《白云稿》《春秋类编》《秦汉文衡》《三史钩玄》《历代统纪要览》《郪子世家传》等。《明史》卷二百八十五《文苑传》附载赵壎传中。

受理学思想影响，朱右论文强调载道、宗经。他在《新编六先生文集序》中说：

> 文所以载道也，立言不本于道，其所谓文者妄焉耳。夫日星昭布、云霞绚丽，天文也；川岳流峙、草木华实，地文也；名物典章，礼乐教化，人文也。三才之道备，文莫大焉。……然载道之文，莫大于六经，孔孟既没，遭秦虐焰，斯文或几乎坠矣。汉兴，贾谊、董仲舒、刘向窥见涯涘，不用于世，徒载空言。若司马迁、相如、荀、扬、班固之文，虽杰然为后学之宗，犹未免于戾道之议。自是而降，三国、晋、宋、齐、梁、陈、隋以逮于唐，未闻有能振起斯道而奋乎百世之下者。独韩文公上接孟氏之绪，而又翼之以柳子厚。至宋庆历且二百五十年，欧阳子出，始表章韩氏而继响之，若曾子固、王介甫及苏氏父子，皆一时师友，渊源切偲，资益其所成就，实有出于千百世之上。故唐称韩柳、宋称欧曾王苏，六先生之文，断断乎足为世准绳而不可尚矣。①

他认为日月星流为天之文，川岳草木为地之文，民彝典章为人文，文之为用，在于贯三才而显道。所以文为载道之具，为文要以道

① 朱右《新编六先生文集序》，《白云稿》卷五，《续修四库全书》本。

为本，否则即是无用之妄言，“文所以载道也，文为艺而道为实。笃其实，艺者书之”；载道之文首推六经，孔孟之后，汉贾谊、董仲舒、刘向等仅“窥其涯涘”，司马迁等人之文不免于“戾道之议”，至唐韩柳、宋欧、曾、王、苏始“上接孟氏之绪”“断断乎为世准绳”。

朱右的文章具有“沉潜经史，厚积薄发，不务险怪艰深以求古，不为绮靡缋丽以循时”[①]的特点，颇受时人推许。宋濂《白云稿序》赞扬他的文章说：“且其为体多而不冗，简而有度，神气流动，而精魄苍劲，诚可谓粲然藻火之章矣。”[②]《四库全书》本《白云稿》提要云：“所作类多修洁自好，不为支蔓之词，亦不为艰深之语，虽谨守规程，罕能变化，未免意言并尽，而较诸野调芜词，驰骋自喜，终不知先民矩矱为何物者，有上下床之别矣。”

朱右之文，最可称者，为哀祭文与游记文。他的哀祭文具有感情深沉、情辞肯切的特点。如《悼刘显仁文》：“吾友刘子青显仁，自进士下第归，侍其父海宁寓馆，遂以疾亡，在至正十一年辛卯也。是年九月，予居里中，得舒可立报，时疑信不决。十二月度钱唐，郭秉心出示哀辞，予惘然如失。悲之，愈不能已。为文而悼之。”[③]文中简单交待好友刘子青辞世时间及自己得知消息的心理变化，从“疑信不决”到“惘然如失”“悲之，愈不能已”，然后以韵语做悼文。形式上韵散结合，丰富了情感表达。又如《祭白野公文》：

> 惟公之心可以暴白于天地，公之行足以孚信于神明，学优于人人，名著于朝野，公之生无憾矣。自受命统兵，致身许国，知无不为，而卒死于此。呜呼痛哉！天不相之，此五丈原之恨，至于今惜之。公之存也，浙水以东，干城元矣，保障固矣，生民之安危系焉！天不鉴乎公，独不念夫民欤？顾以公之用心，民众之乐从，而事乃不克，是无天也，其如公何？呜呼惜哉！公年来为时

① 黄强《朱右及其〈唐宋六家文衡〉述考》，《文学遗产》2001 年第 6 期。

② 宋濂《白云稿序》，《宋濂全集》，第 471 页。

③ 朱右《悼刘显仁文》，《白云稿》卷十。

相摈斥，而公夙夜拳拳不忘乎君父，有屈原之诚。公志吞逆贼，矢尽力穷，而骂贼不绝口，有张巡之贞。公之死无憾矣！呜呼，哲人云亡，邦国殄瘁，则予生之悲恸，又不止为浙东郡之民矣。继自今以往，学人君子，其将畴依？某辱公之知，尝从幕下，而知公尤深，适当远违，不能从公以死。呜呼痛哉！①

作者对白野公的言行学识给予很高评价，并从其“致身许国”“事乃不克”“为时相摈斥”等方面写其保民安危、为国捐躯的功绩及受人排斥、难遂其志的遗憾。文章多处使用“呜呼痛哉”“呜呼惜哉”等词语反复感叹，抒发自己的哀伤、痛惜之情，使文中充溢着对亡者浓厚真挚的感情。

《游云门记》为至正十五年(1355)朱右与刘基、李子庚、富好礼等人游云门后而作，游记共五篇，其二为《自灵峰入云门记》，写清晨众人辞灵峰、过市桥、循若耶溪而上：

两山谷左右夹道，或俯或伏，或堰或立，或仰而欹，或起而特，或蜿蜒若虬龙，或飞翔若鸾凤，或如倚盖，如舞袖，如展诰，如仙人袒腹踞傲大坐，如宫女冠帔敛容而立，如麒麟，如卧牛，如奔象，如鹅鼻，如鹿头，如木禾，如灵芝，如庆云，又如帆，如旗，如酒瓮，如香炉②。

文章运用叠喻、比拟等手法，将秦望山千姿百态的奇秀景色描绘得栩栩如生。又如其四《自云门过法华山记》：

岭路西出，回望东山诸峰，崭然秀拔，苍翠蒙密，日光浮岚，辉映掩冉。如群仙逶迤，停骖其上，上侍始青天帝，而鸾鹤旗纛

① 朱右《祭白公野文》，《白云稿》卷十。

② 朱右《自灵峰入云门记》，《白云稿》卷七。

森从旁午，无复有尘坌气。岭以北诸山皆趋出，鉴湖拱护城郭，见城上雉堞参列，烟井如栉，而蓬莱、蕺山、宝林诸峰及官治寺塔，又裒然高起，皆在望中。下岭归，又折而南出，则见秦望之阴，山势雄健，若万马驰逐，自天而下，至平坂而顿止。又西南行五里入山谷，溪径间草木翳塞。又一里出小盘谷，见秦望以西之山，皆西北行，特起十峰，蜿然如巨鱼。①

文章以游踪为线索描写不负岭、东山诸峰、鉴湖、小盘谷等景致，叙次井然，写景生动。其友人评价说："辞意严整，事叙条贯，会稽佳山水粲然在目睫间。"应当说是相当准确的。

张丁(1338—1377)，字孟兼，浦江人，以字行。洪武初，征国子学录，与修《元史》，授礼部主事，后以太常丞出为山西按察司佥事，擢山东按察司副使。以执法不阿为山东布政使吴印所诬，械至京师，被处死。《明史》卷二百八十五《文苑传》有传。

《明史·艺文志》载《孟兼文集》六卷，焦竑《国史经籍志》所载亦相同，其本已散佚。今存《白石山房逸稿》二卷，《四库全书总目提要》云："太祖与刘基论一时文人，基称宋濂第一，而己居其次，又其次孟兼。今虽不睹其全集，而即二卷以观其诗文，温雅清丽，具有体裁，而龙骧虎步之气，亦隐然不可遏，抑接迹二人，良足骖驾。"集中文章仅数篇，较可观者有《游禹门记》《唐珏传》等。如《游禹门记》：

禹门，《禹贡》龙门也，亦曰禹门渡。两山石立，河出其中，广不百步，世谓禹凿，所传三月鲤鱼上渡而为龙处也。……桃花开时河水方显，殷声震雷，殆异境也。并河之东为太史公墓，墓前为庙，有晋永嘉中殷济树碑，今皆圮于河。徘徊良久，作龙门之歌，下山，日已昃。是日到子夏墓，墓在新丰里。新丰之南曰通

① 朱右《自云门过法华山记》，《白云稿》卷七。

化里，即文中子讲学处也。问遗迹，故老无存，皆不得已。明日得东皋子《黄颊山》诗。东皋子，文中子弟也，名绩，字无功，以琴酒自娱，隐黄颊山。题是诗山壁，诗极幽永，非唐以来人语。宋熙宁初，李公寿始访其地，刻石县学，因载所游其石阴。附以龙门之歌：龙门兮天开，河水兮天来，我思古人兮何在哉。禹门在今河津县云。①

文章以游踪为线索，先后写看鹤堂、梁山、建极宫、太史公墓、子夏墓等景致，并记述与之有关的人文事迹，语言简洁，风格质朴，颇有学者之文的特点。

孟兼诗以七律为最佳，如以下几首：

草堂面面近嶙峋，白石苍苔不染尘。涧瀑倒吹千嶂雨，山花迟发半岩春。云封竹户常无径，僧到斜阳可结邻。松下茯苓今已老，那堪车马惧闲身。（《北山草堂》）

洞天万仞落空翠，神仙何年上青霄。蛟龙已去荒窟宅，鸡犬无闻遗井瓢。冰湍洒洒暗犹落，岩雪阴阴春不销。我欲乘风问生术，林间黄精深雨苗。（《金华洞天》）

白露盈盈上碧枝，蒹葭正老月明时。危楼独倚听歌细，静榻孤眠琢句迟。历乱松栖乌梦幻，纵横枫落鹿踪迷。琅玕戛玉千竿外，疑有高人住水湄。（《秋兴》）

这些诗或写白石苍苔、云封竹户的草堂景致，或写冰湍洒洒、岩雪阴阴的金华洞天，或写白露盈盈、静榻孤眠的悲秋之感，意境优美，格调清新，颇见作者功力。

乌斯道（1314—？）字继善，号春草，慈溪人。与兄乌平良俱有学行。元至正十一年（1351），四方兵起，应县令陈文昭之邀创建团练保

---

① 张丁《游禹门记》，《白石山房逸稿》卷下，文渊阁《四库全书》本。

卫乡境。明洪武四年(1371)知奉化,后调江西永新令,有政声。洪武十年(1377)因疾辞归,民德其政,立祠祀之。后以事谪役定远,寻放归。晚年浮湛里社,诗酒自娱,没于家。所著有《秋吟稿》(佚)及《春草斋集》。《明史》卷二百八十五《文苑传》附载赵埙传中。另见郑梁撰《乌春草先生传》。

乌斯道论文持实用立场,他说:

> 盖以乾之清气,积而为日月星辰;坤之清气,积而为江河山岳;人生其间,兼得二气者,发而为诗。诗之有关于世教者,可与日月星辰、江河山岳争光辉、同永久,岂小补哉。[1]

人得天地之清气,发而为诗。诗有益世教,则可与天地同不朽。而六经"其言质而备,其理坦而明","若夫道德之存,而藉乎文章之雅,固当取则于六经"[2],所以为诗以六经为宗,则可以有补于教化。

宋濂《题永新县令乌继善文集后》评其文说:"峻洁如明月珠,起伏如春江涛。"[3]《四库全书总目》提要云:"斯道诗寄托深远,吐属清华,能划涤元人繁缛之弊,文亦雅令,不为剑拔弩张之状。夷犹淡宕,颇近自然。"斯道为文具有纡余淡远的特点。如《爱山水轩记》先从"人禀清淑之气,故山水是爱"写起,然后引出王文翚以爱山水名其轩,并写其归游遐思:

> 郡四垂有佳山水,相去可百里,以身之匏也,未尝有登眺降濯之乐。间游会稽,山水之胜虽接乎目,不得久而专焉。迨归,蒿目而坐,矫首而思,则见夫岈而有容,隆而可陟,窅而莫穷,云雾蔽亏,松石森立,层崖峭壁凛乎其前,芝草琅玕递见杂出。其黝而渟者,龟龙宅焉;冷然而流行者,触石逾险,隐见曲折,悬而

---

① 乌斯道《乾坤清气诗序》,《春草斋集》卷八,《四明丛书》本。

② 乌斯道《书自作诗文后与杨伯纯》,《春草斋集》卷十一。

③ 宋濂《题永新县令乌继善文集后》,《宋濂全集》,第 837 页。

为练，洄而为轮，至平衍则可舟、可钓、可挹、可鉴，使吾神游气交，曾不知卑污之迨于吾也。①

文章纡徐委婉，具有一种恬淡清新之美。

又如《月夜小酌诗序》：

……乃六月既望，月明水湛，闪闪如白金，出，冶白莲方繁盛，光采与水月相夺。余情意浮动不可遏，于是命舟，访有严及刘君父子，露坐谈笑。有严治杯酌，割鸡行酒。予歌《鹿鸣》之诗，款款至夜。半袵席之外，忽有渔者举罾，游移左右，各起而就视，售鱼入馔。再饮，至醉时，四鼓矣。始者人以情合酒，以景行终，则情景两忘，其乐何如哉。然人之离合靡常，天时之变亦靡常。人既合矣，时既良矣，不可以不饮，饮不可以不欢。是饮也，不速不豫，人时俱得，其乐而醉也固宜。翼日酒醒，各赋诗一首。既而情不能已，又倚韵而和。②

写月明之夜与友人小酌，白莲繁盛，水月交映，把酒言欢，尽兴而归。文章叙事生动，描写细腻优美，议论恰当得体，文学色彩浓厚。

乌斯道《松下小稿序》云："诗之作，非得夫天地之清气者不能也。"③他的诗歌创作颇得自然之清气，具有清空疏秀的特色。朱彝尊摘其诗中佳句云："句如'四山阒无人，一鸟空中鸣''江水岂吾限？可以相往还''朝阳煦游鯈，晴风送飞翼''寂焉千载事，伤此百年向''落日近崦嵫，于何从远道''鹤鸣子不和，徒然有哀音'，具饶清气。"④即是基于这种认识。其《泽畔》一诗：

① 乌斯道《爱山水轩记》，《春草斋集》卷六。
② 乌斯道《月夜小酌诗序》，《春草斋集》卷八。
③ 乌斯道《松下小稿序》，《春草斋集》卷八。
④ 朱彝尊《静志居诗话》，第109页。

> 上征天无风，远游橐无金。种兰兰不芳，行吟向江浔。渔父旷达者，庶几知我心。鹤鸣子不和，徒然有哀音。踟蹰当奈何，湘水清且深。①

写诗人徘徊泽畔，踟蹰彷徨的孤苦之情。诗歌起句奇特，笔力紧劲，确有一种清空之感。又如《女萝依松柏》：

> 女萝依松柏，松柏不可依。巨干遭翦伐，修蔓殄无遗。女萝当奈何，无依乃其宜。盘旋大化中，春荣秋自萎。升高岂不好，夭折亦足悲。②

以女萝难依松柏为例，抒写盘旋大化，无所依恃的人生态度，格调高秀，恬淡雅致。

徐一夔（1319—？），字大章，天台人，徙嘉兴。大章博学善文，元末因危素荐授建宁教授。明洪武二年（1369），征修礼书。三年书成，授杭州教授。洪武六年（1373），与修《大明日历》。书成，授翰林院官员，以疾辞，赐文绮遣归。著有《始丰稿》十四卷。《明史》卷二百八十五《文苑传》有传。

徐一夔论诗，重平易而厌奇怪。他在《钱南金诗稿序》中说：

> 诗人之言贵平易，贵平易而不贵奇怪。横渠先生有言："三百篇之诗，不过举目前之事而寓至理于其中。"此最为善说诗者。夫诗，情性以本之，问学以充之，才气以发之，思致以廓之，此之谓诗。不知出此，而务炳炳烺烺，以惊世骇俗，谓之诗未可也。③

---

① 乌斯道《泽畔》，《春草斋集》卷一。

② 乌斯道《女萝依松柏》，《春草斋集》卷一。

③ 徐一夔《钱南金诗稿序》，《始丰稿》卷三，徐永恩点校，杭州：浙江古籍出版社，2017年，第51页。

三百篇诗皆写目前之事，却包含至理，诗歌创作本于情性，充以学问，发以才气，廓以思致，无需字炼句啄以哗众取宠为务，所以诗贵平易而不贵奇怪。当然平易并非平庸，好的作品要平易自然而隽永悠长。三百篇之后，自汉魏至唐宋，代有大家，“观其缘情指事，寂寥乎短章，舂容乎大篇，有平易而无奇怪。至于隽永，其味则悠永宏阔而反复无穷”。因此他反对杨维桢所倡导的铁崖体，认为其诗“斥平易为庸腐，指奇怪为神俊，号为一家之体，非神仙鬼魅、金玉锦绣、龙虎鸾凤、名花官酒、高歌醉舞等语不道”，难以与平易隽永之作相比。

宋濂《始丰文稿序》称大章“赋质绝伦，自少学文，即期以载道。非六经所存，不复轻置念虑于其间。含积久，烨然以文名江南”。《四库全书总目》提要云：“其文皆谨严有法度，无元季冗沓之习。”可见他的文章具有平易质朴、法度谨严的特点。《明史・徐一夔传》曾载其《与王待制书》：

前年冬，执事自漳州被召纂修《元史》。去年二月，道过钱塘时，仆亦自天台襄事而还，天遂良觌，解后于候潮门憧憧往来之地。握手道间阔外，执事以使者催促之亟，仆亦不得从容听教，不胜怏怏。分手之后，仆以连岁奔播之余，生事寥落，且有寒湿脚疾之苦，远适海隅，觅一馆谷之地，聊用养病。

……今夫顺帝一朝三十六年之事，既无实录可据，又无参稽之书，惟凭采访以足成之，窃恐其事未必核也，其言未必驯也，其首尾未必贯串也。虽执事高材卓识，提纲挈领，有条而不紊。有如向之诸公或授官，或还山，既各散去，而欲不材且病如仆者承乏于后，诚恐不能化臭腐为神奇，以副执事之意。有司不容见辞，逼上道，舟至嘉兴驿，贱疾大作，行步不前。谨令侍生奉状上达左右，乞赐矜察，言之当路，别求有史材者成此盛典。[①]

① 徐一夔《与王待制书》，《始丰稿》卷六，第135—137页。

明洪武三年(1370),宋濂、王祎任续修《元史》总裁,王祎又荐徐一夔参与修史。徐一夔去京途中,足疾发作,遂作此书与王祎,以辞修史之事。书中先回忆与王祎分别之事,并交待自己别后远适海隅的生活及脚疾之苦。然后论述日历沿革及其对修史的重要性,以及顺帝朝无实录可据,以证续修《元史》之难。最后表明自己因史材不足、兼有足疾,请求辞还的态度。文章语言朴素、态度恳切、论述严谨,颇合四库馆臣所言之风格。

徐一夔的一些学术散文还具有精于考辨的特点。如其《宋行宫考》《吴越国考》很受陈继儒的赞赏;王士禛也称其《钱塘铁箭辨》《欧史十国年谱备证》等篇"皆极精核"。

据《千顷堂书目》载,徐一夔《始丰类稿》十五卷,而《四库全书》本《始丰稿》十四卷,独缺诗,故《始丰类稿》所佚一卷或为诗歌。陈田《明诗纪事》收其诗二首:

> 寓县俄多难,湖山亦被兵。名蓝俱泯灭,别构独峥嵘。翰墨看前辈,登临愧后生。严城围列嶂,半鉴出澄泓。直筱侵檐上,纤萝附牖萦。倚兰云鸟度,极目镜天平。日夕景逾好,秋高思转清。残阳树间没,薄霭水边横。紫翠霏微合,丹铅点染成。茅津有渔唱,麦岭少人行。暝色松间动,寒飙竹屿鸣。疏钟度余响,远火露青荧。仙梵微微出,炉烟袅袅轻。山盘堆露实,石鼎泛云英。洗濯尘凡近,归依誓愿精。行当陪竺士,听法破无明。(《访玘法师宿夕佳楼诗》)
>
> 临风一读遂幽篇,邓尉穹窿在眼前。愧我未安三亩宅,思君欲问五湖船。春明载酒穿花坞,日暮扶藜看稻田。多少长安轩冕贵,枉劳魂梦到林泉。(《题徐良夫遂幽轩》)

五古颇以风韵见长,意境空灵隽永;七律则气韵流畅,"春明载酒"一联尤属对精巧,生动表现了遂幽轩主人闲适的生活状态,颇见功力。

吴沉(?—1386),字濬仲,兰溪人。元国子博士吴师道之子,以学行闻,累征县庠训导,辞不就。朱元璋下婺州,召与同郡许元、胡翰、吴履、戴良等分食省中,日令进讲经史,后命为郡学训导。洪武十二年(1379),荐授翰林待制,寻以奏对失旨,降编修。洪武十五年(1382)擢东阁大学士,后改国子博士。洪武十九年(1386)因遭谗言,下狱死。所著有《濴川集》《存心录》《精诚录》等。《明史》卷一百三十七有传。

吴沉论文主张理气并重。他赞同苏辙"文者气之所形也,文不可学而能,气可以养而至"以及张耒"学文之端,急于明理"的观点,认为"合夫二家之言,而作文之法备矣。人之言曰:理明矣,气何事于养乎。君子则曰:不然,理虽明,气不可以不养也。天下之事言夸其气之盈而不本于理之者,固多矣。欲明乎理而气不足以达其辞者,亦不少也。故理全而气正者,圣贤之文也。理不足以命其气者,文人之文也。气不足以发其理者,句读之儒之文也。吁,此文之所以难言也。此明理养气之功,所以不可遗其一也"①。重理不重气,则气不足以达其辞,为句读之儒之文。重气不重理,则内容空洞,言之无物,为文人之文。惟有"理全而气正者",方为圣贤之文。

吴沉的散文成就较高,主要以论说文、碑铭、序跋为主,多为阐道之作,其文论说严密,博洽经史,舒徐周详,浑朴醇厚。如《孔子封王辨》一文,颇见其行文特色。文章论述后世封孔子为素王为非礼:

> 古者治教之职不分,君即师也,师即君也,二帝三王尽君师之责者也。若夫子则不得为君而为师者也。师也者,君之所不得而臣也。故曰:虽诏于天子,无北面,所以尊师也。彼以王爵之贵为隆于称师者,习俗之见也。考之经载,当时圣人高弟子之

① 吴沉《白石山房文集序》,《濴川集》卷八,《北京图书馆古籍珍本丛刊》,第98册,第510页。

称其师，有曰“孔子”、有曰“夫子”，其孙子思直字之曰“仲尼”，盖夫子既无爵谥，则称之者不曰“仲尼”，必曰“夫子”。观其门人弟子之不敢过号其师，则知以无实之谥加于圣人，必非圣人之意也。

天下之论，每病于徇同恶异，而不本乎至公至当之理。谈夫子之封王，则必相与和之以为夸大，谓夫子不当封王，则必相与咻之以为狂怪矣。吁！此所以行之数百年之久而未敢议其非者乎？彼之不敢议其非者，必曰“我畏圣人也”，此非“畏圣人”也，畏天下之罪己也。若吾之说，则虽得罪于天下不憾也，惧得罪于圣人而已。曰：请问今将何以尊圣人？曰：在明其道，不在乎王不王。①

文章正反结合，有破有立，虽无雄壮之气势，却句句触及要害，使人难以反驳。其后布政使夏寅、祭酒丘浚皆沿用他的说法。明嘉靖九年(1530)，更定祀典，改称孔子为至圣先师，其事实自吴沉发之。

吴沉的诗歌主要集中于《溦川集》前三卷。由于《溦川集》流传不广，诸评家对其诗歌关注较少。胡应麟曾睹其遗集，对之评价很高：

吾邑大学士吴沉最为太祖眷遇，然初不以诗名，近得其遗集，虽儒生本色时露，而高华整肃，体格天成，合处讵出当时名家下。惜全篇完善差寡，辄旬摘之，以俟赏音。其《读史》十诗，如《黄石履》云：“蹑刘舒国步，蹴项立炎光。”《子陵裘》云：“大泽垂纶夜，东都绘象时。”《诸葛扇》云：“白旄麾牧野，赤帜指咸阳。”《太白靴》云：“远逝观宇宙，高举蹑星辰。”皆用事精切。《神州十咏·北阙云》云：“萦风细作千行紫，捧日高胜一朵黄。”《内苑花》云：“万年枝上红云拥，五色屏前绣幙开。”《禁城钟》起句：“华鲸

① 吴沉《孔子封王辨》，《溦川集》卷四，《北京图书馆古籍珍本丛刊》，第98册，第475页。

飞舞出沧溟，直上中天望阙鸣。”《上林莺》结句“飞飞更向高枝语，三十六宫春昼长”，尤为俊爽。他若“星环太乙尊黄道，日丽层霄映翠华”“九成殿上飞金雀，万岁山中舞碧鸾”，国初殊自铮铮，而诸选绝不及之。①

吴沉的诗歌多写景、抒怀、酬答题赠之作，内容上多遣兴抒怀、描摹山水、唱和赠别等，风格多样。如《中秋》：

忆昨中秋为客处，西湖亭上倚栏杆。樽前妙曲笙箫起，衣上清香风露寒。忽忽年华真梦过，茫茫世事总心酸。遥怜今夜三更月，多少愁人不愿看。②

写中秋之夜客居西湖，眼前的莺歌燕舞难以引起作者兴致。忽忽年华已逝，回想世事总令人心中酸楚。诗歌格调清冷凄苦，凝重哀婉。描摹山水之作如：

秋水兴明月，清光照映时。夜深风露寂，环佩降灵妃。（《武川八景》）

万丈银河落，飞空雪浪翻。安流出山去，余润满郊原。（《南渊秋色》）

山名何太古，突兀耸奇形。春雨夜来过，今朝分外青。（《九峰飞瀑》）

两峰相对立，形势似双台。无限余光好，桑榆暮景开。（《历山晴岚》）

对景致的描写疏朗简洁，颇合胡应麟“高华整肃、体格天成”“尤

① 胡应麟《诗薮》，第343页。

② 吴沉《中秋》，《濲川集》卷一，《北京图书馆古籍珍本丛刊》，第98册，第444页。

为俊爽"的评价。赠别之作如《送傅子立知州之闽》:"兵甲如云起,何乡可定居。自知帘上燕,深愧釜中鱼。藩省新开设,关门险有余。殷勤相爱处,携手欲同车。"①战乱频仍,兵戈四起,天下之大,却无能够安居之处。友人之闽,前途莫测,与人相别,情意殷殷,既有依依不舍之情,又有漂零无依的感叹。诗歌感情真挚,朴素自然。

戴良(1317—1383),字叔能,号九灵山人,浦江人。尝学文于柳贯、黄溍、吴莱,与宋濂为同门友,又学诗于余阙。朱元璋初定金华,命与胡翰等十二人会食省中,次年,用为学正,与宋濂、叶仪等训导诸生,后竟弃官逃去。元至正二十一年(1361),元顺帝用荐者言,授江北行省儒学提举。后至吴中依张士诚,见士诚将败,遂携家泛海至胶州,欲归扩廓军,因道梗不达,寓昌乐数年。明洪武六年(1373)始南还,变易姓名,隐于四明山。洪武十五年(1382),太祖召至京城,授予官职,以老病辞,被羁留京城,次年四月暴卒。著有《九灵山房集》三十卷、《和陶诗》一卷、《春秋经传考》三十二卷等。《明史》卷二百八十五有传。

戴良论诗文以实用为本、以雅正为标准。他说:"诗之道,行事其根也,政治其干也,学其培也。"②文学作品与世事相结合,要系于时政,有补治道;又说:

> 气运有升降,人物有盛衰,是诗之变化亦每与之相为与无穷。汉兴,李陵、苏武五言之作,与凡乐府诗词,见于汉武之采录者,一皆去古未远,风雅遗音犹有所征也。……然唐诗主性情,故于风雅为犹近。宋诗主议论,则其去风雅远矣。然能得夫风雅之正声,以一扫宋人之积弊,其惟我朝乎?③

① 吴沉《送傅子立知州之闽》,《濲川集》卷二,《北京图书馆古籍珍本丛刊》,第98册,第451页。

② 戴良《玉笥集序》,《九灵山房集》卷七,《丛书集成初编》本,北京:中华书局,1985年,第100页。

③ 戴良《皇元风雅序》,《九灵山房集》卷十九,第277页。

谓文学与气运密切相关，气运代有升降，文学与之相应变化无穷。三百篇后，自汉魏至唐宋，虽代有作者，但只有能够得风雅遗音者方为正声。

戴良尝学文于柳贯、黄溍等大家，为文颇受他们的影响。揭汯序《九灵山房集》云：

> 故其文叙事有法，议论有原，不为刻深之辞，而亦无浅露之态。不为纤秾之体，而亦无矫亢之气。盖其典实严整则得之于柳先生者也，缜密明洁则得之于黄文献公者也。而又加之以春容丰润，故意无不达，味无不足。①

指出了他的文风渊源。钱基博《中国文学史》云："（戴良）文则沿袭宋格，然不安于为宋，时参拗调缛语，而未能独裁一气；所以生划而不免拗蹇，条畅而或失庸絮；知其沿宋而未安，欲以变宋而不能者也。"②认为他的文章沿袭宋格而着意变之，意欲学唐并上追秦汉，但失之于生涩不化，未能自成一家。其散文中写得较好者主要是一些记序文及传记文。他的记序文如《六柳庄记》《小丹丘记》《剡源记》《夷白斋稿序》等，多写得波澜起伏而又议论风生。如《六柳庄记》：

> 六柳者何，主人所以名庄也。曷为以六柳名？因庄之所有也。庄有柳而遂名之，主人知取夫柳也，卉木之品类夥矣，何独于柳焉取之？盖是柳也，先春而萌，未秋而凋，参刚柔以定体，应中和以屈伸者也。柳乌乎生？五沃之土宜柳，山西凤伯、直陵平邱柳最多。而柴桑之柳则以陶潜著《五柳先生传》故，其名独显。六柳云者，所以窃拟夫潜也。然则不谓之五柳者，嫌其自同于潜也。潜以时之将乱，解县绶而去之。门适有柳者五，故取以自号

① 揭汯《九灵山房集序》，《九灵山房集》卷首。

② 钱基博《中国文学史》，第828页。

也。潜知取乎柳，主人知取夫潜也。或曰：潜弃禄仕、归故里，主人即故里为禄仕，其出处不同，吾不知主人之取于潜者何也？人有旷百世而相同者，不于其迹而于其心。惟其心之同也，则主人不必不为潜也。人不同乎迹而同乎心，物不同乎人而同乎天也。是故主人即潜，潜即柳也。或曰：刘悛之、柳子厚非潜之心矣，曷为亦取乎是柳？二人于柳，虽欲忘已取之，而柳不为其取也。不为其取而强取之，犹不知取夫柳也。传曰：惟其有之，是以似之。主人有焉。主人孰谓？谓沈君也，沈其姓，达卿其字也。记之者谁？九灵山人戴良也。①

作者从六柳庄之名写到柳树，再写陶潜隐归以“五柳”自号，然后以“或曰”发问写主人与陶潜“不同乎迹而同乎心”，从而烘托六柳庄主人的志行高洁。文章步步设问，层层深入，议论风生，舒展自如，给人以曲折往复之感。

戴良的传记文擅长描写人物形象，能够以情节动人。如《石孝子传》写四明山农夫石孝子母亲为虎所食，孝子大恸，为母报仇：

孝子知母已为其所害，即恸，且尽杀虎子。复磨一斧，坚执立窦内。顷之母虎循窦入，即斫其首，碎之，取肝脑磔诸庭，而复大恸，以斧指天曰：吾虽杀四虎，而吾母之仇未足以报也。乃更迹牡虎所行路，持斧阻崖石待之。牡虎果咆哮过崖下。孝子奋而前，当虎首，连斫数斧，虎既毙，孝子亦随死，僵立不仆，张两目如生，而手所持斧犹不可夺。②

对孝子不畏凶险的英雄气概的描写栩栩如生。又如《沧洲翁传》写吕复为童芳仲幼女诊病：

① 戴良《六柳庄记》，《九灵山房集》卷六，第85—86页。
② 戴良《石孝子传》，《九灵山房集》卷十七，第243页。

幼女华病嗜卧，颊赤而身不热，命小儿医四三人疗之，皆以为慢惊风，屡进攻风之剂，兼旬不愈。翁切其脉，右关独滑而数，他部大小等而和。因告童曰："女无病。关滑为有宿食，意乳母致之。乳母必嗜酒，酒后辄乳，故令女醉，非风也。"及诘其内子李，李曰："乳母近掌酒库钥，苟窃饮，必任意。"潜使人视卧内，有数空罂榻下。翼日拘其钥，饮以枳贝葛花，日二三服，女起如常时。"①

文章采用对比手法写吕复的医术高超，对幼女病情的诊治颇具传奇性。

对于戴良的诗歌创作，揭汯称"其诗则词深兴远，而有锵然之音、悠然之趣，清逸则类灵运、明远，沉蔚则类嗣宗、太冲，虽忠宣公发之，而自得者尤多"。王袆序《九灵山房集》云："九灵之诗质而敷，简而密，优游而不迫，冲澹而不携，庶几上追汉魏之遗音，其复自成一家者欤?"钱基博《中国文学史》也称他的诗歌"依仿晋宋，颇得其明丽"。《九灵山房集》前七卷为《山居稿》，其中有不少反映山居田园生活的诗歌，如以下几首：

苒苒秋向夕，凄凄天欲寒。众木谓已凋，翻见其叶丹。叶凋犹有色，人老无芳颜。于今得美酒，如何不为欢。况此秋林下，惟多古丘墦。时来弗自乐，时去良足叹。茫茫大化中，阴阳方递迁。明朝事莫知，今日且盘桓。(《东明山赏红叶》)

我生非匏瓜，于世可无食。躬耕实所慕，戮力归稼穑。当春土脉动，农事满阡陌。晨兴负耒去，日入弗遑息。我苗今已长，我耕有余隙。斗酒劳近邻，只鸡礼过客。人生但如是，亦足慰平昔。此意谁复知，千载惟沮溺。(《居田》)

在昔童丱时，得年辄自喜。谓当羽翮成，青冥将立致。去去曾几何，已觉非初意。每思前日事，翻恨莫重遇。盛衰迭相寻，

① 戴良《沧洲翁传》，《九灵山房集》卷十七，第249页。

壮极老会至。曩也叹时迟，今焉惜年逝。人生已如此，有酒且须醉。(《饮酒》)

这些诗多写得清新流丽，平易明畅，确有晋宋风味。但作为元遗民的戴良，在江山易代之际，他却拒绝出仕新朝，而选择隐姓埋名、漂泊沦落的生活，因此他的诗歌更多的是对故国的怀恋以及对茫然孤寂生活的感叹。如《秋兴》五首其一：

露下碧梧秋气深，天时人事共萧森。海流不尽衰年恨，节序只添故国心。千里还家知几日，十年逃世至于今。芳樽美酒无人共，安得愁中满意斟？[①]

此诗当为戴良泛海至胶州后所作。深秋时节，霜露零落，人事萧索，离家千里之外，不知何时返还。芳樽美酒无人共饮，节序的变换平添内心的忧愁，作者的故国之思一览无余。他的不少诗歌还抒发了客居异乡孤苦无依的感情。如《客居》三首：

豫作全身计，远投东海行。地偏惟养拙，岁久未知名。苔径当湖畔，柴门逐水城。牧童时聚笑，穷老一书生。

漂流无所往，寂寞住湖阴。道路无知已，饥寒乱此心。草枯春牧远，浪阔夜鱼深。敢惮艰虞事，衰年不自禁。

寥落空山里，松门昼亦关。江乡千里隔，天地一身闲。听雨多临水，看云长傍山。自今幽思熟，无复叹时艰。

地方偏僻，饥寒穷苦，漂泊沦落，孤独无依，诗歌真实细腻地表现出他远离家乡、无友人相伴的孤苦苍凉的心情。《四库全书》本《九灵山房集》提要评论其诗云："良诗风骨高秀，迥出一时，眷怀宗国，慷慨

① 戴良《秋兴》，《九灵山房集》卷二十七，第390页。

激烈,发为吟咏,多磊落抑塞之音。故其自赞谓:‘歌黍离麦秀之诗,咏剩水残山之句。’苏伯衡赞其画像亦谓其跋涉道涂,如子房之报韩,其彷徨山泽,如正则之自放。”即是指此类诗作。

三、宋濂与浙东派作家的交往及其影响

在浙东派的所有作家中,宋濂无疑是其中最重要的核心成员。他与文派中的其他作家之间有着密切联系,并对他们产生着重要影响。

元末宋濂就与刘基结下了深厚的友谊。至正九年(1349),宋濂因危素等人举荐,授翰林院编修官,但他却辞避不就,并隐于仙华山为道士,对此世人多有不解、嘲讽之辞。而刘基却很理解他的举动,作《送龙门子入仙华山辞并序》“以速其行”,希望宋濂能够“登明堂兮绝河津,上阁道兮攀句陈。过三危兮绕玄冥,出太微兮入西清。憩牛渚兮泛灵槎,乘回飙兮以还家。美人兮归来,中山兮其乐无涯”①。至正十四年(1354)前后,刘基被羁管绍兴期间,曾为宋濂《潜溪后集》作序,称赞他的文章“主圣经而奴百氏,故理明辞腴,道得于中,故气充而出不竭”②。明洪武八年(1375),刘基还受宋濂门生刘刚的嘱托从其文集中“撷其精深”者编成《宋学士文粹》十卷,并为该集作序。宋濂与刘基在文学上都主张复古,并曾“同倡千古之绝学”。他们还经常进行诗文唱和,宋濂有《步虚词五首同刘伯温程邦民赋》《和刘伯温秋怀韵》《次刘经历韵》等,刘基有《寄宋景濂》四首、《青萝山房歌寄宋景濂》《潜溪图歌为宋景濂赋》等。刘基还曾作长诗《二鬼诗》以管理日月的二鬼——结璘、郁仪作为自己与宋濂的化身,通过离奇变幻的神话故事,寄托他们重建儒家社会秩序的理想,具有浓厚的浪漫色彩。

王袆曾学于柳贯、黄溍,与宋濂为同门好友。宋濂对他非常器重,赞扬王袆“他日当以文知名”,并收其子王绶、王绅为自己的门生。

① 刘基《送龙门子入仙华山辞并序》,《宋濂全集》附录,第2838页。

② 刘基《潜溪后集序》,《宋濂全集》附录,第2728页。

宋濂与王袆早年都有志于吕学，宋濂曾作《思微人辞》表达上继吕祖谦之学的志向，王袆为之作后记。元至正十五年(1355)，王袆应宋濂之请为其《潜溪集》作序，赞扬他的文章“富而不侈，覈而不凿，衡纵下上，靡不如意”，又作《宋太史传》，称宋濂“以文章擅名今世，其才气殆前无古人，使其生迁时，与之相颉颃，不知其孰为先后矣”①。王袆精通史学，入明后曾与宋濂同为《元史》总裁官。闲暇之余，他们就相约出游，论文赋诗。史成之后，王袆奉旨出使甘肃，道中寄宋濂诗二章，其二云：“同门同里复同官，心事相同每共叹。衮斧并操裁玉牒，丝纶分演直金銮。名齐伯仲吾何敢，义重师资分所安。重会定知头更白，肯令岁晏旧盟寒?”对好友的思念之情溢于言表。可惜此后不久他即为元使脱脱所害，再未能与宋濂相见。直到洪武十二年(1379)，宋濂致仕后才见到此诗，并作诗相和：

才名老去愜休官，圣泽高深祇自叹。侍燕每容亲绣衮，从游偏许近和銮。久知琛贽来殊俗，渐喜寰区洽治安。惟有张骞犹未返，玉关秋早节旄寒。②

苏伯衡与宋濂同里。元至正二十五年(1365)三月，宋濂因病归养金华，苏伯衡曾作诗相赠云：

长揖谢宦途，还归戒征轴。眷言幽贞庐，迥在仙华麓。就养望既盈，考槃愿亦足。储清浚昔池，薙荒理旧竹。兰佩纫春蕤，荷衣制秋绿。沆瀣晨三嗽，雕胡书九曝。从今猿与鹤，不复怨幽独。③

明洪武三年(1370)，苏伯衡擢翰林编修，以疾辞归金华，宋濂等

① 王袆《宋太史传》，《宋濂全集》附录，第2570页。
② 宋濂《和王内翰见怀韵》并附《王内翰诗》，《宋濂全集》，第2455页。
③ 苏伯衡《送宋起居还金华》，《苏平仲文集》卷十五，第2455页。

人赋诗相送，并为诗作序，称伯衡为自己“素敬畏者”。洪武十年(1377)正月，宋濂致仕，朱元璋让他“举以自代”，宋濂就推荐说：“有苏伯衡者，臣乡人也。尝由国子学正擢翰林编修，虽以耳目之疾辞归，然其人博学饬行，为文词蔚赡而有法，要不可以微疾废。”朱元璋听从了他的建议，即派人征召苏伯衡。伯衡至京，复以疾辞归。

张孟兼学于闻人梦吉，与宋濂为同门友。宋濂曾为其撰《张孟兼字辞》《张府君墓版文》《故叶夫人墓碣铭》《跋张孟兼文稿序后》等文。宋濂曾向朱元璋推荐孟兼，《明史·张孟兼传》：

> 濂亦才孟兼，欲荐之，而未有其会。适上欲用越僧证，急欲得其文观之，而证方遗书孟兼论性命，濂因言太常丞张孟兼所有之。命濂召孟兼，以证文至。上览毕，顾孟兼谓曰：“张丞，卿门人耶？”曰：“臣里中子耳。”且言其才刘基数称之。上熟视孟兼曰：“生骨相薄，仕途当徐徐进，乃可耳。”[①]

孟兼为人性情梗直、嫉恶如仇，经常当面指责他人过失，丝毫不留情面。洪武初授山西按察司佥事，宋濂作《送部使者张君之官山西宪府序》云：“鸷鸟之扬扬，不如威凤之噰噰；狻猊之疆疆，不如祥麟之容容；刑法之堂堂，不如德化之雍雍。人不务德则已，苟有德焉，又何俭壬之不革行哉！”[②]对他过于刚直的行为委婉相劝。但孟兼没有听从，终因吴印诬讦被朱元璋处死。

胡翰学于吴莱，与宋濂为同门友，二人“相友五十余年”。宋濂曾为其文集作序，称他的文章“极乎博而守则约，务乎大而不遗乎细”[③]。胡翰则为宋濂画像题赞云：“神若天游，色如春熙。浮游一世之间，发挥千载之奇。人皆推其才美，而曷尝见其杜德之机也耶？”[④]

---

① 王崇炳《金华征献略》卷十二。

② 宋濂《送部使者张君之官山西宪府序》，《宋濂全集》，第561页。

③ 宋濂《胡仲子文集序》，《宋濂全集》，第645页。

④ 胡翰《翰林学士承旨潜溪先生像赞》，《宋濂全集》附录，第2538页。

朱右为宋濂好友。洪武二年(1369)诏修《元史》,宋濂为总裁官,朱右为编纂官。洪武六年(1373),朱右因宋濂荐与修《大明日历》,洪武八年(1375),又与宋濂定议王国礼乐。宋濂序其《白云稿》,称其文“体多而不冗,简而有度,神气流动,而精魄苍劲,诚可谓粲然藻火之章矣”[①]。朱右也为宋濂《潜溪大全集》作序,赞扬其文章“随物赋形,入无出有,浩乎江海之渊深,巍乎山岳之峻拔,固有非管窥蠡测者”。

徐一夔曾任建宁教授,明初因王祎荐参与续修《元史》,书成,授杭州教授。洪武六年(1373),又与宋濂等修《大明日历》。宋濂与一夔论文观点颇为一致。宋濂序其《始丰稿》云:“尝修《日历》时,余适为之总裁,每与大章论文,窃叹今之作者何其与古异也,大章深以余之言为然。”徐一夔曾致书宋濂称其所论是“以一夔为知言而与之言者”。宋濂父去世后,徐一夔又为其作《宋蓉峰处士哀颂》。

戴良,浦江人,学文于柳贯、黄溍、吴莱,与宋濂既是同里,又是同门好友。元末二人交往频繁,戴良为宋濂《浦阳人物记》作序,赞扬他的“搜罗废坠,抉剔幽隐”之功,宋濂也曾序其《九灵山房集》。他们还经常有诗文往来,戴良《寄宋景濂》,其一云:

> 结庐在穷巷,艺藿仍种葵。谓将究安宅,何意逢乱离。三年去复还,邻室无一遗。我屋虽仅存,藿悴葵亦衰。海田既遭变,井邑还日非。扶杖一行游,历览多所悲。本不居市廛,悔之将何追![②]

宋濂则作《答戴学正》,其一云:

> 攒眉入城府,已失山林性。玄造亦何为,使之仍遘病。热中郁不舒,攻上风逾劲。仅存气半丝,养此一朝命。命岂复在吾,

---

① 宋濂《白云稿序》,《宋濂全集》,第471页。

② 戴良《寄宋景濂》,《九灵山房集》补编卷上,第431页。

乘化共归尽。方州罗夹巷，百龄宁几姓。大运既如斯，何烦苦心竟。但我逆旅中，百感易交横。交横复焉如，欢然且孤咏。[1]

戴良兄戴仲积去世后，宋濂又作《戴仲积墓志铭》。但入明以后，由于戴良不愿与新朝合作，长期隐于乡里。此后，二人的交往便告中断。

除以上诸人外，朱廉从黄溍学古文，与宋濂学同师，宋濂为其作《理学纂言序》。吴履学于闻人梦吉，与宋濂为同门，宋濂为其作《吴德基传》，并教以明哲保身之道，让他辞官之后“慎毋出户，绝世吏勿与交”。吴沉为宋濂老友，宋濂曾应其所请作《吴先生碑》，吴沉则为其画像题赞。浙东派第二代作家中，宋璲是宋濂的儿子，方孝孺、王绅、楼琏、郑楷、郑棠、郑柏、郭濬、刘刚、俞恂等皆为宋濂门人，刘璟、刘琏等为宋濂好友刘基之子。

总之，宋濂与浙东派的许多作家之间有着密切联系，再加上他在明初文臣中所处的重要位置，及其文学创作上所取得的重要成就，使得他成为浙东派的领袖作家，而他的荣辱沉浮也对浙东派的兴衰具有重要意义。

第三节　宋濂之死与浙东派的衰落

一、宋濂之死与朱元璋对待士人的政策

洪武十三年(1380)正月，胡惟庸因谋反被诛，株连者甚众。十一月，宋濂长孙宋慎因牵连胡惟庸案被逮处死，之后其叔父宋璲也被杀。十二月，朱元璋因迁怒于宋濂，遂将他逮至京师欲处死。马皇后为其求情说：“民家为子弟延师，尚以礼全终始，况天子乎？且濂家

① 宋濂《答戴学正》，《宋濂全集》，第2376页。

居，必不知情。”[①]并在侍筵时不御酒肉，以“为宋先生作福事”。朱元璋为之恻然，投箸而起，遂免去宋濂死罪，将他全家流放茂州。

洪武十四年(1381)四月，宋濂与子宋瓒、孙宋怿等行至四川夔州，因路途劳顿与精神上所受打击一病不起。五月，宋濂病情加重，已多日不能进食。二十日清晨，他要来纸笔书写《观化帖》后，端坐而逝。其《观化帖》云：

> 君子观化，小人怛化。心中即怛，何以能观。我心情识尽空，等于太虚。不见空空，不见不空。大小乘法门不过如此，人自不信，可怜可笑，示怿示恪[②]。

此帖显示了他辞世时的超脱心态。宋濂死后，知事叶以从将他葬于夔州莲花峰下。永乐十一年(1413)，蜀献王召宋恪将宋濂墓迁于成都华阳县安养乡。

自至正十九年(1359)任郡学五经师，到洪武十四年(1381)辞世夔州，宋濂后半生的命运与朱元璋息息相关。可以说，他的荣辱沉浮与朱元璋对待士人的政策有着直接关系。

元末朱元璋在打天下的过程中，就认识到士人的重要性，对他们委以重任。至正十三年(1353)朱元璋攻滁州，得儒士李善长，俾掌书记，并对他说：“方今英雄并争，非有智者不可与谋。”[③]至正十六年(1356)朱元璋下集庆，召官民谕之：“贤人君子有能相从立功业者，吾礼用之。”[④]至正十八年(1358)，朱元璋征儒士范祖幹、叶仪，命二人为咨议，并说：“武定祸乱，文致太平，悉此道也。”至正二十年(1360)，朱元璋占浙东诸地，遣使以币征宋濂、刘基、叶琛、章溢等至金陵，与论经史，甚见尊礼。明王朝建立初期，百废待兴，人才匮乏，出于现实的

① 张廷玉等《明史·太祖孝慈高皇后传》卷一百一十三，第3506页。

② 王崇炳《金华征献略》卷六。

③ 《明实录·太祖实录》卷一。

④ 同上，卷四。

需要，朱元璋仍能“礼致耆儒，考礼定乐，昭揭经义，尊崇正学”[①]。

但随着国家承平日久，勋臣官吏擅权枉法、贪赃受贿的现象便时有出现。朱元璋担心他们威胁到朱明王朝政权的稳固。为了巩固政权、循正吏治，他采用“以猛治国”的方针，屡行大狱，严刑酷法。由于朱元璋“雄猜好杀，本其天性”，对于原来与他亲密合作的士人，他一方面是加以利用，一方面是猜忌、恐吓，发现过失则严加惩治。《明史·茹太素传》云：

> 太素抗直不屈，屡濒于罪，帝时宥之。一日，宴便殿，赐之酒曰：“金杯同汝饮，白刃不相饶。”太素叩首，即续韵对曰：“丹诚图报国，不避圣心焦。”帝为恻然。未几，谪御史，复坐排陷詹徽，与同官十二人俱镣足治事。后竟坐法而死。[②]

“金杯同汝饮，白刃不相饶”，这两句诗生动反映出朱元璋对待士人利用与惩治并用的两手政策。

朱元璋对待宋濂也是采取了重用、宠遇与恐吓、惩治的两手。宋濂出仕后，曾先后任江南等处儒学提举、皇太子师、礼部主事、太子赞善大夫、翰林学士承旨等职。在朝期间，他为朱元璋讲授帝王之学，并忠心辅导太子，主持编纂《元史》《大明日历》《皇明宝训》《洪武正韵》等典册，起草文告并考订礼乐制度，其功劳是巨大的。朱元璋对他也十分赞赏、宠遇有加。

《明史·宋濂传》云：“（太祖）每燕见，必设坐命茶，每旦必令侍膳，往复咨询，常夜分乃罢。”洪武八年(1375)八月，朱元璋召大臣赋歌赐觞，强使宋濂饮醉，并命群臣赋《醉学士歌》，以示君臣同乐。朱元璋还亲自作《赐醉赞善大夫宋濂歌》：

---

① 张廷玉等《明史·太祖本纪》卷三，第56页。

② 张廷玉等《明史·茹太素传》卷一百三十九，第3987页。

西风飒飒兮金张，特会儒臣兮举觞。目苍柳兮袅袅，阅澄江兮水洋洋。为斯悦而再酌，弄清波兮流光。玉海盈而馨透，泛琼斝兮银浆。宋生微饮兮蚤醉，忽周旋兮步趋跄跄。美秋景兮共乐，但有益于彼兮何伤。①

并让宋濂将诗收藏，将来传示子孙，以示自己对宋濂的恩宠。洪武九年(1376)六月，朱元璋诏征宋慎为殿廷仪礼司序班，不久，又召宋璲，除中书舍人。朱元璋还对宋濂说："朕以布衣为天子，卿亦起草莱列侍从，为开国文臣之首，俾世世与国同休，不亦美乎？"②同年七月，朱元璋见宋濂行步艰难，让皇太子选良马相赐。朱元璋亲作《赐学士宋濂白马歌》：

赐卿白马白雪白，马疾穿云去不隔。朝出清溪东，摇鞭来紫陌。五漏禁城边，精神常赫赫。撇鬣嘶秋风，康衢止过客。四蹄发流星，乘此无危厄。将军建大功，斯马真有益。③

洪武十年(1377)正月，宋濂致仕归乡，朱元璋高度评价宋濂的为人："朕闻太上为圣，其次为贤，其次为君子。宋景濂事朕十九年，未尝有一言之伪，诮一人之短，始终无二，非止君子，抑可谓贤矣。"④可以说，在洪武一朝的文臣中，宋濂所受到的优宠，很少有人能与之相比。

但是，即便是这样一位"贤人""纯臣"，朱元璋对他依然是怀有戒心，时而派特务监视，时而惩戒、恐吓。黄佐《翰林记》卷六云："一日上问曰：'卿昨饮酒，座客为谁？馔为何物？'濂悉以其实对。上笑曰：

① 黄佐《翰林记》卷十六，文渊阁《四库全书》本。
② 郑楷《潜溪先生宋公行状》，《宋濂全集》附录，第2597页。
③ 朱元璋《赐学士宋濂白马歌》，《宋濂全集》附录，第2534页。
④ 张廷玉等《明史·宋濂传》卷一百二十八，第3787页。

‘卿饮时，朕令人视之，果如卿言。卿信不欺我。’久益厚之。”[①]自己的一言一行被查得一清二楚，还要当面询问以查验其人是否诚实，无论谁听到这番话恐怕都会不寒而栗。朱元璋还曾为宋濂作《设宋濂谕钱塘龙说》与《设宋濂戒山鬼说》二文。《设宋濂谕钱塘龙说》假设宋濂渡江时遇钱塘守龙，钱塘龙请宋濂为自己讲授守江之责。宋濂就告诫龙居守钱塘江时，要“细察渊泉，勿藏邪精，勿涌波涛，奉上安生”，否则，“东海神必执天宪而有责焉”[②]。《设宋濂戒山鬼说》写宋濂还归京师时道经杭州，见西山之鬼。山鬼乞求宋濂撰文释名，宋濂就对山鬼说：“汝当敛迹蓊郁，衣白云，语猩猩，带江镜湖，饰霞翠松冠岩舄涧，弄蚖蛇，戏蛟虬，而阅刁调乐，优游于窈窕之壑，宜其然也。今则不然，出与人交，希誉以为美乎！吾戒汝，今后勿与人见，敛迹幽篁，毋为人测妙哉！”[③]两篇文章，构思奇特，设喻巧妙，实际上也是告诫宋濂要安于职守，不要妄与人交，擅权弄事，否则将会受到惩戒。

洪武十年(1377)二月，宋濂致仕归家后，即遣长孙宋慎至京进表谢恩。朱元璋诏见宋慎，向他详细询问宋濂在家中的生活详情，据其《翰林承旨宋濂归休诗序》云：

> 于是召其孙慎谓曰：“尔翁去此，而谁从？”对曰：“惟亲及故友会之，他无滥交。”曰：“日抚儿孙乎？阅生财乎？涉田园乎？”慎稽首拜手曰：“臣慎祖蒙陛下之深恩厚泽，得休官，悠悠于家，以待考终。其于抚儿孙、阅生财、涉田园之事，皆有之，为此不胜感激。特遣微臣慎请阙俯伏，以谢陛下。”曰：“除此之外，他有何乐？”曰：“足不他往，但新建一容膝之室，题名曰‘静轩’。日居是，而澄方寸，更访国政，傥知一二，虽在休官，尚欲实封为陛下

---

① 黄佐《翰林记》卷六。

② 朱元璋《设宋濂谕钱塘龙说》，《明太祖文集》卷十六，文渊阁《四库全书》本。

③ 朱元璋《设宋濂戒山鬼文》，《明太祖文集》卷十六。

补阙耳。"朕既听斯言,倏然感动。吁戏!忠哉,良臣,有若是耶!因为之诗焉:"闻卿归去乐天然,静轩应当仿老禅。不语久之知贯道,以心详著觉还便。从前事业功尤著,向后文章迹必传。千古仲尼名不息,休官终老尔惟全。"①

可见,在宋濂致仕之后,朱元璋仍然没有对他完全放心,还在探查他在家中的一举一动,并作诗警告他要仿效僧人独居静轩,勿与他人勾结。

除了监视、警告外,对于宋濂所犯的错误,朱元璋也绝不手软,严厉惩处。洪武三年(1370),宋濂因坐"失朝"罪,由翰林学士降为编修,按当时翰林院官制,也即由从三品降为正八品,处分不可谓不严厉。洪武四年(1371)八月,宋濂又因"考祀孔子礼不以时奏",被贬为安远知县。

面对朱元璋的猜忌、恐吓及惩诫,宋濂则是谨言慎行,明哲保身。他在朱元璋面前"所陈说不为隐蔽。虽家事,苟有问,亦一一道之",以取信于朱元璋。退朝之后,则居于家中,题"温树"二字于室内,有人问禁中秘事,他就用手指室内题字,绝口不言。他在致仕以后,居于青萝山,终日闭户著书,外人难见其面。他还告诫子孙不要到城中去,以免惹事生非。对于姻亲"有以郡县事为托者",他坚决拒绝,"或谈及时事,辄引去不与语"。好友吴履辞官归乡,宋濂教以保身之道:"慎毋出户,绝世吏,勿与交。吾之教子,无以加于此矣。"②应该说,在当时的险恶处境下,宋濂的做法是不得已而为之,也是明智之举,所以才能够"休官终老尔惟全"。遗憾的是,他最终还是因为孙子一案而被牵连,使朱元璋疑心大发,最终没能逃过老年丧子,客死异乡的命运。他的结局也是明初浙东派作家悲惨命运的一个缩影。

---

① 朱元璋《翰林学士承旨宋濂归休诗序》,《明太祖文集》卷十五。

② 宋濂《吴德基传》,《宋濂全集》,第378页。

二、明初浙东派的衰落

在朱元璋的严刑酷法下，除了宋濂以外，明初浙东派其他作家也大多命运凄惨。许元、王祎、刘基、张孟兼、戴良、吴沉、苏伯衡、刘琏、宋璲、郭濬、刘刚等相继罹祸，只有胡翰、徐一夔、朱右等得以善终。

首先罹难的是许元。许元为明初首任国子祭酒，出入太祖左右垂十年，“自稽古礼文事，至进退人才，无不与论议”。洪武初因“移用官物”“以学官什器用之私室”等罪名谪韶州，后被人弹劾，逮死狱中。据《明史·许存仁传》：“既将议即大位，而存仁告归。司业刘丞直曰：‘主上方应天顺人，公宜稍待。’存仁不听，果忤旨。佥事程孔昭劾其隐事，遂逮死狱中。”[①]

洪武六年(1373)十二月，王祎遇害于云南。洪武三年(1370)七月，王祎坐失朝降编修。七月十五日，即奉诏出使西北边陲招谕吐蕃。洪武五年(1372)正月，他又奉诏出使云南，招降梁王把匝剌瓦尔密。梁王初有降意，后元使脱脱至云南，闻知此事，遂迫使梁王交出王祎，并将其杀害。王祎出使西北时曾作《庚戌七月十五日离南京作》：

> 秉笔侍銮坡，两载尝禁脔。既紬金匮藏，亦掌丝纶演。涣汗惭敷扬，直书愧褒贬。才疏职匪任，性僻迹如懒。方期竭鄙能，忽尔蒙严遣。左迁责已轻，西迈程颇远。得灾或无妄，止谤在不辨。洪造本至仁，薄命信多蹇。渡江心摇摇，恋阙情宛宛。行矣复何言，赐环谅未晚。[②]

认为自己无端得罪是有人诽谤，具体是谁，他却没有明说。李默《王忠文祠墓记》云：“国史称先生为人刚直，不肯苟附，以取谤毁。为起居注，遇事敢言无讳，尤为胡惟庸所忌，故黜之远夷以穷死。”[③]据

---

① 张廷玉等《明史·许存仁传》卷一百三十七，第3953—3954页。

② 王祎《庚戌七月十五日离南京作》，《王忠文公集》卷二。

③ 李默《王忠文祠墓记》，(康熙)《云南府志》卷二十一，清康熙刊本。

此，诽谤者很可能是胡惟庸。

刘基死于洪武八年(1375)。洪武四年(1371)，刘基致仕归乡，整天“惟饮酒奕棋，口不言功”，以期韬晦避祸。他的家乡以东三十里处有地方名谈洋，元末被方国珍占据，明初仍有盐盗聚集。刘基曾奏请朝廷设谈洋巡检司统辖此地，但乱象并未消除，不久又发生军兵叛乱事件，当地官吏隐匿不报。刘基遂让长子琏绕过中书省，直接上奏朱元璋。此举惹怒了胡惟庸，加之二人本有宿怨，胡惟庸就指使刑部尚书吴云沐攻讦刘基，说谈洋地方有王气，刘基要在这里建墓，乡民没有依允，他就请立巡检司逐民占地。朱元璋为谗言所动，虽没有深究，却下令削夺刘基俸禄。刘基十分惊惧，就到京城谢罪，以求宽宥。因为忧惧过度，他疾病发作。洪武八年(1375)三月，朱元璋准其还乡，并作《赐诚意伯刘基还乡》：

> 君子绝交，恶言不出；忠臣去国，不洁其名……敕归老于桑梓，以尽天年，何期祸生于有隙，至是不安，若明以宪章，则轻重有不可恕。若论相从之始，则国有八议。故不夺其名而夺其禄，此国之大体也。若愚蠢之徒，必不克己，将谓己是而国非。卿善为忠者，所以不辨而趋朝，一则释他人之余论，况亲君之心甚切。此可谓不洁其名者欤？恶言不出者欤？[①]

戒饬他不要做口出恶言，以为“己是而国非”的愚蠢之徒。刘基到家一月后忧愤而卒。关于刘基死因，据黄伯生《故诚意伯刘公行状》：“洪武八年(1375)正月，胡丞相以医来视疾，饮其药二服，有物积腹中如拳石。公遂白于帝，帝亦未之省也，自是疾遂笃。”[②]认为刘基是被胡惟庸毒杀而死。《明史·刘基传》、徐愚谷《明名臣言行录》及王鸿绪《明史稿传》等均持此说，黄云眉《明史考证》还进一步推断胡

---

① 朱元璋《赐诚意伯刘基还乡》，《明太祖文集》卷六。

② 黄伯生《故诚意伯刘公行状》，《诚意伯刘文成公集》卷首。

惟庸毒杀刘基，其背后主使者则为朱元璋。

张孟兼被杀于洪武十年(1377)。孟兼为官刚正廉明，嫉恶如仇，“尝坐累谪输作”。《明史·张孟兼传》云：“(孟兼)用为山西佥事，廉劲疾恶，纠摘奸猾，令相牵引，每事辄株连数十人。吏民闻张佥事行部，凛然堕胆。”[①]后张孟兼由山西佥事擢山东按察副使，与山东布政使吴印发生矛盾。据方孝孺《张孟兼传》：

> 孟兼自负其能无敌，且印新用，又僧也，易之。印候孟兼，由中门入。孟兼以为印虽位大，然我风宪司，不当由我中门，召守卒笞之。月朔望入学谒孔子毕，令诸生执经讲说。孟兼故以语侵讥印，印不平。时初刊大明宝钞，印不令使，兵民更自至库贾钱，民以为便。而孟兼谓此诏，印擅行之是违制也。骑马入布政司谪棰僚吏问罪。且言将上封事言于朝。其僚吏皆大慑，劝印即上封事言孟兼见陵侮。然孟兼封事终不上也。上览印言，以为孟兼凌我任用臣，不逊，召笞之。孟兼既辱，愈愤，即捕为书封事者，欲论以罪。印复上书言状，请去位，避孟兼之横，否者且为所挤。上大怒曰：“彼乃敢与我抗耶？吾今乃与尔抗。”遂械孟兼至阙下，廷诘之，命卫士捽发摘挐，棰死，特论弃市。[②]

处死张孟兼后，朱元璋还写手谕给吴印，说孟兼是“轻薄小人”，以致“不顾生死，阻坏公政之事”。仅以“妄自尊大”“有犯古圣人忌”之罪将其捶笞至死，处罚不可谓不重。

与宋濂、刘基等出仕新朝不同，戴良是浙东派作家中不愿与朱元璋合作者。元末他曾依附张士诚，后见士诚将败，遂携家泛海至胶州，欲归元军，因路途阻顿没能成行。明洪武六年(1373)，戴良始南还，变易姓名隐于四明山。洪武十五年(1382)，朱元璋将他召至京

① 张廷玉等《明史·张孟兼传》卷二百八十五，第7321页。

② 方孝孺《张孟兼传》，《方孝孺集》卷二十一，第796—797页。

城，欲授予他官职，被他以老病辞去。朱元璋大怒，将他羁留京城。次年四月，戴良卒于寓舍，终年六十七岁。

吴沉死于洪武十九年(1386)。据《金华征献略》卷十二《吴沉传》："沉以文学膺宠眷，官至东阁大学士，礼遇亚于宋濂。以懿文太子故宫人谗之，下狱竟死。时沉已归隐兰之尹源，械系至京，太子营救不能免，朝野伤之。"①

洪武十年(1377)宋濂致仕时，曾向朱元璋荐举苏伯衡以自代。苏伯衡至京城后，以疾相辞。洪武二十一年(1388)，苏伯衡被聘主会试，事竣复辞还。后又起为处州教授，因坐表笺误，下狱死，其子恬、怡也一同被处死。

除以上诸人外，浙东派的第二代成员也折损不少。

刘琏(1348—1379)，字孟藻，刘基长子。孟藻遇事刚直，以才略气节称于时。所著有《自怡集》一卷，其诗温柔冲淡，七律"流利圆美"，五古"词旨高雅，而运思深挚"。明洪武十年(1377)，授考功监丞，历试监察御史，出为江西布政司右参政，为胡惟庸所胁，堕井死。

宋璲(1344—1381)，字仲珩，宋濂仲子。善诗，尤精于书法。朱彝尊《静志居诗话》云："仲珩受业于赵古则，故精于六书。南村称其大小篆，纯熟姿媚，行书亦有气韵。今诵其五言，离奇妥帖，惜不永天年，兼为书法所掩。"②洪武中以荐授中书舍人。朱元璋曾数次召宋璲，教诫之，并对宋濂说："卿为联教太子诸王，朕亦教卿子孙矣。"洪武十三年(1380)十一月，宋慎因牵连胡惟庸案，宋璲连坐，二人一并被处死。

郭濬(1350—1382)，字士渊，宁海人。洪武九年(1376)贡人太学。曾上书言当时急务，因召对忤旨，不用。为文章丰赡可喜。宋濂致仕来朝，见其文，称为奇士，收为门生，并为其作《故宁海郭君妻黄氏墓铭》。洪武十五年(1382)五月，因与学官言语不合，遭诬奏，抵罪

---

① 王崇炳《金华征献略》卷十二。

② 朱彝尊《静志居诗话》，第98页。

死。方孝孺为作《郭君圹铭》。所著有《郭太学遗稿》。此外,俞恂因父任造版籍吏迟缓,与坐谪,并卒。刘刚受乡里官司牵引,死于京师。

至此,浙东派的作家中仅余方孝孺、楼琏、刘璟、郑柏、郑棠、郑楷等数人,其他成员几已凋落殆尽,其在文坛的衰落之势已不可避免。对于浙东派的衰落,方孝孺感慨万分:"斯文不振,遂至于兹。钜儒宿学,凋丧殆尽,茫然坠绪,将焉所属?而吾党小子,将何所仰耶!"[①]对此,他仍与友人相勉,努力以"论次文章,修明遗事"为责,以求"推明先圣之道"。此后,到了建文末期,随着方孝孺、楼琏、刘璟等人的罹难,浙东派便彻底衰落了。

第四节　方孝孺之死与浙东派的绝响

一、方孝孺的文学观念及创作

方孝孺(1357—1402),字希直,一字希古,宁海人。孝孺自幼警敏,长从宋濂学。先辈胡翰、苏伯衡亦自叹不如。洪武十五年(1382),以吴沉、揭枢荐,被朱元璋召见。朱元璋对皇太子说:"此庄士,当老其才。"以礼遣归。洪武二十五年(1392),又以荐召至,除为汉中教授。后蜀献王聘为世子师,尊以殊礼。洪武三十一年(1398)闰五月,朱元璋驾崩。六月,方孝孺奉诏进京,任翰林侍讲。建文元年(1399),迁翰林侍讲学士。七月,燕王起兵,靖难之役开始。建文四年(1402)六月,燕王军攻入京城,靖难之役结束。六月,朱棣召孝孺,欲使草诏,孝孺投笔于地,大骂朱棣。朱棣大怒,命磔孝孺。所著有《逊志斋集》二十四卷。《明史》卷一百四十一有传。

方孝孺论文受宋濂影响很深,主张文以明道。他在《送牟元亮赵

① 方孝孺《答刘养浩书》,《方孝孺集》卷十,第374页。

士贤归省序》中说："文所以明道也。文不足以明道，犹不文也。"[①]在道与气的关系上，他认为道为"气之君"，而气则是"文之帅"，道明就会气昌，气昌然后可以辞达。文章能够辞达即可，不必追求缛丽的辞藻。所以他在《与舒君书》中说："盖文与道相表里，不可勉而为。道者，气之君，气者，文之帅也。道明则气昌，气昌则辞达，文者，辞达而已矣。然辞岂易达哉？六经、孔、孟，道明而辞达者也。自汉以来二千年中，作者虽有之，求其辞达，盖已少见，况知道乎！"[②]

方孝孺以文知名当世。宋濂《送方生还宁海并序》云：

> 生精敏绝伦，每粗发其端，即能逆推而底必于极，本末兼举，细大弗遗。见于论著，文义森蔚，千变万态，不主故常，而辞意濯然常新，滚滚滔滔，未始有竭也。[③]

《四库全书》本《逊志斋集》提要云：

> 孝孺学术醇正，而文章乃纵横豪放，颇出入于东坡、龙川之间。盖孝孺之志在于驾轶汉唐，锐复三代，故其毅然自命之气，发皇凌厉，时露于笔墨之间。"黄宗羲评其文云："正学不欲以文人自命，然其经术之文，固文之至者也。尤妙者，在书得子瞻之神髓，叙事亦登史迁之堂。[④]

清俞化鹏撰《重辑方正学先生文集序》云："先生之文，如万斛源泉，随地奔涌，博综经济，穿贯天人，其中无所不有，而大旨一归于明道。韩、欧、程、朱，要非二人。世固久有定论焉。"[⑤]

---

① 方孝孺《送牟元亮赵士贤归省序》，《方孝孺集》卷十四，第531页。

② 方孝孺《与舒君书》，《方孝孺集》卷十一，第435页。

③ 宋濂《送方生还宁海并序》，《宋濂全集》，第2458页。

④ 黄宗羲《明文授读》卷六，《四库全书存目丛书》本。

⑤ 张常明《逊志斋外集》，上海：上海古籍出版社，2009年，第34页。

方孝孺的明道之文，主要是一些政论、史论文等。如《深虑论》一文：

> 虑天下者常图其所难，而忽其所易；备其所可畏，而遗其所不疑。然而祸常发于所忽之中，而乱常起于不足疑之事。岂其虑之未周欤？盖虑之所能及者，人事之宜然，而出于智力之所不及者，天道也。当秦之世而灭诸侯，一天下，而其心以为周之亡在乎诸侯之强耳。变封建而为郡县，方以为兵革不可复用，天子之位可以世守。而不知汉帝起陇亩之匹夫，而卒亡秦之社稷。汉惩秦之孤立，于是大建庶孽而为诸侯。以为同姓之亲可以相继而无变，而七国萌篡弑之谋。武、宣以后，稍剖析之而分其势，以为无事矣，而王莽卒移汉祚。……此其人皆有出人之智，负盖世之才，其于治乱存亡之几，思之详而备之审矣。虑切于此，而祸兴于彼，终至乱亡者，何哉？盖智可以谋人，而不可以谋天。良医之子多死于病，良巫之子多死于鬼。彼岂工于活人，而拙于活己子也哉？乃工于谋人，而拙于谋天也。古之圣人知天下后世之变，非智虑之所能周，非法术之所能制。不敢肆其私谋诡计，而唯积至诚，用大德，以结乎天心，使天眷其德，若慈母之保赤子而不忍释。故其子孙虽有至愚不肖者足以亡国，而天卒不忍遽亡之，此虑之远者也。夫苟不能自结于天，而欲以区区之智笼络当世之务，而必后世之无危亡，此理之所必无者也，而岂天道哉！①

这是一篇史论。文章开头从人事引出天道，为下文的议论张本。中间历引兴亡史实，以证“祸常发于所忽之中，而乱常起于不足疑之事”之理，目的在于给统治者提供历史教训，使之“深虑”长治久安的道理。吴楚材将此文选入《古文观止》，并给予很高评价，认为“此文

---

① 方孝孺《深虑论》，《方孝孺集》卷二，第76—77页。

归到积至诚、用大德，正是祈天永命工夫。古今之论天道人事者多，得此乃见透快”①。

方孝孺的一些杂著，短小精悍，叙述生动，颇具文学色彩。如《蚊对》写天台生夜卧帐中，遭群蚊叮咬：“生惊寤，以为风雨且至也，抱膝而坐。俄而耳旁闻有飞鸣声，如歌如诉，如怨如慕，拂肱刺肉，扑股噆面，毛发尽竖，肌肉欲颤。两手交拍，掌湿如汗，引而嗅之，赤血腥然也。大愕，不知所为。”天台生遂索烛照之，见群蚊集于帐帷，便骂童子不谨慎，放蚊子入帐，童子为之辩驳：

……且物之食于人，人之食于物，异类也，犹可言也。而蚊且犹畏谨恐惧，白昼不敢露其形，瞰人之不见，乘人之困怠，而后有求焉。今有同类者，啜粟而饮汤，同也；畜妻而育子，同也；衣冠仪貌无不同者。白昼俨然乘其同类之间而陵之，吮其膏而盬其脑，使其饿踣于草野，离流于道路，呼天之声相接也，而且无恤之者。今子一为蚊所噆，而寝辄不安，闻同类之相噆，而若无闻，岂君子先人后身之道耶？②

文章对群蚊飞入帐子、疯狂叮咬的描写采用夸张手法，显得颇为生动，又以剥削者与蚊子相类比，指出他们“白昼俨然乘其同类之间而陵之，吮其膏而盬其脑，使其饿踣于草野，离流于道路”的行径，比蚊子叮人更为残酷，从而揭露了统治者残酷压榨百姓的狰狞面目。又如《越巫》写越巫自夸善驱鬼，有少年装鬼候巫于道：

恶少年愠其诞，瞷其夜归，分五六人栖道旁木上，相去各里所。候巫过，下砂石击之。巫以为真鬼也，即旋其角，且角且走，心大骇，首岑岑加重，行不知足所在。稍前，骇颇定，木间砂乱下

① 吴楚材评《深虑论》，《解题汇评古文观止》，第772页。
② 方孝孺《蚊对》，《方孝孺集》卷六，第288页。

如初。又旋而角，角不能成音，走愈急。复至前，复如初，手栗气慑不能角，角坠，振其铃，既而铃坠，惟大叫以行。行闻履声及叶鸣谷响，亦皆以为鬼号，求救于人甚哀。夜半抵家，大哭叩门。其妻问故，舌缩不能言，唯指床曰："亟扶我寝，我遇鬼，今死矣！"扶至床，胆裂，死，肤色如蓝。巫至死不知其非鬼。[1]

文章通过越巫装神弄鬼、自欺欺人，最后反被人装鬼吓死的故事，辛辣地讽刺了社会上那些招摇撞骗的巫祝们，他们不仅害人，而且必然也将害己。文中对越巫被装鬼者惊吓的描写，颇为生动。

二、宋濂与方孝孺的交往及其影响

作为明初浙东派第二代作家核心成员的方孝孺，是宋濂的得意门生。《明史·方孝孺传》云："（孝孺）长从宋濂学，濂门下知名士皆出其下。先辈胡翰、苏伯衡亦自谓弗如。"[2]明洪武九年（1376），方孝孺游京师，"以文为贽"，拜宋濂为师。宋濂"一览辄奇之。馆置左右，与其谈经，历三时乃去"。第二年，宋濂致仕归浦江，方孝孺复执经相随，宋濂与之讲论儒家经典，"凡理学渊源之统，人文绝续之寄，盛衰几微之载，名物度数之变，无不肆言之，离析于一丝而会归于大通"。宋濂对方孝孺评价很高："以近代言之，欧阳少师、苏长公辈姑置未论，其余诸子与之角逐于文艺之场，不识孰为后而孰为先也？"方孝孺跟从宋濂学习四年之后，欲归海宁省其祖母。宋濂作《送方生还宁海并序》对其殷殷叮嘱：

……真儒在用世，宁能滞弥文？文敏必丧质，适中乃彬彬。有虞号多士，九官展经纶。惟时亮天功，外夷悉来宾。不闻有著书，鼓荡摩乾坤。生乃周容刀，生乃鲁玙璠。道贵器乃贵，奚须

---

① 方孝孺《越巫》，《方孝孺集》卷六，第210—211页。

② 张廷玉等《明史·方孝孺传》卷一百四十一，第4017页。

事空言？孳孳务践形，勿负七尺身。敬义以为衣，忠信以为冠。慈仁以为佩，廉知以为鞶。特立睨千古，万象昭无昏。此意竟谁知，为尔言谆谆。无徒谓强聒，一一宜书绅。[1]

他既为晚年"岂意荒砾中，获此席上珍"感到欣慰，又教导方孝孺要以儒家伦理为立身之本，以真儒用世为务，不必留心于繁文缛词，徒以耗费精神。方孝孺归宁海后，时时铭记恩师教导，以上继圣贤之道为已任。他曾致书宋濂云：

执事于义则师也，知己也，于恩则拔之于恒人之中而感之也。某宜何如哉？然执事之知爱于至愚者，非私某也。盖闵斯道之不振，矜得其人而明之也。某之感执事也，亦岂敢致私德于执事乎？竭其驽钝，务学之成，他日万之一有补于斯世，使将来有述焉，则庶乎不负执事之所望耳！[2]

此后，宋濂因罪流放茂州，途中卒于夔州。临死之前，他还给方孝孺写信，劝他向古代圣贤学习，"词意重厚，拳拳以古贤哲之事见勉，若诚以为可望者"[3]。宋濂去世后，方孝孺无比悲痛，他写下不少诗文如《奉怀太史公用尽字韵》《祭太史公》《祭太史公迁葬文》《潜溪先生像赞》等以缅怀恩师，寄托自己的哀思。洪武二十四年(1391)，方孝孺至蜀，与宋濂孙子宋怿相会，应其请作《宋仲圭墓志铭》。洪武二十六年(1393)，方孝孺任汉中府学教授，道经夔州时，再次祭奠宋濂之灵。洪武二十八年(1395)，方孝孺应蜀献王之请任蜀王世子师时，又奏请蜀王抚恤宋濂遗孤。

---

① 宋濂《送方生还宁海并序》,《宋濂全集》,第2459页。
② 方孝孺《谢太史公》,《方孝孺集》卷九,第311页。
③ 方孝孺《题太史公手帖》,《方孝孺集》卷十八,第683页。

三、方孝孺之死与浙东派的绝响

洪武三十一年(1398)闰五月,朱元璋驾崩,22岁的朱允炆登基。六月,方孝孺奉诏进京,任翰林侍讲,值文渊阁,日侍建文帝左右,以备顾问。建文元年(1399),孝孺迁翰林侍讲学士。建文二年(1400),诏修高庙实录及类要诸书,以孝孺为总裁,八月,改文学博士。孝孺"德望素隆,一时倚重。凡将相大政,议辄咨焉",曾作诗云:"斧扆临轩几宴闲,春风和气满龙颜。细听天语挥毫久,携得香烟两袖还。"①

在方孝孺的辅佐下,建文帝积极推行改制措施。即位之初,他就诏谕刑官:

> 《大明律》,皇祖所亲定,命朕细阅,较前代往往加重。盖刑乱国之典,非百世通行之道也。朕前所改定,皇祖已命施行,然罪可矜疑者,尚不止此。夫律设大法,礼顺人情,齐民以刑,不若以礼。其谕天下有司,务崇礼教,赦疑狱,称朕嘉与万方之意。②

主张省刑减狱,"清刑狱,恤流民""释黥卒及囚徒还乡"等。建文元年(1399),他"诏诸王毋得节制地方文武吏士,更定内外大小官制"③。建文二年(1400),他又下诏:"江、浙赋独重,而苏、松准私租起科,特以惩一时顽民,岂可为定则以重困一方。宜悉与减免,亩不得过一斗。"④以改变洪武时期江、浙赋税过重的状况。这一系列的改制措施,所取得的成绩是显著的。然而,随着战势的不断恶化,建文新政被迫终止。

建文元年(1399)七月,燕王起兵,靖难之役开始。建文二年

① 方孝孺《二月十四日书事》,《方孝孺集》卷二十四,第957页。
② 张廷玉等《明史·刑法志》卷九三,第2285—2286页。
③ 张廷玉等《明史·恭闵帝本纪》卷四,第61页。
④ 张廷玉等《明史·食货志二》,第1896页。

(1400)四月，官军与燕王军在白沟河展开大战，官军惨败，被斩及溺死者十余万人。建文三年(1401)，夹河之役，盛庸大败，官军死伤十余万人。同年三月，燕兵掠大名，孝孺献缓兵之策："燕兵久顿大名，天暑雨，当不战自疲……今其奏事适至，宜且与报书，往返逾月，使其将士心懈。我谋定势合，进而蹴之，不难矣。"[①]建文帝依计而行，命孝孺草诏，派遣薛岩使燕，使其罢兵。建文四年(1402)五月，燕兵复攻至江北，占扬州、克仪真。建文帝下罪己诏，诏征四方兵"勤王"。六月十三日，燕王军攻入京城，战争遂告结束。

靖难之役后，有些大臣如解缙、胡广、杨士奇、江仲隆等投降归顺了朱棣，而方孝孺、楼琏、刘璟等却恪守儒家大义，抗节不屈，最终惨遭杀戮。朱棣起兵之前，谋士姚广孝曾以方孝孺为托："城下之日，彼必不降，幸勿杀之。杀孝孺，天下读书种子绝矣。"[②]朱棣点头应允。朱棣攻下京城后，召方孝孺草诏，孝孺投笔于地，大骂朱棣。朱棣大怒，命磔孝孺。方孝孺死时，年仅46岁。门人廖镛、廖铭暗中将其遗骸埋葬于聚宝门外的山上。方孝孺死后，楼琏、刘璟也相继罹难。

楼琏(？—1402)，字士琏，义乌人。曾学于宋濂。洪武中以儒士召，任蓝田知县，擢广东道临察御史，后谪云南。建文继位，下诏求贤。楼琏以文学举，官至翰林侍读。方孝孺被杀之后，朱棣又召楼琏草诏。楼琏为保全家人性命，不得不违心地为朱棣写了即位诏书。他返家之后，羞愧不已，对妻子说："我固甘死，正恐累汝辈耳。"当天夜里，即自经而死。所著有《居夷集》五卷。《明史》卷一百四十一附《方孝孺传》中。

刘璟(1360—1402)，字仲璟，青田人，刘基次子。洪武二十三年(1390)，朱元璋命璟袭父爵。他让给长兄刘琏之子廌。朱元璋大喜，命刘廌袭封爵，另以刘璟为阁门使。后谷王就封地，擢璟为左长史。刘璟"论说英侃，喜谈兵"，曾为延安侯唐胜宗制定计策讨平贼兵。朱

---

① 张廷玉等《明史·方孝孺传》卷一百四十一，第4018页。

② 张廷玉等《明史》卷一百四十一，第4019页。

元璋称赞他说："璟，真伯温儿矣。"又曾与朱棣弈棋，朱棣说："卿不少让耶？"他却回答说："可让处则让，不可让者不敢让也。"[①]朱棣起兵后，他随谷王回到京师，并献破兵十六策，没有被采纳。后令其参李景隆军事，兵败后，归于乡里。成祖继位后，召璟，称疾不至，后被逮入京城。刘璟见到朱棣后，对他说："殿下百世后，逃不得一'篡'字。"朱棣大怒，将其下狱，后自经死。所著有《易斋集》二卷。《明史》卷一百二十八附《刘基传》中。

除以上诸人外，浙东派第二代作家中其他成员的命运如下：

王绅（1360—1401），字仲缙，义乌人，王袆次子。学于宋濂，以文词著称。蜀献王闻其名，聘入府中，待以宾礼。建文中，以才行荐于朝，召为国子博士，与修太祖实录，并献《大明铙歌鼓吹曲》十二章，后卒于官。所著有《继志斋集》十二卷。《四库全书》本《继志斋集》提要云："其文演迤丰蔚，不失家法。诗亦有陶韦风致，无元季纤秾之习。在洪武建文之间，尚可卓然成家。虽一鳞片甲，要非凡格，不以其缺佚弃之也。"郑柏《金华贤达传》卷二有传。

郑棠，字叔美，浦江人。与郑楷、郑柏均受业于宋濂，以文词知名。永乐四年（1406），有大臣荐于朝，命纂修大典。书成后，吏部铨试第一，除翰林院典籍，掌文渊阁秘书。后太子监国南京，选儒臣进讲，郑棠与王汝玉等九人在选中，秩满升翰林检讨，后以风疾辞归。卒于宣德中。所著有《金史评》及《道山集》。郑柏《金华贤达传》卷十一有传。

郑柏，字叔端，浦江人。学于宋濂，宋濂入蜀时，曾将自己的文稿授予柏，有"付子斯文"之嘱。其父郑湑代兄死难后，柏患病不仕，潜心于学术文章。蜀王曾以清逸处士称之。所著有《续文章正宗》四十卷、《金华贤达传》十二卷及《进德斋稿》等。卒于宣德中。

郑楷（1346—1438），字叔度，浦江人。受业于宋濂。善属文，工笔札。永乐初，蜀王朝京师，奏乞除王府教授。郑楷至蜀后，蜀王大喜，有"公来雪山重"之语，并赐号"醇翁"。永乐十一年（1413），郑楷

① 张廷玉等《明史・刘璟传》卷一百二十八，第3784页。

奏请蜀王，赐给宋恪路费，将宋濂墓由夔州莲花峰迁于成都。郑楷又作《翰林学士承旨宋公墓志》。永乐十四年(1416)，以左长史致仕。正统三年(1438)，郑楷病卒。至此，明初曾经盛极一时的浙东派便划上了最后一个休止符。

第五章　宋濂等浙东派文人与吴中派、江西派

元末明初的文坛，多个文学流派并存并相继兴起，他们之间存在着复杂的联系。其中，以宋濂为代表的浙东派与吴中派虽有一定的交往，但二者之间在文学观念及创作上却呈现出较大的差异。明初，在朱元璋的残酷屠戮下，吴中派文人相继罹祸，再加上浙东派文人对其文风不遗余力地批评，吴中派文人在文坛上的影响骤然消歇。而江西派文人在行事上多自甘淡泊、隐忍以行，同时他们的文风与浙东派颇为接近，其成员大多与浙东派文人保持着良好的关系。明初，江西派文人雅正平和的文风，适应了朱元璋倡导简易朴实文风的要求，并受到浙东派文人的积极评价，从而使之成为影响文坛的一支重要力量。

第一节　浙东派文人与吴中派文人的交往及其文学差异

一、元末明初吴中派之构成

元末，以平江（今苏州）为中心的吴中地区经济发展迅速，文化渐趋繁荣。元至正十三年(1353)，张士诚起兵袭据高邮，自称诚王。至正十六年(1356)，他先后攻陷平江、湖州、松江及常州诸路。至正二十三年(1363)九月，他又自立为吴王。士诚据吴期间，只求自保，实

无远图，吴中地区相对较为安定。再加之他为人轻财好施，筑景贤楼、开弘文馆以招纳文士，因此，当时有不少文人聚集在他的周围。文徵明《题七姬权厝志后》云：

> 伪周据吴日，开宾贤馆，以致天下豪杰。故海内文章技能之士，悉萃于吴。其陪臣潘元绍以国戚元勋，位重宰相。虽酗酒嗜杀，而特能礼下文士。①

胡翰《韩复阳墓碣》亦云："元之始乱，张士诚据苏州，恐众不附，大结人心，引士类为已用。"②另外，吴中地区有不少大地主、大盐商也招延名士，吟咏诗文。陈田《明诗纪事》云：

> 元季吴中好客者，称昆山顾瑛、无锡倪元镇、吴县徐良夫，鼎峙三百里间，海内贤士大夫闻风景附。一时高人胜流、佚民遗老、迁客寓公、缁衣黄冠，与于斯文者，靡不望三家以为归。③

因此，元明之际，有不少文人聚集于吴中地区，他们交往频繁，互相唱和，文学创作活动非常繁盛，并进而形成一个重要的文学流派——吴中派。其主要成员如下：

杨维桢(1296—1370)，字廉夫，山阴人。少时，父筑楼铁崖山中，聚书数万卷，令维桢诵读楼上，因自号铁崖。元泰定四年(1327)成进士，署天台尹，改钱清场盐司令。因狷直忤物，十年不调。会修辽、金、宋史，维桢著《正统辩》。总裁官欧阳玄赞叹说："百年后，公论定于此矣。"将荐之而不果，转建德路总管府推官。后擢江西儒学提举，未上，遭兵乱，避地富春山，徙钱塘。张士诚入吴，累召之，不赴。又遣其弟张士信登门造访，维桢遂撰《五论》，并致书士诚，告以顺逆成

① 文徵明《题七姬权厝志后》，《文徵明集》，第 525 页。

② 胡翰《韩复阳墓碣》，《胡仲子集》卷九，第 135—136 页。

③ 陈田《明诗纪事》甲签卷四，清陈氏听诗斋刻本。

败之理。后徙居松江之上，与才俊之士往来唱和。明洪武二年(1369)，朱元璋召诸儒纂修礼乐书。维桢至京，叙定纂修体例，留百余日，辞还。后卒于家。维桢以诗知名，其诗号铁崖体，风格上“纵横排奡，自辟町畦”。与李孝光、张羽、倪瓒、顾瑛为诗文友。所著有《东维子集》《铁崖古乐府》《复古诗集》等。《明史》卷二百八十五有传。

顾瑛(1310—1369)，又名德辉，字仲瑛，别号金粟道人，昆山人。家世素封，为人轻财好客。三十岁时，始折节读书，购古书、名画、彝鼎、秘玩等，置于所筑玉山草堂。喜与四方名士往来，张翥、倪瓒、陈基、杨维桢、柯九思、李孝光、张雨等皆曾寓其家。顾瑛朝夕与客诗酒唱和，其玉山雅集之盛，冠绝一时。至正中，尝举茂才，授会稽教谕，辟行省属官，皆不就。张士诚据吴，欲强授官职，遂隐于嘉兴合溪。后以子元臣为元水军副都万户，封武略将军、飞骑尉、钱塘县男。吴平后，父子并徙濠梁。洪武二年(1369)卒。顾瑛好客而能文，“其所作不逮诸客，而词语流丽，亦时动人”，其诗“清丽芊绵，出入于温岐、李贺间，亦复自饶高韵，未可概以诗余斥之”。所著有《玉山璞稿》一卷。《明史·文苑传》附载《陶宗仪传》末。

高启(1336—1373)，字季迪，长洲人。生性警敏，博学工诗，与王行、徐贲、余尧臣、吕敏、陈则等相往还，称“北郭十友”。又与杨基、张羽、徐贲等并称为“吴中四杰”。张士诚据吴，淮南行省参政饶介守吴中，闻高启名，延为上宾。后辞去，携家隐于吴淞江之青丘。明洪武元年(1368)，被荐至京，与修《元史》，授翰林院编修，复命教授诸王。洪武三年(1370)秋，授户部右侍郎，固辞不受，赐金放还。归青丘后，以教书治田自给。苏州知府魏观为移其家郡中，相交甚欢。洪武六年(1373)，魏观改修府治，因旧基原为张士诚宫址，获罪被诛。高启因为其撰写《上梁文》而受株连，被诛，终年三十九岁。《四库全书总目》称高启“天才高逸，实据明一代诗人之上。其于诗拟汉魏似汉魏，拟六朝似六朝，拟唐似唐，拟宋似宋。凡古人之所长，无不兼之”。所著有《吹台集》《江馆集》《凤台集》《娄江吟稿》《姑苏杂咏》等。后自选定为《缶鸣集》十二卷。《明史》卷二百八十五有传。

杨基(1326—1378),字孟载,自号眉庵。其先蜀之嘉州人,因祖父仕江左而生于吴中。基自幼聪敏绝人,九岁能背诵五经,及长著《论鉴》十万余言。元末,入张士诚幕府,为丞相府记室,后辞去,客饶介所。朱元璋攻占平江,基以饶氏客安置临濠,后徙河南。洪武二年(1369)放归,起为荥阳知县,累官至山西按察使。后遭谗,罚服劳役,死于工所。基以文知名,在吴中时,与高启、张羽、徐贲并称为“吴中四杰”。又与杨维桢相往来,曾作《铁笛歌为铁崖先生赋》,杨维桢为之赞叹不已:“吾意诗径已芜,今复得子,老铁当退步,让尔出一头地也。”① 所著有《眉庵集》十二卷。《明史》卷二百八十五附载《高启传》中。

张羽(1333—1385),字来仪,更字附凤。本浔阳人,从父宦游江浙,与友徐贲相约,遂卜居吴兴。元末领乡荐,为安定书院山长。洪武四年(1371)征至京师,因应对不称旨,放还。后征授太常丞,兼翰林院,同掌文渊阁事。为文精洁有法,太祖重之,洪武十六年(1383)曾命其撰滁阳王庙碑。后坐事徙岭南,半道召还。羽自知不免,于途中投龙江而死。所著有《静居集》四卷。集中“五言古体低昂婉转”,“歌行雄放,骎骎欲度季迪前,固当含超幼文,跨蹑孟载”。《明史》卷二百八十附载《高启传》中。

徐贲(1335—1393),字幼文。其先蜀人,徙于常州,再徙平江,居郭北,号北郭生。元末张士诚辟为属僚,后谢去,与张羽避居吴兴。吴平后,谪徙临濠。洪武七年(1374),被荐至京。洪武九年(1376)授给事中。历任御史、刑部主事、广西参议,官至河南左布政使。洪武十一年(1393),大军征洮、岷过其境,因犒劳失时,下狱,后被处死。贲善画,亦工书。其诗“才气不及高、杨、张,而法律谨严,字句熨贴,长篇短什,并首尾温丽,于三家别为一格”。所著有《北郭集》六卷。《明史》卷二百八十五附《高启传》中。

陈基,字敬初,临海人。少受业于黄溍,从溍游京师,因荐授经筵检讨。曾为人草谏章,力陈元顺帝过失,几因此获罪,后避隐乡里。

---

① 张习《眉庵集后志》,《眉庵集》(后志),文渊阁《四库全书》本。

张士诚据吴，起参太尉府军事，军中檄书多出其手。吴平后，明太祖召入与修《元史》，赐金而还。洪武二年(1369)冬卒。所著有《夷白斋稿》三十五卷。《明史》卷二百八十五有传。

张宪，字思廉，自号玉笥生，山阴人。学诗于杨维桢，为人负才不羁，尝走京师，恣言天下之事，被视为狂生。后还富春山，混迹僧人中。晚年仕张士诚，为太尉府参谋，后迁枢密院都事。元亡后，变易姓名，周游四方。后至杭州，寄食报国寺以殁。宪学诗于杨维桢，其诗"磊落肮脏，豪气坌涌"，其中古乐府尤其受维桢推许。所著有《玉笥集》十卷。《明史》卷二百八十五附载《陶宗仪传》中。

饶介(1300—1367)，字介之，自号华盖山樵、醉翁，临川人。元末自翰林应奉出佥江浙廉访司事。张士诚入吴，饶介杜门不出。士诚慕其名，多次派使者前往，征为淮南行省参知政事。元至正二十七年(1367)，朱元璋下平江，士诚败，饶介被俘，解至南京后被处死。饶介雅爱诗歌，喜与吴中名士往来。据《明史·张简传》："(介)尝大集诸名士赋《醉樵歌》。简诗第一，赠黄金一饼；高启次之，得白金三斤；杨基又次之，犹赠一镒。"[1]所著有《右丞集》。

袁凯，字景文，自号海叟，松江华亭人。元末曾为府吏，博学有才辨。洪武三年(1370)荐授监察御史。朱元璋虑囚，命袁凯送皇太子覆讯，多所矜减。朱元璋问他："朕与太子孰是?"袁凯答："陛下法之正，东宫心之慈。"朱元璋认为他老猾持两端，恶之。袁凯恐惧，佯狂得免，告归，久之以寿终。凯工诗，有盛名。曾赋《白燕》诗，为杨维桢所称赏，人称"袁白燕"。所著有《海叟诗集》四卷。《明史》卷二百八十五有传。

王行，字止仲，号澹如居士，又号半轩，晚号楮园，吴县人。幼随父依徐翁家，徐媪喜听稗官小说，行日记数本，为媪诵之。媪喜，言于翁，授以《论语》，明日悉成诵。翁异之，俾尽读家所有书，遂淹贯经史百家言。洪武初郡庠延为经师。后辞去，隐于石湖。其二子役于京

---

① 张廷玉等《明史·张简传》卷二百八十五，第7321页。

师，行往视之。凉国公蓝玉延之西塾，怅然相知之晚，数荐之太祖，得召见。后蓝玉被诛，行父子亦坐死。所著有《楮园集》十五卷、《半轩集》六卷、《学言稿》十二卷等。《明史》卷二百八十五有传。

王逢，字原吉，号梧溪子、席帽山人，江阴人。元至正中，作《河清颂》，台臣荐之，以病坚辞不就。张士诚据吴，其弟士德用逢策，北降于元。吴平，太祖欲辟用之，坚卧不起，隐于乌泾，歌咏自适。洪武十五年(1382)以文学征，谢辞。后卒于家。所著有《梧溪集》七卷。诗三卷，“古体诗音节高古，时有汉唐遗韵；近体诗亦老成朴实，不落纤佻，因不屑与鞶帨家争工斗胜也”①。《明史》卷二百八十五附载《戴良传》中。

二、宋濂等浙东派文人与吴中派文人的交往

元末明初，作为东南地区影响最大的两大文学流派，浙东派与吴中派的作家之间，因为多种原因，存在着一定的交往与联系。

宋濂与杨维桢的交往是缘于其师黄溍。黄溍对杨维桢非常器重，他任江浙儒学提举时，四方求文者很多，黄溍就经常让杨维桢代笔，并对别人说：“吾文有豪纵不为格律囚者，此非吾文，乃杨廉夫文也。”元至正十年(1350)，黄溍致仕归乡，与杨维桢相会于天竺山，并称赞他说：“吾老且休矣。吾子文绝辨，已白于禁林。宋三百年纲目属之子矣。”②因此，黄溍卒后，宋濂便撰写其师行状，并托郑深求杨维桢作墓志铭。杨维桢因其所请，作《故翰林侍讲学士金华先生墓志铭》。此后，二人之间的交往便逐渐增多。

元至正十七年(1357)春，杨维桢为宋濂《潜溪后集》作序，认为：

> 金华文章家显而在上者，自延祐来，凡四三人，人皆知之。而在下，人少知而吾独知者，曰圊谷陈樵氏、潜溪宋濂氏也。圊

---

① 赵翼《簷曝杂记》卷五，清嘉庆湛贻堂刻本。

② 杨维桢《故翰林侍讲学士金华先生墓志铭》，《东维子文集》卷二十四，《四部丛刊》本。

谷，吾已录其文而藏于家。潜溪又得其弟子郑涣，传之于私稿。二子之文夺于众者势，而取于吾者理，有可得而征者。①

对宋濂文章评价很高。元末杨维桢于东南倡导古乐府运动，宋濂也以唱和的形式参与其中，他所作《越歌·约杨推官同赋》14首，实即与杨维桢唱和的《竹枝词》②。明洪武二年(1369)，朱元璋召诸儒纂修礼乐书。杨维桢因宋濂举荐被召至京，留京百余日，俟所修书叙例略定，辞还。宋濂为作《送杨廉夫还吴浙》相送：

皓仙八十起商山，喜动天颜咫尺间。一代辽金归《宋史》，百年礼乐上春官。归心只忆鲈鱼鲙，野性宁随鸳鹭班？不受君王五色诏，白衣宣至白衣还。③

杨维桢也作诗相答：

一代春秋付托癫，龙门太史笔如椽。山河大统三分国，正朔中华一百年。麒麟阁上登雄将，龙虎榜头收大贤。试问阮公《高隐传》，谁填四十满中篇。④

洪武三年(1370)二月，杨维桢还曾为宋濂《潜溪新集》作序：

婺学在宋有三氏，东莱氏以性学绍道统，说斋氏以经世立治术，龙川氏以皇帝王霸之略志事功，其炳然见于文者，各自造一家，皆出于实践，而取信于后之人而无疑者也。宋子之文，根性

① 杨维桢《潜溪后集序》，《宋濂全集》附录，第2731页。

② 明卓人月《古今词统》即把其中6首分别归入《秦淮竹枝》《镜湖竹枝》。《古今词统》，明崇祯刻本。

③ 宋濂《送杨廉夫还吴浙》，《宋濂全集》，第2474页。

④ 杨维桢《寄宋景濂》，《宋濂全集》附录，第2837页。

道，干诸治术，以超继三氏于百十年后，世不以归于柳、黄、吴、张，而必以宋子为归。①

是年五月，杨维桢卒于家，临去世前，他嘱托门人："知我文最深者，唯金华宋濂氏，我即死，非景濂不足铭我，尔其识之。"卒后三月，宋濂即为其作墓志铭，赞扬他在文学上取得的成就："见诸论撰，如睹商敦周彝，云雷成文，而寒芒横逸，夺人目睛。其于诗尤号名家，震荡凌厉，骎骎将逼盛唐。骤阅之，神出鬼没，不可察其端倪。"②

宋濂与高启的交往则在入明以后。明洪武二年(1369)，诏修《元史》，以宋濂、王袆为总裁官，以汪克宽、胡翰、宋禧、陶凯、陈基、赵埙、曾鲁、高启等为纂修官。高启被召至京，史成后，复命其教授诸王。高启在京城期间，与宋濂、张孟兼、胡翰、宋璲等经常来往。高启曾作《会宿成均，汲玉兔泉煮茗，诸君联句不就，因戏呈宋学士》：

白兔如嫌桂宫冷，走入杏花坛下井。嫦娥无伴每相寻，水底亭亭落孤影。曾捣秋风玉臼霜，至今泉味带天香。玉堂仙翁欲饮客，鹿卢夜半响空廊。斋灯明灭茶烟里，醉魂忽醒松风起。只愁诗就失弥明，残雪满庭寒似水。③

洪武三年(1370)，宋濂任翰林学士。高启曾与之夜宿翰林院，并作诗《雪夜宿翰林院呈危宋二院长》：

偶伴王摩诘，寒宵宿禁林。院铃风外静，宫漏雪中沉。绛蜡销吟烛，青绫拥赐衾。明朝陪贺瑞，银阙晓光深。④

① 杨维桢《潜溪新集序》，《宋濂全集》附录，第2738页。

② 宋濂《元故奉训大夫江西等处儒学提举杨君墓志铭》，《宋濂全集》，第1354页。

③ 高启《会宿成均，汲玉兔泉煮茗，诸君联句不就，因戏呈宋学士》，《高太史大全集》卷九，《四部丛刊》本。

④ 高启《雪夜宿翰林院呈危宋二院長》，《高太史大全集》卷十二，《四部丛刊》本。

高启客居淞江时，见滨江之木为秋风所摧折，随波而流，因以槎名所居之轩。及游京师，宋濂为其撰写了“槎轩”二字。此后，高启或仕或退，所至之处，便以宋濂所书之字置于室中。洪武六年(1373)，他又作《槎轩记》以记述此事。

高启与张孟兼的交往也是在这一时期。谢翱曾为宋文天祥咨事参军。文天祥死后，谢翱登西台作《登西台恸哭记》，哀恸知己之不复。张孟兼为此事所感，作《释西台恸哭记》，并请高启为之赋诗。高启遂作《西台恸哭诗》：

峨峨子陵台，其下大江奔。何人此登高，恸哭白日昏。哀哉宋遗臣，旧客丞相门。丞相既死节，有身耻空存。北望万里天，再拜奠酒尊。阴云暮飞来，恍如载忠魂。所哭岂穷途，中抱千古冤。上悲宗周陨，下念国士恩。凄凉当世事，感慨平生言。空山谁知哀，惟有猴与猿。岂不畏众惊，声发不忍吞。人言天有耳，此哭宁不闻。愿因长风还，吹此血泪痕。往堕燕山隅，一洒宿草根。田横去已远，兹道不复论。作歌悼往事，庶使薄俗敦。①

此外，高启与张孟兼、宋璲还有《莲房联句》诗。

胡翰在史局时，也曾为高启《缶鸣集》作序：

吴郡高季迪，少有俊才。始余得其诗于金华，见之未尝不爱。及来京师，同在史局，又得其所谓《缶鸣集》者，阅之累日不已。合古今体数百首，其事虽微，可以备史氏之惩劝，其辞则余之所欲模拟，而莫之工者。铿锵振发，而曲折窅如也，果何自而得之。

对于高启被饶介延为上宾一事，胡翰也婉转为其开脱：

① 高启《西台恸哭诗》，《高太史大全集》卷六，《四部丛刊》本。

方吴郡未入版籍，不幸为僭窃者据之，擅其利者十年矣。士于是时孰不苟升斗之禄以自活鬵釜间。季迪日与之处，曾不浼焉。顾乃率其俦类，倡和乎山之崖、水之溢，取世俗之所不好者而好之。含毫伸牍，鸣声咿咿，及其得意，又自以为天下之乐，率不足以易其乐焉。①

元末戴良避兵吴中，依张士诚政权。他客居吴中期间，与吴中派文人张宪、陈基等均有来往。他曾为张宪《玉笥集》作序：

及来吴中，张君思廉出其所为诗一编以示观，观其咏史诸作，上下千百年间，理乱之故，得失之由，皆粲然可见。而陈义之大，论事之远，抑扬开阖，反复顿挫，无非为名教计。至于乐府歌行等篇，则又逸于思而豪于才者，及观其他作，往往不异于此。而此数体者，尤足以肆其驰骋云耳。②

至正二十四年(1364)五月，他为友人陈基编订诗文集《夷白斋稿》三十四卷，并为该集作序：

(基)后由京师还吴，适值兵兴，藩翰不次用贤，即以枢府都事起于家。后又用之省幕，用之公府，迹愈显而文愈工。人之求者，皆随而应之，盖粲乎其可观矣……余于先生之文，读之累月，曾莫有所去取于其间，虽片言半简，咸附而录之者。所以明乎一字画之微，皆可为斯世之贵重也。③

陈基卒后，戴良还作《哭陈夷白》二首以寄哀思：

---

① 胡翰《缶鸣集序》，《胡仲子集》卷四，第57页。

② 戴良《玉笥集序》，《九灵山房集》卷七，第99页。

③ 戴良《夷白斋稿序》，《九灵山房集》卷七，第101页。

白发江湖一病身，平生精力瘁斯文。师门伟器今余几，藩国奇才独数君。共爱辞华追董贾，肯将出处累机云。生刍不到黄琼墓，目极五湖西日曛。

老我归来托远林，仙桡犹泛五湖深。身名已喜全离乱，生死俄闻变古今。悬榻空余徐穉恨，绝弦真乱伯牙心。无端又向溪桥立，望断秋鸿泪满襟。①

杨维桢在睦任建德路总管府推官时，戴良还曾亲访其官署，请他为自己的书斋作记。杨维桢应其所请，作《听雪斋记》：

金华戴君良过睦谒余官次，明旦复持卷来曰："良所斋室，乡先生柳道传公尝书听雪以颜之，未得记而公卒，且令良有请于吾子，幸吾子赐之言。"予重违公契阔意，而且嘉良之切切于雪，为之言。②

此外，杨基也有《寄叶德彰戴叔能》：

江远树层层，蒲荷叶渐增。酒樽池阁雨，棋局夜船灯。竹净删逾瘦，花疏扫未能。亭亭川上鹄，风雨看飞腾。③

入明后，杨基还曾作《寄张学录孟兼揭应奉孟同二文学》：

何用聪明万卷书，自须卑陋一廛居。草于闲处生偏密，花到春深看渐疏。绿水满渠浇药后，青山无数卷帘初。相过莫道柴门窄，细柳高槐可荫车。④

---

① 戴良《哭陈夷白》，《九灵山房集》卷二十九，第420—421页。

② 杨维桢《听雪斋记》，《东维子文集》卷十八。

③ 杨基《寄叶德彰戴叔能》，《眉庵集》卷六，《四部丛刊》本。

④ 杨基《寄张学录孟兼揭应奉孟同二文学》，《眉庵集》卷八，《四部丛刊》本。

元明之际，文人雅集成为社会风尚，其中尤以顾瑛、杨维桢为代表的“玉山雅集”影响更为广泛，成为文人雅士觞咏酬唱的重要场所。参加“玉山雅集”的文人中虽以吴中派作家为主，但也不排斥其他地域的作家。在浙东派文人中，王袆就曾参与其中。元至正六年(1346)，王袆随其师黄溍游京师，为朝贵所重。危素、段天祐等交荐于朝，时宰嫌其切直，不报。至正十年(1350)，王袆南归，七月，抵昆山顾瑛玉山草堂，与之定交。顾瑛《草堂雅集》卷十云：“王袆，字子充，金华人，晋卿黄先生门人。与天台陈敬初游京师，为朝贵所重，赴乡荐，归江南。余与定交，时过草堂，觞咏累日。吴中习举业者多从之。”①

是月二十五日，王袆与于立、顾瑛、袁华、释良琦等会于顾瑛芝云堂，酒酣赋诗，以“丹桂五枝芳”为韵。王袆得桂字，其诗云：

> 玉山何岧峣，亭馆发佳气。雨过井上梧，风生石边桂。芳樽侑娇歌，谑笑杂清议。论交不须多，对酒且成醉。情文略细仪，理会忘外累。孤踪苦无常，良集讵云易。未知今日欢，明年复何地。②

二十九日，他又与于立、释良琦、赵元、袁华、顾瑛等宴于芝云堂。酒酣之后，以古乐府分题，以纪一时之胜。袁华、顾瑛、于立诗成，其他三人未成诗，各罚酒二觥。顾瑛《赋得山人劝酒》一诗生动描绘了当时雅集胜况：

> 龙门山人，会稽外史。颜如红桃花，貌若赤松子。秋风西来云满堂，天香散落芙蓉床。手持青莲叶，酌我荔枝浆。荔枝浆，荷花露，绿阴主人在何处。算来三万六千日，日日春风浑几度。

① 顾瑛《草堂雅集》卷十，文渊阁《四库全书》本。

② 王袆《玉山何岧峣》，《玉山名胜集》卷二，文渊阁《四库全书》本。

山人歌，山人舞，山人劝酒向我语。不见辽东丁令威，白鹤空归华表柱。归去来，在何时，青山楼阁相逶迤。碧桃四时花满枝，花间玉笙鹅管吹。老仙迟子商山下，商山玉泉生紫芝。归去来，毋迟迟。①

王祎在吴中时，还曾为顾瑛作《采芳辞题顾仲英绿波亭》《可诗斋记》等。

徐一夔徙居嘉兴时，也曾与顾瑛、杨维桢交往。朱彝尊《曝书亭集·徐一夔传》云：

当元之季，一夔自天台徙嘉兴。于时嘉兴人鲍恂居郡城之西溪，贝琼居千金圩，郁遵居商陈村，朱克恭居澄林，王镛及弟钧居梅溪，濮仲温父子居濮市，丰于资，集一时名士，为聚桂文会，以文卷赴者五百余人，请杨维桢评其优劣。四方避地者，桐庐姚桐寿居海盐之峨溪，昆山顾德辉居合溪，温州陈秀民居竹邻巷，闽卓成大居甓川，江阴孙作居南湖，而东平牛谅、河南高逊志、江都丘民、钱塘陈世昌、会稽唐肃、江汉皆来侨居。②

徐一夔曾为顾瑛摘阮小像题赞：

夫人之在盛世，居有图史之娱，出有裘马之乐。谓其为隐也，则未尝枕流漱石。谓其为显也，又未尝析圭儋爵。是盖不为世故之所婴也确矣。方其调寄于一阮，渺乎若孤鸿之唳层霄，峭乎若寒泉之度绝壑。夫又孰知其幽情远意之所托？抑欲状其高简，其视晋人而无怍者耶。③

① 顾瑛《赋得山人劝酒》，《玉山名胜集》卷八，文渊阁《四库全书》本。
② 朱彝尊《曝书亭集》卷六十四，《四部丛刊》本。
③ 徐一夔《顾仲英摘阮小像赞》，《始丰稿》卷一，第11页。

顾瑛为人颇旷达，生前即筑寿冢，并为墓冢绘图及预作志文以随身携带。徐一夔曾为其作《寿藏图赞》：

造化之运，以亭以毒。……有顾英君，其识孔卓。死生一致，克先众觉。谓来适然，去亦若兹。曷置欣戚，于来去为。里有绰阜，若龙起伏。曰此我归，爰协吉卜。神灵攸聚，风气合完。阳晶发辉，阴缦纠蟠。瑶华翠蕤，骈生左右。文膺绣羽，鸣集先后。君息于斯，白云为期。君歌于斯，明月为知。人为君危，君则顺适。①

赞扬顾瑛对待生死的达观态度。

三、浙东派文人与吴中派文人的文学差异

元末明初，浙东派文人与吴中派文人虽然有一定的联系与交往，但二者之间在文学观念及创作上却呈现出较大的差异。

受理学思想的影响，浙东派的作家大都很重视文学的明理载道功能，主张文道合一、文以明道。如宋濂便说："文之至者，文外无道，道外无文。粲然载于道德仁义之言者，即道也。秩然见诸礼乐刑政之具者，即文也。"又说："大抵为文者，欲其辞达而道明耳，吾道即明，何问其余哉？"②刘基与宋濂曾相约"同倡千古之绝学"，他主张"美刺讽谏，莫不裨于世教"，从文学经世致用的角度体现文以载道的观念。朱右《新编六先生文集序》亦云："文所以载道也，立言不本于道，其所谓文者妄焉耳。夫日星昭布、云霞绚丽天文也，川岳流峙、草木华实地文也，名物典章礼乐教化人文也。三才之道备文莫大焉。"③方孝孺受其师影响，在文道关系与宋濂主张接近，他在《送牟元亮赵士贤归

① 徐一夔《寿藏图赞》，《始丰稿》卷一，第12页。
② 宋濂《文原》，《宋濂全集》，第2004页。
③ 朱右《新编六先生文集序》，《白云稿》卷五。

省序》中说:“文所以明道也,文不足以明道,犹不文也。”[1]

而吴中派作家却较少受理学的束缚,他们更多的把诗文看作个人表情达意、吟咏自适的工具。杨维桢《李仲虞诗序》云:“诗者人之情性也。人各有情性,则人有各诗也。得于师者,其得为吾自家之诗哉。”[2]其《郯韶诗序》亦云:“或问:诗可学乎?曰:诗不可以学为也。诗本情性,有性此有情,有情此有诗也。上而言之,雅诗情纯,风诗情杂。下而言之,屈诗情骚,陶诗情靖,李诗情逸,杜诗情厚。诗之状未有不依情而出也。”[3]认为诗歌是作者感情的自然流露。结合他的创作来看,他所谓的情性其实就是指诗人任情恣性的个性。高启也宣称作诗是一种自我娱悦,与载道教化的功利目的无关。他说:

> 子生是时,实无其才,虽欲自奋臂,譬如人无坚车良马,而欲适千里之涂,不亦难欤?故窃伏于娄江之滨,以自安其陋,时登高丘,望江水之东驰百里而注之海,波涛之所汹歘,烟云之所杳霭,与夫草木之盛衰,鱼鸟之翔泳,凡可以感心而动目者,一发于诗,盖所以遣忧愤于两忘,置得丧于一笑者,初不计其工不工也。[4]

张羽因受杨维桢影响,其论诗同样重视自娱功能。他在《画屏赞》中说:

> 若乃幽人逸士,游心事外,命驾乎莽苍之野,弭棹乎清冷之渊,默揽万变,有动于中。于是假毫素之妍以写其夷旷之趣,不计工拙,而姑以自娱焉者,则君子所不废也。[5]

---

① 方孝孺《送牟元亮赵士贤归省序》,《方孝孺集》卷十四,第 531 页。
② 杨维桢《李仲虞诗序》,《东维子文集》卷七。
③ 杨维桢《郯韶诗序》,《东维子文集》卷七。
④ 高启《娄江吟稿序》,《凫藻集》卷三,《四部丛刊》本。
⑤ 张羽《画屏赞》,《张来仪文集》卷一,《豫章丛书》本。

幽人逸士，出游于旷野清渊，借诗歌抒写其"夷旷之趣"。这种自娱的诗歌创作，是君子所不废弃的。

既然要通过诗歌以表情达意、吟咏自适，那么诗歌的艺术形式就显得尤为重要。因此，吴中派作家大都很注重诗歌的形式与艺术技巧。如"天才高逸，实据明一代诗人之上"的高启，其《独庵集序》云：

> 诗之要有三，曰格，曰意，曰趣而已。格以辨其体，意以达其情，趣以臻其妙也。体不辨则入于邪陋，而师古之义乖；情不达则堕于浮虚，而感人之实浅；妙不臻则流于凡近，而超俗之风微。三者既得而后典雅、冲淡、豪俊、秾缛、幽婉、奇险之辞，变化不一，随所宜而赋焉。……夫自汉魏晋唐而降，杜甫氏之外，诸作者各以所长名家，而不能相兼也。学者誉此诋彼，各师所嗜。譬犹行者埋轮一乡，而欲观九州之大，必无至矣。盖尝论之，渊明之善旷，而不可以颂朝廷之光；长吉之工奇，而不足以咏丘园之致，皆未得为全也。故必兼师众长，随事摹拟，待其时至心融，浑然自成，始可以名大方，而免夫偏执之弊矣。①

作诗要掌握三要，即格调、造意及兴趣。掌握格调可以辨其体制，否则会悖离古诗体的原则而入于邪陋；掌握造意就有利于发挥真实情感，使诗歌言之有物；掌握兴趣就可以达至妙境，使诗歌超越凡俗之思致与文字之窠臼。如果三者能够兼备，作诗便可以轻松自如，随机生发，表现出典雅、冲淡、豪俊、秾缛等多种不同风格。自汉至唐，虽名家辈出，但除杜甫而外，尚无人能够三者兼备。故此，只有兼取各家之长，随事摹拟，待到融会贯通后，才能自成名家。此序涉及到诗歌的格调、情感、兴趣、体裁、声律等方面，可谓是一篇真正诗人的诗论。

杨维桢论诗，主张要得古人诗歌之神气、韵味。其《赵氏诗录序》云：

---

① 高启《独庵集序》，《凫藻集》卷二，《四部丛刊》本。

评诗之品无异人品也。人有面目、骨骼，有情性、神气，诗之丑好高下亦然。……然诗之情性、神气，古今无间也。得古之情性、神气，则古之诗在也。然而面目未识，而谓得其骨骼，妄矣。骨骼未得，而谓得其情性，妄矣。情性未得，而谓得其神气，益妄矣。①

他以人品来论诗品，认为诗歌有面目、骨骼、情性、神气之别。古人诗歌，风雅、楚骚、十九首、陶、杜、二李等，“情性不野、神气不群”，“骨骼不庳、面目不鄙”。学诗能得其情性、神气，则可以“冠当代而名世矣”。

浙东派作家则较少注重文学作品具体的形式技巧。相对而言，他们更注重创作主体道德精神的培养，认为通过对儒学经典的学习，达到理明、气昌，则文不求工而自工。宋濂《文说》云：

文者果何由而发乎？发乎心也。心乌在？主乎身也，身之不修而欲修其辞，心之不和而欲和其声，是犹击缶而合乎宫商，吹折苇而冀同乎有虞氏之《箾》《韶》也，决不可致矣。曷为不思乎？圣贤与我无异也，圣贤之文若彼，而我之文若是，岂我之心不若乎？气之不若乎？否也，特心与气失其养耳。圣贤之心浸灌乎道德，涵泳乎仁义，道德仁义积而气因以充，气充，欲其文之不昌不可遏也。②

他认为文由心生，而心则“主乎身”。如果能涵养道德仁义，做到德立气充，“和顺积于中，英华发于外”，气昌文明，是“理固应尔”。吴沉论文也主张理气并重。他说：

---

① 杨维桢《赵氏诗录序》，《东维子文集》卷七。

② 宋濂《文说》，《宋濂全集》，第1962—1963页。

故理全而气正者，圣贤之文也。理不足以命其气者，文人之文也。气不足以发其理者，句读之儒之文也。吁，此文之所以难言也。此明理养气之功，所以不可遗其一也。①

认为明理、养气二者缺一不可，理气并重，方能写出"圣贤之文"。在道与气的关系上，方孝孺也认为道为"气之君"，而气则是"文之帅"，道明就会气昌，气昌然后可以辞达。文章能够辞达即可，不必追求缛丽的辞藻，所以他在《与舒君书》中说：

道者，气之君，气者，文之帅也。道明则气昌，气昌则辞达，文者，辞达而已矣。然辞岂易达哉！六经、孔、孟，道明而辞达者也。自汉以来，二千年中，作者虽有之，求其辞达，盖已少见，况知道乎！②

文学观念的不同决定了浙东派文人与吴派文人文学创作上的差异。总的来看，吴派文人多以诗歌见长，他们的诗歌创作较少关注社会、政治问题，而以消遣自娱、展示个性、抒写情思为目的，内容上多描写文人的日常生活，如酬答唱和、歌舞宴饮、对景抒怀等。如元末顾瑛筑玉山草堂，其池馆之盛，甲于东南，吴中文士多与之游宴。他曾将游宴唱和之作编集为《玉山名胜集》，集中以地名为纲，"每一地各先载其题额之人，次载瑛所作题咏，而以序记诗辞之类各分系其后"。如卷一《玉山草堂》分别有于立、释良琦、郯韶、陆仁、郭翼、张天英、陈基、王蒙、杨维桢、袁华等人的题诗。袁华诗云：

玉山之中草堂深，石床萝磴秋阴阴。华林月白鹤在野，水馆风清鱼听琴。底须封侯醴泉郡，自好躬耕梁父吟。碧桐翠竹吾

① 吴沉《白石山房文集序》，《濲川集》卷八，《北京图书馆古籍珍本丛刊》，第98册，第510页。

② 方孝孺《与舒君书》，《方孝孺集》卷十一，第435页。

所爱，他日杖屦重幽寻。

杨维桢诗云：

爱汝玉山草堂好，草堂最好是西枝。浣花杜陵锦官里，载酒山简高阳池。花间燕语春长在，竹里清尊晚更移。无奈道人狂太甚，时携红袖写乌丝。

王蒙诗云：

玉山草堂近秋水，当昼烟云生席茵。檐间鸥鹭下白雪，床有琴瑟娱嘉宾。虎头痴绝丹青在，鹅帖临摹纸墨新。料得西风收获竟，焚香菌阁坐清神。

所赋皆不出亭园阁池之美、宴饮唱和之欢等内容。

同时，由于吴中派文人较少受理学束缚，他们与歌伎来往密切，其诗作中涉及这方面的内容也较为普遍。贝琼《铁崖先生传》称杨维桢“溺于音乐，出必从以歌童舞女，为礼法士所疾”。顾元庆《云林遗事》亦云：“杨廉夫耽好声色，一日与元镇会饮友人家，廉夫脱妓鞋，置酒杯其中，使坐客传饮，名曰鞋杯。元镇素有洁疾，见之大怒，翻案而起，连呼龌龊而去。”[①]杨维桢曾为妓女璠英赋《花游曲》：

三月十日春蒙蒙，满江花雨湿东风。美人盈盈烟雨里，唱彻湖烟与湖水。水天虹女忽当门，午光穿漏海霞裙。美人凌空蹑飞步，步上山头小真墓……[②]

---

① 陈衍《天诗记事》卷七，清光绪本。

② 杨维桢《花游曲》，《铁崖古乐府》卷三，《四部丛刊》本。

顾瑛和诗云：

真娘墓下花溟蒙，碧梢小鸟啼春风。兰舟摇摇落花里，唱彻吴歌弄吴水。十三女子杨柳门，青绿盘髻郁金裙。折花卖眼一回步，蛱蝶双飞上春墓。老仙醉弄铁笛来，琼花起作回风杯。兴酣鲸吸玛瑙碗，立案鸣筝促象板。午光小落行春西，碧桃花下题新题。西家忽遣青鸟使，致书殷勤招再四。当筵夺得凤头笺，大写仙人蹁跹篇。①

高启亦有《听教坊旧妓郭芳卿弟子陈氏歌》《赠妓》《两妓》《吴别驾宅闻老妓陈氏歌》《江上逢旧妓李氏风过》等诗。其《赠妓》一诗云："乐籍小名收，侯家旧主讴。笑能撩客喜，醉肯逐人留。蝶识薰香气，莺惭度曲喉。更怜谙酒令，少日住扬州。"②杨维桢还作有不少以女性为题材的香奁诗，有的内容过于庸俗浅薄。如《秋千》云："齐云楼外红络索，是谁飞下云中仙。刚风吹起望不极，一对金莲倒插天。"又如《相见》："酥凝背甲玉搓肩，只讶红绡覆白莲。底是太阴藏火性，狂夫夜夜为君然。"

而浙东派的作家在创作上则力行其"文以明道""经世致用"的主张，其作品多具有浓厚的济世情怀，对社会、政治等问题较为关注。如宋濂的《饥尨行》《古战场行》《祝田神辞》《杂体·懿哉鲁国相》、刘基的《畦桑词》《买马词》《衔燕泥》《射虎词》等诗歌对元末战乱频仍、社会动荡、民不卿生、贪官污吏横行的社会现实进行了深刻揭露，这些诗多写得情感深沉，格调凝重。但总体看来，浙东派作家更以文章知名当世。他们的文章内容上或讥刺社会，或探讨学术，风格上多质朴自然。如宋濂的《龙门子凝道记》《燕书》、刘基的《郁离子》、苏伯衡的《空同子瞽说》中有不少寓言作品，对元季统治者的残酷剥削、丑

① 顾瑛《花游曲》，《玉山璞稿》卷一，文渊阁《四库全书》本。

② 高启《赠妓》，《高太史大全集》卷十二。

陋、愚昧的社会世态等进行了鞭挞和讽刺。浙东派文人还善写论说文，如苏伯衡的《寓轩解》《名亭辨》、胡翰的《牺尊辨》《宗法论》《乐善论》、徐一夔的《宋行宫考》《吴越国考》、方孝孺的《深虑论》等文章论说充分、风格淳正敦厚，体现出学者之文的显著特点。

元明之际，浙东派文人站在道学家的立场上对吴中派文人的文风提出了批评。宋濂《樗散杂言序》云：

> 今世之以诗鸣者，蜂起而泉涌，其视唐宋又似有所未逮，姑置之勿论。间有倡为江南体者，轻儇浅躁，殆类闾阎小人骤习雅谈而杂以亵语，每一见之，辄闭目弗之视。诗而至于使人弗之视，则其世道之甚下也为何如哉。①

元末吴中地区盛行的“江南体”对吴中派作家有着或深或浅的影响，宋濂的批评显然是针对他们而发的。徐一夔论诗主张平易隽永，对于杨维桢所倡导的“铁崖体”深为不满，其《钱南金诗稿序》云：

> 夫诗，情性以本之，问学以充之，才气以发之，思致以廓之，此之谓诗。不知出此，而务炳炳烺烺，以惊世骇俗，谓之诗未可也……虽其材力所就不无等差，观其缘情指事，寂寥乎短章，春容乎大篇，有平易而无奇怪，至于隽永其味，则悠永宏阔而反复无穷，下视近时斥平易为庸腐，指奇怪为神俊，号为一家之体，非神仙鬼魅、金玉锦绣、龙虎鸾凤、名花官酒、高歌醉舞等语不道者，何如也？②

刘基《照玄上人诗集序》亦云：

---

① 宋濂《樗散杂言序》，《宋濂全集》，第726页。
② 徐一夔《钱南金诗稿序》，《始丰稿》卷三，第51页。

> 今之天下不闻有禁言之律，而目见耳闻之习未变，故为诗者莫不心哦风月、弄花鸟为能事。取得于达官贵人而不师古，定轻重于众人而辨其为玉为石，惛惛恢恢，此唱彼和，更相朋附，转相诋訾，而诗之道无有能知者矣。①

虽然没有直接点明"铁崖派"及其末流，但矛头所向却是十分明确的。

方孝孺也将批判的矛头直指吴中派文人：

> 近代文士有好奇者，以诞涩之词饰其浅易之意，攻讦当世之文。昧者群和而从之，而三吴诸郡为尤甚。此皆挟鬼燐而訾日月者也。其力虽不足以为斯文害，然不除灭而禁斥之，何由复古之盛乎？②

明初，在朱元璋的残酷屠戮下，吴中派文人相继罹祸，再加上浙东派文人对其文风不遗余力地批评，吴中派文人在文坛上的影响骤然消歇，而浙东派则随之在文坛崛起。

第二节　浙东派文人与江西派文人的交往及其文学意义

一、元末明初江西派之构成

胡应麟《诗薮》云："国初吴诗派昉高季迪，越诗派昉刘伯温，闽诗派昉林子羽，岭南诗派昉于孙蕡仲衍，江右诗派昉于刘崧子高。五家

① 刘基《照玄上人诗集序》，《诚意伯刘文成公集》卷五。
② 方孝孺《赠郑显则序》，《方孝孺集》卷十四，第512页。

才力，咸足雄据一方，先驱当代。”[①]五派之中，以孙蕡为代表的粤派缺少大家，且成员较少，以高棅、林鸿为代表的闽派则地处偏远，且主要活动于永乐之后，二家在明初文坛均不占主要地位。因此，元末明初的文坛，除了浙东派与吴中派之外，影响较大者尚有以刘崧、陈谟等为代表的江西派。江西派的主要成员，除刘崧、陈谟以外，还有吴伯宗、刘永之、刘炳、胡行简、梁寅、梁兰、王沂、王佑、萧翀、萧执等人。

刘崧(1321—1382)，旧名楚，字子高，泰和人。家贫力学，日课一诗，多至千余篇。元末举于乡。洪武三年(1370)举经明行修，召见奉天殿，授兵部职方郎中，迁北平按察司副使。为官清廉爱民，轻刑省事。在北平时，惟一小僮侍侧，公事之余，独处一室，据几吟咏，夜分不休。后为胡惟庸所恶，坐事谪输作，寻放归。洪武十三年(1380)，征拜礼部侍郎。未几，擢吏部尚书。洪武十四年(1381)三月，征拜国子司业，赐鞍马，令朝夕见。未旬日疾作，卒。朱元璋命有司治殡殓，亲为文祭之。崧善诗，一生耽嗜吟咏，刻苦甚至，故年愈老而诗亦愈工，其诗“清和婉约”“平正典雅，实不失为正声”，对以后的台阁体有着直接影响。所著有《槎翁诗集》八卷、《槎翁文集》十八卷、《职方集》九卷。《明史》卷一百三十七有传。

陈谟(1305—1400)字一德，号心吾，学者称海桑先生，泰和人。幼能诗文，邃于经学，旁及子史百家，涉流探源，辨析纯驳。元末隐居不仕，而究心于经世之务。洪武初征至京师，赐坐议礼。宋濂、王袆请留为国子师，引疾辞归。屡聘为江、浙考试官，著书教授以终。所著有《海桑集》十卷。其诗文“文体简雅，诗格舂容，东里渊源，寔出于是”“要在明初，固沨沨乎雅音也”。《明史》卷二百八十二有传。

吴伯宗(1334—1384)，初名祐，以字行，金溪人。洪武四年(1371)进士第一。授礼部员外郎，与修《大明日历》。洪武八年(1375)，为胡惟庸所中伤，坐事谪居凤阳。后上书论时政，极言惟庸专恣不法，久之必为国患。朱元璋得奏，即召还，赐衣钞，使出使安

① 胡应麟《诗薮》，第342页。

南，后除国子助教。洪武十二年(1379)，进讲东宫，次年改翰林典籍。洪武十五年(1382)进武英殿大学士。洪武十七年(1384)卒于官。其诗文"皆雍容典雅，有开国之规模。明一代台阁之体，胚胎于此"。所著有《荣进集》四卷，《南宫》《使交》《成均》三集二十卷。《明史》卷一百三十七有传。

刘永之，字仲修，号山阴道士，清江人。元末隐于乡，泊然布素，日处静室，以翰墨自适。有文名，与刘崧、万石、辛敬、杨士弘、周湞、王佑为诗友。明太祖吴元年，诏纂礼书，与梁寅、胡行简等同征至京师，书成，宋濂亟称其文，欲留之，以耳疾辞归。后以子获罪，籍其家，徙莱州，行至桃源病卒。所著有《山阴集》五卷。施闰章《刘仲修山阴集序》云："(仲修)诗诸体楚楚，五言古恬淡冲厚，出入唐人；其文气雄畅，取裁欧、曾，非苟作者。"[①](崇祯)《清江县志》卷八有传。

刘炳，字彦昺，以字行，鄱阳人。元季兵乱，与弟煜结里闬相保，后依余阙于安关，以其孤军不振，辞归。明洪武初献书言事，授中书典籤，出为大都督府掌记，除东阿知县。阅两考，引疾归。所著有《刘彦昺集》九卷。集有杨维桢、危素、宋濂序，集末有王祎、俞贞木、周象初跋。彦昺以诗知名，其诗"诗格伉爽，类其为人"，宋濂、危素等亟称之。所著有《刘彦昺集》九卷。《明史》卷二百八十五附载《王冕传》中。

胡行简，字居敬，新喻人。元至正二年(1342)进士，授国子监助教，历翰林修撰，除江南道御史，迁江西廉访司经历。元季兵乱，辞归，教授乡里。明洪武二年(1369)，征至京师，与修礼书。书成，欲授官，以老病辞。行简以文知名，四库全书本《樗隐集·提要》云："行简文章以冲和雅澹为宗，虽波澜未阔，而能确守法度，不为支离冗赘之词，拟之元末，殆李祁《云阳集》之流。其诗传者无多，《墨竹》一章，于故君旧国之思，再三致意，亦颇可见其节操。"所著有《樗隐集》六卷。《(崇祯)清江县志》卷九有传。

---

① 施闰章《刘仲修山阴集序》，《学余堂文集》卷六，文渊阁《四库全书》本。

梁寅(1303—1390),字孟敬,新喻人。家贫力学,淹贯五经、百氏。元末辟集庆路儒学训导,后以亲老辞归。元季天下兵起,遂隐居教授。明洪武初征修礼书,书成将授官,以老病辞还。结庐于石门山,四方学者多从之,称为“梁五经”,又称“石门先生”。寅深于经术,其文能“原本注疏,经义纷纶,颇为醇雅有法”,其诗亦“舂容淡远,规仿陶韦,殊无尘俗之气”。所著有《石门集》七卷。《明史》卷二百八十二有传。

梁兰(?—1410),字庭秀,泰和人,右赞善梁潜之父。元末兵乱,父兄相继没世,独与弟奉养老母,处贫困,而能奋力于学。入明后,隐于乡里,辟畦莳蔬,逍遥自得,诗酒以自适,以畦乐自号。永乐八年(1410)卒于家。与杨士奇为姻家,士奇尝从之学诗。杨士奇《梁先生墓志铭》评其诗文云:“为文简而婉,诗驰骋魏晋,而冲澹自然有陶靖节之趣。”[①]所著有《畦乐诗集》一卷。

王沂(1308—1383),字子与,号竹亭,泰和人。幼从杨升云、彭复初学《易经》,习科举文辞,而于性命之理,尤造其精微。元末屡荐授官,皆不赴。洪武初,台臣荐为诸王说书,召至,留数月,授福建盐运司副使。沂以老恳辞,遂赐归田里。自是隐居不复出,居城西龙湾之上,诱接后学。四方学者欣然从之,皆有所得。洪武十六年(1383)卒于家。沂“为古文宏辨浩博,造之既深,而达其意必畅,择之既精,而致其辞必丰。至于论辨古今,成败得失之际,驰骋贯穿而析之于理,如河之赴海,如射之中鹄”[②]。与弟佑并称“二妙”,故其合集名为《二妙集》。事迹见梁潜《竹亭王先生行状》。

王佑(?—1374),字子启,晚号启翁,泰和人,王沂之弟。初从乡贡进士曹随治毛诗。元末世乱,与兄沂避匿平川山中。力学不辍,出游南昌,与辛敬、万石、旷达、杨士弘等为诗友。明洪武二年(1369),举明经,授监察御史,赐宴御史台。擢广西按察使,后徙知崇庆州,坐

---

① 杨士奇《梁先生墓志铭》,《东里集》续集卷三十九。

② 梁潜《竹亭王先生行状》,《泊菴集》卷八,文渊阁《四库全书》本。

累罢归。洪武七年(1374)卒。所著除与兄《二妙集》外,尚有《长江万里稿》,惜不传。《明史》卷一百四十附载《陶垕仲传》中。事迹具见杨士奇《王先生传》。

萧翀(1339—1410),字鹏举,以字行,泰和人。翀早孤,季父自成育之。幼从刘崧学,夙夜自励。洪武十四年(1381),以贤良征,至京师,赋《指佞草》称旨,授苏州府同知。居七月,坐秦府贾民物不举,谪河南。居河南十八年,贫困不自给。复起为山东盐运副使。永乐八年(1410),卒于官。康熙《江西通志》卷七十七有传。

萧执,字子所,一名雅言,泰和人。洪武四年(1371)举为国子学录,令分教公侯卿大夫子弟。执蓄学日富,尤长于诗。洪武五年(1372),帝祀北郊,召吴琳、宋濂等侍从。执偕陶凯等十二人入见斋所。上令赋诗,独喜执作,遍示诸臣。后以亲老乞归,没于乡。《明史》卷一百三十七附载《赵俶传》中。

二、宋濂等浙东派文人与江西派文人的交往及其文学意义

元末明初,浙东派文人与江西派文人的交往,与同吴中派文人相比,显得更为密切。浙东的北山(何基)学派与江西的双峰学派(饶鲁)同源于勉斋学派(黄榦),二者有着嫡亲学缘。同时,浙东与江西地境相接,往来方便,因此两地文人之间交往切磋的机会很多。

宋濂与江西派的不少成员均保持着良好的关系。江西派的代表作家刘崧在任兵部职方郎中时与宋濂交往频繁。宋濂曾为其诗集作序,赞扬他的诗歌:

> 凌厉顿迅,鼓行无前,所谓缓急丰约,隐显出没,皆中乎绳尺。至其所自得,则能随物赋形,高下洪纤,变化有不可测。寘之古人篇章中,几无可辨者。[①]

---

① 宋濂《刘兵部诗集序》,《宋濂全集》,第497页。

对其在诗歌上所取得的成就评价很高。宋濂与刘崧还经常赋诗唱和。洪武五年(1372)九月十五日夜,宋濂与子璲至国子监拜访张孟兼。不久,刘崧、周子谅及熊鼎亦到访。他们相与谈诗甚欢,至惬心处,以玉兔泉为题联句赋诗。宋濂以年长题首句:“成均地何灵,圣泽资灌沃。”余者以次而续,刘崧有“霜毛蘸寒饮,雪毳翻夜浴”“谁知钟宿分,脉与伊洛属”等句。十一月,郊祀大典,祀后,宋濂、刘崧、陶凯等夜宿斋宫,分韵赋诗。刘崧得“万”字,其诗云:

鸣鸾莅阳郊,陪祀服明宪。旗常拥圆壝,幕帟蔽修甸。天高风泠泠,露白星烂烂。尊罍秩斯举,簴业枞以建。凝神向澄肃,秉德方恪愿。调笙思肆三,振羽将舞万。张筵盛布设,陈币昭奠献。听漏促晨兴,严衣戒宵偃。骏奔尚齐遬,慎简惭硕曼。感孚岂殊征,恭事式同劝。①

对于郊祀盛况和众人夜宿斋宫、晨兴赴程的情形进行生动描述。刘崧还曾作《青萝山房诗为金华宋先生赋》:

我有尘外想,长悬山水间。昨逢金华客,因问青萝山。青萝几千仞,翠色净如洗。江上见数峰,分明紫霞里。缅慕宋夫子,高栖在丘樊。扣舷沿桂溆,翻帙上松门。幽寻聆涧淙,静坐看庭绿。著书三径荒,饮水一瓢足。昔在山中住,声名天下闻。一朝被征起,长笑下秋云。官联玉堂署,诏入金銮殿。《元史》公是非,雄文掞雷电。今年谢山县,稽礼移春官。并结芙蓉绶,仍飡苜蓿盘。翩翩霞上鸾,皎皎雪中鹤。振佩朝天衢,回车睇云壑。自从出山远,芳草满岩扃。弟子感时雨,里人瞻德星。岂无京华乐,秖念山房好。恒恐归来迟,青萝笑人老。仙岩勘灵笈,禹穴

① 刘崧《陪陶尚书宋太史夜宿斋宫分韵得万字》,《槎翁诗集》卷二,文渊阁《四库全书》本。

探古辞。此意在千载，世人安得知。[1]

洪武四年(1371)八月，宋濂坐考孔子祀礼不以时，谪安远知县。次年二月，宋濂被召还，任礼部主事，此诗当作于此后不久。诗中描述宋濂元末隐于青萝山中著书凝道，后被朱元璋征聘、出任要职的仕隐历程，赞扬其道德文章，师表当世。宋濂则应刘崧之请为其作《刘参军黄牒跋尾》《故泰和刘府君坟前石表辞》《泰和刘氏先德录序》等文。

宋濂与吴伯宗的交往始于洪武四年(1371)。是年二月，举行首科会试，陶凯为主考官，宋濂、詹同、鲍恂等为考试官。宋濂等受命而行，“昼尽其力，夜向午，烛影荧荧于帘几间，不敢自宁”。是科共取中一百二十人，廷试时，以吴伯宗为状元，授承直郎，礼部员外郎。此后，吴伯宗因与宋濂有师生之谊，便拜见宋濂，并请其为父吴仪文集作序。宋濂因忙于考试事无暇为之。后吴仪去世，伯宗又以墓文为请，宋濂遂作《故东吴先生吴公墓碣铭》，赞扬吴氏“山厚则木繁，海深则川聚，其亦理势之必然”，感叹“吴氏之裔何蝉联兮，科名接武代多贤兮”。后吴伯宗任国子助教，其弟仲实自家来省。伯宗遂携仲实拜谒宋濂，以诗作十余篇挚见。宋濂见其能文，劝其出仕，被仲实推辞。后仲实返乡，宋濂又作《送吕仲实还金溪序》相赠。

元末，宋濂与刘永之也有一定交往。吴元年(1367)，诏纂修礼书，刘永之与梁寅等同征至京师。书成，宋濂亟称其文，欲留之，永之以耳疾辞归。宋濂作诗相饯，其《临江刘仲修先生辞章翰墨诚为双绝，近至南京，士大夫无不愿见之求文，卷轴森如束笱，濂虽不敏，而慕艳之心尤切，于其别去，不能亡言，谨赋二诗以饯》云：

自从太乙夜然藜，笔下虹光贯壁奎。多少荐绅求识面，江南文价为君低。

---

① 刘崧《青萝山房诗为金华宋先生赋》，《槎翁诗集》卷二。

相逢未久还相别,恨不随君结草堂。大秀峰前双凤下,共听法乐奏琳琅。

诗中流露出不忍挚友离去的浓浓情谊。刘永之则作《酬别宋赞善大夫景濂四首》:

诸老风流邈不闻,谁携健笔记清芬。南宫新赐郎官佩,东观长留太史文。

西阁垂帘坐夕阴,每因朝退共论心。文章千载知音少,独立苍茫感慨深。

令子能书逼右军,新诗妙墨两超群。扁舟闲日沧江上,却望文星隔五云。

大秀千峰菡萏开,王梁高接九仙台。预从山顶结茅屋,待得先生跨鹿来。①

诗歌回忆起自己居南京期间与宋濂在闲暇之余谈论诗文,颇有知音之感,同时赞扬濂之文与其子璲之书法诚为"新诗妙墨两超群",并期盼归乡之后尚能再有机会与宋濂相聚欢谈。永之归乡后仍不时思念宋濂。金华白云观翠峰上人闻江右"多佳山水修行之士",欲往游之,宋濂曾为其"歌诗数百言以赠之"。翠峰上人至江西后又求言于永之,永之遂以精进不退之言相勉,并说:"宋公,余师也。子见之以余说告焉,而质其可否。"请上人再见宋濂时把自己的话代为转告。

宋濂与江西派的另一代表作家陈谟也是文友。洪武初聘修礼书,陈谟被征至京师。宋濂、王祎对其文才颇为欣赏,并交章请留为国子师。陈谟以疾辞归故里。后宋濂远行江西时,还特意登门拜访,盛赞其文章:"汤盘禹鼎,器之古也。太羹玄酒,味之正也。唯知者能

① 刘永之《酬别宋赞善大夫景濂四首》,《刘仲修先生诗文集》卷六,《续修四库全书》影印本。

知之。”认为陈谟文章醇厚雅正，颇有上古之风。陈谟对宋濂的道德文章也是赞叹有加。宋濂曾手书《禄命辨》长文赠给刘永之。后此文为萧执所藏，陈谟阅后跋其卷末云：

> 《禄命辨》，则宋公景濂先生以示刘仲修者也。先生以硕学古道，为一代文宗。仆每得其文，昼夜而读之。又尝辱先生温接，怀不能释。古人云：心摹手追，此人而已。又云：粲然繁星丽天，人所敬者，五行而已，其先生之谓乎！[①]

对宋濂评价之高、感情之深，溢于言表。

宋濂还曾为刘炳诗集作序。此前，他即与彦昺游，“见其赋诗多俊逸，心独奇之”。十年后，他又与彦昺相会于京师，得其囊中诗稿，读已大惊：

> 璞玉辉春，玭珠浴月，温润清逸，何其似韦应物欤？胜军百万，鼓行沙漠，风酸霜苦，铁骑惊秋，雄浑悲壮，何其类岑嘉州欤？英英乎芙蓉濯太液之波，楚楚乎兰茝沐湘沅之雨，气韵秀丽，何其近谢康乐欤？商敦周彝，朱湮翠蚀，龙章鸟迹欤？识独存典刑，古雅若乐府诸题，又何其骎骎乎汉魏之风也？盖彦昺天分既高，入功又深，凡有模拟辄步骤似之。予今犹举其概而言之也。[②]

感叹其诗歌颇得汉魏盛唐之气韵，认为刘炳于诗歌方面颇有天分，又能砥志励学，将来必定能够“垂世传后”。宋濂于公事之余，曾游城南吕花园草堂，刘炳为其代作《题吕花园草堂代宋景濂先生作》：

> 官马乌靴春踏霜，钟声催我趋玉堂。黄金带重觉腰瘦，锦袍

① 陈谟《书萧执所藏名公诗文卷后》，《陈聘君海桑先生集》卷九，《明别集丛刊》影印清光绪二年柳溪书屋本。

② 宋濂《刘彦昺集序》，《刘彦昺集》卷首，文渊阁《四库全书》本。

淋漓宫酒香。殿前草诏东风急,紫砚光凝墨花湿。承恩簪笔立多时,华发萧疏倦无力。闻道城南旧草堂,景胜林幽别兴长。碧连淮甸晴波暖,青割钟山晓树凉……夕阳影里卖花声,游人半醉眠芳草。垆忆黄公酒旆斜,灶遗陆羽茶烟袅。何时休沐振鸣珂,纱帽轻衫试越罗。信笔诗成还倦写,忆尔当年郭橐驼。①

洪武末年,刘炳引疾归乡,痛感宋濂、刘基、王祎等数年之间相继辞世,遂作《百哀诗》以悼念亡友,其中《百哀诗·宋景濂》一首云:“婺女钟英灵,文焰射斗角……老笔继班马,道统溯伊洛。天不遗耆年,斯文泪双落。”②既对宋濂上继道统、黼黻皇猷的成就给予肯定,又对其不假天年、斯文凋谢的不幸报以深切同情。

此外,宋濂还曾为王沂作《王君子与文集序》,为萧执作《故太和萧府君墓表》及《萧子所养亲还西昌序》等文。

王祎与庐陵胡行简相知颇深。元至正五年(1345),胡行简以史事使浙,与黄溍、王祎相会于西湖僧舍,二人始相识定交。次年冬,黄溍征为翰林学士,与王祎至京,胡行简恰好归京城,二人的交往逐渐增多。至正十年(1350),王祎自京城南归。胡行简亦因奔祖丧还乡,与王祎依依相别,“深以不得承教为恨”。明初,胡行间征至京师,与修礼书,时王祎任《元史》总裁官,二人再次相会。王祎遂为胡行简作《樗隐轩记》,赞扬“先生之起家也,为名进士,历官也,为名御史”,以庄周氏之樗名其轩,是“有激之言”。胡行简则为王祎文集作序:

乃今得子充文集而读之,其材赡,其学博,其识正,凛然有良史风,拟左氏、史迁诸文,譬之璆琳琅玕,大玉夷玉,杂然陈之于前。识者知为至宝,终莫敢优劣也。他所著述,皆温润典雅,成一家言……驾宋轶唐,轹西汉先秦,而骎骎乎三代也。先生在

① 刘炳《题吕花园草堂代宋景濂先生作》,《刘彦昺集》卷五,文渊阁《四库全书》本。
② 刘炳《春雨轩集》,南昌:江西教育出版社,2007 年,第 731 页。

朝，罕所接纳，惟危君大朴，傅君子通得相讲贯。[1]

赞扬王袆文章皆有所本，同时又能超乎规矩之外，所以能够深造自得，成一家之言。

此外，王袆与刘炳也有交往。刘炳母盛年丧夫，仍能保其家业，教育诸子，使之有成。母丧以后，刘炳宦游京师，以不能守母亲庐墓为憾事，遂以“春雨轩”名其所居，以慰思亲之情。刘炳请宋濂为亡母作墓志铭，复请王袆为其作《春雨轩记》。王袆《春雨轩记》：

君方以文章向用于时，宦游金陵，去乡土日益远，以为生不及致钟侈釜之养，死又不能效昔人之庐墓，思亲之念盖无时而或忘。方春之始，雨露既濡，君子履之，孰无怵惕之思。思之不可见矣。故即夫所履者以名其居。然则身之所履者，虽众人所均被，而心之所思者，则固君之所独知，而人莫或知之者矣。”[2]

后刘炳引疾归乡，则作《百哀诗·王子充》悼念亡友，赞扬王袆“呜呼太极翁，妙手称浙右”。

张孟兼与江西派的刘崧也有相宜之乐。刘崧曾作《题司丞张孟兼白石山房图》：“太常天上缀清班，家在金华紫翠间。昨日朝回见图画，双松正对石门山。”[3]张孟兼任礼部主事时，刘崧、萧执曾前去拜访，三人焚香夜坐，联句赋诗。张孟兼有“斋居澹心情，分火试香缕”“初闻疑袭芳，细辨须按谱”“月斜忽逶迤，风度自飘舞”等诗句，刘崧则有“纤纤五彩缠，炯炯众星吐”“千条揉金枝，百和杂琼乳”“氤氲起丝发，宛转散毛羽”等诗句。此外，刘崧还曾为张孟兼《释西台恸哭记》作跋：

① 胡行简《王忠文集前原序》，《王忠文公集》卷首。

② 王袆《春雨轩记》，《刘彦昺集》卷九。

③ 刘崧《题司丞张孟兼白石山房图》，《槎翁诗集》卷八。

今观张孟兼所注释谢翱皋羽《西台恸哭记》及《冬青树引》，然后知与鼎翁之生死祭文，毅翁之《摸鱼儿》，盖彼此同一情，而先后同一声也。……使知当时忠义之士最多，其感激愤惋于荒闲寂寞之滨者，不止皋羽一人而已。①

乌斯道、苏伯衡、徐一夔等与江西派作家也有一定交往。乌斯道曾为刘崧的门人萧翀作《石塘旧隐歌为泰和萧文学赋》《棣华亭为泰和萧鹏举赋》《凌云轩为泰和萧君赋》《骈义传》等。其《石塘旧隐歌为泰和萧文学赋》云：

我闻石塘山水好，溪浸冰壶四山绕。上山回首望前山，更有三华似三岛。人家簇簇如桃源，不餐松柏身自仙。耕山百亩烧野火，凿池半顷通溪泉。君家有书常满屋，读尽还听子孙读。石塘帘卷隔溪云，前后清阴散松竹。每逢佳节酒筵开，只与邻翁相往来。昨日寻花入林去，今日采药缘山回。早语儿郎纳租税，莫召喧呼打门吏。年年如此不出山，遮莫渔郎引人至。②

徐一夔曾为刘崧作《跋刘子高所著伯父墓志铭后》：

余读刘礼部所撰其世父养蒙先生墓志，而知先生之卓识雅量，有非众人之所能及者焉……礼部君以从子而发其世父之潜德，而及于此，真知德者矣。③

苏伯衡也与刘崧时有往来。刘崧曾作《送苏平仲先生还金华序》：

---

① 刘崧《跋西台恸哭记后》，《槎翁文集》卷十三。

② 乌斯道《石塘旧隐歌为泰和萧文学赋》，《春草斋集》卷二。

③ 徐一夔《跋刘子高所著伯父墓志铭后》，《始丰稿》卷十四，第 385 页。

金华有博硕介洁之士曰平仲苏先生，年四十而始娶。容貌不逾中人，而学问可以兼天下。其性恬逸深静而不扬，其心微妙精密而不肆，其言语简实而有伦。……由是抽其绪于不可行之端，骋其词于不可言之妙，灿然如星芒而日丽，铿然如金鸣而玉振，沛然如河之下决而海之东注也。[①]

苏平衡则为刘崧好友、"江西十才子"中的周湞、李宗颐作有《周伯宁春晴江岫图》《世美堂记》等。

江西派文人与浙东派文人在文学观念及创作上存在着一定的差异。

与宋濂等浙东派文人多注重作家道德精神的培养不同，江西派文人更关注作品具体创作技巧。他们论文时不大涉及道、理、气等概念，而更多地关注作品本身的情感、词藻、声韵、节奏、体制等具体问题。如刘崧《陶嘉德诗序》："诗本人情而成于声……夫喜怒哀乐，情也，而各有其节焉，清浊高下，声也，而各有其文焉。"[②]认为文学作品要情感跌宕起伏、肆而有节，声韵要抑扬顿挫、优美和谐，否则便称不上优秀之作。陈谟也认为诗歌创作必有所本，但风格上"清新而韵度"，声调上"雅而不尘"亦同样重要。其《答或人》更以问答形式深入探讨了唐诗的音节、辞气、格调等问题。刘永之《刘子高诗集序》则发挥欧阳修"穷而后工"论提出"不以穷达累其心"的观点，并赞扬刘崧诗作"古体如三代彝器，虽简质而极温润，律绝如春云映日，流丽可爱，乐府歌行如寒泉出谷，其音锵然，听之不穷"[③]，其评论仍立足于文学的风格、辞藻、音节等特征。

与浙东派文人以文称雄颇不同，江西派文人在文坛上多以诗知名。刘崧一生嗜诗达到痴迷的程度，好友刘永之说他坚持"日课一诗"长达二十余年。明初致仕后，刘崧更是"独处一室，据几吟咏，夜

① 刘崧《送苏平仲先生还金华序》，《槎翁文集》卷十一。
② 刘崧《陶嘉德诗序》，《槎翁文集》卷九。
③ 刘永之《刘子高诗集序》，《刘仲修先生文集》卷七。

分不休”。长期勤奋攻诗加上天才相助，使其成为江西派文人的宗主：“崧善为诗，豫章人宗之为西江派。”刘炳亦工于诗，其诗歌受到杨维桢、宋濂、王祎等人很高评价。四库馆臣称其诗“伉爽挺拔，类其为人”，但认为其散文则“气象薾弱，殊逊其诗”。萧执也以诗知名。洪武三年(1370)，他曾因殿前赋《山栀花》而受明太祖赏识，万历《吉安府志》称赞他于诗尤工，极类唐人。其他江西派文人大多也以诗知名。

不过宋濂等浙东派文人与江西派文人在文学观及创作上仍有不少共通之处：

其一、两派文人都以雅正为作品最高审美标准。

两派文人都受到儒家传统诗教观的影响，认为文学要有补于世用，作品必须具有冲融雅正的特点，要得其“性情之正”，符合“发乎情而止乎礼义”的诗教规范。宋濂《故朱府君文昌墓铭》：“夫诗之为教，务欲得其性情之正。善学之者，危不易节，贫不改行，用舍以时，夷险一致，始可以无愧于兹。”[①]认为诗歌是“吟咏性情之具”，要发挥诗的教化功能，就要在得其“性情之正”上下功夫。张孟兼《释西台恸哭记》亦云：“公(翱)虽哀而不过于伤，而伤之在彼，是皆至诚恻怛得性情之正，非若妇人恸而已。”[②]对能够得性情之正的作品加以肯定。

受乡邦文学传统影响，江西派文人在文学上亦以雅正标宗。刘崧《自序诗集》：“吾于是而得之诗之本焉。知怪诞之不如雅正也，艰僻之不如和平也，委靡碎裂之不如雄浑而深厚也。”[③]刘永之《刘子高诗集序》：“惟不以穷达累其心，而后其词有大过人者……使其感情郁积出为羁愁穷叹之辞，譬之寒蝉秋螟，哀吟悲唱于灌莽之中，以自鸣其不幸，其言虽工，何足取哉？”[④]胡行简《许承旨同声诗序》：“观于先

---

① 宋濂《故朱府君文昌墓铭》，《宋濂全集》，第1543页。

② 张孟兼《释西台恸哭记》，《白石山房逸稿》卷下。

③ 刘崧《自序诗序》，《槎翁文集》卷十。

④ 刘永之《刘子高诗集序》，《刘仲修先生文集》卷七。

生之诗，……宜其播诸声诗，形诸歌咏，如乐之无不和而得夫性情之正也。”[①]他们也都排斥怪诞艰僻的愁苦之辞，而推崇雅正和平的治世之音，认为只有这样的作品才能够使人们“消其卑鄙倨肆之心，而作其和平正大之气”。

其二、两派文人在创作上都具有舂容典雅的特点。

江西派文人在创作上具有平正典雅、舂容纡徐的特点。《四库全书总目》评价刘崧诗“清和婉约”“平正典雅，实不失为正声”，评陈谟诗“文体简雅，诗格舂容”，评吴伯宗诗文“皆雍容典雅，有开国之规模”，评胡行简文“以冲和雅澹为宗，虽波澜未阔，而能确守法度，不为支离冗赘之词”，均指出其创作上舂容典实的特点。宋濂等浙东派文人在创作上曾经历从山林到台阁的转变。元末浙东派文人大都隐于浙东著书凝道、以待时变，入明以后他们则出仕新朝、担任要职。仕隐处境的不同，也使得他们的文风发生转变。明初，为适应形势的转变，宋濂等浙东派文人创作了不少雍容闲雅之作。杨维桢曾评宋濂之文：“昔之隐诸山林者，奕乎其虎豹烟霞也；今之显诸馆阁者，灿乎其凤皇日星也。果有隐显易地之殊哉？”[②]指出仕隐处境的不同曾导致宋濂文风的变化。明初宋濂创作的台阁之文，如《游钟山记》《阅江楼记》《天降甘露颂》《奉制撰蟠桃核赋》等作雍容雅正，历来为人们所称道。刘基在入明后所作应制之文，如《瑞麦颂》《祀方丘颂》《平西蜀颂》《甘露颂》等，皆雍容闲雅，平正典实。其他如张孟兼、苏伯衡、王袆等人皆有不少舂容雅正之作。江西派文人与浙东派文人在文学观念及创作上的共通之处为其在明初文坛立足提供了有利条件。

江西派文人在与宋濂等浙东派文人交往时，他们舂容雅正的文风则受到浙东派文人的积极认可。洪武六年（1373），宋濂曾为王沂文集作序：“故其发之于文，根柢于诸经，涵濡乎百氏。体制严而幅尺弘，音节谐而理趣远，有益乎伦理之重，不爽乎物则之训。世之论者

---

① 胡行简《许承旨同声诗序》，《樗隐集》卷四，文渊阁《四库全书》本。

② 杨维桢《潜溪新集序》，《宋濂全集》附录，第2738页。

咸谓类其为人,不亦信哉?”[①]从有德者必有言的角度高度赞扬其道德文章。宋濂对刘崧诗歌的评价也非常高:“前千年而往者,吾已知其人矣;后千年而兴者,孰敢谓无其人乎?苟谓有其人,非刘君之作将能行之于远乎?……濂虽不善诗,其知诗决不在诸贤后,故因作序而相与一言之,使郊、愈复生,当不易吾言矣。”[②]认为刘崧诗歌必将知名于后世。王祎则赞扬刘宗弼诗“其体裁正,故偏驳之弊绝焉。其语意圆,故超诣之妙臻焉。是可谓之纯矣”。乌斯道曾应萧翀之请为刘崧诗集作序,“先生之诗,不刻削而工,不峭峻而苍,不隐晦而深,不险怪而神,不平淡而化,不乖俗而道”,对刘崧平正典雅的诗风赞不绝口。

江西派文人的道德品行也受到浙东派文人的高度评价。宋濂对王沂为人评价很高:“子与为人,秉刚而守毅,葆醇而蹈道,其律己也,不以夷险而易其操也;其接物也,不能贵贱而二其节也。”希望将来自己能够投簪东还,与之畅游。徐一夔《跋刘子高所著伯父墓志铭后》曾赞扬刘崧伯父虽科举不利,却淡然不以为意的淡泊态度,并认为刘崧为伯父作铭是“真知德”之举。方孝孺为吴伯宗之弟仲实作序:“(仲实)学孔子子思之道而不变于流俗者也,其为学甚富,为文辞甚达,是皆彼之所弃者,而吴君独尽焉,余慕其善为学也。”赞扬他不为世俗所动,尽心于道学的品行。宋濂对刘炳的家学渊源及江西丰厚的人文传统更是津津乐道:“颇闻其先人友梧翁乃月湾吴公高弟,善为诗,与文靖虞公、文安揭公、礼部吴公极相友善,遂由县文学荐入词林,未上而夭。其家庭相传必有卓绝于人者,不然彦昺之诗何为脍炙人口而不厌哉!”[③]

元末,江西派文人基于江西地域文化的雅正特质,形成了追求雅正的文学观念及作品风格。明初,随着江西派文人出仕新朝,他们借助与宋濂等浙东派文人的交往提高了声誉,扩大了影响。尤其是刘

① 宋濂《王君子与文集序》,《宋濂全集》附录,第510页。

② 宋濂《刘兵部诗集序》,《宋濂全集》附录,第497页。

③ 宋濂《刘彦昺集序》,《刘彦昺集》卷首。

崧、陈谟、吴伯宗等人，其作品通过宋濂、王祎、苏伯衡等台阁文臣的作序评点，其价值逐渐得到其他文人的认可。他们在江西文人群中的宗主地位由此得以确立和巩固，进而形成以其为核心的江西派文人群，而其影响也逐渐由江西一隅移位于台阁庙堂。同时，他们通过与浙东派文人的联句赋诗以及一起参加朝廷郊庙祭祀、应制诗文等活动，使其文风更为自觉地向台阁雅正文风靠拢，以适应朝廷所倡导的新文风。随着江西派文人在台阁文坛地位的上升和巩固，他们还将江西地域文化特色带到庙堂之上，从而对台阁文学产生影响。

明政权稳定后，出于政治方面等因素的考虑，朱元璋对浙东派文人进行打击抑制，不少成员遭到贬谪或离世，浙东派文人在文坛的影响在不断减弱。而江西派文人雅正平和的文风，则适应了朱元璋倡导简易朴实文风的需求，并受到宋濂等浙东派文人的积极评价，从而不断崛起并逐渐取代浙东派成为明初文坛的一支重要力量。此后，因姻亲或师承关系，其文风被杨士奇、梁潜、周是修等人所承继，并演变为对明代文学产生重要影响的台阁体诗文。

第六章　史学影响下的宋濂等浙东派文学

中国古代史学与文学存在着密切互动关系。史书的撰写离不开文学的辞章之美，而文学也需要从史学中汲取养料，不断促进自身的发展。先秦时期，《左传》《战国策》等史书的叙事手法及语言艺术曾对后世文学产生深远影响。两汉时期，史著《史记》"以文运事"、《汉书》"赡而有体"的审美特质更为后世文学所取法。钱基博云："《史记》积健为雄，疏纵而奇，以为唐宋八家行散之祢；《汉书》植骨以偶，密栗而整，以开魏晋六朝骈体之风。"①指出六朝至唐宋时期文学演进对史传文的借鉴。宋元以后，诗歌、散文、小说、戏曲等各种文体中都可以看到史传的影子，体现出史学的影响。

明初浙东地区涌现出一批以宋濂为代表的史学名家，包括王祎、胡翰、苏伯衡、张孟兼、徐一夔、朱右、朱廉、陶凯、方孝孺、陈桱等。他们继承并发扬宋元以来浙东史学的优良传统，经史兼治，博学多识，强调学以致用，主张兼容并包，不立门户，注重乡邦文献的保存和地方史修撰，形成自己鲜明的治学特色，为明代前期颇显荒芜的史学园地带来一抹亮色。不过，明初浙东学者多以文学知名，治学上具有由经入史、由史入文的特点。何炳松《中国史学之发展》云："（浙东史学）至明初宋濂、王祎、方孝孺诸人出，一时乃为之复振。唯浙学之初

---

① 钱基博《古籍举要》，长沙：岳麓书社，2010年，第83页。

兴也，盖由经入史，及其衰也，又往往由史入文。”[①]宋濂等浙东派文人经史之学“流而为文”[②]的特点，使得其文学创作及观念渗透着浓厚的史学思维。

明初，通过编纂《元史》《大明日历》《皇明宝训》《洪武圣政记》《昭鉴录》等史学活动，浙东派文人的政治地位不断上升，其与各派文人交往更加频繁，影响力不断扩大，从而进一步促成了明初文学的新变。分析明初浙东派文人的史学思想及治学特色，探究其史学观对文学创作及观念的影响，研究其史学活动与明初文学的关系，有助于加深对明代文学演进的认识。

第一节　理学化史学观与传记文的褒贬特征

南宋时期，浙东学者吕祖谦、叶适、陈亮等提倡“经史兼治，注重历史研究，寓义理于史学，强调从历史中吸取经验教训，为现实服务”[③]，从而开创浙东史学。到了元代，浙东学者金履祥、许谦、柳贯、黄溍、吴莱等发扬前贤学以致用的治学传统，将理学思想融入到史学研究。明初，随着朝廷对思想意识的控制进一步加强，理学渗透到社会文化的各个层面。受前贤史学传统及现实思想文化影响，明初浙东史学表现出明显的理学化倾向，主张以理学思想为指导编撰史书，以忠奸善恶、正邪是非为评价历史人物的标准，以褒善贬恶、宣扬道德、经世致用为治史目的。

明初浙东史学代表人物宋濂曾说：“予尝从史官之后，遇人有善者必谨书之，将以诱民衷而树世防也。”[④]强调史官要秉承“《春秋》之

---

① 何炳松《通史新义》，长春：吉林出版集团股份有限公司，2011 年，第 77 页。

② 黄宗羲《宋元学案・文宪宋潜溪先生濂》黄百家按语云：“金华之学，自白云一辈而下，多流而为文人。夫文与道不相离，文显而道薄耳。”黄宗羲《宋元学案》，第 2801 页。

③ 蔡克骄《“浙东史学”再认识》，《史学理论研究》2002 年第 3 期。

④ 宋濂《周贤母传》，《宋濂全集》，第 347 页。

法”，有善必书，以扶持纲常，劝善抑恶。其史著《浦阳人物记》所记二十九人，皆为“上而忠君事亲，治政讲学，下暨女妇之节，可以为世鉴者”，人物评价“不因喜愠论人，亦不以穷达观人，但察其贤否为何如”①，体现出其理学思想对史传编撰的影响。宋濂同门友王祎亦云：“余顷奉诏修《元史》，于凡以死徇国者必谨书之，厉世教、扶人纪也。”②其观念与宋濂一致。

方孝孺《释统》一文论述历朝正统，主张从纲常、华夷角度加以评判，反对以“全有天下，号令行乎海内”为正统标准，并“假此以寓褒贬，正大分，申君臣之义，明仁暴之别，内夏外夷，扶天理而诛人伪”③。其正统论更是理学化史学观的典型体现。其他如胡翰《正纪》以道德、华夷论顺逆盛衰；朱右《史概》批评《三国志》以魏接汉统有失《春秋》之旨；陈基《通鉴续编序》赞扬朱嘉《通鉴纲目》能“尊正统以定万世之大分”，陈桱师法朱熹《纲目》著《通鉴续编》等，也都体现出理学思想对浙东史学的影响。

浙东史学的理学化倾向影响到其传记文创作，赋予其传记文以浓厚的道德劝惩色彩。如宋濂以“传”为题的作品有六十余篇，它们或“愧人妇之不孝者”，或使儒者“惕然而自省”，或“励子职、树臣节”，几乎篇篇为劝惩而作。其《周贤母传》写周母王氏之父曾为县吏，因“所掌狱案，死者欲生之，不可得”，终日闷闷不乐。王氏就劝父亲弃官归隐。王氏出嫁后，有恶少年聚众侵掠，她又派人“擿其奸”，盗贼惊溃四散。宋濂认为她才识过人，为之立传可以“诱民衷而树世防”，与《春秋》褒善贬恶之意相符。《李疑传》写金陵之俗“以逆旅为利”，而李疑独有“古义勇风”，能够收留重病旅客、救济待产孕妇。宋濂为之立传，目的亦在于“伤流俗之嗜利也，传其事以劝焉”。王祎认为传记文可以“补史之阙”。为充分发挥史传扶植纲常的作用，作为“补史之阙”的传记文自然也要以纪述忠孝节义之事为主。其文集中

① 欧阳玄《浦阳人物记序》，《宋濂全集》附录，2711页。
② 王祎《刘焘孙传》，《王忠文公集》卷二十一。
③ 方孝孺《释统》，《方孝孺集》，第67页。

以"传"名者共二十四篇，除《齐琦传》写德兴人齐琦善长命理术数，《友琴生传》叙朱原良以琴为友，《考订伯夷传》论述司马迁《伯夷列传》与史体不合，当有舛错，予以补正之外，其余篇目亦皆为道德之士而作，期望能够"辅教警世"。

苏伯衡主张传记文创作要使"世教有所赖焉"。他曾为永康人胡嘉祐作传。元季嘉祐散家财募义兵千余人助官军剿寇，后兵败而死。明初修《元史》，其家人因嘉祐事在前朝而不报。伯衡认为嘉祐以义奋志，以身殉国，"斯可谓大忠矣，苟无称焉，何以激劝哉"，遂为之作《胡嘉祐传》。胡翰在修《元史》时也欲为胡嘉祐立传，惜不详其事而未成。后见嘉祐之子，又读宋濂所作墓志铭，遂作《胡义士墓表》，"摭其大节，俾揭而表诸墓"，以体现"史氏之遗意"。方孝孺《逊志斋集》文学类传记共有十四篇，其内容以赞扬官员宽仁廉洁、处士谦和寡欲、义士仗义敢言及节妇贤母的贞节贤德为主，作传的劝善教化之意显而易见。朱右曾作《唐李泌传赞》，"因采旧闻，参诸记录，别著泌传以表见之，使善不没，实为后世鉴"①。徐一夔强调传记文要"能发挥忠臣、孝子、义夫、节妇之事，暴白于天地之间，使天下后世有所感激而奋起"②，其《周处士小传》赞扬周德骥侍奉父母的孝行即是这一观念的体现。

为了达到褒善贬恶、道德垂训的目的，宋濂、王祎等人的传纪文甚至采用幻设手法，记述一些颇为奇异之事。如宋濂《王弼传》写王弼因言语冒犯术士王万里，万里遂命所摄鬼女周月西前去恐吓。王弼帮助鬼女伸冤，终使术士伏法。周月西及鬼奴耿顽童等感激王弼相救之恩，终日陪伴其左右，"凡八阅月，始寂寂无闻"。《李大猷传》叙述传主与佛教的因缘也颇为荒诞。其母有娠时梦一比丘尼乘白鹿车抱儿相授，大猷出生未满月感疾高热，母又梦前比丘尼持粟嚼食之，梦醒后大猷"汗如雨，遂瘳"。王祎传中此类情节也不少。其《陈孝妇传》叙陈

① 朱右《唐李泌传赞》，《白云稿》卷三。

② 徐一夔《陈节妇叙赞》，《徐一夔集》，第 76 页。

孝妇尽心侍养姑舅。姑舅辞世后停柩于家，邻舍大火，孝妇以身护柩，哭声不绝，“俄而返风火转，延他家，柩得不毁”。其《熊孝子传》对于墓地涌水成河与大江相通之事的描述也采用类似手法。

对于这些材料的撰写，宋濂在《王弼传》论赞中解释道：“司马迁云：‘汉武帝置寿宫以奉神君，神君非可得见，其音与人言等，时去时来，来则风肃然也。’予窃疑焉。音，丽乎形者也。无形矣，音何从出哉？今周女无形而能人言，何其与神君类欤！……虽然，吉巫之术狡矣，而卒被鬼所杀。人祸天刑，终不可逭。为恶者盍少知惧乎？抑刚正若王生，鬼不敢害之，反敬畏之。是知君子挺立天地间，仰不愧也，俯不怍也，妖得而侮诸？”[①]对于司马迁所记鬼神能与人言之事，宋濂也持怀疑态度。但他仍然将此类不合常理之事记入传中，恰在于此类事件体现出“人祸天刑，终不可逭”理学信念，能够起到使恶者知惧、君子不侮的劝惩作用。宋濂的解释集中体现出浙东派文人传记文创作所受理学化史学观的影响。

宋濂、王祎等人传记文的幻设笔法对明清传奇化古文创作产生重要影响。明代中期以来，涌现出一股传奇化古文的创作潮流，如正德间陆相《阳明先生浮海传》、嘉靖间杨慎《仓鹒传》、万历间袁宏道《醉叟传》、梅鼎祚《三才灵记》、陈继儒《范牧之别传》等。这些传记作品“多以现实生活中的人物为原型”“注重人物的奇异壮举、奇闻逸事”“以离奇为念，以垂训为主”的特征与明初宋濂等浙东派文人的作品后先呼应，形成传奇化古文创作的风尚，至清初张潮编选《虞初新志》而达到高潮。在传奇化古文产生发展的过程中，宋濂等浙东派文人的贡献不容忽视。[②]

---

① 宋濂《王弼传》，《宋濂全集》，第 340 页。

② 王恒展认为宋濂一些传记文已具有传奇小说的艺术特质，并将其列为明前期文言小说作品。参见其《中国文言小说发展研究》，山东教育出版社，2016 年，第 332 页。

第二节　经史之辨与文学复古思潮中的史传文

作为明初文坛的重要派别，浙东派文人关于经史之辨的论述对于开启明代文学复古思潮学习史传文的传统具有重要意义。经史之辩是古代经史研究非常关注的话题，也是文学复古领域一个重要问题。先秦时期，没有严格的学科分类，故经史不分。汉代以来，经学居于统治地位，"史附于经"，成为经学附庸。故班固《汉书·艺文志》将《战国策》《史记》等史书附于"六艺略"《春秋》经之末。魏晋以降，史学地位上升，经史开始并称，至唐初《隋书·经籍志》经史子集的四部分类最终定型。

随着史学地位的上升，关于经史关系的讨论也逐渐展开。据钱大昕《廿二史札记序》，经史之辨始于宋代："自王安石以猖狂诡诞之学要君窃位，自造《三经新义》驱海内而诵习之，甚至诋《春秋》为断烂朝报。……由是说经者日多，治史者日少。彼之言曰：经精而史粗，经正而史杂。"①认为王安石倡义理新学，开宋儒荣经陋史之风。此后二程"教人先读《论》《孟》，次及诸经，然后看史，其序不可乱"；朱熹批评"伯恭（吕祖谦）于史分外仔细，于经却不甚理会""缘他先读史多，所以看粗着眼"，明显表现出以经为本、先经后史的治学倾向。元儒郝经则对以经为本观点提出挑战："古无经史之分。孔子定六经而经之名始立，未始有史之分也。六经自有史耳。"②认为经学、史学并无本末主次之分，重经废史，则"知理而不知迹"，重史废经，则"知迹而不知理"，二者相互依存，不可偏废。郝经从义理、事迹角度对经史之别的辨析已开明初浙东派文人以载道、纪事论经史关系之先声。

---

① 钱大昕《廿二史札记序》，赵翼《廿二史札记》，北京：中国书店，1987年，第1页。

② 郝经《经史》，《陵川集》卷十九，文渊阁《四库全书》本。

但以上讨论多局限于经史领域，关注核心在于经史研究中二者本末主次问题。到了明初，浙东派文人将对经史关系问题的讨论转移到文学领域，赋予经史关系以新的内涵，通过对二者关系的辨析，以解决文学复古思潮中师法儒家经典与史传之文先后主次的问题。

宋濂《文原》云："世之论文者有二：曰载道，曰纪事。纪事之文，当本之司马迁、班固，而载道之文，舍六籍吾将焉从？虽然，六籍者，本与根也；迁固者，枝与叶也。"①他从文体功能角度将文章分为载道与纪事两类，两者有本末之别。文章的师法对象首推六经，六经之后，当以孟子及韩、欧为宗，因为"上下一千余年，惟孟子能辟邪说、正人心，而文始明"，而"韩吏部、欧阳少师得其骨骼"。至于迁、固等史家之文，仅得六经之"皮肤"。但对于纪事之文来说，史传亦是重要的师法对象："迁之文如神龙行天，电雷惚恍而风雨骤至，万物承其涉泽，各致余妍；固之文类法驾整队，黄麾后前，万马夹仗，六引分旌，而循规蹈矩，不敢越尺寸。"②迁、固之文在叙事及语言上成就突出，学习其文法，则可以"尽事之变"，避免文章"波澜不广"的弊病。

朱右观点与宋濂基本一致："载道之文，莫大于六经。"所以学文当以六经为本，文章不本诸六经，就会舍本逐末，"其犹玩培𡎺之卑而忽嵩华之高"。不过，他同样非常重视史家之文："文莫古于六经，莫备于《史》《汉》。六经蔑以尚矣，《史》《汉》之文庸非后世之准衡也欤。"③文章写作也要学习《史》《汉》之文，"《史》《汉》之文，世既近古，雄深雅健，典实该洽，炳焉与三代同风，为可法也……一发乎情，情见乎辞，气与理会，文从字顺，各职其职"，其文采可为文章写作所取法。因《史记》《汉书》卷帙浩繁，朱右曾将其叙赞论说汇辑成书，末附欧阳修《五代史》，编成《三史钩玄》，供门人研习阅读，以达到"庶为文学之助"的目的。

---

① 宋濂《文原》，《宋濂全集》，第2004页。

② 宋濂《吴潍州文集序》，《宋濂全集》，第547页。

③ 朱右《秦汉文衡序》，《白云稿》卷五。

王袆对史传的重视超过了宋濂、朱右。其《上苏大参书》云：

> 文之在天下，有载道之文，有纪事之文。六经之文，载道之文也。而《书》《春秋》于六经则专于纪事，纪事而道载焉，虽谓之载道可也。自《春秋》内外传、《史记》而下，世遂鲜有载道之文。而代史、百家之述作，无不专于纪事矣。然则纪事之文诚不可视载道之文而易之。①

王袆也肯定“经者，载道之文，文之至者”，但他不同意“纪事不若载道”的说法，认为纪事之文记述“人物之言行功业、制度之本末先后”，可以扬善惩恶，有助教化，“皆合乎圣人之旨”。同时，优秀的史传文，“必简而该，精而核，深而易，通直而不肆，典实而无浮华，平易而无艰险”，在语言表达、材料剪裁、风格特征等方面为文章写作提供了可资借鉴的诸多经验，不可因为其没有载道而轻视它。

苏伯衡、方孝孺则从史传“可法”“可拟”的角度加以辨析。苏伯衡跋王袆拟秦汉诸文章云：“文章惟三代为古，春秋次之，战国次之，西汉又次之。然三代之文若《易》《书》《诗》可法而不可拟，拟之则犹荆楚之称王矣。可法而可拟者，其惟《左传》、司马《史记》乎。”②为文当宗六经，因为六经之文为“天下之至文。”但六经为“圣人道德之所著，非有意于为文”，所以圣人之文可法而不可摸拟，所可取法模拟的只有《左传》《史记》等史家之文。方孝孺《题刘养浩所制本朝铙歌后》亦云：

> 文章之用，明道、纪事二者而已。明道之文，非有得于斯道者，虽工而不传。纪事者不得丰功伟德，可以耸摄众庶耳目

① 王袆《上苏大参书》，《王忠文公集》卷十六。

② 王袆《王忠文公集》十三。

> 者而书之，亦不足取尚于后世。故士未足以明道，则博求当世非常可喜之事而述焉，亦文之美者也。西汉文士最众，尤杰然者贾生、董仲舒，其才未必迁、固之下，然后世传而诵之者，必迁、固之文，而贾、董不若焉。①

明道之文重在养气体道，道积于身，"文不期工而自工"，如果道不明，文虽工而不传。而纪事之文即使不足以明道，因能记述当世"非常可喜之事"，亦可以传之后世。

可以看出，由于受到理学观念的影响，宋濂等人文学复古的师法对象仍以六经为本。但浙东学术重视史学的传统使其非常注重对于《史记》《汉书》内容及文法的学习，其关于文章载道、纪事之别的论述，强调了文章写作师法史传的重要性，对于明中后期兴起学习史家之文的热潮具有重要启示意义。

成化、弘治间，针对台阁体末流"陈陈相因""啴缓冗沓"的弊端，李东阳、谢铎等茶陵派作家主张通过学习古文辞以救台阁体文学之弊。他们在浙东派文人以载道、纪事辨别经史的基础上，将道与事联系起来，进一步提出"道无穷而事亦无穷"的观点。李东阳《篁墩文集序》云："文之见于世者，惟经与史。经主道，史主事。……道无穷而事亦无穷，故作者亦时有之。"②认为载道之经与纪事之文"分殊而体异"，但"道无穷而事亦无穷"，载道、纪事并无本末先后之分。谢铎亦云："文之用二，明道、纪事而已矣。"③不过，明道之文"未尝不著于事"，纪事之文"未尝不本于道"，所以文章写作最好是"体道不遗，言顾其行"，学习六经与《史》《汉》同样重要，只要"有益于实用"，二者都"不可缺焉"。李东阳、谢铎等以道事不可分离为理论

① 方孝孺《题养浩制本朝铙歌后》，《方孝孺集》，第693页。

② 李东阳《篁墩文集序》，《李东阳集》，周寅宾校点，长沙：岳麓书社，2008年，第976页。

③ 谢铎《愚得先生文集序》，《谢铎集》，林家骊点校，杭州：浙江大学出版社，2016年，第449页。

根据，将史传纪事功能提到与六经载道功能同等位置，有助于消解儒家经典在文学复古思潮中的神圣性，为即将到来的学习史家之文热潮奠定了基础。

此后，李梦阳、何景明、王世贞等七子派崛起于文坛，其关于经史关系的讨论已明显偏重于史传。李梦阳认为："经史体殊，经主约，史主该。"①经史异同只在语言的繁简表达上，各有优长。但经文的"惟约之务"往往会导致更多弊端，"为湔洗，为聱牙，为剜剔，使观者知所事而不知所以事"，而史传大多"约而该"，更适合作为文章写作的学习典范。何景明、王世贞更明确提出"经史者皆纪事之书""天地间无非史"等观点，认为《左传》《史记》等先秦两汉史书"美艳雄整"，富于文采，"以其事之详，而言之妙且艳也，纂史者用其凡，摛文者撷其奥"，文章写作可资借鉴。所以读史为当务之急，"史学在今日倍急于经，而不可一日而去者也"。可以看出，七子派借助经史关系的讨论，已摆脱经学的束缚，为其倡言"文必秦汉"之说提供了理论支撑。

随着辨析的深入，史家之文在文学复古中的重要性日益凸显，向史传学习已成为明中后期复古派作家们的共识，从而形成学习史传文的高潮。彭辂《史记初览序》云："尔来(隆)庆、(万)历间，三尺童孺，才搦管制场屋排比艺，踽踽焉寿陵之步耳，而开口无不曰《史》《汉》《史》《汉》。"②茅坤亦云："大都近代以来，缙绅先生好摹画《史记》《汉书》为文章，而于公卿士庶志铭传记，特借《史》《汉》之肤发以为工。"③为了方便学习史传笔法，还出现了一批从文学角度评点史传的著作，如杨慎《史记题评》、茅坤《史记钞》、归有光《归评史记》、唐顺之《荆川先生精选批点史记》《荆川先生批点精选汉书》等。这股学习史传文的热潮与明初宋濂等浙东派文人的倡导密不可分。

---

① 李梦阳《论学》，《空同集》卷六十六，文渊阁《四库全书》本。
② 彭辂《史记初览序》，《明文海》卷二百十三，清涵芳楼钞本。
③ 茅坤《与郁秀才书》，《茅鹿门文集》卷五，明万历刻本。

第三节 浙东派的史学活动与其文学影响力的扩大

元明之际，浙东派文人通过征聘、举荐等方式步入政坛，并充分发挥其史学才能，积极参与修史及多种典章制度的制订，为明王朝的思想文化建设做出重要贡献。以此为契机，浙东派文人政治地位得以提升，其文学影响力也不断扩大，进而对明初文学的发展产生影响。

明洪武元年(1368)，宋濂、王祎以总裁官完成《元史》修撰。朱元璋高度评价宋濂史学才能，称其“生于金华文献之邦，正学渊源”“总修《元史》，尤究心于笔削”“是用升擢，俾司代言”，遂提拔其为翰林学士、知制诰、兼修国史。王祎则擢翰林待制、同知制诰，兼国史院编修官。洪武三年(1370)十二月，宋濂以续修《元史》由编修擢国子司业[①]，朱元璋称其“果能追迁、固之踪，成一代之史”“特命司成均之业”。洪武六年(1373)九月，宋濂以修《大明日历》再擢翰林侍讲学士。洪武九年(1376)三月，宋濂与朱右、朱廉等修《洪武正韵》成，再除翰林学士承旨。

浙东派文人与修《元史》者还有朱右、朱廉、陶凯、张孟兼、胡翰、傅恕等。其中朱右经宋濂举荐，以布衣征至京城续修《元史》，事竣，以疾辞归。洪武六年(1373)，宋濂又以其“良史才”荐入史馆与修《大明日历》，稿成，授翰林编修。七年再与宋濂等修《皇明宝训》，书成后奉旨与晋王讲经史。同年又与宋濂编《洪武圣政记》，并制定王国所用礼仪。宋濂称其“奏对精密，顾盼有威仪，上甚眷重”“盖将用之”，洪武九年(1376)以疾卒。宋濂同门友朱廉元末为钓台书院山长，洪

---

① 此前，宋濂曾因失朝由翰林学士降为编修。参见《明太祖实录》卷五十四：(洪武三年秋七月九日)翰林学士宋濂、待制王祎坐失朝降为编修。

武三年(1370)经宋濂举荐续修《元史》,书成辞官。六年再以宋濂荐与修《大明日历》,书成授翰林编修。后授楚王经,迁楚府右长史。洪武二年(1369)陶凯以荐征入与修《元史》,书成,授翰林院应奉,教习大本堂,授楚王经。次年七月擢礼部尚书。明初张孟兼任国子学录,洪武三年(1370)续修《元史》,次年擢升礼部主事,迁晋府录事、太常寺丞。洪武二年(1369),胡翰与修《元史》,史成后赐白金文绮以归。明初傅恕曾诣阙陈治道十二策,朱元璋遂命其与修《元史》,书成授博野知县。

除以上诸人外,浙东派作家中的徐一夔曾被朱元璋征聘撰写诰文,洪武二年(1369)主修《大明集礼》五十三卷,出力甚多。同年十月,王袆荐其续修《元史》,一夔以疾辞归。洪武五年(1372)授杭州府学教授,同年十月召入与宋濂等修《大明日历》,书成,授翰林院编修,以足疾辞归。陈桱以史才被朱元璋征为翰林修撰,洪武二年(1369)升翰林直学士,继以罪降翰林待制。宋僖元末举乡荐,授繁昌县教谕,因乱旋归。洪武二年(1369)与修《元史》,负责《外夷传》部分,史成归家。洪武四年(1371)曾任福建乡试主考官。

在修史、制定典章等过程中,浙东派文人的地位及声望不断提高,为其加强与各派文人的交往创造了条件。而浙东派文人能够继承并发扬宋元以来浙东史学不持门户之见的优良传统,以兼容并包精神与各派文人保持良好关系,并通过频繁交往扩大其在文坛上的影响力。在此过程中,浙东派文人的文学和史学成就得到各派文人的高度评价。

刘崧曾赞扬宋濂:"官联玉堂署,诏入金銮殿。《元史》公是非,雄文掞雷电。"[①]高度评价其史学及文学成就。刘永之对宋濂"健笔清芳南宫新,东观长留太史文"的成就敬佩不已,并称"宋公,余师也"。刘炳《百哀诗》赞扬王袆"兼通吏事,修史禁林",为"缙绅之英",赞扬宋

① 刘崧《青萝山房诗为金华宋先生赋》,《槎翁诗集》卷二。

濂"丹衮资黼黻，玉策专制作。老笔继班马，道统遡伊洛"[①]，高度肯定二人政事及文史贡献。陈谟对宋濂的文章赞叹不已，称每得其文，"昼夜尽读之"，肯定其"以硕学古道，为一代文宗"的文坛宗主地位。吴伯宗对宋濂非常敬重，称其"学为当代之表"。吴中派文人高启曾作有《送王孝廉至京省其父待制后归金华》，赞扬王袆的才华与声望。王彝曾为其友周孟容所绘《聚英图》作序，对杨维桢仍持"文妖"之论，却赞扬张孟兼有"俊才"，"为之期望于方来"；肯定王袆"峭直""峻洁"，"文章名家自有所在"；并嘱咐周孟容定要至京师为宋濂画像，"以为穷乡下邑之观瞻"，以遂自己"区区之愿"。

随着浙东派文人政治地位的上升和交往的扩大，其在文坛上的主导地位得以确立。刘基曾对朱元璋谈及文坛状况："今天下文章，宋濂第一，其次即臣基，又次则孟兼，其余臣不知也。"朱元璋更是屡推宋濂为"开国文臣之首"。地位的隐显变化，使浙东派文人的影响区域逐渐从浙东移位于庙堂之上，其所倡导的雅正典实文风也对各派文人产生影响。尤其是刘崧、陈谟、吴伯宗等江西派文人创作上本有追求雅正的传统，更促使其自觉向此文风靠拢。此后，这种雅正文风被杨士奇、梁潜、周是修等人所承继，进而为演变为明前期的台阁体文学。

① 刘炳《百哀诗》，《鄱阳五家集》卷十五，文渊阁《四库全书》本。

第七章　宋濂等浙东派文人与台阁体文学

明代洪武、建文之后，随着宋濂、方孝孺、楼琏等的罹难，曾经盛极一时的浙东派完全衰落。此后百余年间，长期占据文坛主导地位的便是台阁体文学。所谓“台阁体”，是指明代永乐至正德年间流行于馆阁文臣之间的一种文风[①]，以明前期的“三杨”（即杨士奇、杨荣、杨溥）为代表作家。《明史》卷一四八：“成祖时，士奇、荣与解缙等同直内阁，溥亦同为仁宗宫僚，而三人逮事四朝，为时耆硕。溥入阁虽后，德望相亚，是以明称贤相，必首三杨。”[②]“三杨”在位日久，先后历事永乐、洪熙、宣德、正统四朝，他们辅政时期，明王朝政治经济正趋于昌盛，社会政治相对稳定，经济日益繁荣。再加上“三杨”位居台阁要职，生活处境优裕。他们的诗文内容上遂多描绘“海内晏安、民物康阜”的盛世气象，歌颂帝王的功德伟绩；风格上雍容典雅、“平正纡余”，具有一股“富贵富泽之气”，被称为“台阁体”。王世贞《弇州四部稿》云：“杨尚法，源出欧阳氏，以简澹和易为主，而乏充拓之功，至今贵之曰‘台阁体’。”[③]钱谦益《列朝诗集》云：“国初相业称三杨，公（杨

---

① 关于台阁体的流行时间有明代永乐至正统、永乐至天顺、永乐至成化、永乐至正德时期等观点，本书采用永乐至正德之说。参阅袁行霈《中国文学史》（高等教育出版社 2005 年版）、熊礼汇《明清散文流派论》（武汉大学出版社，2003 年）、史小军《20 世纪以来明代台阁体研究述评》（《南阳师范学院学报》社科版，2006 年第 2 期）等。

② 张廷玉等《明史·杨溥传》卷一四八，第 4145 页。

③ 王世贞《弇州四部稿》卷一百四十八，明万历刻本。

士奇)为之首。其诗文号'台阁体'。"①

台阁体在仁宣之时形成后,至明正德时期的百余年间,其演变大致可分为三个阶段。永乐至正统年间为第一创段,历时约四十余年,此为台阁体的形成、成熟期,主要成员除"三杨"之外,还包括胡俨、黄淮、夏原吉、金幼孜、王直、王英、李时勉、梁潜、曾棨、陈敬宗、周叙、钱习礼、曾鹤龄等人。景泰、天顺年间为第二阶段,前后历时近二十年,此为台阁体的演变期,主要作家有徐有贞、李贤、岳正、彭时、商辂,倪谦、丘浚等。成化至正德年间为第三阶段,历时近六十年,为台阁体的衰变期。主要成员有程敏政、李东阳、吴宽、王鏊、倪岳、谢铎、梁储等人。

台阁体文学的产生,既与明初的时代背景、政治文化环境、地域文学影响及士风等外在因素有关,也与文学自身流变的内在因素有关。就其地域文学影响而言,台阁体的产生,除与江西派及闽诗派有关之外,尚且可以追溯至明初的浙东派。

第一节　浙东派文人经世致用文学观

浙东派文人多具有理学背景,受理学思想影响,浙东派文人在论文时多把道统与文统合而为一,以道统来统率文统,强调文道合一、文以载道。黄百家按《北山四先生学案》:"金华之学,自白云辈而下,多流而为文人。夫文与道不相离,文显而道薄耳。虽然道之不亡也,犹幸有斯。"②浙东理学传至宋濂等人时,已出现从理学家向文学家转变的倾向,但是浙东派文人论文并未与道脱离,仍然强调文道合一。宋濂《徐教授文集序》云:"文之至者,文外无道,道外无文。粲然载于

① 钱谦益《列朝诗集》乙集卷一,清顺治九年毛氏汲古阁刻本。

② 黄宗羲《宋元学案》,第2801页。

道德仁义之言者，即道也；秩然见诸礼乐刑政之具者，即文也。”[①]方孝孺受其师影响，在文道关系上与宋濂主张接近，他说：“道者，气之君；气者，文之帅也。道明则气昌，气昌则辞达；文者，辞达而已矣。”[②]刘基则主张“美刺讽谏，莫不裨于世教”，从文学经世致用的角度体现了文以载道的观念。

浙东派文人从“文以载道”的观念出发非常重视文章的社会作用，主张文章要能够讽谕时政，有益于教化。宋濂《华川书舍记》云：“凡所以正民极、经国制、树彝伦、建大义，裁成天地之化者，何莫非一文之所为也。”[③]刘基以《诗经》为例认为文章“纵不能救当时之失，而亦可以垂戒警于后世”[④]。方孝孺认为言语文章要能够“上之宣伦理政教之原，次之述风俗江山之美，下之探草木虫鱼之情性”[⑤]。他们这些言论大都是对儒家传统的经世致用文学观的发挥。

台阁体作家继承了浙东派文人的文以载道观和文学的社会作用的主张，同样主张文章要能够经世致用、济民经邦。杨士奇《颐庵文选序》说：“文非深于道不行，道非深于经不明，古之圣人以道为体，故出言为经，而经者载道以植教也。”[⑥]他所谓的“文深于道”，即是要求文学要弘扬封建伦理道德，辅助政教。杨荣与之说法相似：“夫国家肇兴之秋，文明之运启而光岳之气完，必有间世之才挺生其间，其道足以尊主而济民，其文足以经邦而名世。”[⑦]倪谦《同年唱和诗引》中也说：“幸代遭圣明，职清务简，公退之暇，遇凡有所燕会，予三人未尝不偕，会辄作为诗歌，更唱迭和以为欢……是以发诸声诗，虽云畅叙燕乐之怀，无非寓夫感恩图报之意，与鸣国家太平之盛也。”[⑧]

---

① 宋濂《徐教授文集序》，《宋濂全集》，第634页。
② 方孝孺《与舒君书》，《方孝孺集》卷十一，第435页。
③ 宋濂《华川书舍记》，《宋濂全集》，第75页。
④ 刘基《唱和集序》，《诚意伯刘文成公集》卷五。
⑤ 方孝孺《题黄东谷诗后》，《方孝孺集》卷十八，第694页。
⑥ 杨士奇《颐庵文选序》，《颐庵文选》卷首，文渊阁《四库全书》本。
⑦ 杨荣《黄少保集序》，《杨文敏公集》卷十四，《明别集丛刊》影印明正德十年刻本。
⑧ 倪谦《同年唱和诗引》，《倪文僖集》卷二十二，清《武林往哲遗著》本。

传统儒家历来重视文学的社会作用。孔子论《诗经》说它可以“兴”“观”“群”“怨”，大致指出诗歌的美刺、言志和观风俗、知民情的作用。《诗大序》提出“上以风化下，下以风刺上”的观点，一方面说统治者可以用诗歌宣扬道德伦理，巩固统治秩序；另一方面是说臣下应当用诗对君上进行讽刺劝谏。刘勰《文心雕龙》云：“是立义选言，宜依经以树则；劝戒与夺，必附圣以居宗。”[①]认为文章具有“树则”与“劝戒”的作用。这此言论大体上指出了文学具有歌颂与讽谏的双重作用。明初浙东派文人继承了儒家传统的文学观，其诗文中既有对盛世祥瑞的歌颂与道德说教，也有对君上的委婉讽谏和对社会现实的揭露。但到了台阁体作家那里，由于受到明初严酷的政治、思想环境的制约，他们便摒弃了文学讽谕社会的一面，而专注于发挥诗文的歌功颂德与道德说教的功能，导致其作品中充斥着大量的应制颂圣之作。

台阁体领袖杨士奇，保存于《东里集》中的应制诗有近百首，内容多描写宫廷殿阁、亭台池沼以及宴游早朝等。如他的《赐游东苑诗》作于宣德四年(1429)，宣宗视朝之暇召士奇等应对，并命中官导游东苑，士奇就所目睹作诗，所赋皆为东苑景致，在写景之中穿插颂扬君王的“玩山水以适仁智之性，即植物以验造化之迹”。其他应制诗如《早朝应制》《侍游西苑应制》《五色鹦鹉》大都如此。杨荣《文敏集》有140余首应制诗，内容与杨士奇应制诗相类，大都是歌颂天地祥瑞、皇帝德深仁厚、天下太平的，如《小山》一诗：

瑶空涌出秀芙蓉，宝树参差近九重。波泛羽觞来玉涧，泉垂珠箔喷金龙。四时佳气浮丹阙，八表晴岚露碧峰。喜遇太平无事日，共沾雨露沐恩浓。[②]

---

① 刘勰《文心雕龙》卷四，文渊阁《四库全书》本。

② 杨荣《小山》，《杨文敏公集》卷一。

通过对池中芙蓉、树木、玉涧、珠泉以及君臣在晴岚佳气中同游小山等的描写，表现仁君治理下的太平盛世。杨溥的应制诗多收于《杨文定公诗集》中，其中如《瑞雪诗应制》：

> 圣主精诚格上穹，喜看飞雪遍长空。九重阊阖瑶台表，万国山河玉镜中。和气细缊弥海宇，恩波浩荡及昆虫。太平自古多丰岁，民庶讴歌四海同。[①]

同样赞颂了圣主的精诚仁德、恩波浩荡。

第二节　浙东派文人的师古观念

浙东派文人在文章笔法上强调师古，其师法对象散文学习唐宋、诗歌崇汉魏晋唐，他们的复古主张对台阁体作家也有重要影响。

浙东派文人普遍尊崇唐宋散文，把它们视为六经、孟子文、两汉文的延承。宋濂论文把道统与文统合而为一，在理学家之文与文章家之文并举时，推重宋代周、张、程、朱的义理之文，认为它们能得孟子之心髓。在只谈文章家时，他同样重视唐宋古文："六籍之外，当以孟子为宗，韩子次之，欧阳子又次之，此则国之通衢，无榛荆之塞，无蛇虎之祸，可以直趋圣贤之大道。"[②]把韩、欧散文看成可以上溯六经的通衢大道。朱右作《文统》也很重视唐宋文："唐韩愈上窥姚姒，驰骋马、班，本经参史，制为文章，追配古作；宋欧阳修又起而继之，文统于是乎有在。"[③]把唐宋散文看成文章统绪中的重要环节。方孝孺最尊崇宋文，他认为"其文之所载，三代以来未之有，汉何足以方之？

① 杨溥《瑞雪诗应制》，《杨文定公诗集》卷五，《续修四库全书》本。

② 宋濂《文原》，《宋濂全集》，第2004页。

③ 朱右《文统》，《白云稿》卷三。

……仆尝谓求学术于三代之后，宋为上，汉次之，唐为下，近代有愧焉。"①

台阁体作家继承了浙东派文人重唐宋文的传统，他们的文统与浙东派文人的文统大体一致，既有偏于文的文章家系统，又有别立而杂入文统中的儒学系统。在这两个系统中，唐宋文章家都占有重要位置，特别是宋人更受台阁体作家的推重。杨士奇《颐庵文选序》云："至唐韩退之、宋欧阳永叔、曾子固力于文词，能反求诸经，概得圣人之旨，遂为学者所宗。周子、二程子以及朱子笃志圣人之道，沉潜六经，超然有得于千载之上。"②在他所述的道学系统中，对韩愈、欧阳修、曾巩等文章家很推重，这些人虽"固力于文词"，但因为能"反求诸经"，所以被列入道统之中，与周子、二程、朱子等人并列，其观点与宋濂非常接近。杨荣《送翰林编修杨廷瑞归松江序》云："三代而下莫盛于汉、唐、宋，……若汉之贾谊、董仲舒、司马迁、扬雄、班固，唐之韩愈、柳宗元、李翱、皇甫湜，宋之欧阳修、二苏、王安石、曾子固诸贤皆能以其文章羽翼六经，鸣于当时，垂诸后世。"③在他所述文统中，唐宋文人也占有重要位置。这些文章家中，台阁体作家尤其重视欧阳修，把他看作做官、为文的学习典范。

自南宋以来，欧阳修便逐渐成为人们学习的目标，元代台阁文人如虞集、苏天爵等人把欧文视为文章典范。明初浙东派文人对欧阳修的学术与文章都很推崇，台阁体作家则进一步把欧阳修视为集文章、学术、道德、政事于一身者，既重其道德学术、又学习其文章。杨士奇赞扬欧阳修的文章与道德，认为士人之所以喜读欧阳修文，原因在于他的"立朝大节"，能够"振发人心"。杨荣推重欧阳修的文章说："甚矣，文章之洗陋习而归诸古，著当时而传后世者，不恒有也。宋欧阳公之文足以当之宜乎！……其文推韩子以达于孔孟，一洗唐末五

① 方孝孺《与赵伯钦三首》，《方孝孺集》卷十一，第393页。

② 杨士奇《颐庵文选序》，《颐庵文选》卷首，文渊阁《四库全书》本。

③ 杨荣《送翰林编修杨廷瑞归松江序》，《杨文敏公集》卷十三。

季之陋。”[1]周叙《滁州重修醉翁亭记》说：“邹孟氏以后，正学丝靡，至道榛塞，奋起而振之者，昌黎韩氏而已，庐陵欧阳氏而已。”[2]称赞欧阳修“挽百川之颓波，息千古之邪说”的学术功绩。

但是台阁体作家在学欧时，有重道德轻文辞的倾向，他们的文章仅得欧文的平易纡余，缺少欧文的流畅优美，再加上他们台阁文臣的身份和皇帝的提倡，从而形成雍容典雅、纡徐委备的散文风格。由于“三杨”主政之时社会昌盛稳定，其雍容平易的文风尚能与太平盛世之象契合，而且“三杨”等人为文尚能做到“逶迤有度、醇实无疵”，没有冗衍之病。但到了台阁体流行的后期，由于“晚进者递相摹拟”，流风所及，渐渐流为肤廓冗长。由此而言，“三杨”片面学欧的平易纡徐导致了后来肤廓冗长的文风倾向，他们委实也难辞其责。

与师法宋文不同，台阁体作家在诗歌方面则推重盛唐诗，这一倾向也与浙东派文人的复古观念有一定联系。宋濂在《答章秀才论诗书》中评价历朝之诗，以为三百篇后，汉苏、李能宗《国风》与楚辞，至魏晋诗道大盛，初唐承陈隋之弊，诗颓靡不振，到盛唐时诗道“于是为最盛”，其后晚唐为诗之变，宋诗“去盛唐为益远”，对汉、魏、晋、盛唐诗很看重。苏伯衡以世运论诗，把唐诗分为三期，认为“晚唐之诗，其体裁非不犹中唐之诗也；中唐之诗，其体裁非不犹盛唐之诗也；然盛唐之诗，其音岂中唐之诗可同日语哉”[3]。贝琼论诗也以盛唐为最佳，以李、杜为极致，“诗盛于唐尚矣。盛唐之诗称李白、杜少陵而止”[4]。浙东派文人古诗重汉魏晋、近体崇盛唐的主张拉开了明代诗论复古思潮的序幕，他们的观点与其后闽派诗人的宗唐之风一起，汇聚成明初诗坛标举盛唐、崇尚李杜的洪流，并影响到台阁体作家的诗歌观念与创作。

台阁体作家普遍尊崇盛唐诗歌。杨士奇认为近体以盛唐为至：

---

① 杨荣《欧阳文忠公祠堂重创记》，《杨文敏公集》卷九。

② 周叙《滁州重修醉翁亭记》，《石溪先生文集》卷六，明万历二十三年（1595）周承超刻本。

③ 苏伯衡《古诗选唐序》，《苏平仲文集》卷四，第95页。

④ 贝琼《乾坤清气序》，《清江贝先生文集》卷一，《四部丛刊》本。

“诗自三百篇后，历汉、唐而下有近体，盖以盛唐为至。”[1]金幼孜认为诗之体随时代而变，至盛唐为极盛，“沨沨乎追古作者”“下此未足论矣”。与他们观点近似者还有黄淮，他认为三百篇后，诗屡变屡下：

至唐稍惩末弊而振起之，而律绝之体复兴焉。当时擅名者无虑千余家，李杜首称，而杜为尤盛，盖其体制悉备，譬若工师之创巨室，其跂立翚飞之势，巍峨壮丽，干云霄，焜日月。[2]

他将“温柔敦厚”的传统儒家诗学和“与天地功用相为流通”的宋明理学观念综合在一起，视唐诗尤其是杜诗为最高典范。其他台阁体作家持论大抵如此。

但是台阁体作家在诗崇盛唐中存在着误读倾向。他们抛弃了唐诗关怀人生和积极入世的精神，而从唐诗能够“得夫性情之正”处着眼，片面称颂唐诗的“以其和平易直之心，发为治世之音”，创作上则形成气度雍容、平易正大的诗风。杨士奇评价诗歌以“治世之音”为标准，以贞观、开元之诗为最佳。他将盛唐诗冠以“理道”：无论是杜甫的浑厚、李白的天纵，还是王、孟等人的清粹典则，俱为“理性情而约诸正”的典范。他的诗歌创作也表现出这种特点，如《赐文渊阁五色菊一本应制》：

一簇秋香护锦屏，联芳竞彩自天成。何须芝瑞矜三秀，已似奎躔聚五星。开处正当彤陛好，赐来还称玉堂清。世传此植能颐寿，万岁千秋祝圣明。[3]

该诗从题咏所赐文渊阁五色菊入手，归结到祝圣万年寿，内容

① 杨士奇《书张御史和唐诗后》，《东里集》续集五十九。
② 黄淮《黄文简公介庵集》卷十一，《四库全书存目丛书》本。
③ 杨士奇《赐文渊阁五色菊一本应制》，《东里集》诗集卷二。

上为应制颂圣，风格上则气度雍容，平正典雅。杨荣同样主张诗歌要发乎性情之正，他说："意之所适，言之不足而咏歌之，皆发乎性情之正。足以使后之人识盛世之气象者，顾不在是欤。"①他的《早朝》诗：

> 禁城初听晓钟声，天仗森严簇绣楹。风引御炉香雾远，云开仙掌日华明。班联冠佩瞻龙衮，乐奏箫韶叶凤鸣。圣主正当垂拱日，万方鼓舞乐升平。②

全诗雍容华贵、平正和易，堪称典型的台阁体。但与盛唐诸诗人的颂圣诗相比，内容较为单调，描写也较浮泛，缺乏"万国衣冠拜冕旒"的博大气象。

第三节　明初浙东派文人的台阁文风

明初浙东派文人在文学批评上坚持台阁与山林并举、并有所偏爱台阁诗文的做法，为台阁体文学的产生提供了理论纲领。

元末浙东派文人大都隐于浙东，著书凝道以静观时变，明初他们在朝廷多担任要职，由山林而入台阁的经历，使得他们在文学批评上坚持台阁与山林并举的做法，后期则对台阁之文有所偏爱。如宋濂论台阁与山林之文的不同时说：

> 濂尝以此而求诸家之诗，其见于山林者，无非风云月露之形，花木虫鱼之玩，山川原隰之胜而已……若夫处台阁则不然，览乎城观宫阙之壮，典章文物之懿，甲兵卒乘之雄，华夷会同之

① 杨荣《重游东郭草亭詩序》，《杨文敏公集》卷十一。

② 杨荣《早朝》，《杨文敏公集》卷一。

盛，所以恢廓其心胸，踔厉其志气者，无不厚也，无不硕也。①

山林之作虽然感情曲畅，音节幽眇，但终归是辞语纤巧、格局微细，而台阁之文则雄丽阔大、雍容淳庞，能够显现一代之盛典，可见他对台阁之文是有所偏爱的。他认为："诗之体有三：风则里巷歌谣，多出氓隶女妇之手，有类乎山林。雅颂之制，施之于朝会、燕飨，非公卿大夫或不足为，其亦近于台阁。輶轩之使弗设，国风之作若无所用。皇上方垂意礼乐之事，岂不撰雅颂以为一代盛典！"主张当今之世并无"輶轩之使"，风诗虽作却无所用，而明祖方垂意礼乐，因此要多作雅颂之作以颂扬一代盛世。王祎认为居上位者要"歌咏帝德，以鸣国家之盛"，居山林者要有"忧深思远之风"，同样坚持台阁与山林并举，但他欣赏的山林之文并非留恋光景之作，而是能够呕吟王化之文。徐一夔认为皇明龙兴，必须要有魁人硕士以雄辩之笔润饰鸿业，同样强调台阁之文的作用，他说："国家之兴，必有魁人硕士乘维新之运，以雄辩钜笔出而敷张神藻，润饰洪业，铿乎有声，炳乎有光，耸世德于汉唐之上；使郡国闻之，知朝廷之大；四夷闻之，知中国之尊；后世闻之，知今日之盛。然后见文章之用为非末技故也。"②

除了理论上推崇台阁之文外，明初浙东派文人适应形势的转变，创作了大量的台阁诗文。宋濂入明后曾任国子司业、太子赞善、翰林学士承旨等职，是朱元璋依恃的重要文臣，屡被推为"开国文臣之首"。因此宋濂写了不少台阁之文。杨维桢评价宋濂作品时说：

> 客有持子宋子《潜溪》诸集来者，曰："某帙，宋子三十年山林之文也；某帙，宋子近著馆阁之文也。其气貌声音随其显晦之地不同者，吾子当有以评之。"……昔之隐诸山林者，奕乎其虎豹烟

① 宋濂《汪右丞诗集序》，《宋濂全集》，第481页。

② 徐一夔《陶尚书文集序》，《始丰稿》卷五，第108页。

霞也；今之显诸馆阁者，灿乎其凤皇日星也。果有隐显易地之殊哉？[①]

指出了仕隐处境的不同所导致的宋濂文风的变化。宋濂创作的台阁之文，如《游钟山记》《阅江楼记》《天降甘露颂》《奉制撰蟠桃核赋》历来为人们所称道。其中《阅江楼记》写于明洪武七年（1374），是年朱元璋下诏于京城西北狮子山建阅江楼，并命群臣撰文以记此事。宋濂此文即为奉旨而作。文章首先介绍阅江楼的位置及建楼原因，然后紧紧围绕"存神穆清，与道同体，虽一豫一游，亦思为天下后世法"一句，设想明太祖登楼眺望，"必悠然而动遐思"，借机劝谏明太祖要保土、安边、恤民。最后赞扬明太祖使"南北一家，视为安流，无所事乎战争"的统一之功，并勉励"登斯楼而阅斯江者"要"当思帝德如天，荡荡难名"而有忠君报上之心。文章风格雍容典重、构思巧妙，充分体现出一代新兴王朝鸿业初开时的昌明博大气象。

刘基所为文章，"气昌而奇，与宋濂并为一代文宗"，入明后所作应制之文，如《瑞麦颂》《祀方丘颂》《平西蜀颂》《甘露颂》等，皆雍容闲雅，平正典实。其中《祀方丘颂》首先写朱元璋将祀方丘，先期洁斋于旧宫，诏臣僚集射以观德；次写祭礼之日，"有风徐来，淋潦顿收，微月出云，氛雾廓清。皇帝被兖冕登坛，万籁无声，华烛有辉，雅乐浏亮，燎烟不摇，百礼既洽，千官肃雍，洋洋乎神明临之在上。诚意恳至，升降秩秩，济济翼翼，穆穆如也"[②]；最后通过与元廷"礼仪并废，岂无牛羊，而不以祭，穹祇赫怒"的对比，赞扬朱元璋"超黄迈唐，越商逾夏"的功绩。文章简洁精炼，豪情勃发，以今昔对比将新兴王朝的赫赫声威渲染得淋漓尽致，对朱元璋开国功业的褒扬之情溢于言表。方孝孺继承前辈先师的风格，其诗文中时有以"儒雅雍容"之态讴歌圣代的盛世之声。如其名作《蜀道易》反李白《蜀道难》而作，全诗以"西蜀

① 杨维桢《潜溪新集序》，《宋濂全集》附录，第 2737—2738 页。

② 刘基《祀方丘颂》，《诚意伯刘文成公集》卷一。

之道何今易而昔难”设问，以古今难易对比提摄下文，集中笔墨描述在朱元璋及蜀王的治理下蜀中的安宁、富裕，赞扬执政者的惠民之功，具有典型的台阁气息。

浙东派文人的文学主张及创作实践奠定了其后台阁体的理论基础和审美取向，“三杨”等人的文学观念与创作上的内容、风格等基本上未超出宋濂等人的这些规范。杨士奇云：“我国家文运隆兴，诗道之昌，追古作者，选录者不啻十数家，然惟刘仔肩、王偁所录为庶几焉。”[①]洪武三年(1370)刘仔肩所编《雅颂正音》为明初第一部诗歌总集，该集以为新王朝歌功颂德为编纂宗旨，所收多为达官贵人诗作，题材上不外应制、酬唱、即景抒怀等。杨士奇对《雅颂正音》的赞扬反映出他对台阁之文的推崇。杨荣也对自洪武以来卿相大臣的高文宏制津津乐道：“自洪武迄今，鸿儒硕彦彬彬济济，相与咏歌太平之盛者后先相望。”[②]李东阳曾区分馆阁之文与山林之文的异同：

> 馆阁之文，铺典章，裨道化，其体盖典则正大，明而不晦，达而不滞，而惟适于用。山林之文，尚志节，远声利，其体则清声奇峻，涤陈薙冗，以成一家之论。……馆阁之体，非岩栖穴处者所能到也。[③]

可以看出他对馆阁之体还是有所偏爱的。这些论述与浙东派文人的说法可谓是一脉相承。

除了理论上承续浙东派文人的主张之外，台阁体作家对浙东派文人的台阁文风也大加赞赏。明景泰间文渊阁大学士彭华曾赞叹宋濂文风说：“金华潜溪宋景濂先生，博极经史百家书，发为文章，奔放雄豪，与司马子长驰骋相上下，而理致过之。”[④]天顺间台阁大臣姚夔

---

① 杨士奇《沧海遗珠序》，《东里集》续集卷十四。

② 杨荣《省愆集序》，《杨文敏公集》卷十一。

③ 李东阳著，周寅宾点校《李东阳集》，长沙：岳麓书社，2008年，第497页。

④ 彭华《潜溪宋先生迁墓记》，《补续全蜀艺文志》卷三十九，《续修四库全书》本。

也说:“金华宋景濂氏以文章佐太祖开创之业,庐陵杨文贞公以文章辅列圣太平之治,见诸制作,著之事功,一皆本于道,而非空言为也。”① 认为宋濂、杨士奇等都以文章开基辅圣,文风上颇有相似之处。成化、弘治时期,李东阳更是将宋濂等人之文视为台阁体的滥觞:“我国朝扫除荒乱,奄有六合,光岳之气,全得于天。自高皇时,宋学士景濂诸公首任制作,而犹未得位。文皇更化,杨文贞诸公亟起而振之,天下之休养涵育,以暨英庙之初,富庶之效,可谓极盛矣。”②“国朝洪武初,肇起文运,宋潜溪诸公,远不可见。永乐以后至于正统,杨文贞公实主文柄”③。李时勉赞扬刘基的勋业文章说:“予尝观于先生,非惟其勋业冠绝前古,而文章亦足以垂世而莫之与并也。是故其仁义积中,发而为言,可以方驾古人者,则于《郁离子》见之;……其气壮故其辞雄浑而敦厚,其学博故其辞深宏而奥密,其志忠故其辞感激而切直,其行兼故其辞蠲洁而清劲。吁,古今之能以勋业文章并显于当时而垂耀于后世若先生者几何人哉?”④

在浙东派文人台阁文观念及创作的指引下,“三杨”等台阁体作家自觉划分台阁与山林的界限,把自己局限于盛世气象的文风,追求创作上的温柔敦厚之旨,摒弃穷愁困苦之作。即使他们在遭受不公待遇、命运多舛之时,仍能保持和平温厚之心。杨士奇为保东宫太子朱高炽,曾两次入狱,但他并无一句怨言,为文始终保持“冲淡和平”“飒飒乎大雅”的风格。杨溥为文追求温柔敦厚之旨,李贤序其文集时说:

> 观其所为文章,则辞惟达意而主于理,言必有补于世而不为无用之言,论必有合于道而不为无定之论,严重老成有台阁之气象焉。⑤

---

① 姚夔《姚文敏公遗稿》,明弘治姚玺刻本。

② 李东阳集,第 497 页。

③ 李东阳集,第 445 页。

④ 李时勉《犁眉公集序》,《诚意伯刘文成公集》卷首。

⑤ 李贤《杨文定公文集序》,《古穰集》卷八,文渊阁《四库全书》本。

黄淮曾被汉王朱高煦诬陷，入诏狱十年，后来他把狱中所作诗文整理为《省愆集》，《四库全书总目提要》称："其文章舂容安雅，亦与三杨体格略同。此集乃系狱时所作，故以'省愆'为名。当患难幽忧之日，而和平温厚，无所怨尤，可谓不失风人之旨。"台阁体作家奴性之重，可见一斑。为盛世讴歌本是台阁文臣的重要职责，但关键是不论何时何地，均要保持和平易直之心，内容上一贯的歌颂盛世，风格上始终要温柔敦厚，则会导致创作上出现平滑圆熟的弊端，这也是台阁体诗文与浙东派文人台阁之作的缺陷。所以清代王应奎便说："道园（虞集）、圭斋（欧阳玄）、潜溪（宋濂）、东里（杨士奇）诸公，虽学有深浅，才有大小，熟烂则一。"①

当然浙东派文人毕竟不是典型的台阁体作家，他们的文学理论与创作也与台阁体作家有着不小区别。浙东派文人大都秉承婺学传统，学养深厚，又经历元明鼎革之际动荡的社会现实，并由山林步入台阁，因此他们多数主张文学具有"美教化""垂戒警"的双重作用；创作上山林与台阁并举，入明后则偏重台阁之文；为文重养气，所作诗文多有醇厚闳深之风，这些特征是台阁体文学所不具备的。但不可否认，浙东派文人的文学理论与创作对台阁体作家有着重大启发，台阁体作家正是继承了他们在文道关系、文学社会作用、师法对象以及台阁之文方面的主张与实践，并在明初政治、经济、文化环境、乡邦文学传统等多种因素的制约、影响下，创作了大量的台阁体诗文。就此而言，浙东派文人对台阁体诗文的产生有着不可忽视的先导之功。

---

① 王应奎《柳南续笔》卷一，清借月山房汇钞本。

参考文献

(一) 古籍

1.(清)苏舆《春秋繁露义证》,北京:中华书局,1992年。

2.(宋)朱熹《四书章句集注》,北京:中华书局,1983年。

3. 杨伯峻《孟子译注》,北京:中华书局,2005年。

4.(汉)司马迁《史记》,北京:中华书局,2006年。

5.(元)脱脱《宋史》,北京:中华书局,1977年。

6.(明)宋濂《元史》,北京:中华书局,1976年。

7.(清)张廷玉等《明史》,北京:中华书局,1974年。

8.(清)赵尔巽等《清史稿》,北京:中华书局,1976年。

9.(清)黄宗羲《宋元学案》,北京:中华书局,1986年。

10.(清)黄宗羲《明儒学案》,北京:中华书局,1985年。

11.(明)杨士奇《文渊阁书目》,北京:中华书局,1985年。

12.(明)晁瑮《宝文堂书目》,上海:上海古籍出版社,2005年。

13.(明)高儒等《百川书志 古今书刻》,古典文学出版社,1957年。

14.(清)黄虞稷《千顷堂书目》,上海:上海古籍出版社,2001年。

15.(清)永瑢、纪昀《四库全书总目提要》,海口:海南出版社,1999年。

16. 朱谦之《老子校释》,北京:中华书局,2000年。

17.(清)郭庆藩《庄子集释》,北京:中华书局,1961年。

18.(宋)黎靖德编《朱子语类》,北京:中华书局,1986年。

19.(明)郑涛《浦江郑氏家范》,清初毛氏汲古阁钞本。

20.(明)郑涛《浦江郑氏旌义编》,明书种堂刻本。

21.(南朝梁)钟嵘《诗品》,上海:上海古籍出版社,2007年。

22.(宋)严羽《沧浪诗话》,北京:人民文学出版社,1983年。

23.(宋)周敦颐《周元公集》八卷,文渊阁《四库全书》本。

24.(宋)张载《张载集》,北京:中华书局,1978年。

25.(宋)程颐、程颢《二程集》,北京:中华书局,1981年。

26.(宋)朱熹《晦庵先生朱文公文集》一百卷,《四部丛刊》本。

27.(宋)陆九渊《象山先生全集》三十六卷,《四部丛刊》本。

28.(元)郝经《郝经集》,张进德、田同旭编校,北京:人民文学出版社,2018年。

29.(元)虞集《道园学古录》五十卷,《四部丛刊》本。

30.(元)吴澄《吴文正集》一百卷,文渊阁《四库全书》本。

31.(元)吴莱《渊颖吴先生集》十卷附录一卷札记一卷,《四部丛刊》本。

32.(元)黄溍《金华黄先生文集》四十三卷,《四部丛刊》本。

33.(元)柳贯《柳待制文集》二十卷附录一卷,《四部丛刊》本。

34.(元)陈樵《鹿皮子集》四卷,文渊阁《四库全书》本。

35.(元)戴良《九灵山房集》三十卷,《丛书集成初编》本。

36.(元)杨维桢《东维子文集》三十卷,《四部丛刊》本。

37.(元)杨维桢《铁崖古乐府》十卷,《四部丛刊》本。

38.(明)宋濂《宋文宪公全集》五十三卷,《四部备要》本。

39.(明)宋濂《宋学士先生文集》七十五卷,《四部丛刊》本。

40.(明)宋濂《萝山集》五卷,日本国立公文书馆藏钞本。

41.(明)宋濂《宋景濂未刻集》二卷,文渊阁《四库全书》本。

42.(明)宋濂《宋文宪公先生集》十一卷,清康熙二十一年张汝瑚评选《明八大家集》本。

43.(明)宋濂《宋景濂文选》七卷,清道光二十五年李祖陶评选

《金元明八大家文选》本。

44.（明）宋濂《宋濂全集》，罗月霞主编，杭州：浙江古籍出版社，1999年。

45.（明）宋濂《宋濂全集》，黄灵庚编校，北京：人民文学出版社，2014年。

46.（明）高棅《唐诗品汇》，上海：上海古籍出版社，1982年。

47.（明）张以宁《翠屏集》四卷，文渊阁《四库全书》本。

48.（明）贝琼《清江贝先生文集》三十卷、诗集十卷、诗余一卷，《四部丛刊》本。

49.（明）刘基《诚意伯刘文成公集》二十卷，《四部丛刊》本。

50.（明）苏伯衡《苏平仲文集》十六卷，《丛书集成初编》本。

51.（明）高启《高太史大全集》十八卷，《四部丛刊》本。

52.（明）高启《高太史凫藻集》五卷、《扣舷集》一卷，《四部丛刊》本。

53.（明）方孝孺《方孝孺集》，徐光大点校，杭州：浙江古籍出版社，2013年。

54.（明）钱宰《临安集》六卷，文渊阁《四库全书》本。

55.（明）胡翰《胡仲子集》十卷，《丛书集成初编》本。

56.（明）朱右《白云稿》十二卷，《续修四库全书》本。

57.（明）王祎《王忠文公集》二十卷，《金华丛书》本。

58.（明）谢肃《密庵诗文稿》十卷，《四部丛刊》本。

59.（明）凌云翰《柘轩集》四卷，《明别集丛刊》影印《武林往哲遗著》本。

60.（明）徐一夔《徐一夔》，徐永恩点校，杭州：浙江古籍出版社，2017年。

61.（明）乌斯道《春草斋集》十二卷，《四明丛书》本。

62.（明）张孟兼《白石山房逸稿》二卷，文渊阁《四库全书》本。

63.（明）叶子奇《草木子》四卷，清乾隆五十一年刻本。

64.（明）唐肃《丹崖集》八卷附录一卷，明末祁氏澹生堂钞本。

65.(明)危素《说学斋稿》四卷,文渊阁《四库全书》本。

66.(明)危素《危学士全集》十四卷,《四库存目丛书》本。

67.(明)梁寅《石门集》七卷,文渊阁《四库全书》本。

68.(明)陈谟《陈聘君海桑先生集》十卷,《明别集丛刊》影印清光绪二年刻本。

69.(明)刘昺《刘彦昺集》九卷,文渊阁《四库全书》本。

70.(明)刘昺《春雨轩集》,南昌:江西教育出版社,2007 年。

71.(明)吴伯宗《荣进集》四卷,文渊阁《四库全书》本。

72.(明)刘崧《槎翁文集》十八卷,《四库存目丛书》本。

73.(明)梁兰《畦乐诗集》一卷,文渊阁《四库全书》本。

74.(明)周是修《刍荛集》六卷,《明别集丛刊》影印清道光八年刻本。

75.(明)练子宁《练中丞集》二卷,文渊阁《四库全收》本。

76.(明)胡俨《颐庵文选》二卷,文渊阁《四库全书》本。

77.(明)杨士奇《东里集》九十三卷,文渊阁《四库全书》本。

78.(明)梁潜《泊庵集》十六卷,文渊阁《四库全书》本。

79.(明)金幼孜《金文靖集》十卷,文渊阁《四库全书》本。

80.(明)解缙《文毅集》十六卷附录一卷,文渊阁《四库全书》本。

81.(明)胡广《胡文穆杂著》一卷,文渊阁《四库全书》本。

82.(明)李时勉《古廉文集》十一卷附录一卷,文渊阁《四库全书》本。

83.(明)李昌祺《运甓漫稿》七卷,文渊阁《四库全书》本。

84.(明)何乔远《皇明文征》七十四卷,《四库全书存目丛书》本。

85.(明)程敏政《明文衡》一百卷,《四部丛刊》本。

86.(明)俞宪《盛明百家诗》三十四卷,《四库全书存目丛书》本。

87.(明)归有光《文章指南》五卷,《四库全书存目丛书》本。

88.(明)陈子龙、李雯《皇明诗选》,上海:华东师范大学出版社,1991 年。

89.(明)胡应麟《诗薮》,上海:上海古籍出版社,1979 年。

90.(清)顾嗣立《元诗选》初集六十八卷卷首一卷二集二十六卷三集十六卷,文渊阁《四库全书》本。

91.(清)玄烨《御选宋金元明四朝诗》二百九十二卷,文渊阁《四库全书》本。

92.(清)黄宗羲《明文授读》六十二卷,《四库全书存目丛书》本。

93.(清)钱谦益《列朝诗集》八十一卷,清顺治九年毛氏汲古阁刻本。

94.(清)徐文驹《明文远》二十一卷,《四库全书存目丛书》本。

95.(清)薛熙《明文在》一百卷,《四库全书存目丛书》本。

96.(清)朱彝尊《明诗综》一百卷,康熙四十四年(1705)六峰阁刊本。

97.(清)沈德潜、周准《明诗别裁集》,上海:上海古籍出版社,1979年。

98.(清)陈田《明诗纪事》,上海:上海古籍出版社1993年。

99.(清)林云铭《古文析义》十六卷,清康熙五十五年宝文堂刻本。

(二)现代学术专著

1. 潘杰《宋濂传》,重庆:重庆出版社,1987年。

2. 王春南、赵映林《宋濂、方孝孺评传》,南京:南京大学出版社,1998年。

3. 徐永明《文臣之首——宋濂传》,杭州:浙江人民出版社,2007年。

4. 祝普文《宋濂寓言选释》,北京:书目文献出版社,1988年。

5. 陈贞瑾《宋濂传记文研究》,台北:台北文津出版社有限公司,2006年。

6. 高志忠、高天《宋濂散文选集》,天津:百花文艺出版社,2002年。

7.《宋濂暨"江南第一家"研究》编委会《宋濂暨"江南第一家"研

究》,杭州:杭州大学出版社,1995 年。

8. 陈葛满《宋濂诗文评注》,武汉:长江文艺出版社,1997 年。

9. 周群《刘基评传》,南京:南京大学出版社,1995 年。

10. 谢无量《中国大文学史》,北京:中华书局,1918 年。

11. 钱基博《中国文学史》,北京:中华书局,1993 年。

12. 胡怀琛《中国文学史概要》,北京:商务印书馆,1931 年。

13. 郑振铎《插图本中国文学史》,北京:人民文学出版社,1959 年。

14. 刘大杰《中国文学发展史》,上海:复旦大学出版社,2006 年。

15. 游国恩、王起、萧涤非《中国文学史》,北京:人民文学出版社,1964 年。

16. 章培恒、骆玉明《中国文学史》,上海:复旦大学出版社,2005 年。

17. 郭预衡《中国古代文学史》,上海:上海古籍出版社,2005 年。

18. 袁行霈《中国文学史》,北京:高等教育出版社,2003 年。

19. 郭绍虞《中国文学批评史》,上海:上海古籍出版社,1979 年。

20. 郭绍虞《郭绍虞说文论》,上海:上海古籍出版社,2000 年。

21. 王运熙、顾易生《中国文学批评史新编》,上海:复旦大学出版社,2007 年。

22. 袁震宇《中国文学批评通史》(明代卷),上海:上海古籍出版社,1997 年。

23. 张少康《中国文学理论批评史教程》,北京:北京大学出版社,1999 年。

24. 叶庆炳、邵红《明代文学批评资料汇编》,台北:成文出版社,1979 年。

25. 简锦松《明代文学批评研究:成化嘉靖中期篇》,台北:台湾学生书局,1989 年。

26. 龚显宗《明初越派文学批评研究》,台北:文史哲出版社,1988 年。

27. 邓绍基《元代文学史》,北京:人民文学出版社,1991年。

28. 查洪德《元代文学文献学》,北京:中国社会科学出版社,2002年。

29. 杨镰《元诗史》,北京:人民文学出版社,2003年。

30. 李新宇《元代辞赋研究》,北京:中国社会科学出版社,2008年。

31. 王素美《吴澄的理学思想与文学》,北京:人民文学出版社,2005年。

32. 查洪德《理学背景下的元代文论与诗文》,北京:中华书局,2005年。

33. 宋佩韦《明文学史》,北京:商务印书馆,1934年。

34. 钱基博《明代文学》,北京:商务印书馆,1933年。

35. 徐朔方、孙秋克《明代文学史》,杭州:浙江大学出版社,2006年。

36. 朱易安《中国诗学史》(明代卷),厦门:鹭江出版社,2002年。

37. 萧华荣《中国诗学思想史》,上海:华东师范大学出版社,1996年。

38. 杨生枝《乐府诗史》,西宁:青海人民出版社,1985年。

39. 傅璇琮、蒋寅《中国古代文学通论》(明代卷),沈阳:辽宁人民出版社,2005年。

40. 邓绍基、史铁良《明代文学研究》,北京:北京出版社,2001年。

41. 廖可斌《2006明代文学论集》,杭州:浙江大学出版社,2007年。

42. 傅承洲《明代文人与文学》,北京:中华书局,1900年。

43. 罗宗强、陈洪《明代文学研究国际学术研讨会论文集》,天津:南开大学出版社,2006年。

44. 何永康、陈书录《首届明代文学国际研讨会论文集》,南京:南京师范大学出版社,2004年。

45. 左东岭《2005明代文学国际学术研讨会论文集》,北京:学苑出版社,2005年。

46. 赵景云《中国明代文学史》,北京:人民出版社,1994年。

47. 张德建《明代山人文学研究》,长沙:湖南人民出版社,2005年。

48. 廖可斌《明代文学复古运动研究》,上海:上海古籍出版社,1994年。

49. 朱万曙《明代文学与地域文化研究》,合肥:黄山书社,2005年。

50. 陈文新《明代诗学》,长沙:湖南人民出版社,2000年。

51. 饶龙隼《明代隆庆、万历间文学思想转变研究》,重庆:西南师范大学出版社,1995年。

52. 陈书录《明代前后七子研究》,南昌:江西人民出版社,1994年。

53. 冯小禄《明代诗文论争研究》,昆明:云南人民出版社,2006年。

54. 陈正宏《明代诗文研究史》,上海:上海文化出版社,2000年。

55. 陈文新《明代诗学的逻辑进程与主要理论问题》,武汉:武汉大学出版社,2007年。

56. 邓新跃《明代前中期诗学辨体理论研究》,上海:上海古籍出版社,2007年。

57. 黄卓越《明永乐至嘉靖初诗文观研究》,北京:北京师范大学出版社,2001年。

58. 陈国球《唐诗的传承:明代复古诗论研究》,台北:台湾学生书局,1990年。

59. 陈国球《明代复古派唐诗论研究》,北京:北京大学出版社,2007年。

60. 龚显宗《明洪、建二朝文学理论之研究》,台北:华正书局,1986年。

61. 黄仁生《杨维祯与元末明初文学思潮》,上海:东方出版中心,2005 年。

62. 徐永明《元代至明初婺州作家群研究》,北京:中国社会科学出版社,2005 年。

63. 方志远《明代城市与市民文学》,北京:中华书局,2004 年。

64. 黄毅《明代唐宋派研究》,上海:上海古籍出版社,2008 年。

65. 张燕瑾、查洪德《辽金元文学研究》,北京:北京出版社,2001 年。

66. 陆德海《明清文法理论研究》,上海:上海古籍出版社,2007 年。

67. 郭预衡《中国散文史》,上海:上海古籍出版社,1986 年。

68. 周寅宾《明清散文史》,长沙:湖南人民出版社,2004 年。

69. 熊礼汇《明清散文流派论》,武汉:武汉大学出版社,2003 年。

70. 赵义山、李修生《中国分体文学史》(诗歌卷),上海:上海古籍出版社,2001 年。

71. 赵义山、李修生《中国分体文学史》(散文卷),上海:上海古籍出版社,2001 年。

72. 孙青春《明代唐诗学》,上海:上海古籍出版社,2006 年。

73. 查清华《明代唐诗接受史》,上海:上海古籍出版社,2006 年。

74. 陈书录《明代诗文的演变》,南京:江苏教育出版社,1996 年。

75. 王嘉良《浙江文学史》,杭州:杭州出版社,2008 年。

76. 马积高《宋明理学与文学》,长沙:湖南师范大学出版社,1989 年。

77. 韩经太《理学文化与文学思潮》,北京:中华书局,1997 年。

78. 史小军《复古与新变:明代文人心态史》,石家庄:河北教育出版社,2001 年。

79. 潘星辉《明代文官铨选制度研究》,北京:北京大学出版社,2005 年。

80. 张学智《明代哲学史》,北京:北京大学出版社,2000 年。

81. 陈宝良《明代社会生活史》,北京:中国社会科学出版社,2004 年。

82. 商传《明代文化史》,上海:东方出版中心,2007 年。

83. 关文发、颜广文《明代政治制度研究》,北京:中国社会科学出版社,1995 年。

84. 王其榘《明代内阁制度史》,北京:中华书局,1989 年。

85. 周齐《明代佛教与政治文化》,北京:人民出版社,2005 年。

86. 汤用彤《隋唐佛教史稿》,北京:中华书局,1982 年。

87. 任继愈《中国佛教史》,北京:中国社会科学出版社,1985 年。

88. 卢子震《理学基本理论概说》,石家庄:河北教育出版社,2005 年。

89. 蒙培元《理学的演变:从朱熹到王夫之、戴震》,福州:福建人民出版社,1998 年。

90. 潘富恩《吕祖谦评传》,南京:南京大学出版社,1996 年。

91. 彭永捷《朱陆之辩:朱熹陆九渊哲学比较》,北京:人民出版社,2005 年。

92. 任继愈《中国道教史》(增订本),北京:中国社会科学出版社,2001 年。

93. 张立文《中国哲学范畴精萃丛书:心》,北京:中国人民大学出版社,1993 年。

94. 张立文《中国哲学范畴精萃丛书:道》,北京:中国人民大学出版社,1989 年。

95. 张立文《中国哲学范畴精萃丛书:理》,北京:中国人民大学出版社,1991 年。

96. 侯外庐《宋明理学史》,北京:人民出版社,1987 年。

97. 何炳松《浙东学派溯源》,桂林:广西师范大学出版社,2004 年。

98. 陈来《宋明理学》,上海:华东师范大学出版社,2004 年。

（三）学术论文

1. 玉敏《六经皆心学：宋濂的心学特色及其影响》，《孔子研究》2016年第4期。

2. 慈波《记新见宋濂〈萝山集〉别本》，《古典文学知识》2015年第6期。

3. 王锟、金晓刚《百年宋濂研究平议》，《浙江社会科学》2015年第8期。

4. 熊恺妮《宋濂的吕学渊源与散文理论》，《南昌大学学报》（人文社会科学版）2015年第2期。

5. 宋克夫、熊恺妮《宋濂朱学渊源考》，《湖北大学学报》（哲学社会科学版）2013年第5期。

6. 陈昌云《宋濂与"台阁体"关系新探》，《内蒙古大学学报》（哲学社会科学版）2010年第4期。

7. 左东岭《论宋濂的诗学思想》，《首都师范大学学报》（社会科学版）2009年第4期。

8. 陈文新《从台阁体到茶陵派——论山林诗的特征及其在明诗发展史上的意义》，《文学遗产》2008年第3期。

9. 郭万金《台阁体新论》，《文学遗产》2008年第5期。

10. 许建中、李玉亭《宋濂与台阁体》，《浙江社会科学》2008年第2期。

11. 向燕南《宋濂的史学思想》，《湛江师范学院学报》2008年第1期。

12. 徐永明《宋濂与戴良友谊变异探微》，《南京师大学报》（社会科学版）2007年第2期。

13. 任宜敏《空有相资 真俗并用——明代"开国文臣之首"宋濂佛学思想述论》，《浙江学刊》2006年第4期。

14. 徐子方《从宋濂、刘基的早期诗文看其由元入明前后的心态》，《浙江社会科学》2005年第3期。

15. 徐永明《不同处境下宋濂的活动及创作》,《浙江大学学报》(人文社会科学版),2005 年第 5 期。

16. 魏青《志趣不同的知己——杨维桢和宋濂》,《中国典籍与文化》2004 年第 3 期。

17. 张思齐《宋濂文章论的宗教意识》,《中华文化论坛》2003 年第 3 期。

18. 魏青《宋濂的〈杜诗举隅〉序》,《杜甫研究学刊》2002 年第 4 期。

19. 王春南《宋濂入明后为何难有杰出作品》,《南京师范大学文学院学报》2002 年第 1 期。

20. 孙学堂《从台阁体到复古派》,《陕西师范大学学报》(哲学社会科学版)2002 年第 4 期。

21. 索宝祥《论宋濂的颂圣文学——兼论颂圣文学的基本特征与明初君臣关系》,《文学遗产》2001 年第 3 期。

22. 龚建锋《许谦、黄溍、宋濂佚文辑考》,《浙江师大学报》(社会科学版)1998 年第 6 期。

23. 张涤云《论宋濂的诗学理论》,《华中师范大学学报》(哲学社会科学版)1997 年第 5 期。

24. 郭预衡《朱元璋之为君和宋濂之为文》,《北京师范大学学报》(社会科学版)1996 年第 3 期。

25. 张仲谋《论宋濂的文论与散文创作》,《徐州师范大学学报》(哲学社会科学版)1996 年第 2 期。

26. 廖可斌《论宋濂前后期思想的变化及其它》,《中国文学研究》1995 年第 3 期。

27. 李道进《宋濂的佛教观》,《浙江学刊》1995 年第 3 期。

28. 陈兰村《论宋濂对传记文学发展的重要贡献》,《浙江师大学报》(社会科学版) 1995 年第 4 期。

29. 陈寒鸣《简论宋濂思想的特色》,《孔子研究》1993 年第 3 期。

30. 陈葛满《宋濂交游考——与师长交游部分》,《浙江师范大学学报》(社会科学版)1992年第2期。

31. 陈葛满《宋濂散文的阳刚美》,《浙江学刊》1988年第1期。

32. 陈葛满《宋濂用世思想刍议》,《浙江师范大学学报》(社会科学版),1988年第3期。

33. 唐宇元《宋濂的理学思想》,《孔子研究》1987年第3期。

34. 朱仲玉《宋濂和王祎的史学成就》,《史学史研究》1983年第4期。

35. 魏青《刘基与宋濂研究》,浙江大学2001年博士学位论文。

36. 谢玉玲《宋濂的道学与文论》,台湾中正大学1993博士学位论文。

后 记

拙作《宋濂与明初文坛》是在我博士学位论文的基础上修订而成的，现即将付梓出版。

2008年秋，我负笈沪上，有幸投入上海师范大学李时人教授门下，师从先生攻读古代文学博士。先生博洽多闻，治学严谨，为人端方宽厚。其时，先生因从事《中国文学家大辞典·明代卷》的撰写工作，治学方向从古代小说转向明代作家研究。师门论文选题亦多与明代文学有关。入学以后，在先生的指导下，我确定以明初浙东派文学作为自己的研究方向，并定下"宋濂与明初文坛研究"这一博士论文题目。此后，便开始了查阅文献、开拓思路及撰写工作。读博三年，经历诸多艰辛，在先生及师母汪华女士的帮助下，我最终完成论文写作并顺利通过答辨。时隔八年，我对论文进行了一些修订，删除了绪论及附录"《萝山集》所收佚诗"部分，补充了前言、"《评浦阳人物》与宋濂《浦阳人物记》关系考辨""史学影响下的宋濂等浙东派文学"等内容。

近年来，在工作之余，我有幸参与先生"明代作家分省人物志"国家社科基金重大项目，负责四川卷的撰写工作。正在项目顺利进行之时，忽遭晴天霹雳，2018年3月，先生因病辞世，永远离开了他所珍爱的家人、学生和学术。恩师离开后，我一直在进行"人物志"四川卷的条目充实及修改工作。工作千头万绪，困难重重，人物生卒年的确定、姓名字号的甄别、生平事迹的撰写、版本源流的考证、原始文献的查阅，任务量大大超出预估，但完成任务的念头从来没有动摇过。

今年3月，我终于完成了三十余万字的初稿，书稿共收录明代四川作家1040人，比先生预估多收四百余人。在此，谨以拙作《宋濂与明初文坛》及《明代作家分省人物志（四川卷）》初稿感谢恩师及师母对我的恩情。

感谢我的硕士生导师，河南大学文学院的张进德教授。求学期间，是先生把一个一无所知的门外汉引入了学术之路，又是先生解囊相助，鼓励我继续求学深造。读博期间，先生仍对我关怀备至，不时询问我的论文进展情况，并提出建议。师母凌巧红女士也像家人一样关心我的学习与生活，并帮助我解决诸多困难。

感谢我的家人与好友。求学与工作期间，浓浓的亲情与友情一直是我前行时的动力和休憩时的港湾。

感谢凤凰出版社的孙州编辑，孙编辑的严谨细致和辛苦付出让我非常敬佩和感动。感谢凤凰出版社的吴琼师妹对本书出版的热心相助。

最后，限于学术水平及能力，本书不足之处尚难避免，恳望方家批评指正！

任永安

2019年10月